suhrkamp taschenbuch 1980

Die Mexikanerin Rosario Castellanos hat viele Jahre im Süden Mexikos gelebt, wo das Drama des Übergangs von einer jahrhundertealten Lebensweise zur Modernität sich mit unveränderter Heftigkeit abspielt. Die Klassenunterschiede, die indianischen Mythen, das kontinuierliche Unrecht, nicht zuletzt die untergeordnete Stellung der Frau – dies alles wird von der Autorin zu einem faszinierenden Roman von der Großgrundbesitzerfamilie Argüello und ›ihren‹ Indios verwoben.

»Rosario Castellanos wertet nicht. Sie führt vor, wie fest verankert die alte Hierarchie im Bewußtsein von Unterdrückern und Unterdrückten ist. (...) Sie hatte ein Gespür für die Wechselwirkung zwischen individueller und allgemeiner Geschichte. Gerade dazu ist ihr mit dem Roman *Die Neun Wächter* ein eindringliches Bild geglückt.«

Ingrid Heinrich-Jost, Frankfurter Allgemeine Zeitung

Rosario Castellanos wurde 1925 in Mexiko-City geboren, sie starb 1974 in Israel.

Rosario Castellanos
Die Neun Wächter

Roman

Aus dem mexikanischen Spanisch
von Fritz Vogelgsang
Mit einem Nachwort von
Elena Poniatowska

Suhrkamp

Titel der Originalausgabe: *Balún Canán*
Umschlagmotiv: Diego Rivera, Kinder beim Frühstück,
Sammlung Seguros América, México D. F.

suhrkamp taschenbuch 1980
Erste Auflage 1992

Lizenzausgabe mit freundlicher Genehmigung des Insel Verlags
Frankfurt am Main und Leipzig
Suhrkamp Taschenbuch Verlag

Druck: Nomos Verlagsgesellschaft, Baden-Baden
Printed in Germany
Umschlag nach Entwürfen von
Willy Fleckhaus und Rolf Staudt

1 2 3 4 5 6 – 97 96 95 94 93 92

Die Neun Wächter

Für Emilio Carballido

Für meine Freunde in Chiapas

ERSTER TEIL

Wir werden wispern, was am Anfang war. Nur die Geschichte wispern wir, nur den Bericht.
Wir kehren zurück, nichts weiter wollen wir tun; unser Werk ist vollbracht; unsere Tage sind abgelaufen. Gedenket unser, tilgt uns nicht aus eurem Gedächtnis, vergeßt uns nicht.

DAS BUCH DES RATES

I

»... Und dann verstießen sie uns im Zorn, entrissen uns den Schatz, den wir gesammelt hatten: das Wort, das die Truhe der Erinnerung ist. Seit jenem Tage brennen sie und verzehren sich mit den Scheitern im Feuer. Der Rauch steigt im Wind empor und verweht. Zurück bleibt die Asche ohne Gesicht. So daß du kommen kannst und er, der noch kleiner ist als du, und ein Hauch genügt, schon ein Hauch ...«
»Erzähl mir nicht diese Geschichte, Nana.«
»Habe ich etwa mit dir gesprochen? Spricht man etwa mit den Aniskörnern?«
Ich bin kein Aniskorn. Ich bin ein Mädchen und bin sieben Jahre alt. Die fünf Finger der rechten Hand und zwei von der linken. Und wenn ich mich aufrichte, kann ich gerade vor mir die Knie meines Vaters sehen. Höher nicht. Ich stelle mir vor, daß er höher, immer höher wächst, wie ein großer Baum, und daß ganz oben, in seinem Wipfel, geduckt ein winziger Tiger lauert. Meine Mutter ist anders. Über ihr Haar – so schwarz, so dicht, so lockig – da fliegen die Vögel drüber hin, und es gefällt ihnen, und sie lassen sich darauf nieder. Ich stelle mir das nur so vor. Ich habe es nie gesehn. Ich kann nur sehen, was so hoch ist wie ich. Manche Sträucher, an denen die Raupen die Blätter zernagt haben; die Pultdeckel mit den Tinten-

klecksen; meinen Bruder. Und den sehe ich von oben. Denn er ist nach mir geboren, und als er zur Welt kam, wußte ich schon viele Dinge, die ich ihm nun genau erkläre, so zum Beispiel:

»Kolumbus entdeckte Amerika.«

Mario bleibt stehen, schaut mich an, als ob ich daran gar kein Verdienst hätte, und zuckt gleichgültig mit den Schultern. Mich erstickt die Wut. Wieder einmal fühle ich mich niedergedrückt von der Ungerechtigkeit.

»Zappel doch nicht hin und her, Kind. So kann ich mit dem Kämmen ja nicht fertig werden.«

Weiß meine Amme, daß ich sie hasse, wenn sie mich kämmt? Sie weiß es nicht. Nichts weiß sie. Sie ist eine Indiofrau, geht barfuß und trägt keine Wäsche unter dem blauen Stoff ihres Tzec. Sie schämt sich nicht. Sie sagt, die Erde hätte keine Augen.

»Nun bist du fertig. Jetzt auf, zum Frühstück!«

Aber das Essen ist etwas Gräßliches. Vor mir der Teller: starr glotzt er mich an, ohne ein Zwinkern. Dann die große, weite Tischfläche. Und schließlich ... ich weiß nicht. Daß da drüben ein Spiegel hängt, macht mir Angst.

»Trink die Milch aus!«

Jeden Nachmittag gegen fünf kommt eine Schweizerkuh mit einer bimmelnden Schelle hier vorbei (Mario habe ich erklärt: ›Schweizer‹ heißt ›dick‹). Der Besitzer führt sie an einem kurzen Strick. An den Straßenecken hält er an und melkt sie. Die Mägde kommen aus den Häusern gelaufen und lassen sich ihre Becher und Kannen füllen.

Und die unartigen Kinder wie ich verziehen das Gesicht und plantschen die Milch aufs Tischtuch.

»Gott wird dich strafen für die Vergeudung«, behauptet meine Nana.

»Kaffee will ich haben. Wie du. Wie alle ...«

»Dann wirst du ein Indiomädchen.«

Diese Warnung erschreckt mich. Von morgen an will ich keine Milch mehr verschütten.

II

Nana führt mich an der Hand durch die Straße. Die Trottoirs sind aus glatten, glitschigen Platten. Und der Rest aus Stein. Aus lauter kleinen Steinen, die zusammengesetzt sind wie Blütenblätter. Zwischen ihnen, in den Ritzen, wachsen winzige Grashälmchen, die die Indios mit der Spitze ihres Buschmessers ausjäten. Karren sieht man, die von schläfrigen Ochsen gezogen werden; Fohlen, die mit ihren Hufen Funken schlagen; und alte Pferde, die mit einem Strick an einen Pfosten gebunden sind. Mit hängenden Köpfen stehen sie da den lieben langen Tag und zucken traurig mit den Ohren. Eben sind wir an einem von ihnen vorbeigekommen. Ich habe den Atem angehalten und mich an der Wand entlanggedrückt, vor Angst, daß das Pferd plötzlich seine vielen großen, gelben Zähne bleckt und mich in den Arm beißt. Und ich geniere mich, denn meine Arme sind so schrecklich mager, und das Pferd würde sicher über mich lachen.

Die Balkone sehen immer weit vorgebeugt auf die Straße hinaus und schauen zu, wie sie auf und ab läuft und um die Ecken biegt. Sie schauen zu, wie die Señores mit ihren Spazierstöcken aus Mahagoniholz vorüberschreiten und die Rancheros klirrend mit den langen Sporen daherkommen; wie die Indios gebückt rennen, mit einer schweren Last auf dem Rükken. Und immer sehen sie das Trippeln und Trappeln der Esel, die in hölzernen Kufen das Wasser schleppen. Es ist sicher sehr schön, so zu sein wie die Balkone, nichts zu tun und nichts zu denken, nur einfach zuzuschauen. Wenn ich mal groß bin ...

Jetzt gehen wir die Marktsteige hinunter. Aus der Halle hört man das dröhnende Hacken der Fleischerbeile und das satte, dumpfe Summen der Fliegen. Wir stolpern über Indiofrauen, die auf dem Boden hocken und Palmstroh flechten. Sie unterhalten sich in ihrer merkwürdigen Sprache, die so klingt wie das Keuchen eines verfolgten Hirsches. Und plötzlich stoßen sie ein Schluchzen aus in hohen Tönen, ohne Tränen, das mich noch immer erschreckt, und ich habe es doch schon so oft gehört!

Wir weichen den Pfützen aus. In der letzten Nacht ist der erste Platzregen heruntergekommen; da wimmeln diese Ameisen hervor, deren Flügel ›Tsisim‹ sagen. Wir gehen an den Läden vorbei, die nach frisch gefärbten Stoffen riechen. Der Handlungsgehilfe hinterm Ladentisch mißt mit einer Elle. Man hört, wie die Reiskörner auf die Metallschale der Waage kullern. Jemand mahlt eine Handvoll Kakao. Ein Mädchen, das einen Korb auf dem Kopf trägt, geht in die offenen Hauseingänge und ruft, voll Angst, die Hunde oder die Hausbesitzer könnten herauskommen:

»Klöße zu verkaufen! Wer kauft Klöße?«

Nana spornt mich an, schneller zu gehen. Jetzt ist niemand mehr auf der Straße, außer einem Mann mit gelben Schuhen, die knarren, als hätte er sie heute zum ersten Mal an. Ein Tor geht sperrangelweit auf, und vor der flammenden Esse erscheint der Schmied, schwarz von seiner Arbeit. Er hämmert, mit nackter Brust, an der der Schweiß herunterrinnt. Eine alte Jungfer schiebt die Vorhänge eines Fensters ein bißchen auseinander und beobachtet uns heimlich. Ihr Mund ist zusammengekniffen, als hätte er ein schmerzliches Geheimnis zu verschließen. Sie ist traurig, denn sie fühlt, wie ihre Haare weiß werden.

»Sag ihr guten Tag, Mädchen. Sie ist eine Freundin deiner Mutter.«

Aber wir sind schon längst vorbei. Die letzten Meter renne ich beinah. Ich darf nicht zu spät zur Schule kommen.

III

Die Wände des Klassenzimmers sind weiß gekalkt. Die Feuchtigkeit malt auf ihnen geheimnisvolle Figuren, an denen ich herumrate, wenn ich zur Strafe in der Ecke sitzen muß. Für gewöhnlich sitze ich vorn in der Nähe von Señorita Silvina, an einem viereckigen, niedrigen Pult. Ich horche auf ihre Worte. Ihre Stimme klingt wie die kleinen Maschinchen, mit denen man die Bleistifte spitzt: unangenehm, aber nützlich. Sie redet ohne Pause und blättert den Katalog ihrer Kenntnisse vor uns auf. Sie erlaubt jedem von uns, das auszusuchen, was ihm am besten gefällt. Ich habe mir von Anfang an das Wort ›Meteor‹ ausgesucht. Und seitdem fühle ich es auf meiner Stirn: drückend, traurig, weil es vom Himmel gefallen ist.

Noch keine hat herausgefunden, zu welchem Schuljahr die einzelnen Mädchen gehören. Wir sind alle durcheinandergewürfelt, obwohl wir recht verschieden sind. Da sind dicke Mädchen, die sich in die letzte Bankreihe setzen und dort heimlich ihre Erdnüsse knabbern; Mädchen, die zur Tafel vorgehen und eine Zahl mit einer anderen multiplizieren; Mädchen, die nur die Hand heben, wenn sie um die Erlaubnis bitten, aufs ›Klo‹ gehen zu dürfen.

So geht das ein paar Jahre lang. Und plötzlich, ohne daß man vorher etwas davon erfahren hat, geschieht das Wunder. Eins von den Mädchen wird beiseitegerufen, und man sagt ihm: »Bring einen Pappdeckel, du darfst jetzt die Weltkarte malen.«

Ernst und verantwortungsbewußt, ganz durchdrungen von der Wichtigkeit seines Auftrags, geht das Mädchen zu seinem Pult zurück. Dann müht es sich mit verschiedenen Kontinenten ab, von denen einer größer ist als der andere, und mit Meeren, auf denen es keine einzige Welle gibt. Später kommen die Eltern des Mädchens, um es für immer heimzuholen. (Es gibt auch Mädchen, die diesen wundervollen Abschluß nie erleben und trüb umherirren wie die Seelen in der Vorhölle.)

Gegen Mittag kommen die Mägde in ihren gestärkten Barchentröcken dahergerauscht. Sie duften nach Brillantine und bringen die Schalen mit dem Posol. Wir sitzen alle in einer Reihe auf der Bank im offenen Wandelgang und trinken, während die Mägde mit dem großen Zehen zwischen den Backsteinfliesen pulen.

Die Pause verbringen wir im Patio. Wir singen Reigenlieder:

»Süße Orange,
Zerteilte Zitrone ...«

Oder wir streiten uns darum, was wir spielen sollen: ›Der Engel mit der goldenen Kugel und der Teufel mit den sieben Stricken‹ oder ›Melisse, in den Stiergarten laßt uns gehen‹.
Die Lehrerin sitzt im Schatten des Bambushains und überwacht uns mit freundlichen Augen. Der Wind rauscht unaufhörlich im Gesträuch und läßt einen Regen von gelben und grünen Blättern fallen. So klein sitzt sie da, die Lehrerin, in ihrem schwarzen Kleid, so allein, wie ein Heiliger in seiner Nische.
Heute wurde sie besucht von einer Dame. Die Lehrerin schüttelte die Bambusblättchen von ihrem Rock, und beide sprachen lange miteinander auf der Veranda. Doch je länger die Unterhaltung dauerte, um so aufgeregter schien unsere Lehrerin zu werden. Dann verabschiedete sich die Dame.
Ein Glockenzeichen verkündete das Ende der Pause. Als wir alle wieder im Klassenzimmer versammelt waren, sagte die Lehrerin:
»Liebe Mädchen, ihr seid zu unschuldig, um euch der gefährlichen Zeiten bewußt zu werden, in denen zu leben uns bestimmt ist. Es ist geboten, klug zu sein, damit wir unseren Gegnern nicht die Gelegenheit geben, uns Schaden zuzufügen. Diese Schule ist unser einziges Erbe, und ihr guter Ruf ist der Stolz unseres Ortes. Heute aber spinnen gewisse Leute böse Ränke, sie uns zu entreißen, und wir müssen sie verteidigen, mit den Waffen, die uns zu Gebote stehen: die Ordnung, der Anstand und vor allem die Verschwiegenheit. Nichts, was hier geschieht, darf nach außen dringen. Wir laufen also nicht auf die Straße und plappern alles aus: Wir tun dies und treiben das.«
Es machte uns Spaß zu hören, wie sie einen solchen Schwall von Worten auf einmal hervorsprudelte, hastig, aber ohne zu stolpern, so als läse sie uns aus einem Buch vor. In einer verworrenen, für uns nur halb verständlichen Weise forderte sie uns auf, ein Gelübde abzulegen. Und wir alle standen auf und gaben ihr unser Versprechen.

IV

Jedesmal gibt es ein Fest, wenn die Indios von Chactajal ins Haus kommen. Sie bringen Säcke voll Mais und Bohnen, ganze Bündel Rauchfleisch und große braune Zuckerhüte. Nun werden die Speicher aufgehen und die Ratten mit prallem, schimmerndem Fell wieder hin und her flitzen.

Auf der Galerie, die um den Patio führt, empfängt mein Vater, der in der Hängematte liegt, die Indios. Sie treten näher, einer nach dem andern, und bieten ihm ihre Stirn dar, damit er sie mit den drei mittleren Fingern seiner rechten Hand berührt. Dann ziehen sie sich wieder zurück und verharren in angemessenem Abstand. Mein Vater spricht mit ihnen über Dinge, die mit dem Landgut zusammenhängen. Er kennt ihre Sprache und ihre Sitten. Einsilbig und ehrerbietig geben sie Antwort und lachen kurz, wenn sie denken, daß es richtig ist.

Ich gehe in die Küche, wo Nana den Kaffee kocht.

»Sie haben schlechte Nachrichten gebracht, wie die schwarzen Schmetterlinge.«

Ich schnüffele in der Vorratskammer. Es gefällt mir, die Farbe der Butter zu betrachten, die Backen der Früchte zu streicheln und von den Zwiebeln die Häute abzustreifen.

»Da sind die Zauberer im Spiel, Mädchen. Sie verzehren alles. Die Ernte, den Frieden der Familien, die Gesundheit der Leute.«

Ich habe einen Korb voll Eier gefunden. Die mit den Sommersprossen stammen von den Truthühnern.

»Schau, was sie mir angetan haben.«

Und ihren Tzec hebend, zeigt mir Nana ein zart rosarot getöntes Geschwür auf ihrem Knie.

Ich schaue es bestürzt an und mache große Augen.

»Behalte es bei dir, Mädchen. Von Chactajal bin ich hierhergekommen, um ihrer Verfolgung zu entrinnen. Aber ihr Fluch reicht weit.«

»Warum quälen sie dich?«

»Weil ich in eurem Haus aufgewachsen bin. Weil ich euch gern habe, deine Eltern, Mario und dich.«
»Ist es böse, uns gern zu haben?«
»Es ist böse, diejenigen gern zu haben, die befehlen, die besitzen. So sagt das Gesetz.«
Der Kessel steht ruhig auf den glühenden Kohlen, und der Kaffee darin hat angefangen zu brodeln.
»Sag ihnen, sie sollen kommen. Ihr Getränk ist fertig.«
Ich gehe hinaus, traurig über das, was ich eben gehört habe. Mein Vater verabschiedet die Indios mit einer Handbewegung und bleibt lesend in seiner Hängematte liegen. Nun sehe ich es zum ersten Mal. Er ist es, der befiehlt, der besitzt. Und ich kann sein Gesicht nicht ertragen. Ich laufe hinaus, um in der Küche Zuflucht zu suchen. Die Indios hocken um die Feuerstelle herum und halten die dampfenden Tassen mit den Fingerspitzen. Nana bedient sie mit einer bedächtigen Höflichkeit, als wären es Könige. Aber die Füße der Männer, die nur Sandalen anhaben, sind mit Schlammkrusten bedeckt; ihre Hosen aus grober Baumwolle sind geflickt; und sie sind mit leeren Schnappsäcken angekommen.
Nachdem Nana alle bedient hat, setzt sie sich zu ihnen. Feierlich streckt sie beide Hände zum Feuer hin und hält sie so ein paar Augenblicke vor sich hin. Sie reden, und es ist, als schlösse sich ein Kreis um sie. Ich durchbreche ihn, voller Angst.
»Nana, mir ist kalt.«
Und sie nimmt mich – wie sie es immer getan hat, seit meiner Geburt – auf ihren Schoß. Er ist warm und liebevoll. Doch ein Geschwür wird in ihm wachsen. Ein Geschwür, das unsertwegen schwärt.

V

Ein Festzug mit Musik und Volksbelustigungen marschierte heute durch Comitán. Eine kleine, ramponierte Marimba, die klapperte wie ein Skelett, und hinterher eine Meute von Gassenjungen, eine Menge gaffender Indios und staunender Dienstmädchen, die ihren Einkaufskorb versteckt unterm Umschlagtuch trugen. An jeder Ecke blieben sie stehen, und ein Mann sprang auf eine Kiste, hielt die Hände als Lautsprecher vor den Mund und rief:

»Heute grandiose Zirkusvorstellung. Der weltberühmte Akrobat Don Pepe. Das Irische Seil, ein halsbrecherischer Bravourakt, ausgeführt von den Brüdern Cordero. Dressierte Hunde, Clowns, Schlangenmenschen. Alles zu volkstümlichen Preisen, zum Ergötzen des gebildeten Publikums von Comitán.«

Ein Zirkus. Noch nie in meinem Leben habe ich einen gesehen. Das muß so was Ähnliches sein wie die Bücher mit den bunten Bildern, die mein Bruder und ich vor dem Einschlafen anschauen. Sicher sind da Menschen aus ganz fernen Ländern dabei, damit wir Kinder sehen können, wie sie aussehen. Vielleicht haben sie sogar eine Eisenbahn bei sich, so daß wir endlich erfahren, was das eigentlich ist.

»Mama, ich will in den Zirkus gehen.«

»Das und ein Zirkus! Ein paar halbverhungerte arme Schlukker, die nicht wissen, wie sie in ihren Heimatort zurückkommen sollen, und darum ein paar Mätzchen auf dem Seil vormachen.«

»Der Zirkus, ich will in den Zirkus gehn.«

»Wozu? Um ein paar Bengel zu sehen, die sicherlich Würmer haben und ihre Eltern in Schimpf und Schande bringen, wenn sie mit beschmierten Gesichtern vor die Leute treten und den Hanswurst spielen?«

Auch Mario möchte gehen. Er läßt sich auf keinen Disput ein. Er brüllt einfach so lange, bis man ihm seinen Willen tut.

Am Abend gegen sieben Uhr sitzen wir in der ersten Reihe, Mario und ich, beide an der Hand unserer Nana, in Schal und Mantel eingepackt, und warten auf den Beginn der Vorstellung. Wir sind im großen Patio des einzigen Gasthauses von Comitán. Hier machen die Fuhrleute mit ihren Zugtieren Rast (darum riecht es auch immer nach frischem Mist); die Beamten, deren Familien auswärts wohnen; die Mädchen, die von zu Hause durchgebrannt sind, um durch die Welt zu streunen. In diesen Patio also hat man ein paar Holzbänke gestellt und davor eine Schranke errichtet, die den Platz für die ›Manege‹ abtrennen soll. Wir sind die einzigen Zuschauer. Nana hat ihren neuen Tzec angezogen, der mit bunten Borten bestickt ist, die gefältelte Bluse mit den Krausen am Hals und an den Ärmeln und ihren Umhang aus Guatemala. Mario und ich zittern vor Kälte und Aufregung. Aber wir sehen gar nichts von Vorbereitungen. Die Leute kommen und gehen: ein Knecht, der den Tieren das Futter bringt; ein junges Mädchen, das vor die Hintertür tritt, um ein paar Hosen zu bügeln; sie ist puterrot im Gesicht, so daß jeder sieht, wie sehr sie sich schämt, an einem solchen Ort gesehen zu werden. Aber keine Spur von Akrobatik; kein Ausländer, der uns zeigt, wie es in seiner Heimat aussieht; keine Eisenbahn.

Langsam gehen die Minuten hin. Mein Herz schlägt schneller, um der Uhr ein gutes Beispiel zu geben. Nichts. »Kommt, Kinder, wir gehen. Es ist sehr spät geworden.« »Noch nicht, Nana. Warte noch ein bißchen. Nur noch ein kleines bißchen.«

An dem Tor zur Straße ist der Mann, der die Karten verkauft, langsam eingenickt. Mein Gott, warum kommt denn niemand? Wir warten doch auf sie, auf alle warten wir. Auf die Mädchen, die sich Bleikügelchen in den Rocksaum nähen, damit ihn der Wind nicht in die Höhe bläst; auf ihre Verehrer, die mit Cachucha-Mützen herumstolzieren und sich an den Ecken aufstellen, um die Passanten zu necken; auf die dicken Señoras mit wollenen Kopftüchern und vielen Kindern; auf die Señores mit goldenen Uhrketten auf den Westen. Keiner kommt. In aller Gemütsruhe werden sie zu Hause sitzen und ihre Schokolade trinken, während wir hier warten und wegen ihnen nicht anfangen können.

Der Mann mit den Eintrittskarten streckt sich gähnend und kommt auf uns zu.

»Da kein Publikum da ist, nehmen wir die Billetts zurück.«

»Danke schön, Señor!«, sagt Nana und nimmt das Geld in Empfang.
Danke schön? Warum danke schön? Und das Irische Seil? Und die Schlangenmenschen? Und die dressierten Hunde? Wir sind doch nicht hergekommen, damit ein schläfriger Mann auf uns aufpaßt und ein paar Geldstücke von uns eine Weile aufbewahrt.
»Kein Publikum. Die Vorstellung fällt aus.«
Das klingt, als würde man gescholten, ohne daß man was Böses getan hat. Das schmeckt, wie wenn man ein Abführmittel eingeflößt bekommt. Das ist genauso, wie wenn man aufwacht mitten in der Nacht, und niemand ist im Zimmer.
»Warum ist denn niemand gekommen?«
»Jetzt ist nicht die rechte Zeit für Vergnügungen. Merkst du das nicht? Es riecht nach Sturm in der Luft.«

VI

»Man sagt, daß im Gebirge ein Tier haust mit dem Namen Dzulúm. Jede Nacht kommt es hervor und schreitet seinen Herrschaftsbereich ab. Es sucht den Ort auf, wo die Löwin mit ihren Jungen lagert, und diese gibt ihm, was übrig ist von dem Kalb, das sie eben gerissen hat. Der Dzulúm nimmt die Gabe an, doch er verzehrt sie nicht; denn nicht der Hunger treibt ihn umher, sondern die Lust zu herrschen. Leise im Laubwerk raschelnd, stehlen sich die Tiger auf flinken Sohlen davon, wenn sie seine Gegenwart wittern. Zerrissen liegt ein Zehntel der Herden morgens auf der Flur, und die Affen, die keine Scham kennen, heulen vor Angst in den Wipfeln der Bäume.«
»Und wie sieht er aus, der Dzulúm?«
»Keiner von denen, die ihn sahen, ist je mit dem Leben davongekommen. Aber ich denke mir, daß er sehr schön ist, denn selbst Personen mit Verstand entrichten ihm ihren Tribut.«

Wir sind in der Küche. Schwach flackert noch ein bißchen Glut unter der Asche. Die Kerzenflamme zeigt, woher der Wind bläst. Erschrocken zucken die Mägde zusammen, als in der Ferne ein Donnerschlag kracht. Nana erzählt weiter: »Einmal, schon vor langer Zeit, waren wir alle in Chactajal. Deine Großeltern hatten ein Waisenmädchen aufgenommen, und sie behandelten es, als wäre es ihr eignes Kind. Sein Name war Angelica. Sie war schön wie ein Lilienstengel und ihren Eltern in Gehorsam und Treue ergeben. Und so umgänglich war sie, so rücksichtsvoll gegen uns, die wir ihr dienten. Sie hatte eine Menge Verehrer. Aber es war, als schenkte sie ihnen keine Beachtung oder als wartete sie auf einen anderen. So gingen die Tage dahin. Bis es eines Tages hieß, der Dzulúm streiche um das Gehöft herum. Beweis dafür waren die Verheerungen, die er überall hinterlassen hatte, und der Schreck, der die Euter aller säugenden Tiere hatte verdorren lassen. Auch Angelica erfuhr davon. Und als sie die Nachricht vernahm, erzitterte sie wie die reinrassigen Stuten, wenn sie einen Schatten vor sich vorbeihuschen sehen. Von da an hatte sie keine Ruhe mehr. Die Arbeit glitt ihr aus den Händen. Sie verlor ihre Fröhlichkeit und ging umher, als suchte sie in allen Winkeln nach ihr. Zur Unzeit stand sie auf, um vom Quellwasser zu trinken, weil sie einen brennenden Durst verspürte. Dein Großvater dachte, sie wäre krank, und schickte nach dem besten Heilkünstler in der Umgebung. Der Heilkünstler kam und bat, mit ihr allein sprechen zu dürfen. Wer weiß, was da geredet wurde! Jedenfalls kam der Mann mit schreckverzerrtem Gesicht heraus und machte sich noch in derselben Nacht auf den Heimweg, ohne sich von irgend jemand verabschiedet zu haben. Angelica verzehrte sich mehr und mehr wie ein Kerzendocht. Abends ging sie hinaus, um sich im Freien zu ergehen, und kehrte erst zurück, wenn die Dunkelheit schon hereingebrochen war, mit zerrissenem, von den Dornen zerfetztem Rock. Und wenn man sie fragte, wo sie gewesen wäre, sagte sie nur, sie hätte die Richtung verloren, und dabei schaute sie uns an, als wollte sie um Hilfe flehen.

Und wir alle drängten uns in ihre Nähe, ohne doch das rechte Wort zu finden, das wir ihr hätten sagen sollen. Bis sie schließlich eines Nachts nicht mehr nach Hause kam.«
Nana nimmt die Kohlenzange und stochert in der Glut. Draußen trommelt der Gewitterregen seit einer Weile auf den Ziegeln.
»Mit Kienspanfackeln zogen die Indios aus, nach ihr zu suchen. Sie riefen, schrien und bahnten sich mit dem Buschmesser einen Weg. Sie folgten einer Spur. Und plötzlich verlor sich die Spur. Sie suchten Tag um Tag. Spürhunde hatten sie bei sich. Aber niemals fanden sie auch nur einen Fetzen von Angelicas Kleid, nie auch nur einen Überrest von ihrem Leib.«
»Hatte der Dzulúm sie geholt?«
»Sie erblickte ihn und folgte ihm wie gebannt. Ein Schritt zog den anderen nach sich, unwiderstehlich, bis dort, wo die Wege enden. Er ging voraus, schön und gewaltig, mit seinem Namen, der Sehnsucht nach dem Tod bedeutet.«

VII

Heute nachmittag machen wir einen Ausflug. Schon am frühen Morgen haben sich die Mägde die Füße gewaschen und sie dabei heftig an einem Steinblock gerieben. Dann haben sie aus ihrer Truhe die Spiegel mit Zelluloidrahmen hervorgekramt und die hölzernen Kämme. Sie haben sich gestriegelt, ihr Haar mit duftender Pomade gesalbt und rote Bänder hineingeflochten. Und nun sind sie zum Aufbruch bereit.
Meine Eltern haben ein Auto gemietet, das am Tor auf uns wartet. Wir setzen uns alle hinein, nur Nana will nicht mit, weil sie Angst hat. Sie sagt, das Auto wäre eine Erfindung des Teufels. Und sie hat sich hinterm Haus versteckt, um es nicht zu sehen.
Wer weiß, ob Nana nicht recht hat. Das Auto ist ein Ungeheuer, das schnaubt und Rauch ausspeit. Und kaum hat es uns geschluckt, da holpert es los in wildem Galopp über das

Pflaster. Es rast, als ob es eine besondere Witterung hätte, in vollem Lauf direkt auf die Pfosten und Staketenzäune zu. Aber die weichen ihm geschickt aus, und schließlich gelangen wir ohne allzu viele Quetschungen auf die Hochebene von Nicalococ.

Jetzt ist die Jahreszeit, wo man die Buben hierherbringt, damit sie ihre Drachen steigen lassen. Viele stehen am Himmel. Da ist der von Mario. Er ist aus blauem, grünem und rotem Chinapapier. Er hat einen riesigen Schwanz. Da steht er, ganz hoch oben, knatternd, als würde er im nächsten Augenblick zerreißen, stolzer als alle anderen, mit einer langen Schnur, damit er aufsteigen und frei in der Höhe schweifen kann, so daß keiner ihn einholt.

Die erwachsenen Leute schließen Wetten ab. Die Kinder rennen übers offene Feld, mitgeschleift von den Drachen, die nach dem günstigsten Stoßwind suchen. Mario stolpert und fällt, seine schrundigen Knie bluten. Aber er läßt die Schnur nicht los, er steht auf, ohne an sich hinunterzusehen, und rennt weiter. Wir Mädchen haben unseren eigenen Platz zum Beobachten, woanders als die Buben.

Was für eine unendliche Weite ist das ringsherum! Eine Ebene ohne Herden, wo kein Tier weidet, nur der Wind. Wie bäumt er sich manchmal auf und wirft die Vögel ab, die sich scheu auf seiner Kruppe gewiegt haben. Und wie er wiehert. Mit welcher Freiheit! Mit welchem Ungestüm!

Jetzt weiß ich auf einmal, daß das die Stimme ist, auf die ich seit meiner Geburt gehorcht habe. Das ist der Gefährte, der allezeit um mich ist. Ich hab ihn schon gesehn, im Winter, bewaffnet mit langen, scharfen Messern, als er unser Fleisch durchbohrte, das vor Kälte zitterte. Ich habe ihn gespürt im Sommer, träge, pollengelb, wie er auf mich zukam, mit einem Geschmack von wildem Honig zwischen den Lippen. Wenn die Nacht kommt, empfängt er sie mit wildem Wutgeheul. Und er wird sanft am Mittag, wenn die Uhr am Rathaus zwölf schlägt. Und er rüttelt an den Türen, er fegt die Blumentöpfe von den Simsen, er wirbelt die Papiere auf dem

Schreibtisch durcheinander und treibt lose Scherze mit den Kleidern der Mädchen. Aber bis heute war ich noch nie zur Wohnung seines unbändigen Willens gekommen. Und ich bleibe stehen, den Blick gesenkt, denn so – hat Nana zu mir gesagt – schaut die Ehrfurcht das an, was groß ist.

»Aber du Dummkopf. Du verschläfst ja den Augenblick, wo der Drachen deines Bruders gewinnt.«

Er ist stolz auf seinen Sieg und stürzt mit glühenden Wangen und fliegendem Atem auf meine Eltern zu und umarmt sie.

Es fängt an dunkel zu werden. Es ist Zeit, nach Comitán zurückzufahren. Kaum sind wir zu Hause, da suche ich Nana auf, um ihr zu erzählen, was ich erfahren habe.

»Weißt du was? Heute habe ich den Wind kennengelernt.«

Sie unterbricht ihre Arbeit nicht. Sie fährt fort, Mais auszubrockeln, nachdenklich, ohne zu lächeln. Doch ich weiß, daß sie zufrieden ist.

»Das ist recht, Mädchen. Denn der Wind ist einer der Neun Wächter deiner Heimat.«

VIII

Mario und ich spielen im Garten. Das Tor zur Straße steht wie immer sperrangelweit offen. Wir sehen, daß Onkel David am Eingang steht. Er schwankt ein bißchen. Seine Drillichjacke ist voller Fettflecken und Fusseln, die auch in seinen grauen, verfilzten Haaren hängen, als hätte er in einem Heuschober geschlafen. Die Schnürbändel an seinen Schuhen sind aufgegangen. In den Händen hält er eine Gitarre.

»Onkel David! Schön, daß du kommst.«

(Unsere Eltern haben es uns ans Herz gelegt, ihn ›Onkel‹ zu nennen, auch wenn er nicht mit uns verwandt ist, damit er sich nicht so einsam fühlt.)

»Ich bin nicht gekommen, um das Kleinvolk zu besuchen. Wo sind die Respektspersonen?«

»Sie sind ausgegangen. Sie haben uns ganz allein gelassen.«

»Und hast du keine Angst, daß Räuber kommen könnten?

Die Zeiten sind vorbei, wo man die Hunde mit der Leberwurst anbinden konnte. Heute pfeifts aus einem anderen Loch. Und für die neuen Sitten gibts auch schon die neuen Lieder.«

Wir sind zur Hängematte gegangen. Mit einiger Anstrengung klettert Onkel David hinein. Jetzt ist er so klein wie wir, jetzt können wir ihn ganz aus der Nähe betrachten. Wieviel Runzeln er im Gesicht hat! Mit der Fingerspitze versuche ich sie zu zählen. Eins, zwei, fünf... und plötzlich sinkt die Wange ein und wird ganz hohl, denn er hat keine Zähne mehr. Aus seinem leeren Mund kommt ein Geruch wie von überreifem Obst, bei dem es einem übel wird. Mario packt Onkel David an den Beinen und will ihn schaukeln.

»Gebt Ruhe, Kinder. Ich will singen.«

Er stimmt die Gitarre, räuspert sich kräftig und singt mit seiner brüchigen, unsicheren Stimme:

»Schon ist vorbei die Zeit der Fron,
vorbei, ihr Herren Rancheros...«

»Was heißt ›Fron‹, Onkel David?«

»Das ist die Arbeit, zu der die Indios verpflichtet sind und für die die Patrones nichts zu bezahlen brauchen. Denn jetzt ist es aus damit. Wenn die Patrones wollen, daß man ihnen den Mais aussät, ihnen ihr Vieh hütet, dann müssen sie jetzt dafür den Beutel aufmachen. Und wißt ihr, was passieren wird? Sie gehen zugrund. Jetzt werden wir bald alle gleich arm sein.«

»Alle?«

»Ja.«

»Wir auch?«

»Auch ihr.«

»Und was werden wir dann tun?«

»Was die Armen tun: um Almosen betteln; zur Essenszeit in ein fremdes Haus gehen, in der Hoffnung, daß sie einen vielleicht zu Tisch bitten.«

»Das mag ich nicht«, sagt Mario. »Ich möchte das sein, was du bist, Onkel David. Ein Jäger.«

»Ich nicht. Ich möchte die Herrin sein in dem fremden Haus und alle einladen, die zur Essenszeit kommen.«

»Komm her, Mario. Wenn du ein Jäger werden willst, dann ist es gut, wenn du weißt, was ich dir jetzt erzählen werde. Der Quetzal ist ein Vogel, der nicht überall lebt. Nur in der Gegend von Tziscao. Er baut sein Nest über hohlen Baumstämmen, um seine langen Schwanzfedern vor Schaden zu bewahren. Denn wenn er sieht, daß sie beschmutzt oder abgebrochen sind, stirbt er vor Gram. Er hält sich immer in der Höhe auf. Willst du, daß er herabkommt, so mußt du den Lockruf seines Weibchens nachahmen und so pfeifen. Da verdreht der Quetzal seinen Hals und sucht zu erkunden, aus welcher Richtung der Pfiff gekommen ist. Und dann fliegt er dir entgegen. In diesem Augenblick mußt du genau auf die Brust des Vogels zielen. Drück ab! Wenn er herabfällt, dann packe ihn, nimm die Eingeweide heraus und stopfe ihn aus mit einem besonderen Präparat, das ich dir geben werde. – Sie bleiben so schön, als wären sie noch am Leben. Und sie lassen sich gut verkaufen.«

»Siehst du,« sagt Mario herausfordernd zu mir, »es ist gar nicht so schwer.«

»Es ist mit gewissen Gefahren verbunden«, sagt Onkel David. »Denn in Tziscao sind die Seen von verschiedener Farbe. Und dort wohnen die Neun Wächter.«

»Wer sind die Neun Wächter?«

»Mädchen, sei nicht neugierig. Die Erwachsenen wissen es, und darum nennen sie diese Gegend Balún Canán. Sie heißen sie so, wenn sie unter sich sind. Aber für uns kleine Leute ist es besser, nicht davon zu reden. Und wenn du auf die Jagd gehst, Mario, dann mach es nicht wie ich. Frage, erkundige dich. Denn es gibt Bäume, es gibt Orchideen und Vögel, vor denen man sich in acht nehmen muß. Die Indios haben sie gekennzeichnet, um den Mund der Wächter zu beschwichtigen. Rühre sie nicht an, denn es würde dir Unglück bringen. Mich hat niemand gewarnt, als ich zum ersten Mal in das Bergland von Tziscao drang.«

Onkel Davids aufgedunsene, schwammige Backen zittern und ziehen sich zusammen. Ich zerreiße die Stille mit einem schrillen Akkord auf der Gitarre.

»Sing noch mal.«

Noch unsicherer und noch klangloser singt Onkel David wieder das neue Lied:

»Schon ist vorbei die Zeit der Fron,
vorbei, ihr Herren Rancheros ...«

IX

Meine Mutter steht jeden Tag in aller Frühe auf. Von meinem Bett aus höre ich, wie sie hastig eine Tasse Kaffee hinunterstürzt. Dann geht sie hinaus auf die Straße. Ihre Schritte klappern eilig über den Gehweg. Ich folge ihr in Gedanken. Sie steigt die Treppe zu den Arkaden hinauf, geht an der Kaserne vorbei, in Richtung San Sebastián. Aber dann verliere ich sie aus den Augen, und ich weiß nicht, wohin sie geht. Ich habe sie schon oft gebeten, mich mitzunehmen. Aber immer hat sie es mir abgeschlagen und gesagt, ich wäre noch zu klein, um das zu verstehen, und es wäre nicht gut für mich, so früh aufzustehn. Da tue ich, was ich immer tue, wenn ich etwas wissen will: ich frage meine Nana. Sie sitzt auf der Galerie in einem Lehnstuhl, der mit Hirschleder bespannt ist, und flickt die Wäsche. Auf dem Boden steht die Kürbisschale mit den Fadenknäueln.

»Wohin ist meine Mama gegangen?«

Es ist Mittag. In der Küche häckselt jemand Suppenkräuter auf einer Platte. Nana sucht die Fäden für ihre Arbeit aus und zögert mit der Antwort.

»Sie ist zu der Lahmen gegangen.«

»Wer ist die Lahme?«

»Eine sehr arme Frau.«

»Ich weiß schon, wie die Armen sind«, sage ich frech.

»Du hast sie oft gesehen, wie sie mit dem Blindenstock an das Haustor klopften; wie sie die Tortilla, die beim Frühstück übriggeblieben war, in ein rotes Netz steckten; wie sie sich bekreuzigten und die Münze küßten, die man ihnen gab. Aber es gibt noch andere, die du nicht gesehen hast. Die Lahme wohnt in einem Schindelhaus am Rand der Stadt.«

»Und warum besucht meine Mutter sie?«

»Um ihr eine Freude zu machen. Sie hat sich ihrer angenommen wie einer jüngeren Schwester.«

Es genügt mir noch nicht, was sie gesagt hat; ich kann es noch immer nicht verstehn. Aber ich habe schon gelernt, nicht ungeduldig zu sein, und hocke neben der Amme hin, um zu warten. Zur rechten Zeit werden schon die rechten Worte kommen.

»Am Anfang,« sagt sie, »bevor Santo Domingo de Guzmán und San Caralampio und die Jungfrau des Ewigen Erbarmens kamen, gab es vier Herren des Himmels. Jeder saß auf seinem Stuhl und ruhte. Denn sie hatten schon die Erde geschaffen, wie wir sie heute vor uns sehen, und ihren Schoß mit einer Fülle von Gaben überhäuft. Sie hatten schon das Meer geschaffen, bei dessen Anblick den Schauenden ein Zittern erfaßt. Sie hatten schon den Wind erschaffen, auf daß er ein Wächter aller Dinge sei. Doch das Werk der Erschaffung des Menschen lag noch vor ihnen. Da sprach einer der vier Herren, der ein gelbes Gewand anhatte:

›Laßt uns den Menschen erschaffen, auf daß er uns kenne und sein Herz vor Dankbarkeit erglühe wie ein Weihrauchkorn.‹

Die anderen drei stimmten mit einer Neigung des Kopfes seiner Rede zu, und sie machten sich auf, nach der Form für ihr Werk zu suchen.

›Aus was sollen wir den Menschen machen?‹ fragten sie.

Und der mit dem gelben Gewand nahm einen Klumpen Lehm und formte mit seinen Fingern das Gesicht und die Arme und die Beine. Die anderen drei schauten ihm zu und ließen ihn ihre Zustimmung spüren. Aber als das Tonmännchen fertig war und der Wasserprobe unterzogen wurde, da verlor es seine Gestalt.

›Laßt uns einen Menschen aus Holz machen‹, sagte der mit

dem roten Gewand. Die anderen waren einverstanden. Da riß der mit dem roten Gewand einen Ast ab und schnitzte daraus mit der Spitze seines Messers die Züge eines menschlichen Wesens. Als jenes Holzmenschlein fertig war, wurde es der Wasserprobe unterzogen, und es schwamm, und seine Glieder lösten sich nicht vom Leib, und seine Gesichtszüge verwischten sich nicht. Die vier Herren waren zufrieden. Doch als sie das Holzmenschlein der Feuerprobe unterzogen, da begann es zu knacken und zu knistern und war nicht wiederzuerkennen.

Eine ganze Nacht lang sannen die vier Herren nach. Endlich sprach einer von ihnen, der ein schwarzes Gewand trug:

›Mein Rat ist dieser: Einen Menschen aus Gold zu machen.‹

Und er zog das Gold hervor, das er eingeknotet in seinem Taschentuch bei sich getragen hatte, und zu viert begannen sie, ihm Gestalt zu verleihen. Einer ließ die Nase hervortreten, ein anderer setzte die Zähne ein, und wieder ein anderer wölbte die Ohrmuscheln. Als der goldene Mensch fertig war, unterzogen sie ihn der Wasserprobe und der Feuerprobe, und der goldene Mensch ging schöner und glänzender daraus hervor. Da sahen sich die vier Herren gegenseitig mit Wohlgefallen an. Und sie stellten den goldenen Menschen auf die Erde und warteten darauf, daß er sie erkenne und sie lobe. Doch der goldene Mensch blinzelte nicht einmal mit den Augen, blieb stumm und regungslos. Und sein Herz war wie der Kern des Breiapfels, so hart und trocken. Da fragten drei von den vier Herren denjenigen, der noch nicht seine Meinung gesagt hatte:

›Aus was sollen wir den Menschen machen?‹

Und dieser, der sich weder in Gelb, noch in Rot oder Schwarz kleidete, sondern ein Gewand trug, das ohne jede Farbe war, sprach:

›Laßt uns einen Menschen aus Fleisch machen.‹

Und mit seinem Buschmesser hieb er sich die Finger von der linken Hand. Und die Finger flogen durch die Luft und fielen endlich mitten unter die Dinge, ohne durch die Wasser- und die Feuerprobe gegangen zu sein. Die vier Herren konnten die Menschen aus Fleisch kaum mehr erkennen, denn die Entfernung ließ sie so klein wie Ameisen erscheinen. Von der Anstrengung, mit der sie hinunterschauten, entzündeten sich die Augen der vier Herren, und da sie so oft daran rieben, überkam sie eine Müdigkeit. Der mit dem gelben Gewand gähnte, und sein Gähnen ließ auch den Mund der drei anderen aufgehen. Und so schliefen sie ein, weil sie erschöpft und auch schon hochbetagt waren. Indessen wimmelten die Menschen aus Fleisch auf der Erde hin und her wie die Ameisen. Sie hatten schon gelernt, welche Frucht man ißt, mit welchem großen Blatt man sich gegen den Regen schützt und welches Tier nicht beißt. Und staunend blieben sie eines Tages stehen, als sie den goldenen Menschen vor sich sahen. Sein Glanz stach ihnen in die Augen, und als sie ihn berührten, wurde ihre Hand kalt wie bei der Berührung einer Schlange. Sie standen da und warteten darauf, daß der Mensch aus Gold mit ihnen rede. Es kam die Essenszeit, und die Menschen aus Fleisch reichten dem Menschen aus Gold einen Bissen Speise. Es kam die Stunde des Aufbruchs, und die Menschen aus Fleisch zogen mit dem goldenen Menschen auf ihren Schultern davon. Und Tag für Tag bröckelte etwas von der Herzenshärte des goldenen Menschen ab, bis das Wort des Dankes, das die vier Herren in ihn gelegt hatten, ihm zum Munde drang.

Die Herren erwachten, als sie ihren Namen in den Worten des Lobpreises vernahmen. Und sie sahen, was auf der Erde während ihres Schlummers geschehen war. Und sie billigten es. Und seither heißt der goldene Mensch ›der Reiche‹, die Menschen aus Fleisch dagegen heißen ›die Armen‹. Und die Herren verordneten, daß der Reiche den Armen beschütze und bewahre für all das, was er von diesem an Wohltaten empfangen habe. Und sie befahlen, daß der Arme für den Reichen antworten solle vor dem Angesicht der Wahrheit. Darum heißt es in unserem Gesetz, daß kein Reicher in den Himmel kommen könne, wenn ihn nicht ein Armer an der Hand führe.«

Nana schweigt. Sorgfältig legt sie die Wäschestücke zusammen, die sie eben ausgebessert hat, greift nach der Kürbisschale mit den farbigen Fadenknäueln und steht auf, um wegzugehn.
Doch ehe sie den ersten Schritt tut, der sie von mir trennt, frage ich sie:
»Wer ist mein Armer, Nana?«
Sie bleibt stehn, und während sie mir beim Aufstehen hilft, sagt sie:
»Heute weißt du es noch nicht. Aber wenn du älter bist, mehr Verständnis hast und aufmerksam um dich schaust, dann wirst du ihn erkennen.«

X

An den Fenstern meines Zimmers sind die Vorhänge geschlossen, weil ich das Licht nicht ertragen kann. Ich zittere vor Kälte unter den Decken und glühe doch vor Fieber. Nana beugt sich über mich und streicht mir mit einem feuchten Tuch über die Stirn. Es hilft nichts. Sie kann nicht auslöschen, was ich gesehen habe. Hier tief drin wird es bleiben, als wäre es in Stein gemeißelt. Ich kanns nicht vergessen.
Er kam von weither. Von Chactajal. Hundertvierzig Kilometer war er gegangen. Schroffe Berge, über die man klettern muß; Hochebenen, über die heulend der Wind fegt; endlose Geröllhalden. Und da lag er. Er verblutete auf einer Tragbahre, die vier Kameraden trugen. Keuchend kamen sie an, erschöpft von den furchtbaren Strapazen der Reise. Und der Sterbende atmete noch immer, als sie ihn in unser Haus hineintrugen. Wir liefen hin, um ihn anzusehen. Ein Hieb mit dem Buschmesser hatte ihm beinah die Hand vom Arm getrennt. Die Lappen, in die man sie eingewickelt hatte, waren durchtränkt vom Blut. Und er blutete auch aus den anderen Wunden. Verkrustet von Schweiß und Blut klebte das Haar an seinem Kopf.
Seine Kameraden legten ihn vor uns nieder, und da starb er.

Er sagte noch ein paar Worte, die nur mein Vater und Nana verstanden und die sie niemandem weitersagen wollten.
Jetzt ist er aufgebahrt im Pferdestall. Sie haben ihn in einen Sarg aus Ocoteholz gezwängt, der zu klein für ihn ist, und zwischen den schlecht zusammengefügten Brettern quillt noch immer Blut hervor. Ein Tropfen. Langsam bildet sich der nächste und wird immer dicker. Bis er zu schwer wird und sich losreißt. Er fällt auf den Boden, in den Mist, der ihn lautlos verschluckt. Und der Tote da ist allein. Die anderen Indios sind gleich zum Landgut zurückgegangen, denn sie werden dort zur Arbeit gebraucht. Wer sollte ihm sonst Gesellschaft leisten? Die Mägde halten ihn nicht für ihresgleichen. Und Nana ist hier bei mir und sorgt für mich.
»Haben sie ihn umgebracht, weil er ein Zauberer ist?« Ich muß es wissen. Das, was er gesagt hat, ist vielleicht das einzige, was den Blutfleck wegwischen kann, der das Gesicht des Tages entstellt.
»Sie haben ihn umgebracht, weil er das Vertrauen deines Vaters besaß. Zwietracht ist nun unter ihnen. Die Eintracht haben sie zerbrochen wie einen Stecken, den man übers Knie bricht. Der Geist des Bösen hetzt die einen gegen die anderen auf. Die einen wollen auch weiterhin, wie bisher, im Schatten des Großen Hauses leben. Die anderen wollen keinen Herrn mehr über sich.«
Ich höre nicht, was sie sonst noch sagt. Ich sehe meine Mutter, wie sie schnell dahingeht, früh am Morgen; wie sie stehenbleibt vor einem Schindelhaus. Da drin ist die Lahme. Sie sitzt in einem Lehnstuhl, die schlaffen Arme auf ihrem Rock. Meine Mutter bringt ihr das Frühstück. Aber die Lahme schreit auf, wie meine Mutter das blutige und noch zuckende Eingeweide eines geopferten Tieres ihr vor die Füße fallen läßt.
Nein, nein, das ist es nicht. Mein Vater ist es, der zurückgelehnt in der Hängematte auf der Galerie sitzt und liest. Und er sieht nicht, daß Skelette ihn grinsend umringen, mit einem lautlosen, unaufhörlichen Gelächter. Ich laufe davon, von Entsetzen gepackt, und finde meine Amme, die gerade unsere

Kleider wäscht am Ufer eines roten, trüben Flusses. Kniend klatscht sie die Linnen gegen die Steine, und in dem Getöse geht der Hall meiner Stimme unter. Und ich weine in der dumpfen Luft, während die Flut steigt und mir die Füße umspült.

XI

Meine Mutter nimmt uns mit zu einem Besuch. Im Sonntagsstaat gehen wir – Mario, sie und ich – zum Haus ihrer Freundin Amalia, der alten Jungfer.
Wie man uns die Tür öffnet, ist es, als hätte man den Deckel abgehoben von einem Zedernkästchen voll Duft, wo verblichene Bänder aufbewahrt sind und Briefe, die man nicht mehr lesen kann. Amalia kommt heraus und begrüßt uns. Sie hat einen Schal aus weicher, grauer Wolle über den Schultern. Und ihr Gesicht sieht aus wie Blütenblätter, die zwischen den Seiten eines Buches welken. Sie lächelt milde, aber wir wissen alle, daß sie traurig ist, weil ihre Haare anfangen weiß zu werden.
Auf der Galerie stehen viele Töpfe mit Begonien, die besondere Art von Palmen, die man Quetzalschwanz nennt, und andere Schattengewächse. An den Wänden sind Käfige mit Kanarienvögeln und straff gespannte Schnüre, an denen sich Winden hinaufranken. An den hölzernen Säulen ist nichts. Sie sind bloß rund. Wir treten in das Empfangszimmer. Wie viele Dinge gibt es da! Riesige Spiegel, die sich zu verneigen scheinen (weil sie so komisch aufgehängt sind), als wollten sie dem, der vor sie hintritt, ihre Reverenz erweisen. Sie schauen wie alte Leute drein, mit verschleiertem, entrücktem Blick. Da sind Eckschränkchen mit Porzellanfiguren. Fächer. Bilder von Señores, die gestorben sind. Tische, mit Mahagoni eingelegt. Eine Gruppe geflochtener Möbel aus Lianenholz. Teppiche. Bestickte Kissen. Und an einem Fenster, tief eingesunken, kaum zu sehen in ihrem Ohrsessel, sitzt eine alte Frau und starrt hinaus auf die Straße.

»Mit Mama ist es stets das gleiche, seitdem sie im Kopf nachgelassen hat ...«, sagt Amalia entschuldigend.
Mario und ich, wir stehen ganz dicht bei der alten Frau und schauen sie uns genau an. Sie ist klein, mager und hat einen Buckel. Sie merkt nicht, daß wir da stehen.
Meine Mutter und Amalia setzen sich auf das Sofa und plaudern.
»Schau, Zoraida, ich sticke an diesem Tüchlein.«
Und die alte Jungfer zieht aus einem Weidenkörbchen ein Stück schneeweißes Leinen hervor.
»Es soll ihr Gesicht bedecken, wenn sie gestorben ist.«
Mit einer vagen Geste zeigt sie auf den Sessel, in dem die alte Frau sitzt.
»Gott sei Dank habe ich alles fertig für ihre Beerdigung. Das Kleid ist aus sehr feiner Rohseide, mit Spitzenbesatz.« Sie schwatzen weiter. Einen Augenblick sprechen sie von ihrer gemeinsamen Jugendzeit. Und es ist, als brächen die Zitronenbäume des Patios mit dem Duftschwall ihrer Blüten herein in diese Kerkerluft. Sie schweigen und sehen sich erschrocken an, als wäre etwas Wunderschönes ihnen aus den Händen geglitten. Die alte Frau schluchzt, ganz leise, so daß nur wir beide, mein Bruder und ich, es hören. Schnell erzählen wir es den anderen. Besorgt geht Amalia zu dem Sessel hin. Sie muß sich tief hinunterbeugen, um verstehen zu können, was die Alte wimmert. Jammernd bettelt sie, man möchte sie nach Guatemala bringen. Ihre Tochter tut so, als wäre sie einverstanden, und rückt den Sessel zum nächsten Fenster. Die Alte beruhigt sich und schaut weiter auf die Straße hinaus, als ob sie sie zum ersten Mal sähe.
»Kommt, Kinder,« sagt die alte Jungfer zu uns, »ich möchte euch einige Leckereien geben.«
Während sie das Zuckerzeug aus der Kristalldose holt, fragt sie:
»Was ist eigentlich Wahres an den Gerüchten, die hier umlaufen?«
Meine Mutter weiß nicht, was sie meint.

»Man sagt, daß Landwirtschaftsreformen durchgeführt werden sollen; daß man den Gutsbesitzern ihr Land nimmt und daß die Indios sich gegen ihre Herren aufgelehnt haben.«
Sie sprudelt die Worte hastig hervor, ohne Atem zu holen, als ob die Eile sie ganz harmlos machen könnte. Sie zuckt mit den Lidern und wartet auf Antwort. Meine Mutter zögert und überlegt dabei, was sie antworten soll.
»Die Angst macht aus der Mücke einen Elefanten.«
»Aber wenn in Chactajal... Hat man nicht vor kurzem einen Indio zu euch ins Haus gebracht, den die Aufrührer mit dem Buschmesser angefallen haben?«
»Das ist gelogen. Es war ganz anders. Du weißt ja, wie es bei ihren Festen zugeht. Sie tranken über den Durst und gerieten sich dann in die Haare. Es ist nicht das erste Mal, daß so etwas passiert.«
Amalia sieht meine Mutter ungläubig an. Und plötzlich kommt sie zu dem Schluß:
»Jedenfalls bin ich froh, daß wir unsere Besitzungen rechtzeitig verkauft haben. Alles, was uns gehört, haben wir jetzt hier in Comitán. Häuser und Grundstücke. Das ist sicherer.«
»Für eine alleinstehende Frau wie dich ist das schon recht. Aber den Männern ist es nur draußen auf dem Lande wohl.«
Wir sind fertig mit unserem Zuckerzeug. Eine Uhr schlägt. So spät ist es schon? Die elektrischen Lichter sind angegangen.
»Die Kinder sind sehr gewachsen. Man sollte an die Vorbereitungen für die Erste Kommunion denken.«
»Sie haben noch keinen Unterricht gehabt.«
»Schicke sie zu mir. Ich werde sie vorbereiten. Ich hätte sie gern als Patenkinder.«
Sie streichelt uns freundlich mit ihrer linken Hand und bringt mit der rechten ihr Haar in Ordnung, das allmählich weiß wird. Und sie fügt hinzu:
»Wenn bis dahin Mama noch nicht gestorben ist.«

XII

Jedes Jahr feiern wir in Comitán ein paar Volksfeste. Aber keins ist so fröhlich und so lustig wie die Feiern zu Ehren von San Caralampio. Er ist berühmt als Wundertäter, und von weither kommen die Pilger in langen Zügen, um anzubeten vor seinem Bild, das in Guatemala geschnitzt worden ist und den Heiligen darstellt mit einem langen, weißen Bart und einem Heiligenschein, wie er auf den Knien liegt und der Henkersknecht mit dem Beil über seinem Kopf zum Schlag ausholt. Aber heute ist dem Volk der Zutritt zur Kirche verwehrt, weil die Regierung alle Kirchen geschlossen hat. Das ist aber noch kein Grund, das Fest ausfallen zu lassen, und so werden denn auf dem Platz um das Gotteshaus herum die Stände und Buden aufgeschlagen.
Von San Cristobal kommen schwerbepackt die fliegenden Händler mit ihrem Troß herunter und bringen gedörrte Früchte, Eingepökeltes, zusammengeschusterte Stoffpuppen mit knallrot bemalten Backen (daran sieht man genau, daß sie aus dem kalten Hochland stammen), tönerne Schäfermädchen mit kräftigen Waden, Wattelämmchen, lackierte Holztruhen, rauhe Stoffe.
Fest eingemummt in Wolldecken, breiten die Trödler auf einigen Planen, die sie auf den Boden gelegt haben, all das aus, was sie feilzubieten haben. Sie preisen ihre Habe an, mit der rauhen Stimme von Leuten, die es gewohnt sind, starken Tabak zu rauchen, und feilschen mit zäher Freundlichkeit um den Preis. Der Ranchero, der heute zum ersten Mal seine neue, grellbunte Satinjacke ausführt, vergafft sich in die Fülle der Herrlichkeiten, die da vor ihm ausgeschüttet sind. Nach langem Überlegen zieht er ein hänfenes Tuch aus seiner Tasche. Er macht die Knoten auf, in denen das Geld steckt, und kauft ein Pfund Haselnüsse, ein Bündel Zigarren und eine winzige Geige.
Weiter drüben ertönt der Singsang des Lotterieverkäufers.
»Der Nördliche Polarstern!«

Die Leute sehen auf ihren Kärtchen nach, und wer ihn findet, legt als Kennzeichen ein Maiskorn darauf.
»Tante Cleas Regenschirm!«
Die Preise schimmern auf den Gestellen. Allerlei Gegenstände aus Glas, bei denen man nicht recht weiß, was es sein soll; Ringe, die grüne Spuren hinterlassen, wo sie gesessen sind; Seidentüchlein, so duftig leicht, daß sie beim geringsten Hauch davonfliegen wie Distelflaum.
»Der Tod der Kleopatra!«
»Gewonnen!«
Alle sind furchtbar aufgeregt, und alle beneiden den Glückspilz, der vor Zufriedenheit strahlt, wie der Geschenkverteiler ihn auffordert, unter all den vielen verschiedenen Schätzen das auszuwählen, was ihm am besten gefällt.
Seit Stunden sitzen Nana und ich schon hier und haben immer noch nichts gewonnen. Ich bin traurig und fühle mich himmelweit von den Geschenken entfernt. Nana steht auf und sagt:
»Bleib ruhig sitzen. Ich bin gleich wieder hier.«
Ich sehe, wie sie hinübergeht. Sie winkt dem Besitzer des Standes und spricht flüsternd ein paar Worte mit ihm. Sie gibt ihm etwas und verbeugt sich vor ihm, als wenn sie sich bedankte. Dann kommt sie zurück und setzt sich wieder neben mich.
»Herr Gernegroß auf Promenade!«
Ich finde ihn nicht auf meinem Kärtchen. Aber Nana nimmt ein Maiskorn und legt es auf ein Bildchen.
»Ist das Herr Gernegroß?«
»Ja, der ist es.«
Ich hätte nicht gedacht, daß es eine Frucht ist.
»Die Pariser Baßmandoline!«
Wieder so ein rätselhaftes Bild.
»Das Herz einer Dame!«
»Gewonnen!« schreit Nana, und der Lotteriebesitzer klatscht begeistert Beifall.
»Welchen Preis möchtest du mitnehmen?« fragt er mich.

Ich suche mir einen Ring aus, denn ich will, daß mein Finger grün wird.
Wir schieben uns durch das Gewühl. Man tritt und stößt uns. Hoch über meinem Kopf schwirren die Scherzworte und das Gelächter hin und her. Es riecht nach billigem Parfüm, nach frisch gebügelter Wäsche, nach abgestandenem Schnaps. In riesigen Kesseln siedet gepfefferte Fleischbrühe, unaufhörlich brodelt der Zimtpunsch überm Feuer. In einer anderen Ecke des Platzes ist eine Tanzfläche aufgebaut und mit duftendem Zypergras bestreut. Darauf bewegen sich die Paare und halten sich umschlungen, wie es die Ladinos tun, während die Marimba eine zähe, schläfrige Melodie spielt.
Aber diesmal hat das Festkomitee ein Glanzstück geboten. Aus der Hauptstadt hat es etwas Unerhörtes kommen lassen, was noch keiner gesehen hat: das Riesenrad. Da steht es, groß, strahlend mit seinen tausend Glühbirnen. Nana und ich wollen einsteigen, aber so viele Leute drängen sich herzu, daß wir warten müssen, bis wir an die Reihe kommen. Vor uns ist ein Indio. Wie er an den Schalter kommt, bittet er um ein Billett.
»Hört euch das an! Dieser Hochstapler von Indio. Er spricht Spanisch. Wer gibt ihm eigentlich das Recht dazu?«
Denn es gibt Regeln. Nur wir dürfen spanisch sprechen.
»Blöder Indio, mach, daß du reinkommst. Und paß auf, daß dir nicht die Galle platzt.«
Der Indio bekommt sein Billett und gibt keine Antwort.
»Komm, nimm einen Schluck und laß das Gezeter.«
»So ein Hochstapler von Indio im Riesenrad! Das ist der Antichrist!«
Wir setzen uns in eine Art Wiege. Der Mann, der den Apparat bedient, macht die Querstange fest, die uns halten soll. Dann tritt er ein paar Schritte zurück und läßt den Motor anlaufen. Langsam werden wir in die Höhe getragen. Einen Augenblick schweben wir da oben. Comitán, das ganze Comitán liegt da vor uns, als könnte man danach greifen, wie das Gelege eines Vogels. Die dunklen Ziegel, auf denen der feuchtgrüne Moosbelag gedeiht. Die gekalkten Wände. Die

steinernen Türme. Und die Ebenen, die nirgends ein Ende nehmen. Und das Sumpfland. Und der Wind.
Plötzlich nimmt die Geschwindigkeit zu. Das Rad dreht sich so schnell, daß einem schwindlig wird.
Die Gesichter wirbeln durcheinander, die Bilder verwirren sich. Und da entfährt ein Schreckensschrei den Lippen der Menschenmenge, die uns von unten zuschaut. Zuerst wissen wir nicht, was los ist. Dann sehen wir, daß am Sitz des Indios sich die Querstange gelöst hat und er nach vorne herausgeschleudert worden ist. Im Sturz hat er das Ende des Stängchens umklammert, und da hängt er nun, während das Rad sich weiterdreht, eine Runde und noch eine Runde.
Der Mann am Motor unterbricht den Strom, aber der Schwung, den das Rad schon hat, treibt es von alleine fort, und wie es endlich stillsteht, hängt der Indio noch immer oben, schwitzend vor Erschöpfung und Angst. Stückchen um Stückchen, so langsam, daß es unseren angstvollen Augen wie eine Ewigkeit vorkommt, nähert sich der Indio dem Boden. Wie er nicht mehr allzu hoch über der Erde ist, springt er vollends herunter. Jemand streckt ihm eine Flasche Schnaps entgegen, aber er schiebt sie ohne Dank beiseite.
»Warum habt ihr denn angehalten?« fragt er.
Der Mann, der die Maschine bedient, ist wütend.
»Warum?! Blödsinniger Indio! Weil du herausgefallen bist und dir das Kreuz gebrochen hättest.«
Beleidigt blickt ihn der Indio an und knirscht mit den Zähnen.
»Ich bin nicht herausgefallen. Ich habe die Stange ausgehängt. So gefällt mir die Sache besser.«
Eine dröhnende Lachsalve folgt seinen Worten.
»So eine Ausrede!«
»Das ist ein Kerl!«
Der Indio fühlt sich von Hohn und Spott umringt. Das verhärtet seinen Trotz.
»Ich möchte noch ein Billett. Ich werde fahren, wie es mir paßt. Ich lasse mir nicht die Ration beschneiden.«

Die Neugierigen machen sich ein Vergnügen aus dem, was jetzt passieren wird. Sie tuscheln. Sie halten sich die Hand vor den Mund und lachen. Sie zwinkern sich zu.
Nana drängt sich zwischen ihnen hindurch und zieht mich hinter sich her, während ich mir den Hals verrenke, um zu dem Platz zurückzuschauen, den wir verlassen. Ich kann nichts mehr erkennen. Ich protestiere. Sie geht weiter, ohne im geringsten auf mich zu achten, gehetzt, als ob ihr eine Meute auf den Fersen wäre. Ich will sie fragen, warum. Aber die Frage bleibt mir im Hals stecken, wie ich sehe, daß ihre Augen voll Tränen sind.

XIII

Unser Haus gehört zum Sprengel der Golgatha-Kirche. Sie ist zur gleichen Zeit geschlossen worden wie die anderen Kirchen. Ich habe diesen Trauertag noch in der Erinnerung. Die Soldaten zertrümmerten mit den Gewehrkolben den Altar. Dann zündeten sie auf der Straße ein Feuer an, um die Holzteile zu verbrennen. Die verstümmelten Leiber der Heiligen wanden sich in der Glut. Und der Pöbel stritt sich um die Kronen, die man den Statuen geraubt hatte und die nun einer dem andern aus den Händen riß. Ein Betrunkener spornte sein Pferd an und preschte im Galopp mitten durch den Aschenhaufen. Und seitdem warten wir alle mit Zittern auf die Strafe.
Aber die Golgatha-Figuren hat man vor der Vernichtung bewahrt. Ihr hohes Alter, die Verehrung seit vielen Jahrhunderten hat sie geschützt. Und nun nagt der Holzwurm an ihnen in einer verrammelten Kirche.
Der Stadtpräsident hat es erlaubt, wenn auch ungern, daß einmal im Monat eine Frau aus dem Sprengel sich um die Reinigung der Kirche kümmert. Diesmal ist meine Mutter an der Reihe. Und da machen wir uns auf den Weg mit einem Gefolge von Dienstmädchen, die die Besen, die Staubwedel, die Wassereimer und Putzlumpen tragen, die man für diese Arbeit braucht.

Der Schlüssel kreischt in dem verrosteten Schloß, und schwerfällig dreht sich die Tür in den Angeln. Gerade so weit, daß wir durchschlüpfen können. Dann geht sie wieder zu.
Wie trostlos ist die Öde da innen! Die hohen, nackten Wände. Die roh gezimmerte Empore. Kein Altar ist da. Vorn in der Mitte drei riesige Kreuze, die mit violetten Laken verhängt sind, wie zur Fastenzeit.
Die Mägde fangen mit der Arbeit an. Mit den Besen dringen sie in die Winkel und Ecken, rücken den Spinnen zu Leibe und zerreißen das kostbare Gewebe, das diese in aller Stille mit so viel Geduld gesponnen haben. Eine Fledermaus flattert erschrocken hervor, aufgescheucht durch diesen Einbruch in ihren Bereich. Geblendet von der Helle, prallt sie gegen die Mauern und verfehlt die Löcher in den Glasscheiben. Wir rennen hinter ihr her, jagen sie mit unseren Staubwedeln von einem Schreck in den andern und betäuben sie mit unserem Geschrei. Es gelingt ihr zu entfliehen, und keuchend bleiben wir als die Genarrten zurück.
Meine Mutter ruft uns zur Ordnung. Wir besprengen den Boden, ehe wir ihn fegen. Aber auch so steigen noch immer Staubwolken auf, die in der Sonne flimmern. Meine Mutter fängt an, die Statuen mit einem Lappen aus feinem Gamsleder zu reinigen. Sie nimmt den Behang von einer Statue ab, und da kommt ein Christus zum Vorschein, der von langem Martyrium zerschunden ist. Er hängt am Kreuz mit zerbrochenen Gelenken. Die Knochen durchstoßen beinahe seine gelbe Haut, und das Blut fließt ihm in Strömen von seinen Händen, aus seiner aufgeschlitzten Seite und von seinen durchbohrten Füßen. Schlaff fällt der Kopf auf die Brust, und wo die Dornenkrone sitzt, quellen viele andere Blutstropfen hervor.
So unerwartet ist diese Enthüllung, daß ich erstarre. Stumm vor Entsetzen schaue ich die Gestalt einen Augenblick an. Und dann stürze ich wie blind zur Tür. Ich rüttle mit aller Kraft daran und schlage verzweifelt mit meinen Fäusten dagegen. Umsonst. Die Türe geht nicht auf. Ich bin in der Falle. Nie-

mals werde ich von hier entfliehen können. Niemals. In den schwarzen Schacht der Hölle bin ich gefallen.
Meine Mutter ist mir nachgerannt. Sie packt mich bei den Schultern und schüttelt mich.
»Was ist los mit dir?«
Ich kann nicht antworten, suche mich loszureißen und schlage um mich in irrsinniger Angst.
»Gib Antwort!«
Sie hat mir ins Gesicht geschlagen. Ihre Augen funkeln vor Bestürzung und Zorn. Etwas in mir zerbricht und gibt nach.
»Er sieht genauso aus,« (ich zeige auf das Kruzifix) »er sieht genauso aus wie der Indio mit der abgehackten Hand, den sie zu uns ins Haus gebracht haben.«

XIV

Jetzt hat der große Regen eingesetzt. Die Straßen nach der Hauptstadt sind gesperrt. Die Autos bleiben im zähen Schlamm stecken; die Flugzeuge werden vom Sturm in die Tiefe gerissen. Nur einzelne Maultierkoppeln verkehren noch zwischen den Nachbarorten und bringen Waren, Reisende und Post.
Um ihre Ankunft zu beobachten, schauen wir alle von den Balkonen hinunter. Mit dem Leittier voraus, das lebhaft mit seiner Schelle bimmelt, halten die Mulis ihren Einzug. Sie kommen mit abgewetzten Hufeisen und aufgescheuerten Rücken. Aber sie kommen von weither und bringen Nachrichten und Dinge von anderswo. Was für eine Freude ist es für uns zu wissen, daß in den fest zugenagelten Kisten und in den Packen, die mit Strohmatten umwickelt sind, die dreifarbig gestreiften Segeltuchsäcke stecken, die prall voll sind von Zeitungen und Briefen. Hier in Comitán sind wir in der Regenzeit so abgeschnitten von aller Welt. Immer sind wir fern an ihrem Rand. Ich habe einmal eine Karte der Republik gesehen, und ganz im Süden, wo wir wohnen, hörte alles auf. Weiter unten kam nicht das kleinste Kreischen mehr. Nur eine Linie, die die

Grenze ist. Und die Leute ziehen fort. Und wenn sie fortgezogen sind, schreiben sie. Aber ihre Worte kommen erst so viele Wochen später zu uns, daß sie welk und geruchlos wie verdorrte Blumen in unsere Hände gelangen. Und jetzt hat uns der Postbote nichts gebracht. Mein Vater wird die Zeitungen vom letzten Mal wieder von vorne lesen.

Wir sind im Gesellschaftszimmer. Meine Mutter arbeitet an einer Decke für den Altar der Hauskapelle, mit einer Häkelnadel und einem dicken, rauhen Garn. Mario und ich schauen auf die Straße hinaus und pressen unsere Gesichter gegen die Scheibe. Wir sehen einen Mann kommen, einen von denen, die eine Weste mit goldener Uhrkette anhaben. An der Haustür bleibt er stehn. Er klopft.

»Herein«, sagt meine Mutter, ohne ihre Häkelarbeit zu unterbrechen.

Beim Eintreten nimmt der Herr seinen Hut ab.

»Guten Tag.«

Mein Vater steht auf und begrüßt ihn.

»Jaime Rovelo! Was verschafft uns das Vergnügen, dich zu sehen?«

Sie schließen sich in die Arme, erfreut über das Wiedersehn. Vater bietet seinem Freund einen Stuhl an. Dann setzt er sich auch.

»Das Vergnügen wird nicht so groß sein, wenn du erfahren hast, was mich herführt.«

Er ist traurig. Sein grauer Schnurrbart hängt schwermütig nach unten.

»Schlechte Nachrichten?« fragt meine Mutter.

»Was für andere Nachrichten gibt es denn heutzutage?«

»Nun laß schon gut sein, Jaime. Übertreib nicht. Das eine oder andere Täubchen läßt sich doch noch fangen.«

Sie bringt es nicht fertig, daß er ein anderes Gesicht macht. Mein Vater betrachtet ihn mit Neugierde, aber noch ohne Furcht und Sorge. Der Herr weiß nicht, wie er anfangen soll. Seine Hände zittern ein bißchen.

»Habt ihr die heutige Zeitung schon bekommen?«

»Nein. Sie ist mal wieder durch irgendeine Panne auf der Strecke geblieben. Und trotzdem sind wir darauf angewiesen, uns auf die Post zu verlassen.«
»Zu mir kommt sie pünktlich. Heute habe ich einen Brief aus der Hauptstadt erhalten.«
»Von deinem Sohn?«
»So ein prächtiger Junge! Und so lernbegierig, wie er ist. Er wird demnächst sein Anwaltsdiplom bekommen, nicht wahr?«
»Ja. Er arbeitet schon für irgendeine Kammer.«
»Wie froh werden Sie jetzt sein, daß Sie ihm zu einer solchen Karriere verholfen haben.«
»Was dabei herauskommt, weiß man nie. Der Teufel zieht die Drähte, heißts im Sprichwort. Ich habe Ihnen erzählt, daß ich heute einen Brief von ihm bekommen habe.«
»Ist etwas Schlimmes passiert?«
»Die Regierung hat eine neue Verfügung gegen unsere Interessen erlassen.«
Er zieht einen Briefumschlag aus der Westentasche. Er faltet die Blätter auseinander, die darin gesteckt sind, sucht eins davon heraus und gibt es meiner Mutter.
»Lesen Sie das, bitte. Hier.«
»Es wurde das Gesetz gebilligt, nach dem die Grundbesitzer, in deren Dienst mehr als fünf Indiofamilien stehen, dazu verpflichtet sind, diesen die Unterrichtsmittel zu beschaffen, eine Schule einzurichten und persönlich für die Bezahlung eines Landschullehrers aufzukommen.«
Meine Mutter faltet das Papier zusammen und lächelt spöttisch.
»Wo hat man so etwas je erlebt? Ihnen das Lesen beibringen zu wollen, wo sie nicht einmal in der Lage sind zu lernen, wie man spanisch redet.«
»Ach was, Jaime! Fast hättest du mir einen Schreck eingejagt. Als ich dich mit dieser Totengräbermiene hereinkommen sah, da dachte ich, es wäre wirklich eine Katastrophe passiert. Aber das hier hat nichts zu besagen. Erinnerst du

dich noch an damals, wo sie den Mindestlohn festsetzten? Allen rutschte das Herz in die Hosen. Es war der Untergang. Und was geschah? Wir sind wendige Eidechsen, die man nicht so leicht in den Griff bekommt. Wir haben Mittel und Wege gefunden, uns um die Bezahlung zu drücken.«

»Denn kein Indio ist fünfundsiebzig Centavos im Tage wert. Nicht einmal im Monat.«

»Außerdem, sag doch, was täte er mit dem Geld? Sich besaufen.«

»Ich kann dir sagen, wir werden die Sache schon zu regeln wissen, genauso wie damals. Laß mich mal lesen.«

Mein Vater liest den Brief für sich und sagt:

»Das Gesetz bestimmt nicht, daß der Landschullehrer von der Behörde ernannt werden muß. So bleibt uns ein Mittel: daß wir nämlich selbst die Person aussuchen, die uns paßt. Durchschaust du den Dreh?«

Don Jaime nickt. Aber seine Miene verändert sich nicht.

»Ich biete dir die Lösung an, und du schaust noch genauso düster drein wie vorher. Gibt es sonst noch etwas?«

»Mein Sohn ist der Meinung, daß das Gesetz vernünftig und notwendig ist; daß Cárdenas ein gerechter Präsident ist.«

Meine Mutter springt auf und sagt erregt:

»Gerecht? Wenn er unsere Rechte mit Füßen tritt; wenn er uns das, was uns gehört, aus den Händen reißt? Und um es wem zu geben? Den Indios! Er kennt sie eben nicht; er hat nie in der Nähe mit ihnen zu tun gehabt und nicht gemerkt, wie sie stinken nach Schmutz und Schnaps. Er hat ihnen noch nie eine Gunst erwiesen, um dafür nichts als Undank zu ernten. Er hat ihnen noch keine Aufgabe gestellt, ihrer Faulenzerei ein Maß und Ziel zu setzen. Sie sind so heuchlerisch, so heimtückisch, so verlogen!«

»Zoraida!« sagt mein Vater vorwurfsvoll.

»Das ist wahr«, schreit sie. »Es wäre mir tausendmal lieber gewesen, nie geboren zu werden, als unter dieser Rasse giftiger Ottern aufzuwachsen.«

Ich suche das Gesicht meines Bruders. Auch ihn erschreckt

diese Stimme, genauso wie mich; diese Röte, die auf den Wangen meiner Mutter glüht. Auf den Zehenspitzen stehlen wir uns aus dem Zimmer, ohne daß die Erwachsenen es merken. Geräuschlos machen wir die Tür hinter uns zu. Damit Nana, wenn sie hier in der Nähe vorbeigeht, nicht hören kann, was gesprochen wird.

XV

»Ave-Maria!«

Eine Frau steht grüßend im Hauseingang. Sie ist alt, dick, einfach angezogen und trägt ein Bündel unter ihrem Umschlagtuch.

Die Mägde beeilen sich – mit einem wirren Flattern von gestärktem Barchent – sie hereinzukomplimentieren. Sie bieten ihr auf der Galerie einen Lehnstuhl an. Die Frau setzt sich, sie ist völlig außer Atem. Sie legt das Bündel auf ihren Schoß und wischt sich mit einem Taschentuch den Schweiß ab, der ihr über das Gesicht und die Kehle rinnt. Sie steht nicht auf, wie meine Mutter herauskommt und sie begrüßt.

»Doña Pastora! Wie wunderbar, Sie hier zu sehen! Dieses Haus ist das Ihre.«

Meine Mutter setzt sich neben sie und schaut begierig auf das Bündel.

»Viele Dinge habe ich mitgebracht. Ich kenne ja deinen Geschmack und habe beim Einkauf extra an dich gedacht.«

»Lassen Sie sehen, was Sie haben, Doña Pastora.«

»Nur so drauflos? Hier vor allen anderen?«

Die Mägde umringen uns. Das scheint der Frau nicht zu passen.

»Sie sind vertrauenswürdig«, sagt meine Mutter.

»Es entspricht nicht der Sitte.«

»Sie haben zu bestimmen, Doña Pastora. Ganz wie Sie wünschen ... Mädchen, geht an eure Arbeit. Sorgt aber vorher dafür, daß die Tür zur Straße richtig geschlossen ist.«

Es ist Mittag. Der Wind schläft im Garten, betäubt von seinem

eigenen Duft. Von weitem dringen Geräusche zu uns her: das Plantschen des Steingutgeschirrs, das man drüben in der Küche ins Wasser taucht; das eintönige Lied des Mädchens, das den Kakao mahlt. Wie still sind die Wolken da oben!
Die Frau macht die Knoten des Tragetuchs auf, und unter dem grauen Stoff quillt eine Sturzflut von Farben hervor. Meine Mutter ruft voll Erstaunen und Entzücken:
»Wie herrlich!«
»Echte guatemaltekische Gewebe. Du darfst nicht glauben, daß die Farben bei der ersten Wäsche auslaufen. Die halten dein ganzes Leben lang und bleiben immer gleich.«
Da sind die roten Laken mit gelben Streifen. Die bestickten Umhangtücher, auf denen feierlich der Mäander dahinschreitet; wo die Kolibris fliegen in blauer Luft und der Tiger seine winzige, samtene Pranke zeigt; wo der Schmetterling auf ewig zu flattern aufgehört hat.
Meine Mutter wählt dies und das und noch etwas.
»Sonst nichts?«
»Am liebsten würde ich alles nehmen. Aber die Zeiten sind schwierig. Man kann nicht so viel ausgeben wie früher.«
»Dich wirds nach anderen Dingen gelüsten.«
Doña Pastora zieht ein kleines Kästchen aus ihrer Bluse. Sie öffnet es, und darin funkeln die Juwelen. Zu Ketten geflochtenes Gold; Ohrringe aus zierlichem Filigran; die feinsten Medaillons.
»Das ist sehr teuer.«
»Du weißt ja, von wo ich komme, Zoraida, und weißt, daß ich die Reise und das Risiko einkalkulieren muß.«
»Ja, Doña Pastora, aber ...«
»Gefällt dir die Ware nicht? Nachdem ich mir bei der Auswahl die größte Mühe gegeben habe?«
Sie fragt mit einem drohenden Unterton. Meine Mutter seufzt fast vor Begierde, wie sie die Schmuckstücke sieht.
»César sagt, wir dürfen nur das Allernötigste kaufen. Die Dinge auf dem Gutshof wären ... Ich verstehe nichts davon. Nur so viel, daß ... kein Geld da ist.«

Mit einem harten Knall klappt das Kästchen zu. Doña Pastora steckt es wieder in ihre Bluse. Sie sammelt die abgewiesenen Dinge ein. Sie knotet das Tragetuch wieder zusammen. Meine Mutter sieht die Alte an, als wollte sie um Verzeihung bitten. Endlich renkt Doña Pastora wieder ein.
»Sag deinem Mann, daß ich ihm das verkaufen kann, was er braucht.«
»Was?«
»Ein Geheimnis.«
»Ein Geheimnis?«
»Einen Ort an der Grenze. Dort gibt es keine Wachen. Man kann jederzeit leicht hinüberkommen. Sag ihm, daß ich ihm zeigen werde, wo das ist, wenn er es mir bezahlt.«
Meine Mutter lächelt, sie denkt, sie hätte einen Scherz gehört.
»César wird nicht mit Ihnen konkurrieren wollen, Doña Pastora. Er denkt nicht daran, unter die Schmuggler zu gehen.«
Doña Pastora sieht meine Mutter an und sagt noch einmal eindringlich:
»Sag ihm, was ich dir gesagt habe. Es kann die Stunde kommen, wo es zu fliehen gilt.«

XVI

Schon seit ein paar Tagen hatten wir in der Schule einen unangenehmen Besuch erwartet. Heute, als Señorita Silvina uns gerade erklärte, die Augen der Wespen seien polyedrisch, klopfte es am Tor. Ihre Miene wurde vorsichtig, und sie sagte:
»Das kann er sein.«
Sie stand auf und nahm das Bild von San Caralampio ab, das immer über der großen Tafel an der Wand hing. Ein viereckiger Fleck blieb zurück, den man nicht einfach wegwischen kann. Dann befahl sie einer Schülerin, hinauszugehen und das Tor zu öffnen.
Während das Mädchen durch das Patio ging, sagte die Lehrerin zu uns:

»Denkt an das, was ich euch empfohlen habe. Kluge Zurückhaltung! Vor einem Fremden müssen wir nicht von den Sitten dieses Hauses sprechen.«
Da stand er vor uns, der Fremde. Groß, ernst, in einem schwarzen Kaschmiranzug.
»Ich bin Inspektor des Sekretariats für Öffentliche Erziehung.«
Er sprach so wie die Leute, die aus der Hauptstadt kommen. Die Lehrerin wurde rot im Gesicht und sah auf den Boden. Es war das erste Mal, daß sie sich mit einem Mann unterhalten mußte. In ihrer Verwirrung konnte sie nur stammeln.
»Steht auf, Mädchen, und sagt dem Herrn Inspektor guten Tag.«
Mit einer energischen Geste gebot er ihr Einhalt, so daß wir ihren Worten nicht gehorchen konnten.
»Lassen wir das Getue. Ich bin wegen etwas anderem gekommen. Ich möchte gern die Dokumente sehen, die Sie berechtigen, hier Schule zu halten.«
»Die Dokumente?«
»Oder wird das Geschäft hier heimlich betrieben wie eine Schwarzbrennerei?«
Die Señorita schien völlig durcheinander zu sein. Noch nie hatte man so mit ihr gesprochen.
»Ich habe keine Papiere. Meine Großeltern lehrten hier das ABC. Und dann meine Eltern und jetzt ...«
»Und jetzt Sie. Und seit Ihren Großeltern hat Generation um Generation dem Gesetz eine Nase gedreht. Im übrigen kann ich mir nicht vorstellen, daß Sie überhaupt die Befähigung haben zu unterrichten, wo Sie so viel Unwissenheit an den Tag legen. Denn ich bin überzeugt davon, Sie ahnen nicht einmal, daß die Erziehung eine Aufgabe ist, die dem Staat vorbehalten bleibt, nicht irgendwelchen Privatleuten.«
»Ja, Señor.«
»Und daß der Staat die Erziehung seinen Bürgern kostenlos zukommen läßt. Hören Sie? Kostenlos! Sie dagegen lassen sich bezahlen.«

»Einen Hungerlohn, Señor. Zwölf Reales im Monat.«
»Raub ist es. Aber lassen wir das. Welchen Lehrplan haben Sie?«
»Ich bringe ihnen bei, was ich kann. Das ABC, die vier Grundrechenarten ...«
Der Inspektor wartete das Ende ihrer Antwort nicht ab, er ließ sie stehn und ging auf eins der Mädchen zu, die in der ersten Reihe saßen.
»Du da, gib mir dein Zeugnisheft.«
Das Mädchen rührte sich nicht, ehe sie am Gesicht der Lehrerin sah, daß sie es erlaubte. Dann zog sie unter ihrem Pultdeckel ein Heft hervor und gab es dem Inspektor. Der fing an, darin zu blättern, und während er las, verschärfte sich der ironische Zug um seinen Mund.
»›Unterricht über Dinge‹. Hätten Sie wohl die Güte, Fräulein Lehrerin, mir zu erklären, welche Fächer diese Bezeichnung umfaßt?«
Señorita Silvina, die klein und verschüchtert dastand in ihrem schwarzen Kleid, sah aus wie eine Maus, die in der Falle sitzt. Die unerbittlichen Augen des Inspektors wandten sich verächtlich von ihr ab und richteten sich wieder auf das Heft.
»›Kräfte und Hebel‹. Alle Achtung! Ich versichere Ihnen, daß wir in der Hauptstadt keine Ahnung von diesen pädagogischen Errungenschaften haben. Es wäre uns sehr angenehm, wenn Sie uns diesbezüglich etwas aufklären könnten.«
Die Knie der Lehrerin zitterten so heftig, daß wir einen Augenblick glaubten, sie würde umfallen. Tastend ging sie zurück zu ihrem Stuhl und setzte sich. Da saß sie ruhig, totenblaß, wie abwesend.
»›Geschichte und Wärme‹. Hübsche Kombination! Doch wir können dabei nicht verweilen. Verfügt das Gebäude über die für eine Schule erforderlichen sanitären Einrichtungen?«
Die Stimme der Lehrerin platzte heraus, kurz und schneidend.
»Wozu fragen Sie mich das? Sie sehen doch, daß es ein alter Kasten ist, der jeden Augenblick einfallen kann.«
»Wunderbar. Und Sie sterben selig unter den Trümmern, be-

glückt darüber, sich Gott als Opfer darbringen zu können. Denn ich darf doch annehmen, daß Sie katholisch sind. Oder nicht?«

Schweigen.

»Sind Sie nicht katholisch? Beten Sie nicht jeden Tag vor und nach dem Unterricht?«

Hinten im Klassenzimmer stand ein Mädchen auf. Sie war ungefähr dreizehn Jahre alt, dick und plump. Eine von denen, die von der Lehrerin dazu verdammt waren, daß sie nie die Weltkarte zeichnen durften; denn sie war zu ungeschickt, zu schwer von Begriff.

»Wir beten ein Vaterunser, das Ave-Maria und das Gloria. Samstags einen ganzen Rosenkranz.«

»Danke schön, Mädchen. Du hast mir die Unterlage besorgt, die mir noch fehlte. Du kannst dich setzen.«

Keine von uns wagte sich umzudrehn und sie anzusehn. Wir schämten uns für sie.

»Alles andere könnte man durchgehen lassen. Aber damit ist das Maß zum Überlaufen voll. Ich versichere Ihnen, Fräulein Lehrerin, daß ich mit dem festen Vorsatz von hier weggehe, unverzüglich darauf hinzuwirken, daß diese Bude hier geschlossen wird.«

Als der Inspektor gegangen war, bedeckte die Señorita ihr Gesicht mit den Händen und fing an, stoßweise zu schluchzen, fassungslos zu weinen. Ihre Schultern – so mager, so schmal, so hilflos – waren nach vorn gebeugt, als läge auf ihnen die Last eines unerträglichen Leidens.

Alle wandten wir uns zu dem Mädchen um, das uns verpetzt hatte.

»Du bist schuld daran. Geh hin und bitte um Verzeihung.«

Das Mädchen gab sich alle Mühe zu begreifen, warum wir ihr einen Vorwurf machten. Sie wollte sich nicht von der Stelle rühren. Aber ihre Banknachbarinnen zerrten sie vom Platz und schubsten sie bis dicht vor die Lehrerin. Da blieb sie stehn, reglos, mit hängenden Armen. Sie sah, wie die Lehrerin weinte, schien aber keine Gewissensbisse zu haben. Señorita Silvina

hob das Gesicht, und mit den geröteten, noch immer nassen Augen fragte sie:
»Warum hast du das getan?«
»Sie lehrten mich doch, man soll immer die Wahrheit sagen.«

XVII

Vater hat uns aufgetragen, den Jungen, der die Zeitung bringt, nicht weitergehen zu lassen, ehe er mit ihm gesprochen hätte. Wir stellen ihn im Gang und halten ihn da so lange fest, bis Vater mit dem Frühstück fertig ist.
Der Zeitungsausträger ist ein Bursche mit einem munteren, sympathischen Gesicht.
Mein Vater begrüßt ihn freundlich.
»Setz dich, Ernesto.«
»Danke, Don César.«
Aber der Junge bleibt stehn, mit dem Stoß Papier unterm Arm.
»Da, setz dich in den Sessel. Oder hast du es eilig?«
»Nein, aber ... ich schulde Ihnen Respekt. Wir sind nicht gleichen Standes und ...«
»Wenige denken noch an diese Unterschiede. Außerdem glaube ich, daß wir halb verwandt miteinander sind. Nicht wahr?«
»Ich bin ein illegitimer Sohn Ihres Bruders Ernesto.«
»Ich habe davon reden gehört. Du hast die gleiche weiße Haut wie er, die gleichen blauen Augen. Kanntest du deinen Vater?«
»Ich sprach ein paarmal mit ihm.«
»Er war ein guter Mann, ein rechtschaffener Mann. Und du, der du seinen Namen trägst, sollst das auch sein.«
Ernesto wich mit den Augen aus, um nicht zu zeigen, wie ihm zumute war. Er setzte sich meinem Vater gegenüber und paßte dabei auf, daß man seine zerrissenen Schuhsohlen nicht sah.
»Bist du zufrieden mit deiner Arbeit?«
»Man behandelt mich gut. Aber der Lohn reicht kaum für meine Mutter und mich.«

»Du scheinst ein helles Köpfchen zu haben. Du könntest deine Ziele höher stecken.«
Ernestos Gesicht belebte sich.
»Hast du eine Schule besucht?«
»Nur bis zur vierten Grundschulklasse. Dann wurde meine Mutter krank.«
»Aber du hast das Lesen gut gelernt und das Schreiben.«
»Deshalb konnte ich diesen Posten bekommen.«
»Und hättest du keine Lust, ihn mit einem anderen zu vertauschen, wo man eine leichtere Arbeit zu tun hat und besser bezahlt wird?«
»Das ist keine Frage, Señor.«
»Ich bin dein Onkel. Sag nicht Señor zu mir.«
Ernesto sah mißtrauisch zu meinem Vater auf. Er wollte die Zigarre nicht annehmen, die er ihm anbot.
»Es handelt sich um eine ganz einfache Sache. Du weißt, daß uns jetzt vom Gesetz vorgeschrieben ist, auf dem Gutshof einen Landschullehrer anzustellen.«
»Ja. Man sagt es.«
»Aber wie immer zäumt man in der Hauptstadt den Gaul am Schwanz auf. Man befiehlt uns den Verbrauch einer Ware, die gar nicht in genügender Menge vorhanden ist. So müssen wir eben selbst sehen, wo wir sie uns beschaffen können. Und da die Schulmeister nirgends gestapelt auf Vorrat liegen, bleibt uns kein anderer Ausweg als die Improvisation. Von Anfang an habe ich gedacht, daß du dich dazu eignen würdest.«
»Ich?«
»Du kannst lesen und schreiben. Das genügt, um den Paragraphen gerecht zu werden. Und was das übrige betrifft...«
»Ich spreche nicht Tzeltal, Onkel.«
»Das brauchst du auch gar nicht. Du wirst bei uns im Herrenhaus wohnen. Dein Essen und deine Kleidung laufen selbstverständlich auf unsere Kosten. Und wir werden dafür besorgt sein, daß deiner Mutter nichts abgeht. Sie ist krank, sagst du.«
»Sie ging einmal nach dem Bügeln erhitzt ins Freie und holte

sich dabei eine Erkältung. Schließlich wurde sie blind. Eine Nachbarin sorgt für sie.«

»Wir könnten ihr genügend Geld hierlassen, damit sie das Nötige hat für die Zeit, wo du weg bist.«

»Wie lange wäre das?«

Jetzt, wo Ernesto wußte, auf welchem Gelände er sich bewegte, fand er sein Selbstvertrauen wieder. Er war stolz darauf, hier zu sein, einem der Señores mit Weste und goldener Uhrkette gegenüberzusitzen, sich mit ihm zu unterhalten und dabei seine Zigarren zu rauchen. Außerdem kam er sich wichtig vor. Und das hob seinen Wert in seinen eigenen Augen.

»Die Frist hängt von den Umständen ab. Falls du nicht zufrieden sein solltest, kannst du jederzeit wieder umkehren. Ich kann dir allerdings garantieren, daß es dir zusagen wird. Chactajal hat ein gutes Klima. Und wir behandeln dich gut.«

»In bezug auf den Lohn ...«

»Darüber werden wir uns schon einig werden. Und schau, du mußt dich nicht Hals über Kopf entscheiden. Geh nach Hause, laß dir die Sache in Ruhe durch den Kopf gehen, besprich es mit deiner Mutter. Und wenn es dir zusagt, so laß es mich wissen.«

»Wann werden wir zum Rancho reisen?«

»Nächste Woche.«

XVIII

Weil ich jetzt nicht mehr zur Schule gehe, bin ich den ganzen Tag zu Hause. Und die Zeit wird mir lang. Ich laufe hinter den Mägden her, in den Vorratsraum, in die Kleiderkammern, ins Speisezimmer. Ich schaue ihnen zu bei ihrem Herumwirtschaften. Überall bin ich ihnen im Weg und setze mich immer auf den Stuhl, den sie gerade abstauben wollen. Ich mache sie ungeduldig, wenn ich die Bettdecke zerwühle, die sie gerade glattgestrichen haben.

»Kleiner Tunichtgut, warum gehst du nicht und kaufst ein Päckchen Haltmichfest?«

Ich stehe auf und gehe hinaus auf die Galerie, allein. Die Eseltreiber kommen und gehen mit den Wasserkufen, deren Inhalt sie in der Küche in große irdene Krüge schütten. Nana röstet Kaffee. Sie kümmert sich nicht um mich, genauso wenig wie um die jungen Hunde, wenn sie auch noch so bellen.

Ich mache eine Tür auf. Es ist das Arbeitszimmer meines Vaters. Ich habe auch früher schon oft in den Schubladen gestöbert. Sie sind nicht abgeschlossen. Da liegen Stöße von Briefen, mit alten Bändern zusammengebunden. Und Bilder von bärtigen Señores, die vergilbt und verschwommen aussehen. Blasse Señoritas mit offenem Haar. Nackte Kinder, die auf der Tischdecke strampeln. Ich kenne sie schon auswendig. Papiere voll Zahlen. Die verstehe ich nicht. In den Regalen sind viele Bücher. Sie sind so groß, daß jeder die Lücke sehen würde, wenn ich eins herausnähme. Aber hier ist ein Heft. Es ist klein und hat nur wenige Seiten. Darin steht etwas Handgeschriebenes, und daneben Zeichnungen, wie sie Mario manchmal macht.

Ich verstecke das Heft unter meiner Schürze und stehle mich davon. Niemand ist um den Weg. Unbemerkt komme ich bis zum Hinterhof. Da, im Schutz eines Feigenbaumes, fange ich an zu lesen:

›Ich bin der ältere Bruder meines Stammes, sein Gedächtnis. Ich war unter den Gründern der geweihten Städte heiliger Zeremonien. Ich gehöre zu denen, die von dannen zogen, ohne das Gesicht zurückzuwenden. Ich lenkte ihre Schritte auf den Wanderzügen. Ich öffnete ihnen den Pfad durch den Wald. Ich führte sie in dieses Land der Sühne.

Hier, an dem Ort, der Chactajal heißt, errichteten wir unsere Hütten; hier woben wir den Stoff für unsere Kleider; hier formten wir den Ton, uns seiner zu bedienen. Abgeschieden von den anderen, hoben wir nicht in unserer Faust die Beute des Krieges empor. Auch zählten wir nicht im verborgenen den Gewinn des Handels. Um den Baum versammelt, nachdem wir die Arbeit des Tages beendet hatten, riefen wir unsere friedlichen Götter bei Namen. Ach, wir freuten uns in

dem Glauben, daß unser Dasein ihren Augen angenehm sei. Aber ihr Ratschluß hielt den Schrecken für uns bereit.
Es gab Vorzeichen. Dürre und todbringende Seuchen und anderes Unheil. Doch unsere Wahrsager vermochten nicht, den Sinn solch leidvoller Ahnung zu enträtseln. Sie drangen nur in uns, auf daß in der Nacht, im geheimen, ein jeder sich beuge, sein Herz zu prüfen; auf daß er die Kralle der Habsucht zähme, dem Gedanken des Ehebruchs die Tür verschließe und hemme den schnellen Fuß der Rache. Aber wer bannt die Wolke, in deren Leib der Blitz sich schlängelt. Die kommen sollten, sie kamen.
Hochfahrend, von harter Gebärde und dröhnender Stimme. So waren die Werkzeuge unserer Strafe.
Wir schliefen nicht auf Lanzen, sondern in der Ermattung, wie ein Tag voller Mühe und Arbeit sie schenkt. Wir übten unseren Blick nicht im Lauern und Spähen, sondern weiteten ihn in erschrockenem Staunen. Und von alters her hatten wir wohl das Amt der Opfer erlernt.
Wir beweinten das geknechtete Land; wir beweinten die entehrten Jungfrauen. Doch zwischen uns und dem zerstörten Idol gab es nicht einmal den Weg der Klage. Nicht die Brücke des Wehgeschreis noch den Flügel des Seufzers. Von Geiern zerhackt, ein Gespött der Hyänen, so sahen wir unsere Beschützer, die wir jahrhundertelang voll Demut auf unseren Schultern getragen hatten. All dies haben wir gesehen, und – es ist wahr – wir sind nicht gestorben.
Für die Demütigung hat man uns aufgespart, für niedere Knechtsarbeit. Man schied uns wie das Unkraut vom Weizen. Zum Verbrennen recht und gut genug, mit Füßen getreten zu werden. So hat man uns zugerichtet, meine kleinen Brüder.
Und es geschah, daß rings im Land der Fremdling den Glanz verbreitete, der ausgeht von der Farbe seines Gesichts. Und siehe, er wußte Tribut zu fordern, hatte die Macht zu strafen, umwehrt von den Mauern seiner Sprache – wie wir umwehrt waren von unserem Schweigen –, und er herrschte.
Als erster kam der, den sie Abelardo Arguëllo nannten. Auf

sein Geheiß legten wir den Grund für das Große Haus und wölbten das Dach der Kapelle. Verzweiflung lag auf unserem Gesicht zu der Zeit, da er lebte. Und das Neugeborene fand man am Morgen erdrückt vom Leib der Mutter. Denn wir wollten nicht, daß das Leiden weiter und weiter gehe.

José Domingo Arguëllo hieß der, welcher nach ihm kam. Dieser dehnte seine Besitzungen aus, bis dorthin, wo der Fluß und der Berg ihm Einhalt geboten. Er zog die Linien für die Weidezäune und begann mit der Zucht von Tieren. Im Galopp stürzte er vom Pferd und starb, ehe sein Ehrgeiz ans Ziel gelangte.

Josefa Arguëllo, seine Tochter, die finster und herrschsüchtig war, führte die Peitsche ein und den Block. Einem Zauberer gab sie Gewalt, damit er uns am Gängelband ihrer Willkür führe. Und niemand konnte ihr zuwiderhandeln, ohne daß großer Schade über ihn kam. Auf ihren Befehl wurden viele Mahagonibäume und Zedern gefällt. Aus diesem Holz ließ sie alle Möbel des Hauses zimmern. Sie starb ohne Nachkommen, verhärmt in der Einsamkeit.

Rodulfo Arguëllo lernten wir nicht kennen. Er übertrug seine Gewalt auf einen anderen und preßte uns mit fremder Hand den letzten Schweißtropfen aus. Damals schickte man uns zum Pacayal, dort zu roden und den Boden zu bereiten für den Anbau des Zuckerrohrs. Von Chactajal schleppten wir auf unserem Rücken den Mahlstein für die Zuckermühle hinauf. Auch kaufte man feine Zuchttiere, mit denen die Herden veredelt wurden.

Estanislao Arguëllo, der Witwer, war von sanftmütigem Wesen. Zu seiner Zeit zerstreute sich viel Vieh und streunte wild in den Bergen umher. Und soviel Salz wir auch in die Lecktröge schütteten, es gelang uns nicht, die Tiere wieder herabzulocken, und sie duldeten nicht das Brandzeichen auf ihrem Fell. Uns wurde mehr Chinin zugeteilt. Und es erging die Anordnung, daß Frauen keine schwere Arbeit tun sollten. Der Witwer starb hochbetagt an einer Krankheit.

Eine Waise, ein ›Findelkind‹ – wie man damals sagte – war

die Erbin, denn sie stand dem Sterbenden in der Todesstunde bei: Otilia. Andere, blutsnahe Verwandte machten ihr die Erbschaft streitig. Da waren die abgelegenen Landstücke nicht mehr zu halten. Und so ging die Weide im ›Tigerwinkel‹ verloren. Ebenso die vom ›Haus des Blitzes‹. Otilia, die geschickt im Sticken war, schmückte den Mantel, in den die Himmelsjungfrau gehüllt ist, die in der Kapelle steht. Auf ihren Ruf hin kam der Priester von Comitán, die Kinder zu taufen und die Paare zu trauen, die in ungeweihter Ehe lebten. Seitdem Otilia bei uns Pate stand, tragen wir alle christliche Namen. Durch Heirat erhielt sie den Namen Arguëllo. Ihr Schoß brachte nur Männer hervor, und jedem ihrer Söhne hinterließ sie einen Teil ihrer Habe. So wurden auch wir verteilt und gelangten in die Hände verschiedener Herren. Und hier ist es, hier, meine jüngeren Brüder, wo wir uns wieder versammeln. In diesen Worten finden wir uns wieder vereint wie am Anfang, gleichwie am Stamm des Ceibabaumes seine vielen Zweige sich vereinigt finden.‹

Ein Schatten, dunkler als der der Feigenblätter, fällt auf mich. Ich blicke auf. Es ist meine Mutter. Hastig will ich das Heft verstecken. Doch sie hat es schon an sich genommen und schaut es an, wie gebannt.

»Das ist kein Spielzeug für dich«, sagt sie schließlich. »Mario wird es erben, der Stammhalter.«

XIX

Gestern ist von Chactajal das Gespann gekommen, mit dem wir reisen sollen. Die Tiere ruhen jetzt aus im Stall. Als man heute morgen nach ihnen sah, waren ihre Mähnen und Schwänze geflochten und geringelt. Und die Mägde sagen, man hätte in der vergangenen Nacht das Klirren von silbernen Sporen auf dem Pflaster gehört. Das wäre der Sombrerón gewesen, das Gespenst, das durch die Felder und Ortschaften streift und an den Köpfen der Tiere sein Zeichen hinterläßt, das Unheil verkündet.

Vor einer Weile kam Ernesto, um sein Gepäck abzuliefern. Es war nur Wäsche, dreimal zum Wechseln. Er hatte sie in eine gewöhnliche Strohmatte gewickelt und mit einem Koppelriemen verschnürt.
Nana geht nicht mit uns auf den Gutshof, aus Angst vor den Zauberern. Aber sie macht die Vorbereitungen für unsere Reise. Schon früh am Morgen ließ sie die Frau kommen, welche die Schokolade walkt. Zusammen wogen sie den Kakao ab und berechneten den Zucker und die anderen Zutaten, die man daruntermischt. Dann ging die Frau in das Zimmer, das extra für sie hergerichtet ist, und ehe sie sich einschloß, warnte sie:
»Niemand darf hier hereinkommen, solange ich arbeite. Denn es gibt Leute, die den sengenden Blick haben und alles mit Fluch behaften, was sie anschauen. Und dann gerinnt die Schokolade.«
Aber die Frau, welche die Kerzen gießt, macht kein Geheimnis aus ihrer Arbeit. Mitten im Patio steht sie, im vollen Sonnenlicht. Überm Feuer schmilzt in einem großen Kupferkessel das Wachs. Die Frau singt und hängt die Lichtdochte an die Nägel, mit denen das hölzerne Rad bespickt ist. Dann gießt sie mit einer großen Schöpfkelle das geschmolzene Wachs aus dem Kessel auf die Dochtfäden. Bei jeder Drehung des Rades werden die Dochte dicker, und so werden Kerzen daraus.
Im Lehmofen backen die Mägde das Brot; gelblich, von einer nur wenig dunkleren Rinde überkrustet, kommt es heraus und duftet nach Überfluß, nach Segen, nach Reichtum. Sie legen es in große Körbe, betten es vorsichtig hinein, damit es nicht zerbröckelt, und decken es dann mit weißen, steif gestärkten Servietten zu.
Da sind die Bügeleisen, Backe an Backe mit der Kohlenglut. Bis eine Hand sie trennt. Dann dampfen die Laken, in denen noch die Feuchtigkeit sitzt. Sie lassen ihren Duft von Sauberkeit aufsteigen, die Erinnerung an ihre endlosen Siestas in der Sonne, an ihr langes Flattern im Wind.

Am Ende des Hinterhofes wird ein Schwein zerlegt, das sie in aller Frühe geschlachtet haben. Das Fett brodelt jetzt und stößt paffend einen dicken, schmutzigen Rauch aus. Nahebei lecken die Hunde das Blut, das die Erde noch nicht ganz aufgesogen hat. Hunde, die keuchend auf der Lauer liegen, bis etwas abfällt, und die sich knurrend zwischen den Beinen der Leute herumtreiben, die alle Hände voll zu tun haben. Das Haus ist wie ein Bienenkorb, voll Rumoren, Fleiß und Eifer. Nur die Indios hocken gelassen auf der Galerie und lausen sich. Meine Mutter stört es, daß sie so faul dasitzen. Aber es gibt keine Arbeit, die sie ihnen jetzt gerade geben könnte. Da fällt ihr etwas ein:
»He, du da, wie heißt du? Geh zum Haus der Jungfer Amalia Domínguez. Sie braucht einen Eseltreiber zum Wasserholen. Und du auch. Erkundige dich, wo Don Jaime Rovelo wohnt. Man muß den Unkrautdschungel in seinem Patio roden.«
Folgsam stehen die Indios auf. Über der Schulter tragen sie den Schnappsack mit ihrem Proviant: dem Posolkloß und den gerösteten Fladen. Das ist alles, was sie bei sich haben, und dieses Wenige haben sie mitgebracht vom Rancho. Denn sie wissen, daß man ihnen da, wo sie hingehen, nichts zu essen gibt.

XX

Nana nimmt mich beiseite, um mir Lebewohl zu sagen. Wir sind in der Hauskapelle. Wir knien vor den Altarfiguren. Dann macht Nana das Kreuzeszeichen auf meiner Stirn und sagt:
»Ich komme, Dir mein Kindchen anzuvertrauen. Herr, Du bist dessen Zeuge, daß ich jetzt nicht mehr über ihm wachen kann, denn die Ferne wird uns nun scheiden. Aber Du, der Du hier ebenso bist wie dort, nimm Du es in Deinen Schutz. Ebne Du ihm die Wege, daß es sich nicht stößt, daß es nicht fällt. Daß der Stein sich nicht gegen es wende und es treffe. Daß das wilde Getier sich nicht auf es stürze, es zu beißen.

Daß der Blitz nicht das Dach röte, unter dem es Zuflucht gefunden hat. Denn mit meinem Herzen hat es Dich erkannt und Dir Treue gelobt und Ehre erwiesen. Denn Du bist der Mächtige, denn Du bist der Starke.
Erbarme Dich seiner Augen. Auf daß sie nicht um sich blicken, wie die Augen des Raubvogels blicken. Erbarme Dich seiner Hände. Auf daß es sie nicht verschließe, wie der Tiger seine Krallen schließt über der Beute. Auf daß es sie öffne, um zu geben, was es besitzt. Daß es sie öffne, um zu empfangen, dessen es bedarf. Im Gehorsam gegen Dein Gesetz.
Erbarme Dich seiner Zunge, daß sie nicht Drohungen von sich gebe, wie das Messer Funken von sich gibt, wenn Klinge gegen Klinge schlägt. Mache sein Inneres rein, damit Taten daraus erwachsen, die nicht dem kriechenden Gewächs gleichen, sondern großen Bäumen, die Schatten spenden und Frucht bringen.
Bewahre es davor, wie ich es bis jetzt davor bewahrt habe, Verachtung auszuatmen. Wenn jemand kommt und vor seinem Angesicht sich beugt, so soll es sich nicht brüsten und sagen: ›Ich habe den Nacken dieses Füllens geduckt.‹ Laß es sich gleichfalls niederbeugen, damit es jene köstliche Blüte pflücke, die nur wenigen auf dieser Welt zuteil wird und deren Name Demut ist.
Du hast ihm Diener gewährt. Du wirst ihm auch den Geist eines älteren Bruders verleihen, eines Hüters und Wächters. Du wirst ihm die Waage verleihen, welche die Taten wägt. Auf daß seine Geduld größeres Gewicht habe als sein Zorn. Auf daß sein Mitleid größeres Gewicht habe als seine Gerechtigkeit. Auf daß seine Liebe größeres Gewicht habe als seine Rache.
Eröffne ihm die Einsicht und mache sie weit, auf daß es die Wahrheit erfasse. Auf daß es innehalte, ehe es die Peitsche niedersausen läßt, weil es weiß, daß jeder Peitschenhieb eine Narbe in die Schulter des Folterknechts gräbt. Damit sein Tun gleich dem Balsam sei, den man auf die Wunden träufelt.
Ich komme, Dir mein Kindchen anzuvertrauen. Dir vertraue

ich es an. In Deinen Schutz befehle ich es. Auf daß Du alle Tage, wie man den Krug zum Fluße trägt, ihn dort zu füllen, sein Herz dahin führst, wo es die Wohltaten erfährt, die ihm von seinen Dienern zuteil geworden. Auf daß es ihm nie fehle an Dankbarkeit. Auf daß es sich an den Tisch setze, wo nie der Hunger sich niedergelassen hat. Auf daß es das Tuch küsse, das darauf ausgebreitet liegt und schön ist. Auf daß es die Mauern seines Hauses betaste, die verläßlich sind und fest gefügt. Das ist unser Blut und unsere Arbeit und unser Opfer.«

Wir hören von der Galerie, wie die Fuhrleute hin und her laufen, wie die Mägde herumrennen, die beim Zumachen der Kisten helfen. Die Pferde sind schon gesattelt und stampfen auf den Ziegelsteinen des Vorplatzes. Die Stimme meiner Mutter ruft suchend meinen Namen.

Nana steht auf. Und dann wendet sie sich zu mir und sagt: »Es ist Zeit zum Abschiednehmen, Mädchen.«

Aber ich knie noch immer auf dem Boden und halte mich weinend fest an ihrem Tzec; denn ich will nicht fortgehen.

Zart macht sie sich los und hebt mich empor zu ihrem Gesicht. Sie küßt mich auf die Wangen und macht das Kreuzeszeichen auf meinen Mund.

»Schau, durch das, was ich da gebetet habe, ist es jetzt, als würde ich dir wieder, wie früher, die Brust geben.«

XXI

Wie wir Comitán verlassen, ist es schon heller Tag. Mein Vater und Ernesto reiten voraus, hoch zu Roß. Meine Mutter, mein Bruder und ich, wir reisen in Sänften, die von den Indios getragen werden. Das Tempo ihrer Schritte richten sie nach dem, der am langsamsten geht. Die Sonne sticht durch den Baldachin über unseren Köpfen, der aus guatemaltekischem Leinen ist. Die Luft wird dick und schwül unter der Plane und macht uns das Atmen schwer.

Spät erst hören die Ebenen auf. Und an ihrem Ende steigt

steil das Gebirge auf, mit seinen hundert Steinmessern und dem vertrackten Trippelpfad. Wie hoch wir emporsteigen, kann ich am Keuchen des Indios hören, der mich trägt. Mit uns klettern die Kiefern. Sie halten den Wind mit den unzähligen Fingern ihrer Hände auf und lassen ihn wieder los, gesalbt mit heilsamem Harz. Zwischen den Felsen wächst eine blaue, starre Blume, die einen Duft von Blütenstaub verströmt, in dem trunken die Biene summt. Die Erde ist roh und schwarz.

Irgendwo drin im Hochwald zuckt ein Blitz herab. Wie auf den Pfiff ihres Schäfers sammeln sich die schwarzwollenen Wolken und ballen sich über uns zusammen. Mein Vater schreit einen Befehl auf Tzeltal und läßt dabei die Peitsche auf die Kruppe seines Pferdes klatschen.

Die Indios gehen schneller. Wir müssen nach Lomantán kommen, ehe der Wolkenbruch losgeht. Doch kaum haben wir den Kamm des Höhenzugs überschritten, da beginnen die Tropfen schon dichter zu fallen. Zuerst ist es nur ein leichter Schauer, und wir hoffen, daß er nicht lange anhalten wird. Aber dann wird der Regen immer stärker; kleine Sturzbäche schwappen über die hochgebogenen Hutkrempen herab und rinnen durch die Falten der Wachstuchumhänge, die nicht groß genug sind, um uns richtig zu bedecken.

Endlich sehen wir in der Ferne ein paar einfache Hütten mit Dächern aus Palmwedeln und Wänden aus Flechtwerk, das mit Lehm beworfen ist. Magere, räudige Hunde mit triefenden Lefzen kommen hervor, sowie sie die fremden Menschen wittern, und kläffen uns an. Der Radau lockt die Leute herbei. Neugierig treten sie unter die Türen. Es sind Indios. Frauen mit unterwürfig gesenkter Stirn, die den gierigen Mäulchen der kleinen Kinder die Brust geben; dickbäuchiges, barfüßiges Wuselvolk; alte Männer mit gelben Gesichtern und ohne Zähne.

Vater reitet voraus und zügelt sein Pferd vor einer der Hütten. Er spricht mit einem, der so aussieht, als wäre er hier der Oberste von allen. Aber der antwortet nur mit sprachlosem

Staunen. Vater zeigt auf uns alle, die wir bis auf die Haut durchnäßt sind vom Regen. Er sagt, daß wir ein Feuer brauchen, um uns das Essen warmzumachen; ein Dach, wo wir unterschlupfen können. Er holt ein paar Silbermünzen aus seiner Satteltasche und will sie ihm geben. Der Indio hat unsere Not begriffen, aber er will uns nicht helfen. Was er da vor sich sieht, bewirkt nur verstockte Ablehnung in seinem traurigen, geistesabwesenden, ausdruckslosen Gesicht.
Uns bleibt nichts anderes übrig, als weiterzuziehen. Wir mühen uns im dicken Nebel voran, der ›Blindekuh‹ mit uns spielt. Bald sinken die Tiere ein in dem aufgeweichten Hang, bald rutschen ihre Hufe funkensprühend, mit einem unangenehmen, schneidenden Geräusch über die Felsplatten. Sehr vorsichtig setzen die Indios einen Fuß vor den anderen.
Gegen sieben Uhr abends kommen wir nach Bajucú. Die Kienspanfackel lodert in der Mitte der Hofeinfahrt. Auf der Galerie des Herrenhauses sitzen auf langen Holzbänken die Frauen, eingemummt in dicke, schwarze Umschlagtücher.
»Guten Abend, Herrin«, sagt mein Vater und steigt vom Pferd. »Gewährst du uns nicht ein Obdach?«
»Der Hausherr ist in Comitán. Er hat die Zimmerschlüssel mitgenommen. Es sei denn, daß Sie die Nacht hier außen zubringen möchten.«
Nachdem wir eine Tasse Kaffee getrunken haben, machen wir es uns auf der Galerie bequem. Die Wachstuchumhänge benutzen wir als Kissen. Auf den Backsteinboden legen wir Strohmatten und Schaffelle. So müde sind wir, daß wir einschlafen, noch ehe die Kienspanfackel erlischt.

XXII

Beim Morgendämmern ist die Luft rein, frisch aus Gottes Mund gehaucht. Bald wird sie ganz erfüllt vom Getöse des Tages. Im Stall lassen die Kühe ihren dampfenden Atem über den Rücken der Kälbchen streichen. Im Hof plustern die Truthähne ihr Gefieder auf, und die Weibchen, häßlich und armselig, scharren am Boden und suchen nach einem kleinen Wurm. Mit gespreizter Würde thront die Glucke über ihrer Brut.

Die Pferde sind schon gesattelt. Früh brechen wir auf von Bajucú, denn der Weg ist weit. Gemächlich geht es voran, wir werden eingeschläfert vom gleichmäßig schaukelnden Gang der Indios und der Pferde. Im Dickicht der Bäume singen leise die Vögel, so als wäre ihr Zwitschern darin das glänzendste, grünste Blatt. Auf einmal erhebt sich ein Geräusch über alle anderen und erfüllt die Gegend ringsum. Es ist der Fluß Jatatá, der sich schon von weitem ankündigt. Mächtig angeschwollen strömt er daher, schleppt abgerissene Äste mit sich und totes Vieh. Lehmig und zäh, von langsamer, unaufhaltsamer Gewalt. Die Hängebrücke, die über ihn gespannt war, ist gestern nacht gebrochen. Und nicht einmal ein schlechtes Kanu ist da, mit dem man hinüberkommen könnte.

Aber wir dürfen uns nicht aufhalten. Wir müssen weiter. Mein Vater nimmt mich in seine Arme und setzt mich vor sich auf den Sattelknopf. Ernesto nimmt meinen Bruder zu sich. Beide geben ihren Pferden die Sporen und schlagen mit der Peitsche auf sie ein. Angstvoll wiehern die Pferde und sträuben sich, auch nur einen Schritt zu tun. Wie sie endlich ins Wasser gehen, bespritzen sie alles um sich herum mit kaltem Schaum. Sie schwimmen, die Augen vor Entsetzen weit aufgerissen, kämpfen gegen die starke Strömung an, die sie den Fluß hinabtreiben will, weichen den Stämmen und dem Unrat aus und halten ihre Lefzen krampfhaft über Wasser.

Am anderen Ufer werden wir abgesetzt, Mario und ich. Ernesto bleibt bei uns, damit wir nicht allein sind. Mein Vater macht kehrt, um den Zurückgebliebenen zu Hilfe zu kommen. Wie wir alle wieder beisammen sind, ist es Zeit zum Essen.

Am Ufer zünden wir ein Feuer an. Wir holen den Proviant aus den Satteltaschen: Scheiben von Räucherschinken, gebratene Hühnchen, hartgekochte Eier. Und auf den Schreck,

den wir hinter uns haben, auch einen Schluck Comiteker Schnaps. Wir essen mit Appetit und strecken uns dann im Schatten aus, um ein Weilchen Siesta zu halten.
Auf dem Boden krabbeln Ameisen in langer Kolonne und schleppen mühsam Brosamen und winzige Stückchen Gras. Über den Zweigen flutet die Sonne und vergoldet sie. Beinahe könnte man die Stille in der Hand abwiegen.
Wann war es, daß wir zuerst die Tritte im raschelnden Laub hörten? Im Halbschlaf sahen wir ein Hirschkalb vor uns auftauchen. Verfolgt von wer weiß was für einer größeren Gefahr kam es und stutzte am Rand des Tischtuchs, zitternd vor Schrecken und Angst, mit Flanken, die vor Erschöpfung flatterten, einen feuchten Glanz in den weitgeöffneten Augen, die Ohren gespitzt. Es wollte kehrtmachen und fliehen, aber Ernesto hatte schon seine Pistole gezogen und abgefeuert, mitten auf die Stirn des Tieres, wo noch kaum sichtbar das Geweih sproßte. Da lag es, alle viere von sich gestreckt, die Hufe mit Schlamm überzogen von seinem Todeslauf, das Fell noch glänzend vom letzten Schweiß.
»Es hat seinen Tod gesucht.«
Ernesto will keinen Ruhm dafür ernten, aber man sieht es ihm an, daß er stolz ist auf seine Tat. Mit einem Taschentuch reibt er sorgfältig den Lauf seiner Pistole blank, dann steckt er sie wieder ein.
Mario und ich gehen ängstlich auf den Platz zu, wo der Hirsch liegt. Wir haben nicht gewußt, daß man so einfach stirbt und dann ruhig liegenbleibt. Einer von den Indios, der hinter uns ist, kniet nieder und hebt mit dem spitzen Ende eines Steckens das Lid des Hirsches. Da ist ein erloschenes Auge, trüb wie eine Lache von abgestandenem Wasser, in dem es schon zu faulen beginnt. Die anderen Indios knien auch vor dem nackten Auge nieder, und sie sehen etwas auf seinem Grund; denn wie sie sich aufrichten, ist ihr Gesicht ganz anders geworden. Sie ziehen sich zurück und hocken, etwas weiter weg, auf ihren Hacken. Sie wollen nicht in unserer Nähe sein. Von dort schauen sie zu uns herüber und flüstern.

»Was sagen sie?« fragt Ernesto, dem es nicht ganz behaglich ist.
Mein Vater tritt mit seinen schweren Stiefeln das Feuer aus.
»Nichts. Aberglauben. Mach die Pferde los. Wir gehen.«
In seiner Stimme staut sich der Zorn. Ernesto versteht nicht.
Er bohrt weiter:
»Und der Hirsch?«
»Wird hier verwesen.«
Seitdem nennen die Indios diesen Ort: ›Wo unser Schatten verwest‹.

XXIII

Die nächste Stelle, wo wir halten, ist Palo María, eine Viehzüchterei, die den Basen meines Vaters gehört. Sie sind zu dritt: Tante Romelia, die von ihrem Mann geschieden ist und sich jedesmal einschließt in ihrem Zimmer, wenn sie die Migräne bekommt; Tante Matilde, die noch nicht verheiratet ist und errötet, wenn sie zu jemandem guten Tag sagt; und Tante Francisca.
Seit Jahren leben sie schon auf dem Hof. Seitdem sie Waisen sind und Tante Francisca das Kommando im Hause übernommen hat. Sie sind selten in die Stadt heruntergekommen. Da sahen wir sie im Damensitz auf ihren drei weißen Maultieren daherreiten, wie sie die dunklen Seidenschirmchen über sich kreisen ließen, mit denen sie sich vor der Sonne schützten. Ein paar Tage blieben sie bei uns, gingen zum Arzt, bestellten Kleider bei der Näherin, und wenn sie Besuche machten, hörten sie sich (Tante Romelia mit Entzücken, Tante Matilde mit Bestürzung und Tante Francisca mit Verachtung) die Klatschgeschichten an, über die die Leute in Comitán sich gerade aufregten. Und wenn sie sich verabschiedeten, schenkten sie Mario und mir einen silbernen Peso und ermahnten uns, doch ja recht artig zu sein.
Dann hörten wir wieder lange nichts von ihnen, außer dem

bißchen, was in den kurzen Briefen stand, die sie ab und zu schrieben.
Diesmal sind *wir* ihre Gäste. Sie haben uns nicht erwartet, und darum unterbrechen sie ihre Willkommensrufe mit allerlei Befehlen an die Mägde, die auseinanderstieben, um das Abendessen zu machen und die Zimmer zu lüften und zu fegen, in denen wir wohnen sollen. Indessen setzen wir uns alle auf die Galerie, um etwas Erfrischendes zu trinken.
»Es ist uns eine große Freude, euch bei uns zu haben«, sagt Tante Matilde und sieht dabei vor allem Ernesto an.
»Warum spielst du nicht etwas auf dem Klavier?« fragt Tante Romelia bittend. Und halblaut fügt sie hinzu: »Matilde kennt einen Walzer, ›Im Schatten eines Manglehaines‹, – zauberhaft, sage ich euch, zauberhaft. Voller Arpeggien. Unglücklicherweise vertrage ich keine Musik. Beim ersten Arpeggio ist die Migräne schon da.«
»Haben dir die Medikamente von Doktor Mazariegos nicht geholfen?«
»Doktor Mazariegos ist ein hochgelehrtes Haus. Aber mein Fall ist kompliziert, César, sehr kompliziert.«
Sie ist stolz auf ihre schwache Gesundheit und stellt sie vor sich hin wie eine eroberte Fahne.
»Schon leergetrunken, Señor?«
Tante Matilde greift nach Ernestos Glas.
»Sag nicht Señor zu ihm. Er ist dein Neffe. Ein Sohn meines Bruders Ernesto.«
»Wirklich?«
Man sieht es Tante Matilde an, daß ihr das nicht paßt. Tante Francisca sagt schnell dazwischen:
»Es freut mich zu wissen, daß du zur Familie gehörst.«
»Auch wenn ich nichts weiter bin als ein Bastard?«
Die Stimme Ernestos ist trotzig und hart. Tante Matilde wird rot und läßt ihr Glas auf den Boden fallen. Sie hält sich ihre Schürze vors Gesicht und rennt davon, ins Haus hinein.
»Da hast du deine Basen, César«, sagt Tante Francisca. »Sie heulen, wenn ihnen eine Fliege ums Ohr surrt, werden ner-

vös, schlucken Aspirin. Und ich bin diejenige, die zum Besen greifen und die Scherben zusammenkehren muß.«
Nach dem Abendessen geht meine Mutter gleich zu Bett, weil sie sehr müde ist. Tante Romelia und Tante Matilde gehen mit ihr. Wir bleiben noch ein Weilchen im Speisezimmer. Die Gasolinlampe an der Decke brummelt, als verschmause sie die Insekten, die in immer neuen Schwärmen sie umschwirren.
Tante Francisca sagt:
»Ich glaubte, du kämest dieses Jahr nicht herauf nach Chactajal, César.«
»Warum nicht? Ich bin noch jedesmal gekommen, um die Zuckerernte und die Markierung des Viehs zu beaufsichtigen.«
»Ich dachte, daß du allenfalls allein kommen würdest. Warum hast du deine Familie mitgebracht?«
»Zoraida wollte mich begleiten. Und da die Kinder nicht zur Schule gehen...«
»Das ist unklug. Was sich dort auf den Ranchos abspielt, ist nicht gerade das Richtige für die Augen kleiner Kinder. Ich überlege sogar, ob es nicht für meine Schwestern gut wäre, eine Reise nach der Hauptstadt zu machen. Du hast es ja an Romelia gesehen. Sie ist völlig gesund: aber sie findet eine gewisse Genugtuung in der Vorstellung, sie litte an sämtlichen Krankheiten. Und Matilde – die gehört eigentlich noch nicht zu den Alten. Meinst du nicht auch, Ernesto?« – Tante Francisca bekommt keine Antwort. Sie spricht weiter: »Sie braucht ein bißchen Zerstreuung«.
Mein Vater nimmt ihre Hand zwischen seine Hände.
»Und du?«
Ohne Zögern und ohne Heftigkeit zieht sie ihre Hand zurück und steht auf, als wollte sie damit sagen, daß das Gespräch zu Ende wäre:
»Ich bleibe hier. An meinem Platz.«

XXIV

Bei Sonnenuntergang kommen wir an in Chactajal. Rings um den Ceibabaum im Hof stehen wartend die Indios. Sie kommen herbei, damit wir ihre Stirn mit unseren Fingern berühren, und geben uns den ›Imbiß‹: Hühner, denen die Beine und Flügel fest zusammengeschnürt sind, so daß sie nicht davonflattern können, frische Eier, ein bißchen Mais und Bohnen. Es gehört sich so, daß wir diese Gaben dankbar annehmen. Vater befiehlt, eine große Karaffe Schnaps und einen Ballen Baumwollstoff an die Indios zu verteilen. Dann gehen wir in die Kapelle, um dafür zu danken, daß wir heil und gesund angekommen sind. Sie haben die Kapelle geschmückt wie an den Feiertagen: Girlanden aus Kreppapier sind aufgehängt, und der Boden ist mit duftendem Zypergras bestreut, die Himmelsjungfrau auf dem Altar hat ihr seidenes Gewand an, das mit falschen Perlen bestickt ist. Aus einer großen Kürbisschale zu ihren Füßen, die voll Früchte ist, steigen hundert Wohlgerüche zu ihr auf. Meine Mutter kniet nieder und betet die Mysterien des Rosenkranzes. Die Indios respondieren nur mit einer einzigen namenlosen Stimme.

Nach dem Gebet setzen wir uns auf die Bänke, die der Wand entlang stehen. Eine der Indiofrauen (wohl von den Höhergestellten, wie man an dem Respekt sieht, mit dem die anderen ihr begegnen) legt meiner Mutter eine Schale voll Atole in die Hände. Mutter nippt nur ein bißchen von dem Getränk und gibt es dann an mich weiter. Ich nippe auch nur und gebe die Schale meiner Nebensitzerin, und so geht es fort, bis wir alle dieselbe Stelle mit den Lippen berührt haben.

In einer Ecke der Kirche stimmen die Musiker ihre Instrumente: eine Trommel und eine Weidenflöte. In dieser Zeit bereiten sich die Männer, die auf der linken Seite sitzen, darauf vor, sich ihre Tanzpartnerinnen auszusuchen. Sie hüsteln und brechen immer wieder in Gelächter aus. Die Frauen warten auf ihrem Platz, die Hände im Schoß gefaltet. Dort fangen sie das rote Tuch auf, das ihnen der Mann zuwirft, aber nur

dann, wenn sie vortreten wollen, um mit ihm zu tanzen; haben sie keine Lust dazu, so lassen sie es auf den Boden fallen, wie aus Versehen.
Die Musik – traurig, schrill, rauh, wie der Wind, der durch die Gebeine eines Toten fährt – durchdringt uns ganz mit ihrer Wehmut. Die Paare erheben sich und bleiben kurze Zeit stehen, ohne sich zu bewegen, in einem genauen Abstand, einer dem anderen zugekehrt. Die Frauen mit gesenktem Blick, ihre Arme hängen schlaff am Leib herunter. Die Männer stehen vorgebeugt, die Hände auf dem Rücken. Sie tanzen, beinah ohne die Füße zu heben, und rufen so, Stunde um Stunde, mit ihren Sohlen im Wechsel den Boden tretend, inständig ein Wesen an, das keine Antwort gibt.
Die Zypergräser verlieren ihren Saft und ihren Glanz und Duft. Die Kerzen sind heruntergebrannt. Schwer von Schlaf, lehne ich meinen Kopf auf die Schulter meiner Mutter. Auf den Armen tragen sie mich hinüber ins Große Haus. Durch einen Spalt meiner Augenlider sehe ich den Schein der Kienspanfackel, die im Hofe brennt; die Palmen, hinter denen die Säulen der Galerie stehen; und im Schatten die bösen Blicke von denen, die nicht zum Fest gehen wollten.
Von meinem Bett aus höre ich immer noch, wer weiß wie lange, den eintönigen Rhythmus der Trommel und der Flöte, das Knistern und Prasseln der brennenden Scheiter, die Grillen, die versteckt im Grase zirpen. Ab und zu das Heulen eines wilden Tieres, das sich verlassen fühlt im Dickicht des Bergwaldes.
»Wer ist da?«
Zitternd richte ich mich auf. In der Dunkelheit kann ich nicht das Gesicht des Menschen erkennen, der vor mir steht. Ich glaube, es ist die Gestalt einer Indiofrau, einer Indiofrau ohne Alter, ohne Gesicht.
»Nana«, rufe ich leise.
Die Gestalt kommt näher und setzt sich auf den Bettrand. Sie berührt mich nicht, streichelt mir nicht über den Kopf, wie es meine Nana immer getan hat, um mich einzuschläfern; sie

läßt nicht ihren Atem über meine Wange streifen. Aber sie haucht mir diese Worte ins Ohr:
»Ich bin bei dir, Kind. Und ich werde herbeieilen, wenn du mich rufst, wie die Taube, wenn man die Maiskörner ausstreut. Schlaf jetzt. Träume, daß dieses weite Land dein ist; daß du die Schafe vieler, vieler friedlicher Herden scherst; daß im Überfluß die Ernte geborgen in den Scheunen ruht. Aber hüte dich, daß du nicht aufwachst mit dem Fuß im Fangeisen, die Hand ans Tor genagelt, als wäre dein Traum ein ruchloses Unrecht gewesen.«

ZWEITER TEIL

> Alle Monde, alle Jahre, alle Tage, alle Winde ziehen ihre Bahn und gehen dahin. Und desgleichen gelangt alles Blut an den Ort seiner Ruhe, wie es zu seiner Macht und zu seinem Thron gelangt. CHILAM-BALAM VON CHUMAYEL

Dies ist aus jenen Tagen im Gedächtnis geblieben:

I

Der Wind der Dämmerfrühe zerreißt die Nebeldecke über der Hochebene. Die Dunstfetzen steigen auf und zerstreuen sich, während schweigsam die große Fläche sich enthüllt, weiter und weiter sich ausbreitend, mit taufeuchtem Gras, mit verkrümmten, einsam aufragenden Bäumen, bis dahin, wo der Rumpf des Gebirges sich erhebt, bis dahin, wo der Fluß Jataté aufblinkt.

Inmitten der Ebene steht das Große Haus, ein solider Bau mit dicken Mauern, die einem Angriff zu trotzen vermögen. Die einzelnen Räume des Hauses liegen wie nach der Schnur ausgerichtet eines neben dem anderen, als habe ein nicht allzu begnadeter Architekt hier sein Talent erprobt. Sie sind finster, denn das Licht kann nur durch schmale Fenster einfallen. Die Dachziegel sind geschwärzt vom Regen und von der Zeit. Die drei Galerien haben hölzerne Geländer. Von dort aus zeigte César seinem Neffen die Schuppen, die als Küche und Speicher dienten, und die am anderen Ende des Hofes gelegenen Pferche.

»Diese Pferche ließ Großmutter Josefa errichten, als sie zu alt war, um noch aufs Feld hinausgehen zu können. Auf der Ga-

lerie sitzend, schaute sie zu, wie das Vieh gebrandmarkt wurde. Stück um Stück wurden die Rinder vor ihren Augen gezählt.«
»Sie war mißtrauisch.«
»Wer wäre das auch nicht? Die Verwalter sind doch Gauner, einer wie der andere. Der letzte, den ich hatte, hockt noch heute hinter Gittern.«
Mit einem herzhaften Frühstück im Leib, umweht von der Kühle der morgendlichen Stunde, so gegen neun, wo jedermann pünktlich mit dem ihm aufgetragenen Tagewerk begann, fühlte César sich glücklich. Und ein Wohlwollen überkam ihn, selbst gegen diejenigen, die danach getrachtet hatten, ihm sein Glück zu entreißen. Wie etwa jener Gutsverwalter.
»Fast hätte er mich an den Bettelstab gebracht. Ich war in Europa. Blutjung. Man hatte mich – wie alle Söhne wohlhabender Familien von Comitán – hinübergeschickt zum Studium. Aber ich habe nicht den richtigen Kopf für derlei Dinge und habe es darum auch zu keinem Titel gebracht. Ach, aber vergnügt habe ich mich! Stell dir vor: in diesem Alter, mit einer Stange Geld versehen, in Paris! Solange meine Eltern lebten, lief alles in schönster Ordnung. Aber dann kam die üble Zeit. Ich war am Absaufen. Der Verwalter faselte mir was vor von wegen Revolution und so, wurstelte nach eigenem Belieben und speiste mich mit irgend etwas ab. Ich kehrte zurück, gerade noch rechtzeitig, um den Hof zu retten.«
Ernesto interessierten die geschäftlichen Angelegenheiten nicht. Er verstand nicht, wovon sein Onkel redete: Hypotheken, Pfändungen, Zahlungsforderungen.
»Und ist es Ihnen leichtgefallen, sich in Chiapas wieder einzuleben, nachdem Sie im Ausland gewesen waren?«
»Du hast keine Ahnung davon, wie einem das eigene Land fehlt, wenn man fort ist, weit fort. Selbst nach Paris ließ ich mir Kaffee, Schokolade und Beutel mit saurem Posol schicken. Nein, niemals würde ich Chactajal zum Tausch geben für irgendein Paris in Frankreich.«
César gehörte nicht zu den Menschen, die sich verpflanzen

lassen. Von wo er herkam, dorthin würde ihn auch stets sein Weg zurückführen. Und wo immer er auch sein mochte, er würde allezeit der sein, der er war. Sein Wissen um die Größe der Welt verringerte nicht sein Gefühl für die Bedeutung der eigenen Person. Doch war es ihm natürlich am liebsten, dort zu leben, wo die anderen seine Auffassung teilten; wo der Name Arguëllo etwas galt; wo sein Vermögen dem der anderen entsprach oder es gar übertraf.

Zum ersten Mal kam Ernesto dem Wesen eines dieser Männer nahe, die er von ferne so sehr beneidet und bewundert hatte. Begierig sog er jede Geste, jedes Wort in sich auf. Das Haften am Herkommen, die völlig selbstsichere Unbekümmertheit allem gegenüber, was ringsum in der Welt geschah, erschienen ihm als ein weiteres Zeichen von Stärke und Unverwundbarkeit. Ernesto wußte es nun. Sein Platz war unter den Señores; er gehörte zu ihrer Kaste. Um die Gefühlsregung zu verbergen, die diese Entdeckung in ihm hervorrief, fragte er, auf ein Gebäude zeigend, das sich in einiger Entfernung erhob:

»Ist das die Kapelle, in der wir gestern beteten?«

»Ja. Hast du bemerkt, daß die Figur Unserer Lieben Frau des Heils aus Holz geschnitzt ist? Man hat sie aus Guatemala herübergebracht, auf dem Rücken von Indios. Sie ist von wundertätiger Kraft.«

»Die Glocke hat heute schon vor Tagesanbruch geläutet.«

»Damit die Peones aufwachen. Mein Vater erzählte mir, daß früher die Indios, sobald sie die Glocke hörten, aus ihren Hütten gerannt kamen, um sich hier unter dem Ceibabaum zu versammeln. Der Aufseher wartete dort auf sie mit der Ration Chinin und einer Peitsche in der Hand. Und ehe er sie an die Arbeit schickte, verabreichte er einem jeden ein paar gute Hiebe. Nicht zur Strafe, sondern um sie vollends munter zu machen. Und die Indios stritten sich um die ersten Plätze. Denn wenn die letzten an die Reihe kamen, war der Aufseher bereits müde geworden und schlug nicht mehr mit derselben Kraft.«

»Macht man das jetzt nicht mehr so?«

»Nein, das ist vorbei. Ein gewisser Estanislao Arguëllo hat es verboten.«

»Warum?«

»Mein Vater meinte, weil er ein Mann mit sehr fortschrittlichen Ideen war. Aber ich behaupte, daß er es tat, weil er beobachtet hatte, daß es den Indios eine Lust war, geschlagen zu werden; was die Sache sinnlos machte. Gewiß ist jedenfalls, daß die anderen Gutsbesitzer darüber wütend waren. Sie sagten, das schlechte Beispiel mache Schule, und die Indios könnten ihnen nicht länger Respekt entgegenbringen, wenn man ihnen den Respekt nicht beibrächte. Die Patrones übernahmen daraufhin selbst das Amt, sie zu peitschen. Viele Indios von Chactajal liefen zu anderen Höfen über, weil sie dort – wie sie sagten – mit mehr Hochschätzung behandelt würden.«

»Und Don Estanislao?«

»Blieb stur. Die Nachbarn wollten ihm eins auswischen und strengten einen Prozeß an wegen Grenzstreitigkeiten. Aber sie rannten mit dem Kopf gegen die Wand. Der Alte war ein gerissener Advokat und wies sie in ihre Schranken. Erst später, nach dem Tod meiner Eltern, wurde – ihrem Testament gemäß – Chactajal geteilt. Schade drum. Aber bei so vielen Erben blieb keine andere Wahl.«

»Sie können sich nicht beklagen. Sie haben Kopf und Herz des Anwesens bekommen.«

»Ich bin der Erstgeborene. Auch die Indios habe ich als Arbeitskräfte geerbt.«

»Ich habe die Hütten gezählt. Es sind mehr als fünfzig.«

»Viele stehen leer. Man sagt, daß der erste Arguëllo, der sich hier niederließ, eine recht ansehnliche Siedlung vorfand. Aber es wurde allmählich immer weniger damit. Seuchen gehen um – viel Ruhr und Malaria – und dezimieren die Indios. Andere laufen weg. Sie verschwinden im Bergwald und fliehen. Außerdem habe ich einige Familien an die anderen Arguëllos verschenkt. Genau genommen, sind zwanzig übriggeblieben.«

Er schaute auf das Gewirr von Dächern. Nur von einigen stieg Rauch auf. Die anderen verrieten kein Leben.
»Die leerstehenden Hütten zerfallen. Du wirst denken, daß die Leute recht haben, die sagen, das wäre das Ende; denn du bist ein Neuling und hast noch keine Erfahrung. Wie oft haben wir nicht zum Himmel geschrien wegen schlimmerer Dinge: verheerende Seuchen, Revolutionen, Mißernten! Aber danach kommt wieder eine gute Zeit, und wir leben weiter und sind weiterhin die Herren.«
Warum geschah es denn jetzt nicht so, ausgerechnet jetzt, wo Ernesto gekommen war? Er hatte ein Anrecht darauf, die Zeit des Überflusses, der Sorglosigkeit mitzuerleben. Genauso wie alle anderen Arguëllos.
Ein Hüterjunge kam herüber vom Pferdestall, zwei feurige, leichte Rosse am Halfter führend, die für den Ausritt gesattelt waren. César und Ernesto gingen die Stufen hinab, die von der Galerie in den Hof führten. Sie schwangen sich in den Sattel und entfernten sich in gemächlichem Trab vom Herrenhaus. Der Junge lief voraus, das große Tor zu öffnen und ihnen freie Bahn zu schaffen. Kaum waren sie auf den Weg gekommen, der sich zwischen den Hütten hindurchschlängelt, da reizte das Klappern der Pferdehufe den Diensteifer der mageren Hunde, die sich das von Räude und Flöhen zerschundene Fell kratzten und nun wie toll drauflos kläfften. Die Weiber, die auf dem Boden knieten und Mais mahlten, unterbrachen ihre Arbeit und blieben reglos sitzen, die Arme starr, wie angewurzelt, auf den Mahlstein gestemmt, mit schlaffen Hängebrüsten unterm Hemd. Durch die offene Hüttentür oder durch die Lücken im Wandgeflecht gafften sie den beiden nach. Die nackten, prallbäuchigen Kinder, die sich spielend mit den Schweinen im Schlamm wälzten, wandten den Reitern ihre plattnäsigen Gesichter, ihre neugierig blinzelnden Augen zu.
»Die Indioweiber da stehen dir zur Verfügung. Mal sehen, bis wann so ein Wicht von deiner Farbe sich da herumtreibt.«
Ernesto behagte dieser Spaß nicht, denn er fühlte sich durch

ihn auf das Niveau der Untergebenen abgeschoben. Trocken gab er zur Antwort:
»Ich habe meine schlechten Augenblicke, Onkel, aber keinen schlechten Geschmack.«
»Das sagst du jetzt. Warte ab, bis ein paar Monate vorüber sind, und du wirst deine Meinung ändern. In der Not frißt der Teufel Fliegen. Ich spreche aus Erfahrung.«
»Sie?«
»Das nimmt dich wunder? Ja, ich. Wie alle anderen. Ich habe sie mit einer Ladung Kinder beglückt.«
Er hatte ihnen eine Gunst erwiesen. Die Indiofrauen waren danach begehrter als zuvor. Sie konnten nach Belieben heiraten. Immer sah der Indio in seiner Frau dann den Vorzug, daß sie dem Patrón gefallen hatte. Und die Kinder gehörten zu denen, die sich zum Herrenhaus hielten und ihm in Treue dienten.
Ernesto stellte sich zur Beurteilung dieses Verhaltens nicht auf die Seite der Opfer. Er zählte sich nicht zu ihnen. Der Fall seiner Mutter lag anders. Sie war keine Indiofrau. Sie war eine einfache Frau vom Dorfe, aber weiß. Und Ernesto war stolz auf das Arguëllo-Blut. Die Herren hatten ein Recht darauf, ihre Rasse fortzupflanzen, wo sie wollten. Der unentwickelte, dunkle Gerechtigkeitssinn, der in Ernesto schlummern mochte, war überdeckt von der Gewöhnung an den Anblick unzähliger solcher Beispiele, an denen kein Mensch etwas Anstößiges fand, und wurde außerdem überschattet von der Bewunderung, die er diesem Mann entgegenbrachte, der mit so anmaßender Selbstsicherheit ihm vorausritt. Als wollte er helfen, das Geheimnis zu wahren, fragte er:
»Weiß es Doña Zoraida?«
Aber sein Hehlerdienst war überflüssig.
»Was? Das mit den Kindern? Wahrscheinlich.«
Sie hätte dumm sein müssen, um eine so offenkundige Tatsache nicht zu sehen. Außerdem war sich jede Gutsbesitzersfrau darüber im klaren, daß ihr Mann als Hauptbulle auf dem Hof fungierte. Stand Zoraida im Schutz eines besonde-

ren Heiligen, daß sie die einzige Ausnahme hätte sein sollen? Überdies bestand da gar kein Grund zum Groll. Solche Kinder, solche Weiber haben nichts zu bedeuten. Nur das gesetzlich Anerkannte zählt.
Sie hatten die Hütten hinter sich gelassen. Niedriges, stachliges Gesträuch säumte den Weg. Die Dornen verhakten sich im dicken Stoff der Hosen und zerkratzten die glatten Ledergamaschen. César gab seinem Pferde leicht die Sporen, damit es seinen Trab beschleunigte, bis zu der Stelle, wo das Gestrüpp sich lichtete.
»Das ist die ›Totengruftweide‹. Man nennt sie so, weil wir hier auf eine Grabstätte mit Skeletten und Tonscherben stießen, als wir die Pfosten für das Drahtgehege einrammten. Ein verrückter Gringo, der sich hier herumtrieb, angeblich auf der Jagd nach Schmetterlingen ...«
»Ach ja, dem sie den Spitznamen Mister Peshpen aufhängten.«
»... aber nach was für Schmetterlingen! Was er suchte, war sicher Erdöl oder Erz oder sonst was dergleichen. Nun also, dieser Mister Peshpen war begeistert von dem Fund. Er wollte uns anstacheln, noch weitere Ausgrabungen zu machen; denn in den Büchern stehe, daß überall hier herum archäologisches Gebiet sei, wir also hochbedeutsame Ruinen entdekken könnten. Aber das einzige, was dabei herausgekommen wäre, wenn wir unsere Arbeit im Stich gelassen hätten, um Löcher in den Boden zu bohren, wäre wohl mein eigener Ruin gewesen. Als Mister Peshpen sah, daß ich nicht darauf einging, verlegte er sich darauf, mir einige Aufzeichnungen abzuschwatzen, die ich in meinem Haus in Comitán aufbewahre und die ein Indio geschrieben hat.«
»Ein Indio hat sie geschrieben?«
»Ja, und obendrein in Spanisch. Mein Vater befahl ihm, dies zu schreiben, um damit das Alter und die Größe unseres Besitztums nachzuweisen. Wie die Dinge nun mal stehen, wirst du begreifen, daß ich ein solches Dokument nicht aus der Hand geben wollte, so interessant und ungewöhnlich es

auch sein mochte. Mister Peshpen mußte ich zum Trost die Scherben schenken, die wir ausgegraben hatten. Er nahm sie mit nach New York, und von dort schickte er mir ein Foto. Sie sind dort im Museum.«

Sie ritten weiter. Vor ihnen breitete sich ein Weideland aus, von hohem Gras bewachsen, in dem der Wind sich wiegte. Kaum ragten daraus die Hörner und die Rücken der Rinder hervor, die weit verstreut auf der riesigen Fläche grasten.

»Dann sind diese Gehege also noch ganz neu?«

»Ich habe die Zäune hier ziehen lassen. Nicht weil der Boden hier besonders günstig wäre. Es gibt besseren. Ich tat es, um mein Teil von dem der anderen deutlich abzugrenzen.«

»In welcher Richtung liegt das Teil meines Vaters?«

»Dein Vater erhielt sein Erbe in Bargeld ausbezahlt.«

»Hat er nie hier gearbeitet?«

»Ich habe es schon immer gesagt: Geld bringt nichts ein und hat keinen Bestand. Schneller als ich es dir erzählen kann, hatte er es verpulvert: schlechte Geschäfte, Vergnügungen. Als er starb, war er bankrott.«

»Wenn er Zeit gehabt hätte – man sagt ja, er wäre ein sehr gewandter Mann gewesen –, hätte er sich wieder hocharbeiten können. Wenn nicht dieser verhängnisvolle Unfall gewesen wäre ...«

César warf dem Jungen einen raschen Seitenblick zu: redete der Bursche so aus Harmlosigkeit oder aus Berechnung?

»Es war kein Unfall. Es war Selbstmord.«

Ernesto riß am Zügel und brachte sein Pferd zum Stehen. Er hatte jenes Gerücht gehört, aber nie daran geglaubt. Die Brutalität dieser Bestätigung brachte ihn aus der Fassung.

»Er tötete sich selbst? Warum?«

»Er steckte bis zum Hals in Schulden und wußte nicht, wie er sie begleichen sollte.«

»Aber kurz zuvor hatte er doch eine sehr reiche Frau geheiratet, jene Grajales von Chiapas.«

»Sie wollte nicht einen Centavo herausrücken, um ihm zu helfen.«

»Verdammtes Weibsstück!«
»Sie fand heraus, daß er sie nur ihres Geldes wegen geheiratet hatte. Die Mädchen aus der heißen Zone sind nicht so sanftmütig wie unsere Frauen. Sie konnte es ihm nicht verzeihen. Aber danach, als sie schon Witwe war, suchte sie selbst die Gläubiger auf, um alles zu bezahlen.«
»Starb er ohne Testament?«
»Er hinterließ einen Brief mit seinen Letzten Wünschen.«
»Hat er nichts von mir gesagt?«
»Nein. Warum?«
»Weil ich sein Sohn bin.«
»Du bist nicht der einzige. Außerdem hat er dich nie anerkannt.«
César hatte diese Worte ausgesprochen, ohne die Absicht, irgend jemand damit zu beleidigen. Für ihn war das Benehmen seines Bruders so natürlich, daß er nicht einmal daran dachte, einen mildernden Umstand anzuführen oder eine Entschuldigung vorzubringen. Aber wenn er hinter sich geblickt hätte, so hätte er im Gesicht Ernestos einen Fleck entdeckt, so dunkelrot, als wäre er eben geohrfeigt worden. Zitternd vor Wut am ganzen Leib, konnte er der Behauptung Césars nicht widersprechen; denn das, was dieser gesagt hatte, war die Wahrheit. Nein, es konnte keine Rede davon sein, daß er zur Herrenkaste gehörte. Ernesto war nichts weiter als ein Bastard, dessen sich sein Vater schämte. Denn sooft er auch, dem Rat seiner Mutter und seiner eigenen Sehnsucht, seinem eigenen Bedürfnis folgend, sich ihm zu nähern versucht hatte, war er stets mit einem Geldstück abgespeist worden, als ob er ein Bettler wäre. Und trotz alledem hatte er jenen Mann geliebt, der nie bereit gewesen war, für seinen Sohn etwas anderes zu sein als ein Fremder. Ernesto empörte sich gegen diese Schwäche seines Herzens, die den Zynismus seines Vaters billigte, die Gleichgültigkeit, die Leichtfertigkeit, mit der dieser – ein Achselzucken genügte – sich seiner Pflichten entledigte. Er hatte sich gefreut über die Nachricht von der Heirat seines Vaters und über die Tatsache, daß die Braut ein Mäd-

chen von so angesehenem Namen und solchem Reichtum war. Nie würde er dieser Zugereisten – von Chiapas, aus der heißen Zone – verzeihen können, daß sie ihn hatte sterben lassen. Das Leben seines Vaters war hundertmal mehr wert als die Eifersucht und Erbitterung irgendeiner Frau. Er, sein Sohn, der Verstoßene, wäre glücklich gewesen, wenn er ihm hätte beistehen und helfen können. Er, der mehr Grund zum Groll hatte als irgend sonst jemand. Aber nun war nichts mehr zu machen. Und Ernesto hing weiterhin einem Schatten des Toten an; dem Bruder, der denselben gebieterischen Tonfall hatte, wenn er sprach; der ähnliche Gebärden machte; der sich in derselben abweisenden Distanz hielt wie der andere.

Sie waren zu einem kleinen Pferch gelangt. Unter einem Baum ließen sie ihre Tiere halten. Von dort aus hörten sie, immer näherkommend, das Geschrei der Viehtreiber – tou! tou! tou! –, das Bellen der Hirtenhunde, das jedesmal anschwoll, wenn sie einem Jungstier den Weg versperrten, der mit gesenktem Kopf aus der Herde auszubrechen suchte, um sich in Freiheit zu tummeln. Sich stoßend und drängend, geblendet von den Staubwolken, die ihre Hufe aufwirbelten, strömten die Rinder mit lautem Brüllen in den Pferch.

»Dieser Trupp da ist eine feine Rasse, eine Kreuzung mit Zebus. Gutes Fleisch, und die Bullen sind sehr ausdauernd bei der Arbeit. Aber sie sind wild, und die Viehhändler fürchten diese Sorte wie die Pest. Da, schau, wie sie aufeinanderlosgehen!«

Die Stiere verhakten ihre Hörner ineinander in einer rohen Kraftprobe, die kein Vor und kein Zurück erlaubte, mit unheimlichen, blutrünstigen Augen, drohend auf die Erde stampfenden Hufen und mit einem hitzigen, heiseren Schnauben.

Die Hirten schütteten Salz aus Säcken in die hölzernen Tröge. Die Tiere eilten herbei, um es mit ihrer dicken, rauhen Zunge aufzulecken. Ohne sich im Wiederkäuen zu unterbrechen, schlugen die Kühe ihre übergroßen, staunenden Augen auf, suchten nach dem frischgeworfenen Kalb und schubsten es

zärtlich zum Trog, damit es die rötlichen Kristallkörner versuche.
César rief einen der Hirten an.
»He, du da, schau mal nach dem Kälbchen dort. Das Schwarze mit der Blesse auf der Stirn. Es hat den Wurmfraß.«
Der Richtung folgend, in die César deutete, entdeckte der Hirte das Tier. Er nahm sein Lasso und ließ es, nachdem er sich in die Hände gespuckt hatte, durch die Luft sausen. Das Kalb stand zitternd neben der Kuh und merkte nicht, wie das Lasso sich ihm um den Hals schlang. Der Hirte rannte zum nächsten Pfosten, wickelte das Seil darum und begann zu ziehen. Das Kalb brüllte, mit heraushängender Zunge, und schlug um sich. Aber nicht lange. Ein anderer Hirte fesselte ihm die Beine, so daß sie es zu Boden werfen konnten. Es wand sich, wie von Krämpfen befallen, konnte sich aber nicht befreien. Traurig muhend, schaute die Kuh dem Vorgang zu, bis sie von den anderen, vorwärtsdrängenden Tieren mitgerissen wurde und die Szene aus den Augen verlor.
Auf der Kruppe des am Boden liegenden Tieres klaffte eine schwärende Wunde, und darin wimmelte es von Larven. Der Hirte goß einen Schuß Kreosot darüber und rieb es, mit Mist vermischt, hinein. Das Kalb ließ diese Prozedur mit seltsam ausdrucksloser Miene über sich ergehen. Nur das erstickte Röcheln in seiner Kehle ließ erkennen, wie es litt. Ernesto hielt es nicht länger aus. Er wandte sein Gesicht ab, um es nicht mehr mitansehen zu müssen. César entging diese Bewegung nicht, und spöttisch sagte er:
»Du bist ein ebenso schlechter Ranchero wie dein Vater. Komm, wir gehen. Sonst fällst du noch in Ohnmacht, wenn sie mit dem Beschneiden der Stiere anfangen.«
Auf Ernestos Stirn stand kalter Schweiß. Aus seinen Wangen war alle Farbe gewichen. Mit zusammengebissenen Zähnen brachte er tonlos den Satz hervor:
»Es macht nichts. Ich bin es nur nicht gewöhnt.«
Aber er bestand nicht darauf, dort zu bleiben. Und als Césars Pferd sich in Bewegung setzte, folgte das seine willig nach.

»Ich möchte dir die Zuckerpflanzungen zeigen. Die diesjährige Ernte scheint gut zu werden.«
In dichten, grünen Büscheln schossen die Rohrstengel auf, die Luft zerschlitzend mit der Schneide ihrer Blätter.
»Das dort ist die Zuckermühle.«
Unter einem Ziegeldach stand eine Maschine urtümlichen Typs, mit einem Göpel, der von Tieren gezogen werden mußte.
»Im Notfall kann man einen Indio daranspannen.«
Natürlich hatte César von moderneren, schnelleren Apparaten gehört. Aber da dieser hier noch ganz gut seine Dienste tat, sah er keine Veranlassung, ihn durch einen anderen zu ersetzen.
»Es ist Zeit zum Heimgehen. Sie werden mit dem Posol auf uns warten.«
Die Hand, die den Zügel führte, beschrieb eine scharfe Kurve. Die Pferde witterten den Stall und trabten munter los.
Ernesto war in Gedanken versunken. César fragte ihn:
»Was meinst du zu Chactajal?«
Ernesto war noch zu keiner Antwort fähig. Sein Gaumen war ausgetrocknet. Das Erlebnis im Viehpferch hatte sich ihm auf den Magen geschlagen, und der Ekel würgte ihn. Der Geruch, jene Mischung von Mist und Kreosot, brannte ihm noch jetzt in der Nase. Der Staub reizte seine Lider. Und dazu, mein Gott, auch noch die Schande, daß er sich in den Augen des Onkels als ein erbärmlicher, lächerlicher Schwächling gezeigt hatte!
»Chactajal ist die beste Hacienda in der ganzen Umgebung. Frage wen du willst, ob es ringsum irgendwo Herden gibt mit besseren Zuchttieren als die, die du gesehen hast. Und das Saatgut – das lasse ich mir extra aus den Vereinigten Staaten kommen. Ich werde dir die Kataloge mal zeigen. Der Boden ist sehr dankbar. Du säst aus und erntest hundertfach. Vom Herrenhaus gar nicht zu reden. Im ganzen Hochland gibt es keins, das damit zu vergleichen wäre: die gute, solide Bauweise von einst.«

»Ja, man sieht es.«
Widerwillig stimmte Ernesto bei. Wie kindisch wirkte doch César, wenn er so den Wert seiner eigenen Habe pries, als ginge es darum, sie loszuschlagen! Aber Ernesto war kein Käufer. Wenn von Reichtum die Rede war, so stellte er sich darunter etwas anderes vor; er dachte dabei an jene Filme, die er im Kino von Comitán gesehen hatte. Die Reichen, das sind Leute, die in Palästen wohnen; die livrierten Lakaien ihre Befehle erteilen; die aus goldenem Geschirr köstliche Speisen essen. Aber hier gab es nur einen großen alten Kasten. In Ernestos Zimmer tropfte es von der Decke, und jede Nacht rannten die Ratten und Opossums im Dachgebälk hin und her. Von der Dienerschaft redete man lieber gar nicht. Die Knechte und Mägde waren Indios. Zerlumpt. Man konnte sich nicht einmal richtig verständigen mit ihnen. Sie beeilten sich zwar, die Befehle auszuführen. Aber da sie sie nicht verstanden, taten sie meist das Falsche. Die Teller waren aus Zinn und abgenutzt vom langen Gebrauch. Das Essen war nicht besser als das, was seine Mutter in Comitán kochte. »Rancho-Essen«, sagten sie, als ob sie sich damit brüsten wollten, anstatt sich zu entschuldigen, wenn sie einem Salzfleisch in Scheiben vorschnitten und geröstete Bananen servierten.
Das also nannte man ›Reichtum‹. Gut. Ernesto war deswegen nicht enttäuscht von seinen Verwandten. Im Gegenteil, er war zufrieden. Natürlich hätte es ihm gefallen, ein solches Leben wie im Film zu genießen. Aber nicht um den Preis der eigenen Demütigung. Wirklicher, echter Reichtum, so wie er im Kino zu sehen war, hätte einen noch tieferen Abgrund zwischen ihm und den Arguëllos aufgerissen. Seine Familie hatte ihn ja ohnehin, selbst unter diesen Umständen, nur mit so viel Wenn und Aber aufgenommen. Und gerade diese Entbehrungen, diese gemeinsame Not konnte das Gefühl der Zusammengehörigkeit stärken und sie einander näherbringen. Dasselbe Blut, derselbe Name, dieselben Sitten. Worin war denn einer dem andern überlegen?

Sie waren zu einer Schranke gekommen. Ernesto, der völlig in Gedanken versunken war, machte nicht die geringsten Anstalten abzusteigen. César wartete eine Weile, mit den Fingern auf seinen Sattelknopf trommelnd. Ungeduld und Ärger klangen aus seiner Stimme, als er schließlich sagte:

»Auf was wartest du noch, bevor du absteigst und aufmachst?«

Ernesto blinzelte und kam zu sich. Er ermaß den Abstand, der ihn von diesem Manne trennte. Und mit einem bitteren Geschmack auf der Zunge gehorchte er.

II

Diese geflochtenen Schaukelstühle sind schon sehr alt. Und wie sie vom Holzwurm zerfressen sind! Wir sollten uns so ein modernes Mobiliar anschaffen, wie es Don Jaime Rovelo in seinem Empfangszimmer hat. ›Pullman‹ nennen sie es. Aber César schneidet mir jedesmal das Wort ab, wenn ich darauf zu sprechen komme. Er sagt, das wäre keine Knauserei; diese Möbel seien ein Erbe von Gott weiß wem, und man müsse sie aufbewahren wie Reliquien. Ach, er wird mich ausschelten, wenn er merkt, daß die Porträts verstaubt sind und die herumspazierenden Fliegen darauf ihre Spuren hinterlassen haben. Noch heute, ehe ich es wieder vergesse, werde ich der Magd sagen, sie soll einmal mit dem Staublumpen darüberfahren. Wenn dieses Indiomädchen nur nicht so schwer von Begriff wäre. Kein Vergleich mit denen in Comitán. Ja, die sind tüchtig und flink. Aber César wollte keine hierherbringen. Weil man ihnen mehr bezahlen muß, glaube ich. Nun heißt es eben, sich mit dem abfinden, was vorhanden ist. Es ist immer noch besser, mit einem Esel zu geschirren ... Nein, so weit werde ich mich nicht herabwürdigen, auch noch selbst den Staubwedel zu schwingen. Bei uns zu Hause war das was anderes. Wir kamen auch nicht auf die Idee, nutzlosen Kram wie Gold in Seide gewickelt aufzuheben. Vielleicht, weil wir immer zu arm dazu waren. Mama wurde

Witwe, als ich fünf Jahre alt war. Unter wieviel Mühen hat sie mich aufgezogen! Strohhüte flocht sie und nähte Fuhrmannskittel. Tag für Tag rannten uns die Leute, die Geld wollten, die Tür ein: war es nicht der Beitragskassierer der Altersversicherung, so wars die Gemüsefrau. Mama empfing sie sehr liebenswürdig, als wären es Besucher. Sie erzählte ihnen von den Schwierigkeiten, in denen sie steckte, und versprach, sie würde bezahlen, sobald sie das Geld beisammen habe. Nie brachten wir etwas auf die Seite. Ich weiß noch, einmal, als ich mich schon herausgemacht hatte und es mir Spaß zu machen begann, mich ein bißchen aufzuspielen, da kamen wieder die fliegenden Händler zum Fest von San Caralampio, und ich vergaffte mich in ein Paar Überschuhe, die ich an einem Stand entdeckte. Es waren Überschuhe aus sehr fein gegerbtem Juchtenleder. Sie kosteten drei Pesos – ein Vermögen! Tag um Tag ging ich daran vorbei und hielt Ausschau nach ihnen, ständig von der Angst erfüllt, jemand könnte sie gekauft haben. Ich weiß nicht, was das Herz meiner Patin rührte, sich so freigebig zu erzeigen und mir fünf Pesos als Taschengeld zu schenken. So schnell ich konnte, lief ich zu dem Stand, wo ich die Galoschen noch hängen sah. Für die zwei Pesos, die übrigblieben, kaufte ich mir ein Paar schwarze Baumwollstrümpfe. Als ich die neuen Sachen zum ersten Mal anhatte, hätte ich viel darum gegeben, wenn die Straßen vor Sauberkeit gespiegelt hätten und nicht mit so viel Steinen gespickt gewesen wären. Zart und behutsam trat ich auf, damit meine Überschuhe ja nicht verkratzt oder beschmutzt wurden. Es war der letzte Abend der Feria. Man gab ein Platzkonzert mit Blechmusik, und ich ging hinunter, um mich auf die Kirchentreppe zu setzen. Dort streckte ich die Füße vor, so weit ich konnte, damit die Leute auch meine neuen Schuhe sahen. Sie drückten und knarrten bei jedem Schritt. Aber sie sahen so wunderbar aus. Amalia, die schon immer auf mich neidisch war, hängte mir den Spitznamen ›Galoschinchen‹ an und behauptete, ich zöge sie nicht einmal zum Schlafen aus, und man würde mich dereinst, wenn ich gestorben wäre, mit den Schuhen ins Grab legen. Daraufhin widmete ich der Heiligen Rita von Casia, die der Anwalt aller unmöglichen Anliegen ist, ein Dreitagesgebet, in dem ich sie anflehte, mir zuliebe das Wunder zu vollbringen, daß die Überschuhe ab und zu, nicht immer, wie Schnürschuhe aussähen, so daß Amalia glauben müßte, ich besäße zwei Paar Schuhe. Jedoch bevor die drei Tage um waren, kamen einige Männer, um unsere Habseligkeiten zu pfänden, und nahmen alles mit, auch die Galoschen. Eine Plane, den Kopf darauf zu legen, war sozusagen alles, was sie uns ließen. Wir mußten ausziehen und fortan in einem einzigen Zimmer wohnen. Mama schuftete den lieben langen Tag, um ein bißchen mehr zu verdienen, damit wir nicht gar so arg untendurch müßten. Und wenn es Nacht wurde, betete sie ihren Rosenkranz, legte alles in die Hände der göttlichen Vorsehung und schlief wie ein Murmeltier. Ich war es, die schlaflos die Nacht zubrachte, rechnete und wieder rechnete und mir das Hirn mit dem Gedanken zermarterte, daß der Mann, der uns das Stroh für die Hüte lieferte, uns nicht länger Kredit geben wollte. Ich ließ vor Scham den Kopf hängen, wenn ich zu ihm gehen mußte, ihn zu bitten, er möge noch ein bißchen Geduld mit uns haben, da noch eine Geldüberweisung ausstände, auf die wir warteten. Alles Lüge. Wer hätte uns auch Geld überweisen sollen, wo wir doch nirgends jemanden hatten, der uns zu Hilfe gekommen wäre. Darum sah ich, als César ein Auge auf mich warf und mit Mama sprach, um ihr seine ehrlichen Absichten zu erklären, plötzlich den Himmel vor mir offen. Zoraida de Arguëllo! Der Name gefällt mir, er steht mir gut. Aber ich hatte Angst davor, mich mit einem so hochgestellten, ernsten, gesetzten Mann zu verheiraten, der schon ans Junggesellendasein gewöhnt war. Denn von irgendwelchen Liebschaften hatte man nie etwas gehört. Ich meine solide, ernstzunehmende Liebschaften. Lose Affären hat er genug gehabt. Sonst wäre er ja auch kein Mann. Aber nur mich hat er geheiratet. Das Brautkleid war wundervoll, mit Glasperlen bestickt, wie es damals Mode war. César ließ es in Guatemala machen. Er war reich und wollte etwas Rechtes für sein Geld haben. Wie ändern sich die Zeiten! Jetzt sagt er, daß er knapp bei Kasse sei, und verlangt sogar von mir, das wieder zurückzugeben, was ich gekauft habe. Ich muß ihn vorher um Erlaubnis fragen. Wie hat er mich vor Doña Pastora blamiert! Ich wurde abwechselnd rot und blaß, als ich ihr vorschwatzte, die Laken, die ich ausgesucht hatte, seien doch kein guatemaltekisches Gewebe. ›Wie du meinst‹, sagte sie, warf das Geld, das ich ihr gegeben hatte, auf den Stoß Tücher und wollte sie nicht zurücknehmen. Ach, Mama hat das wenigstens nicht mehr mit ansehen müssen. Solange sie lebte, war ich stets darum besorgt, daß ihr nichts abging. Von dem Taschengeld, das César mir gab, kratzte ich einiges zusammen und kaufte ihr auch noch die Schokolade, die sie brauchte. Und im Lauf der Zeit tilgte ich sämtliche Schulden, die sie hatte. In ihren letzten Jahren hatte es die Arme etwas ruhiger. Obgleich es sie immer kränkte, mich als das gekaufte Huhn zu sehen. Denn Césars Familie betrachtete mich nicht als ihresgleichen, weil ich Solís hieß, aus den unteren Schichten kam und natürlich sehr bescheiden war. Doch an meiner Ehre fanden sie nichts zu mäkeln. Und als ich heiratete, war ich jung und in Ordnung. Später erst kamen die Mißlichkeiten. Ich verkümmerte neben diesem stets mit seinen eigenen Plänen beschäftigten Mann, der so todernst ist wie eine Karfreitagsprozession. Da er älter ist, flößt er mir Respekt ein. Manchmal fühle ich mich sogar versucht, ihn mit Sie anzureden. Aber ich wäre schön dumm, wenn ich es ihn merken ließe. Warum sollte ich auch selbst den Arm dazu hinstrecken, daß man ihn mir verdreht? Um sich mir nähern zu dürfen, muß er mich noch heute darum bitten. Ich verstehe nicht, daß es so verrückte Frauen geben kann, die heiraten, nur weil sie es ohne Mann nicht aushalten. Das Leben dauert ja auch nicht ewig. Nach der Geburt von Mario war ich sehr übel dran. ›Kein weiteres Kind mehr‹, lautete die Verordnung von Doktor Mazariegos. Schade. Ich hätte gern viele Kinder gehabt. Sie bringen Freude ins Haus. César sagt: ›Warum sollten wir uns noch mehr wünschen?‹ Aber ich weiß, daß er mich längst verlassen hätte, wenn nicht die beiden Kleinen wären, die wir schon haben. Ich langweile ihn, weil ich kein guter Gesprächspartner bin. Er hat sich ja im Ausland gebildet. Als wir verlobt waren, kam er immer im zweireihigen Gehrock zu Besuch. Und er wollte mir das mit den Mondphasen erklären. Ich kam nie ganz mit. Jetzt redet er fast nichts mehr mit mir. Aber getrennt leben, wie Romelia, möchte ich nicht. Überall ist man dann ein Anhängsel und nirgends richtig zu Hause. Richtet man sich ein bißchen und geht auf die Straße, so heißts, man ginge auf den Fang. Schließt man sich ein, dann denken die Leute, man hätte etwas zu verbergen. Gott sei Dank habe ich meine zwei Kinder. Und eines davon ist ein Junge.

III

Beim Dunkelwerden versammelt sich die Familie auf der Galerie des Herrenhauses.

Langsam ziehen die Schafherden heim, und im Rinderstall muhen traurig die Kühe, die man von ihren Kälbern trennt. Die Geräusche der Arbeit verstummen. Die Geräte kehren an ihren Ruheplatz zurück. Im Pferdestall hat man die vom Schweiß der Tiere durchtränkten Geschirre zum Lüften aufgehängt, und der Wind, der darüberstreicht, verwandelt sich in einen beizenden Geruch. Die sanften, stillen Arbeitstiere streifen frei auf der Weide umher. Von den Hütten, von der Küche steigt Rauch empor, der das Licht dieser Stunde noch verschleierter, noch ungewisser erscheinen läßt.

»Hättet ihr nicht Lust auf eine kleine Erfrischung?« fragt Zoraida.

Ernesto, der die Ellbogen auf das Geländer gestützt hat und zum fernen Himmel hinüberschaut, schüttelt den Kopf. César gibt von der Hängematte aus, in die er sich gelegt hat, ein Zeichen der Zustimmung. Und er fügt hinzu: »Sieh zu, Ernesto, daß du nicht verhungerst. Du hast heute beinahe nichts gegessen.«

Das stimmt. Seit jenem ersten Gespräch mit seinem Onkel in Comitán ist er nervös, findet keinen rechten Schlaf, fährt nachts im Bett hoch und wird von Alpträumen verfolgt. Die Zwischenfälle auf der Reise nach Chactajal (jener Hirsch, auf den er in der Gedankenlosigkeit schoß) raubten ihm vollends die Ruhe. Und jetzt, wo er eingespannt ist in den Dreh eines unerquicklichen, dummen Leerlaufs, ist es noch schlimmer. Er hat keiner bestimmten Arbeit nachzugehen, und gerade deshalb häufen sich für ihn die verschiedensten belanglosen, demütigenden Aufträge. Als ungeeignet hatte ihn César schon am ersten Tag von den Feldarbeiten ausgeschlossen. So blieb er im Großen Haus den unberechenbaren, sinnlosen Anwandlungen Zoraidas ausgesetzt. Denn es war sinnlos, daß er ein ums andere Mal die Möbel abstaubte und polierte. Und wenn er es tausendmal täte, sie würden genauso schäbig aussehen wie zuvor. Aber das wäre noch auszuhalten gewesen. Unerträglich ist es ihm jedoch, daß er die Kinder hüten soll. Ihnen gegenüber fühlt Ernesto ein instinktives Mißtrauen. Er hält sie für abgefeimt und hinterlistig, auch hat er den Eindruck, daß sie über mehr Dinge Bescheid wissen als ihre unschuldigen Mienen vermuten lassen. Diesen Augen, die so scharf, so neu sind, können die schamvollen Geheimnisse und lächerlichen Schwächen der Erwachsenen nicht entgehen. Und Ernesto fühlt ein seltsames Mißbehagen bei dem Gefühl, beobachtet zu werden, einer Prüfung unterworfen zu sein. Sobald ihn jemand mit kritischen Augen betrachtet, befällt ihn unweigerlich ein Zittern, und ein wilder, vernunftloser Zorn bemächtigt sich seiner, dessen einzige Befriedigung darin läge, den zu vernichten, der sich zum Richter über ihn aufwirft. Er versteht es selbst nicht, wie es möglich war, daß er sich zu beherrschen vermochte, als die beiden Kinder am ersten Tag mit dem Finger auf ihn deuteten, als wäre er ein schlecht gebasteltes, belustigendes Spielzeug, und schrien: »Bastard! Bastard!«. Freilich kennen die Kinder nicht die genaue Bedeutung dieses Wortes, mechanisch plapperten sie es nach wie ein Papagei, nachdem sie es irgendwo aufge-

schnappt hatten. Aber den geringschätzigen Ton hatten sie genauestens aufgenommen, ebenso das ironische Grinsen, das ein solches Wort immer begleitet.
»San tat, Patrón.«
Einer hinter dem anderen, die zerknautschten Strohhüte zwischen den Fingern drehend, sind die Indios die Stufen heraufgekommen. Jetzt, wo sie Zeit haben, sich auszuruhen, haben sie ihre Hütten verlassen und sind hierhergekommen, um César ihre Ehrerbietung zu erweisen. Nacheinander nähern sie sich ihm, zuerst die Alten, die eine Aura der Ehrfurcht umgibt. Sie bieten ihre Stirn einer Hand dar, von der etwas wie ein Segen ausgehen muß. Anschließend gehen sie – aber nur noch aus Höflichkeit – zu Zoraidas Platz, vor deren Füßen sich dieselbe Zeremonie wiederholt. Dann hocken sie auf ihre Fersen, den Rücken an die Gitterstäbe des Geländers lehnend.
César zieht aus einer der Taschen seines Hemdes ein Bündel roh gewickelter Zigarren und lädt sie zum Rauchen ein. Mit würdevoller Gebärde, als vollzögen sie einen Ritus, nehmen die Indios die Aufforderung an. In der immer dichter werdenden Dunkelheit glühen die Zigarren, bald aufleuchtend, bald verglimmend, wie Glühwürmchen.
»Sag ihnen doch, sie sollen nicht vergessen, daß es bald Zeit ist für die Novene zu Ehren Unserer Lieben Frau des Heils. Sie sollen die Kapelle ordentlich fegen und Wildblumensträuße bringen, damit wir sie schmücken können.« César wiederholt den Auftrag in Tzeltal. Die Indios hören ernsthaft zu und nicken beistimmend. Wie der Patrón zu Ende gesprochen hat, ist die Reihe an ihnen. Sie erzählen, was tagsüber vorgefallen ist, und lassen dann eine Pause eintreten, um die Billigung, den Rat oder den Tadel des Herrn zu vernehmen. César versteht es, seinen Ton abzuwandeln und die jeweils angemessenen Sätze zu wählen. Er wägt sorgfältig ab, so daß die Anerkennung nicht bedingungslos erscheint, sein Rat das Gewicht der Autorität fühlbar macht und der Tadel Furcht einflößt. Er kennt jeden einzelnen dieser Männer. Gemeinsam

haben sie viele Wechselfälle des Schicksals erlebt, und heute sind sie nun gekommen, ihm ihre Treue zu bekunden. Denn die Zeiten sind schwer für diejenigen, die für Ordnung und Anstand verantwortlich sind. Hetzt doch die Regierung selbst die Indios gegen ihre Herren auf, indem sie ihnen Rechte schenkt, welche die Indios weder verdienen noch zu gebrauchen wissen. Die Treue ist heute doppelt hoch zu schätzen, wo man den Verrat der anderen vor Augen hat. Denn viele, die César zu den Seinen rechnete (vielleicht sogar der eine oder andere seiner Söhne), haben sich dem Aufruhr angeschlossen. Sie fordern den Mindestlohn; sie weigern sich, den Frondienst zu leisten, wie es Sitte war; sie laufen einfach weg, ohne um Erlaubnis zu fragen. Natürlich werden sie dann von den Holzhändlern beschwatzt, von Ausländern, denen es nur ums Geschäft geht und die, nachdem sie die Indios geködert haben, sie als Tagelöhner an die Sägemühlen verschachern oder als Kaffeepflücker an die Plantagen im Küstenland. Sie gehen, die vernagelten Dummköpfe, denken nur an den Verdienst und ahnen nicht, daß aus diesem Klima keiner lebend zurückkehrt. Sie verdienen kein Mitleid, sie haben selbst ihr Unglück gesucht. Denen dagegen, die bleiben, zeigt César ein besonderes Entgegenkommen, das fast Dankbarkeit zu nennen wäre. Obwohl er dabei seine Strenge und Härte wahrt und in dem Augenblick, wo er Rechenschaft fordert über die Erfüllung einer Aufgabe, seine Miene, seine Stimme selbstverständlich despotisch sind. Das ist ihm angeboren und entspricht dem Beispiel, das ihm seine Nachbarn und Freunde geben. Aber er kann herzlich sein bei diesen Gesprächen am Feierabend, wenn er faul in der Hängematte schaukelt, erschöpft von den Anstrengungen des Tages und voller Zufriedenheit mit dem Geleisteten. Er unterhält die Indios wie kleine Kinder, indem er ihnen seine Reiseerlebnisse erzählt. Was er in den großen Städten alles gesehen hat; von den Errungenschaften einer Zivilisation, die sie nicht begreifen und deren Segnungen sie nie genossen haben. Begierig lauschend, voll Verwunderung und Staunen, saugen die Indios diese

Nachrichten auf. Aber was sie da hören, ist für sie nicht wirklicher und wahrer als ein Märchen. Die Welt, die César in seinen Geschichten heraufbeschwört, ist schön, gewiß. Aber sie würden keine Hand rühren, sie zu der ihren zu machen. Als ein Frevel würde ihnen das erscheinen.
Zoraida langweilt sich. Die Szene, die sie vor sich hat, ist die gleiche wie gestern, wie eh und je. Sie fühlt sich belästigt von diesen dunklen, gleichförmigen Gesichtern und von dem Singsang einer unverständlichen Sprache. Sie streckt sich, erhebt sich aus dem Schaukelstuhl und tritt ans Geländer, in die Nähe Ernestos.
»Verstehst du, was sie sagen?« fragt sie und weist auf die Gruppe der Indios.
»Nein.«
»Sie sind solche Tölpel, daß sie nicht einmal Spanisch lernen können. Als ich das erste Mal nach Chactajal kam, wollte ich es der Kindsmagd beibringen. Es war hoffnungslos. Schon bei den ersten Schritten blieb sie stecken. Nie brachte sie es fertig, ein F auszusprechen. Und trotzdem gibt es noch immer Leute, die meinen, das seien Menschen wie wir.«
Wir. Der Kreis, von dem Ernesto sich ausgeschlossen fühlt, ist durchbrochen. Doch seine Befriedigung ist nicht vollständig. Er hätte es lieber gesehen, wenn César, der Mann, der Arguëllo, es gewesen wäre, der die Bannmeile durchbrach.
Inzwischen ist es völlig Nacht geworden. Die Indios schicken sich an, aufzustehen und sich zu verabschieden. Ein Stallbursche geht mit einem brennenden Kienspan über den Hof, um das Leuchtfeuer anzuzünden. Es bläst ein kalter, schneidender Wind. Ein Bergaffe heult kläglich in der Ferne. Zoraida schaudert zusammen.
»Gehen wir hinein! Mir ist kalt.«
Im Speisezimmer, das erhellt wird vom flackernden, gelben Flammenschein der Kerzen, decken zwei Mädchen den Tisch: ein wuchtiges, plumpes Möbel aus Zedernholz, dessen Füße in kleinen, tönernen, mit Wasser gefüllten Näpfen stehen, damit die Ameisen nicht daran hinaufklettern können. Wie

sie die Familie hereinkommen sehen, sputen sich die Mägde und gehen hinaus, das Abendessen aufzutragen. Während die anderen sich auf den Stühlen niederlassen, inspiziert Zoraida die Anordnung der Teller und Bestecke, korrigiert einiges und schüttelt dabei mißbilligend den Kopf.

»Ernesto, bring bitte Marios Serviette in Ordnung. Sie hängt verkehrt.«

Die Mägde bringen eine Schüssel voll dampfender Bohnen, eine Platte mit heißen Tortillas und die Kaffeekanne.

Zoraida teilt jedem seine Portion zu. Sie essen schweigend. Draußen kommen aus dem Dunkel die Insekten angeschwirrt und prallen wieder und wieder gegen das Drahtgeflecht an der Tür. Plötzlich geht die Tür auf, und ein Indio tritt herein. Seine Gesichtszüge sind in dem unsteten Licht, das die Kerzen verbreiten, kaum zu erkennen.

Ernesto hat eben den randvoll mit Bohnen gefüllten Löffel vom Teller gehoben und erwartet nun, ehe er ihn vollends zum Munde führt, daß der Indio niederkniet mit der üblichen Ehrerbietung. Aber die Zeit verstreicht, ohne daß der Indio auch nur die geringste Geste der Unterwürfigkeit macht. Ernesto läßt den Löffel wieder behutsam auf den Teller gleiten. Zoraida blickt zu César hinüber mit einem verärgerten Gesicht, das eine Erklärung fordert. César richtet daraufhin an den Eindringling eine Frage in Tzeltal. Aber der Indio antwortet auf spanisch.

»Ich bin nicht allein gekommen. Meine Genossen warten auf der Galerie auf mich.«

Zoraida zuckt heftig zusammen, als ob ein giftiges Tier sie gestochen hätte. Was für eine Ungehörigkeit war das? Ein elender Indio wagt es, ungefragt zu ihnen hereinzukommen und dann auch noch spanisch zu reden und Worte zu gebrauchen wie ›Genosse‹, die nicht einmal César – der doch im Ausland studiert hat – zu gebrauchen pflegt. Sie trinkt einen Schluck Kaffee, denn ihr Mund ist ausgetrocknet. Sie erwartet eine prompte, scharfe Zurechtweisung. Aber César (wie seltsam sind doch die Männer, immer tun sie das Gegenteil von

dem, was man erwartet!) scheint es nicht eilig zu haben. Geduldig hört er den weiteren Worten des Indios zu und zerreibt dabei ein Stückchen Käse über seinen Bohnen.
»Mich haben sie auserwählt, Felipe Carranza Pech, damit ich die Stimme sei.«
»Du bist auf den Höfen von Tapachula gewesen, nicht wahr? Und beinahe wärst du für ewig dort geblieben. Du bist mager, von Malaria abgezehrt. Ich dachte, du würdest nicht mehr zurückkommen, selbst wenn du am Leben bleiben solltest; denn du bist weggelaufen, ohne die Schulden deines Vaters zu bezahlen, ohne deine eigenen Schulden zu bezahlen...«
»Ich bin gekommen, um nach meinem Haus und meinen Maisäckern zu sehen.«
Zoraida will in spöttisches Gelächter ausbrechen über den protzigen Besitzerton, in dem dieser Mann von Dingen redet, die ihm gar nicht gehören. Aber eine Gebärde Césars läßt sie innehalten.
»Ich werde dich wieder aufnehmen, unter der Bedingung, daß...«
Felipe achtet nicht auf die Worte des Patróns. Er schaut Ernesto an und merkt daher gar nicht, daß er den Anfang einer Warnung unterbricht, indem er sagt:
»Meine Genossen haben mich hergesandt, um zu fragen, ob das der Lehrer ist, der von Comitán gekommen ist.«
César zuvorkommend, antwortet Ernesto:
»Ja, der bin ich. Was wollen Sie von mir?«
»Meine Genossen haben mich hergesandt, um zu fragen, wann du die Schule eröffnest.«
Mit unsicheren Augen, die Hilfe zu suchen scheinen, blickt Ernesto zu César hinüber. Mit berechnender Bedächtigkeit schält dieser eine Orange. Ohne den Indio eines Blickes zu würdigen, fragt er:
»Interessiert euch das sehr?«
»Ja.«
»Warum?«
»Damit das Gesetz erfüllt wird.«

Aber das kann doch nicht wahr sein? Sie träumt. Das ist eine der quälenden Wahnvorstellungen, die ihr die Nächte verderben, wenn sie aufwacht, angstbeflügelt, weil sie geträumt hat, jemand habe ihr die Kinder geraubt. Sie muß das Licht anmachen, aufstehen und barfuß zum Zimmer der Kinder hinüberlaufen, um sich zu überzeugen, daß sie da sind und nichts passiert ist. Aber jetzt nimmt der Alptraum kein Ende. Und sie, Zoraida, befindet sich mitten in diesem absurden Gespräch und hört die unbeugsame, unermüdliche Stimme eines Indios, die den einzigen Satz hämmert:
»Das Gesetz befiehlt es.«
Schließlich reißt César die Geduld. Mit der Faust schlägt er energisch auf den Tisch.
»Was für eine Schule wollt ihr denn eröffnet haben? Ich habe das meine getan, indem ich den Lehrer brachte. Für das übrige müßt ihr schon selber sorgen.«
César erwartet eine gestammelte Antwort, eine plötzlich auftauchende Demut, ein Kapitulationsangebot. Aber das Gesicht Felipes verändert sich nicht. Und im selben Tonfall wie vorher sagt er:
»Ich werde mit meinen Genossen sprechen, damit wir gemeinsam entscheiden, was zu tun ist.«
Knarrend öffnet sich die Tür, und der Indio geht hinaus. Ernesto steht auf, totenblaß, und wendet sich zu César:
»Ich habe Sie schon in Comitán gewarnt. Ich werde keinen Unterricht geben. Ich will es nicht, ich verstehe nichts davon. Und Sie können mich nicht dazu zwingen.«
César schiebt mißmutig die Kaffeetasse von sich. Zu Zoraida gewandt, sagt er vorwurfsvoll:
»Er ist kalt.«
Zoraida nimmt die Kaffeekanne, um sie in die Küche zu tragen. Wie sie gegangen ist, blickt César Ernesto spöttisch an und sagt mit gespielter Milde:
»Ich habe den Eindruck, daß du zu denen gehörst, die jaulen, bevor sie getreten werden.«
Und dann in barschem Ton:

»Hier bist nicht du derjenige, der etwas zu verfügen hat, sondern ich. Und wenn ich dir befehle, daß du dir dein Essen verdienst, indem du Unterricht gibst, so wirst du das tun.«
Zoraida ist zurückgekommen.
»Ich kann nicht in die Küche gehen. Ich habe Angst. Ein ganzer Haufe steht dort auf der Galerie. Es sind viele, César.«
»Recht so. Eben hat sich Ernesto darüber beklagt, er würde zu wenig Schüler haben.«
Die Kinder rennen zur Tür und drücken die Nase gegen das Fliegengitter. Aber sie kommen zu spät. Auf der Galerie ist niemand mehr zu sehen.

IV

Sie saßen auf dem Boden, rings um das Feuer. Ab und zu nahm einer von ihnen eine Handvoll Kopal und warf es auf die glühenden Holzkohlen. Heiß wallte dann die Luft auf und verbreitete einen harzigen Duft.
»Das hat man mir im Herrenhaus gesagt.«
Felipe schwieg und wartete auf die Erwägungen der anderen. Der sprühende Widerschein des Feuers übergoß sein Gesicht mit einer dunklen Röte.
In einer Ecke der Hütte auf dem Boden kniend, füllte Juana, Felipes Weib, eine Trinkschale mit saurem Atole. Dann stand sie auf und reichte sie ihrem Mann. Der legte die Lippen an den Rand des Gefäßes und gab es an den nächsten weiter. Da fühlte sich dieser berechtigt, das Wort zu ergreifen.
»Unsere Ahnen waren die Erbauer. Sie schufen Chactajal. Sie errichteten die Kapelle an dem Ort, wo wir sie heute sehen. Sie legten den Grund für die Scheunen. Sie gaben das Maß für die Viehgehege. Nicht die Patrones waren es, nicht die Weißen, die nur das Werk befahlen und nachsahen, wenn es fertig war; unsere Väter waren es, die es vollbrachten.«
Alle nickten zum Zeichen, daß der, welcher gesprochen hatte, gut gesprochen hatte. Und dieser fuhr fort:
»Jahre sind über das Haus hinweggegangen, und das Haus

steht noch immer aufrecht da. Du bist Zeuge, Tata Domingo.«
Der Alte nickte.
»Denn die Herrschaft des Weißen bewegte den Arm des Indios. Denn der Geist des Weißen stützte die Arbeit des Indios.«
Die anderen schwiegen und starrten auf den Boden, als wollten sie die Hütte nicht sehen, unter deren Dach sie saßen. Die aus dünnen, verschiedenartigen Lianen geflochtenen Wände schützten sie nicht vor der Kälte, die hereindrang und sie anfiel, bissig wie ein wütendes Tier. Und würde der Hagel auf das Strohdach schmettern, so sänke es ein. Denn Besseres bringt der Indio nicht zuwege, wenn der Wille des Weißen ihm nicht den Rücken stärkt.
Aus dem Halbdunkel, in dem er saß, ließ einer den Seufzer vernehmen:
»Wer könnte sich mit ihnen messen!«
Felipe lachte laut auf. Seine Frau sah ihn erschrocken an, als fürchtete sie, er habe den Verstand verloren.
»Ich muß gerade an das denken, was ich in Tapachula gesehen habe. Dort gibt es Weiße, die so arm sind, daß sie betteln müssen und vom Fieber verzehrt auf den Straßen umfallen.«
Die anderen musterten ihn mit scharfen, zweifelnden Augen.
»In Tapachula geschah es auch, daß man mir das Papier, das spricht, zu lesen gab. Und ich habe verstanden, was es sagt: daß wir den Weißen gleich sind.«
Einer sprang jählings auf.
»Auf wessen Wort beruft es sich?«
»Auf das Wort des Präsidenten der Republik.«
Ein wenig schüchtern kam die nächste Frage:
»Was ist das: ›Präsident der Republik‹?«
Felipe erzählte daraufhin, was er gesehen hatte. Er war in Tapachula gewesen, als Lázaro Cárdenas kam. Man hatte alle aufgefordert, sich unterm Balkon des Rathauses zu versam-

meln. Dort hielt Cárdenas eine Rede, in der er versprach, daß alles Land verteilt werde.
Jemand fragte scheu:
»Ist er ein Gott?«
»Er ist ein Mensch. Ich stand in seiner Nähe.«
(Er hatte ihm die Hand gegeben. Aber das konnte Felipe nicht sagen. Das war sein Geheimnis.)
Die anderen rückten von Felipe ab, um im Dunkeln Schutz zu suchen.
»Der Präsident will, daß wir Unterricht bekommen. Darum hat er den Lehrer geschickt; darum gilt es, die Schule zu bauen.«
Tata Domingo hegte Zweifel.
»Der Präsident der Republik will es. Hat er denn die Macht zu befehlen?«
Stolz erklärte Felipe:
»Er hat mehr Macht als die Arguëllos und alle Grundbesitzer zusammen.«
Felipes Weib schlich sich lautlos zur Tür. Sie konnte es nicht länger mit anhören.
»Und wo ist dein Präsident?«
»In Mexiko.«
»Was ist Mexiko?«
»Ein Ort.«
»Weiter fort als Ocosingo?«
»Noch weiter fort als Tapachula.«
Die Feiglinge lüfteten ihre Maske.
»Laßt uns nicht auf Felipe hören. Er stellt uns eine Falle.«
»Wenn wir seinem Rat folgen, wird der Patrón uns auspeitschen.«
»Niemand braucht eine Schule.«
Sie drängten sich im Schatten zusammen, als wollten sie sich in Sicherheit bringen, als wollten sie fliehen. Denn die Worte Felipes scheuchten sie in den Pferch, wie das Gebell des Hirtenhundes den widerspenstigen Jungstier ins Gehege treibt.

»Nicht ich bin es, der verlangt, daß eine Schule gebaut wird. Das Gesetz ist es. Und es gibt eine Strafe für den, der es nicht erfüllt.«
»Aber der Hüter des Gesetzes ist fern. Und hier überwacht uns der Patrón.«
»Ich bin heute vor César hingetreten und habe ihn in seiner eigenen Sprache angeredet. Schau her, mir ist nichts Schlimmes geschehen.«
»Er wird sich schon noch daran erinnern, wozu der Block dient.«
»Er wird die Hunde auf uns hetzen.«
»Warum sollte der Schade uns alle treffen? Der Patrón weiß ja nicht, wer von uns Felipe begleitet hat.«
»Die Patrona kam einmal heraus und ging dann wieder hinein.«
»Aber wie hätte sie unsere Gesichter in der Dunkelheit erkennen sollen?«
Das Feuer war beinahe erloschen. Mit der Fingerspitze zeichnete Felipe Figuren in die Asche. Ohne aufzublicken, erklärte er mit monotoner Stimme:
»Ich sagte zu César: diese sind meine Genossen. Und ich vergaß den Namen keines einzigen, der mit mir gegangen war. Und ich fügte hinzu: ›Wenn morgen einer wieder ins Herrenhaus kommt, so wird er den faulen Happen falscher Versöhnung mitbringen. Hüte dich, davon zu essen.‹«
Der Schreck verschloß allen die Lippen. Jetzt wußten sie, daß das, was sie getan hatten, unwiderruflich war; daß es kein Zurück gab.
»Wer gehen will, soll gehen. Ich werde allein weitermachen.«
Felipe stand auf, als wollte er sie auffordern, sich zurückzuziehen. Einer gab Tata Domingo ein Zeichen, daß er vermitteln solle.
»Welchen Weg können wir jetzt gehen, Junge, als den, welchen du uns führst?«
»Ich will sie nur zu unserem Wohl führen. Es besteht kein

Grund, Angst zu bekommen. Sie mögen zählen, wieviel Männer wir sind. Du, Tata Domingo, mit drei erwachsenen Söhnen. Und Manuel mit seinen Brüdern. Und Jacinto mit den Leuten vom Pacayal. Und Juan, der allein schon genug ist. Und noch viele andere, wenn wir sie rufen. César hat nicht einmal das Gesetz auf seiner Seite.«

»Was du sagst, Felipe, soll uns Gesetz sein.«

»Sie werden mir in allem gehorchen. Ich weiß, was jetzt am vernünftigsten ist. Wir werden die Schule bauen. Nachdem jeder seine tägliche Pflicht getan hat, so daß César keinen Anlaß zum Streit mit uns findet, werden wir die Schule bauen. Wir werden selbst das Material herbeischaffen.«

»Wer wird uns sagen: das macht man so und so?«

»Derjenige, der es weiß.«

»Tata Domingo.«

»Ich bin sehr alt, Junge. Es ist schon lange her, daß ich es zum letzten Mal getan habe. Mein Gedächtnis läßt mich im Stich.«

»Und deine Söhne? Hast du ihnen nicht dein Wissen als Erbe weitergegeben?«

»Meine Söhne sind Diener des Großen Hauses. Sie haben sich mit mir entzweit.«

»Laß es bleiben, Felipe. Später vielleicht.«

Eilig wollten sie aufbrechen, froh darüber, daß die Ausführung des Vorhabens aufgeschoben war. Aber Felipe ließ sie nicht gehen.

»Wenn unter uns keiner ist, der dazu taugt, werde ich mich auf den anderen Höfen umsehen und in den Ortschaften fragen. Gleich morgen werde ich mich auf die Suche machen. Doch zuvor möchte ich, daß wir unseren Entschluß besiegeln.«

Er holte eine Schnapsflasche hervor und sagte, als er den Kork herauszog:

»Wenn wir nun trinken, so tun wir es als ein Zeichen unseres Gelübdes.«

Alle tranken. Der starke Alkohol entfachte eine wilde Begei-

sterung in der Brust eines jeden. Und damit waren sie gebunden wie durch dreifachen Schwur.
Juana kam wieder herein, nachdem der letzte die Hütte verlassen hatte. Sie sah Felipe noch immer neben der Asche hocken, tief in Gedanken versunken.
Felipe konnte den Männern nicht trauen, die er ausgesucht hatte. Als er nach seiner Rückkehr von Tapachula zum ersten Mal mit ihnen gesprochen hatte, da hatte er gesehen, daß sie aufbegehrten und der Geist des Aufruhrs in ihnen gärte. Aber sie tappten noch im Dunkeln, genauso, wie er es vor seiner Reise getan hatte. Und nicht, um sie zu trösten, nicht, um zu lügen, erzählte er ihnen, was er gesehen hatte. Wieder und wieder mußte er es ihnen berichten, um ihr Mißtrauen zu zerstreuen. Es hatte keinen Sinn, auf die Auferstehung ihrer Götter zu warten; der Götter, die in der Stunde des Unheils sie im Stich gelassen hatten; die es zuließen, daß die Opfergaben, die man ihnen dargebracht hatte, den Tieren zum Fraß vorgeworfen wurden. Wie viele hatten darauf geharrt und hatten die Augen geschlossen, ohne ihr Kommen erlebt zu haben! Nein. Er hatte einen Menschen, einen Mann kennengelernt: Cárdenas. Er hatte ihn reden hören. (Er hatte seine Hand gedrückt; aber das war sein Geheimnis, seine Kraft.) Und er wußte, daß Cárdenas die Gerechtigkeit verkündigte und daß die Zeit reif dazu war, daß die Gerechtigkeit verwirklicht wurde. Er kehrte nach Chactajal zurück, um die gute Botschaft zu überbringen. Wozu sonst hätte er zurückkehren sollen? Um zu sehen, daß der Zaun um seine Äcker eingerissen war; daß die Schweine ihm die Saaten zerwühlt hatten; daß anderes Viehzeug mit den Hufen die am Boden liegenden Maisstengel zertrampelt hatte? Nein. Er war gekommen, weil er wußte, daß einer nötig war, der das Amt des älteren Bruders übernahm. Die Vorfahren hatten einen, der sie führte auf ihren Wanderzügen und der ihnen Rat zusprach in ihren Träumen. Er verlieh ihren Schritten die Ausdauer; eine Ausdauer, die es auch bei ihnen mit Gewalt zu erwecken galt. Und nachdem er sie verlassen hatte, kamen die endlosen

Jahre des Strauchelns und Fallens. Keiner wußte, wie man die feindlichen Mächte hätte besänftigen können. Beladen mit Geschenken, suchten sie in den Zeiten des Unheils die dunklen Höhlen auf. Sie kauten bittere Blätter, bevor sie ihre Gebete sprachen. Und einmal, als die Verzweiflung sie übermannte, wählten sie den Besten aus ihrer Schar, um ihn zu kreuzigen. Denn so halten die Weißen ihren Gott, festgenagelt an Händen und Füßen, um zu verhindern, daß sein Zorn sich entlade. Aber die Indios sahen den Leib verwesen, mit dem sie das Unglück hatten bannen wollen. Da wurden sie still; ja, nicht nur still, sondern stumm. Als Felipe zu ihnen sprach, zuckten sie gleichgültig mit den Achseln. Sie fragten sich: Wer hat diesem Mann die Ermächtigung erteilt? Andere konnten auch spanisch reden, genauso wie er. Andere waren in die Ferne gezogen und heimgekehrt, genauso wie er. Aber Felipe war der einzige unter ihnen, der lesen und schreiben konnte. Denn er hatte es gelernt, nachdem er Cárdenas gehört hatte.

Die Frau kam und bedeckte die Asche für die Stunden der Nacht mit einem großen Stein. Ohne ein Geräusch zu machen, um Felipe nicht in seinen Gedanken zu stören, ging sie in eine Ecke und legte sich nieder. Mit geschlossenen Augen lag sie da, als schliefe sie. Aber hinter ihren Lidern jagten sich die Bilder. Der Tanz in der Kapelle, wo Felipe sie erwählt hatte, indem er ihr das rote Taschentuch in den Schoß warf. Die Abende, wo sie vom Fluß zurückkam in ihrem tropfnassen Tzec und Felipe, der auf einem Baumstumpf am Wege saß, ihr mit gerunzelten Brauen nachschaute. Die Verhandlungen zwischen den beiden Familien. Das Probejahr, das jedes von ihnen im Dienst der Eltern des anderen zugebracht hatte. Sie hatte sich dabei alle Mühe gegeben, denn Felipe war ein Mann, wie sie ihn sich gewünscht hatte. Jedesmal, wenn sie den Mais mahlte, geriet der Teig für den Posol feiner und leckerer als gewöhnlich. (Heimlich mischte sie Mandelkerne hinein, die sie bei den fliegenden Händlern gekauft und unter der Bluse versteckt ins Haus geschmuggelt hatte. Aber das wußten die Schwiegereltern nicht, als sie ihre Hand lobten.)

Sie wußte Mittel und Wege, dafür zu sorgen, daß aus sämtlichen Eiern eines Brutgeleges gelbe Küken hervorkrochen. Felipe säte den Mais aus und sorgte für die Haustiere. Und während all dieser Zeit sprachen sie nie miteinander; denn sie hielten sich streng an die Regeln der Brautzeit, damit der Segen ihnen nicht versagt würde. Sie sahen sich, ohne ein Wort zu wechseln, an den Festtagen; sie trafen sich durch Zufall unterwegs. Aber sie blieben nicht stehen, und kaum streiften sich ihre Kleider, wenn sie aneinander vorbeigingen. Am Schluß des Jahres kamen die Eltern zusammen. Sie waren sich darüber einig, daß Felipe sich als geschickt erwiesen habe und Juana eine tüchtige Arbeiterin sei. Und sie gaben ihre Zustimmung zur Heirat. Aber lange besprachen sie die Frage der Mitgift. Schließlich erklärte Felipes Familie sich bereit, sie aufzunehmen, wenn sie einen jungen, einjährigen Stier mitbrächte, einen Scheffel Maiskörner und ein großes Bündel Bohnen. All das übergab sie ihren Schwiegereltern. Und Felipe kaufte die Karaffe Schnaps für das Hochzeitsfest und hielt sie dazu an, ihre goldenen Ohrringe und die Korallenhalskette seinen Eltern zu überlassen als Entgelt für die Zeit, die sie unter deren Obhut gelebt hatte. Dann begannen sie das gemeinsame Leben. Und erst viele Monate später, als der Priester kam, um die Novene zu Ehren Unserer Lieben Frau des Heils zu zelebrieren, wurden sie getraut.

Juana hatte keine Kinder. Denn ein Zauberer hatte ihren Schoß verdorren lassen. Vergebens weichte sie die Kräuter ein, die ihr die Frauen empfohlen hatten, und trank den Aufguß. Vergebens war es auch, daß sie jeden Monat in bestimmten Nächten hinausging, um den Ceibabaum zu umarmen. Schmach war über sie gekommen. Aber Felipe hatte sich trotz allem nicht von ihr lossagen wollen. Jedesmal, wenn er fortging – es war, als ob er keine Wurzeln hätte –, blieb sie sitzen, mit gefalteten Händen, als hätte er für immer Abschied genommen. Und Felipe kam zurück. Aber diesmal, wie er von Tapachula zurückkehrte, war er nicht mehr derselbe. Sein Mund war voll respektloser Worte und vermessener Meinungen.

Da sie demütig war und sich ihm zu Dank verpflichtet fühlte, tadelte sie ihn nicht vor den anderen, sondern insgeheim und schwieg. Aber sie hatte Angst vor diesem Mann, den ihr das Küstenland zurückgegeben hatte: bitter und rauh wie das Salz, verwirrend und ruhelos wie der Wind. Und in der Tiefe ihres Herzens, dort, wohin kein Gedanke hinabreicht, wünschte sie, er möge wieder fortgehen. Weit fort, und niemals wiederkehren.
Ein kalter Windstoß ließ sie erschrocken die Augen öffnen. Der Türflügel schlug noch immer gegen die Oberschwelle. Und dort, in der Mitte der Hütte, stand Tata Domingo mit gesenktem Haupt, als warte er darauf, Felipes Befehle zu empfangen.

V

»Patrona, Patrona! Dort kommen die Custitaleros!«
Die Schürze über den Kopf geworfen, kam die Magd in die Kapelle gerannt.
»Ja, gleich«, antwortete Zoraida mißmutig. »Gehst du mit, Ernesto? Wenn du etwas kaufen möchtest, dann sag ihnen, sie sollen es auf unsere Rechnung setzen.«
»Gehen Sie ruhig. Ich werde gleich nachkommen.«
Zoraida ging hinaus auf den Hof. Dort hatten sich schon die anderen Frauen versammelt, die alles hatten liegen- und stehenlassen. Halb entkörnt lagen die Maiskolben im Speicher auf dem Boden; im Hühnerstall piepsten die Küken vor Hunger; und in der Küche lagen verlassen die Scheiben Pökelfleisch, schutzlos dem Gelüst der Katze preisgegeben. Zoraida wußte es, aber sie sagte kein Wort des Tadels. Wenn die Custitaleros im Anzug waren, durften die guten Sitten ruhig ein bißchen aus den Fugen gehen.
Mit den Baumwollhauben die Augen gegen den grellen Widerschein des Sonnenlichts abschirmend, starrten die Frauen auf den Weg. Dort kamen die fliegenden Händler die letzte Anhöhe herabgezogen. Acht Maultiere zählten sie, schwer

beladen mit großen, in Binsenmatten eingewickelten Gepäckstücken, und sie klatschten vor Freude in die Hände.
»Hast du Geld?«
»Das ganze Jahr über hab ich gespart.«
Denn die Händler brachten in jenen riesigen, wohlverschnürten Packen einen unerschöpflichen Vorrat der verschiedensten Dinge: bauchige, glänzende Messingkessel; Handmühlen mit feinem, langem Triebel; schön polierte Kupferkasserollen. Für die Mädchen Korallenhalsketten, breite Seidenbänder, Ballen von Perkal und Yerbilla, auch Liebespülverchen. Für die Kinder rotgefärbte Zuckerplätzchen mit einem Aniskorn in der Mitte, haarige Kletteraffen und aufgeregte Seilhüpfer. Und Buschmesser – über deren Schneide ein eisiger Schauder hinzuckt –, gewobene Gürtelschärpen und Strohhüte mit eingelegtem Spiegel für die Männer.
»Woher kommen sie wohl?«
»Von Ocosingo vielleicht.«
»Von San Carlos.«
»Von weiter her, von Comitán.«
Denn diese Händler (die aus dem Viertel Custitali in San Cristobal stammen, woher sie auch ihren Namen haben) ziehen kreuz und quer durch alle Klimazonen und alle Ortschaften von Chiapas: malerische Gestalten mit einem singenden Tonfall und geschraubten Redewendungen, so nützlich wie die Ameisen, die tausenderlei Dinge von dort nach hier und von hier nach dort schleppen.
Ein Stalljunge eilte herbei, das Hoftor zu öffnen. Die Custitaleros ließen sich von der Kruppe ihres Reittieres herabgleiten, bevor sie den Hof betraten. Wie immer in ihre dicken Wolldecken eingemummt, kamen sie näher, kräftig aufstampfend, um den Staub von ihren Schuhen abzuschütteln. Mit einem Stecken entfernten sie die Kletten, die an ihren Kleidern hafteten, ehe sie Zoraida ihre Ehrerbietung erwiesen. Dann baten sie um ein Plätzchen, wo sie ihre Waren verkaufen dürften. Als Nachzügler ritt eine Frau herein, die auf einem schönen weißen Maultier saß. Kopf und Gesicht hatte sie mit

einem feinen, durchsichtigen Halstuch verschleiert. Die Kleider, die sie trug, waren aus gutem Stoff. Und als sie absteigen wollte, hielt ihr ein Indio seine beiden ineinandergelegten Hände als Bügel hin. Scheu und ungeschickt setzte sie ihre Füße darauf und dann auf den Boden. Sie machte einen Schritt und noch einen. Ihren Gliedern, die auf der langen Reise über viele, viele Meilen eingeschlafen waren, fehlte die Gelenkigkeit. Sie ging schwankend, wie ein Betrunkener. Zoraida beobachtete sie. Irgend etwas kam ihr an dieser Frau bekannt vor, und mit gerunzelten Brauen suchte sie herauszufinden, wer das sein könnte. Dann rief sie in einem Ton, der Überraschung, Bestürzung und Tadel zugleich enthielt:
»Matilde!«
Denn Matilde war der neue Ankömmling. Wie sie ihren Namen hörte, erstarrte sie. Als ob der Schleier nicht genug wäre, hob sie beide Hände zum Gesicht, um es zu verbergen.
Einer der Custitaleros schritt auf Zoraida zu.
»Mit Verlaub, Patrona, wir übergeben ihnen hiermit die hübsche junge Dame.«
Und ein anderer erklärte:
»Als wir durch Palo María zogen, suchte Fräulein Matilde eine Gelegenheit, uns zu sprechen.«
»Und sie bot uns Geld dafür an, wenn wir sie nach Chactajal brächten.«
»Um Mitternacht brachen wir auf.«
»Niemand hat uns fortgehen sehen.«
»Und für den Fall, daß man uns nachspüren sollte, sagten wir, unser Weg führe nach Las Delicias.«
»Gott und seine Heilige Mutter können es bezeugen, daß wir auf sie aufgepaßt haben wie auf unser Eigentum.«
»Wir haben keine üble Rechenschaft abzulegen.«
»Stimmt das, was die da sagen, Matilde?«
Matilde nickte. Noch immer war sie zu keinem Wort fähig.
»Sie mag erklären, ob wir auch nur einen Centavo von dem Geld angenommen haben, das sie uns anbot.«
»Wir sind Christen, Patrona.«

»Schon gut. Ihr werdet gleich eure Entlohnung erhalten.«
Mit diesen Worten schnitt Zoraida die Unterhaltung ab. Und während Matilde, auf Zoraidas Arm gestützt, die Stufen hinaufstieg, die zur Galerie emporführten, ließ der Stalljunge vom Glockenstuhl der Kapelle ein Sturmgeläut erklingen, das allen kundtat, daß die Custitaleros nun mit dem Auspacken ihrer Ware begannen. Ernesto hörte das Trippeln vieler nackter Indiofüße, die sich im Eilschritt auf das Herrenhaus zubewegten. Er zögerte einen Augenblick, ehe er ihnen folgte.
Zoraida geleitete Matilde ins Gesellschaftszimmer und nötigte sie, sich auf einer hölzernen Estrade hinzulegen. Ein Indiomädchen vom Gesinde hatte widerwillig – weil sie hierbleiben mußte, während die anderen sich schon in den Handel mit den Custitaleros stürzten – eine Tasse Orangenblütentee gebracht.
Zoraida schob ihre Hand unter den Kopf Matildes, um ihn zu stützen.
»Trinke. Das tut dir sicher gut!«
Matilde gab sich Mühe, einen Schluck zu sich zu nehmen.
»Es geht nicht. Mein Hals ist wie zugeschnürt. Seit Tagen kann ich keinen Bissen hinunterbringen.«
Sie ließ den Kopf zurückfallen, als wäre er abgebrochen. Eilig verließ das Indiomädchen den Raum. Matilde folgte ihm mit den Augen. Sie sprach erst, als die Gestalt der Magd verschwunden war.
»Sind deine Leute vertrauenswürdig, Zoraida?«
»Ganz und gar. Warum?«
»Denn wenn Francisca erfährt, daß ich hier bin, wird sie mich umbringen.«
Zoraida konnte sich eines Lächelns nicht erwehren.
»Francisca wird es wohl ärgern, daß du ohne ihre Erlaubnis hierhergekommen bist. Aber von da bis zu der Absicht, dich umzubringen ...«
»Doch, sie wird mich umbringen!«
Matilde schrie mit einer schrillen, unangenehmen Stimme. Zoraida stand auf.

»Du bist sehr nervös. Ruh dich ein Weilchen aus. Wir werden uns später unterhalten.«

Matilde hielt sie fest, sich jählings an ihren Ärmel klammernd.

»Geh nicht fort. Laß mich nicht allein. Ich habe Angst vor Francisca.«

»Vor Francisca?«

»Sprich mir nicht alles nach, als ob ich nicht bei Trost wäre. Ich bin nicht verrückt. Francisca hat es nicht fertiggebracht, mich verrückt zu machen.«

Zoraida setzte sich wieder neben Matilde.

»Warum habt ihr euch gestritten?«

»Es ist kein Streit. Du weißt, wie ich sie verehrte, sie liebte.«

(Denn Francisca hatte die Stelle der Mutter übernommen, als diese bei Matildes Geburt gestorben war. Und von jenem Tag an waren die Feste und Vergnügungen zu Ende, samt dem Verhältnis mit Jaime Rovelo. Francisca widmete sich der Pflege Matildes. Ganze Nächte hindurch wachte sie an ihrem Bett, wenn sie krank war. Sie kaufte ihr die teuersten Spielsachen, die hübschesten Kleider. Sie brachte ihr selbst das Lesen bei, weil niemand anders in Palo María war, der es getan hätte. Jahrelang hatten sie auf dem Gut gelebt und gearbeitet, um reich zu werden, damit Matilde alles kaufen konnte, worauf sie Lust hatte; damit sie eine gute Aussteuer mit in die Ehe brächte. Aber es stellte sich heraus, daß sie eine Zimperliese war, die sich mit allem und jedem zufriedengab und ewig am Rockzipfel ihrer Schwester hing. Als sie schon im entsprechenden Alter war, sagte sie, daß sie nicht heiraten wolle, daß sie immer mit Francisca leben wolle. Und so lebten sie friedlich beisammen, bis Romelia, nachdem sie von ihrem Mann geschieden war, ins Haus zurückkehrte und sich wie eine trennende Wand zwischen die beiden stellte. Sie betäubte die Schwestern mit ihrem unaufhörlichen Geplapper, das nicht einmal die schrecklichen Migräneanfälle, an denen sie litt, zu unterbrechen vermochten. Francisca war duldsam und nachsichtig gegen jenes Frauenzimmer, dem auch die

Jahre keine ernste Haltung hatten beibringen können und das noch genauso launisch und leichtsinnig war wie eh und je. Als man jedoch von Bodenreform munkelte und über die neuen Gesetze sprach und die Indios wütend ihr Recht forderten, da hielt es Francisca für angebracht, ihre Schwestern fortzuschicken. Romelia nahm den Vorschlag, in die Hauptstadt zu gehen, unverzüglich an. Um aber ihre Abreise nicht als Flucht erscheinen zu lassen, klagte sie hartnäckiger denn je über ihre Beschwerden und betonte, wie unumgänglich es für sie sei, die Fachärzte in der Residenz aufzusuchen. Matilde weigerte sich, sie zu begleiten. Wie hätte sie Francisca verlassen können, zu einer Zeit, die voller Gefahren war? Und jetzt, kaum ein paar Wochen später, war Matilde auf der Flucht vor Francisca, als ob diese ihre schlimmste Feindin wäre.)

»Diese Unstimmigkeiten gehen vorüber. Das legt sich alles wieder. Ich werde César bitten, zwischen euch zu vermitteln.«

Leidenschaftlich lehnte Matilde dies ab:

»Wenn ich dir zur Last falle, dann gehe ich wieder. Es wird sich schon eine mitleidige Seele finden, die bereit ist, mich aufzunehmen. Aber nach Palo María zurückkehren – niemals! Hörst du? Niemals!«

(Es war das erste Mal, daß Matilde in dieser Weise redete. Immer war sie schüchtern, demütig und fügsam gewesen. Und nun lehnte sie sich auf und bezog Stellung gegen Francisca, wie ein Kampfhahn. Warum? Wegen Geldfragen hatte es nie Schwierigkeiten zwischen ihnen gegeben. Ein Mann ... nein, das war nicht möglich. Francisca hatte – seit dem Bruch mit Jaime – alle Bewerber, die bei ihr aufgetaucht waren, abgewiesen. Mit der ihr eigenen Offenheit, die auch keine Nachsicht mit den eigenen Fehlern duldete, sagte sie, daß nur der Gedanke an ihr Geld sie zu ihr geführt haben könne, denn sie sei noch nie hübsch gewesen, und außerdem sei sie jetzt zu alt. Und Matilde hatte nie irgendeine Liebschaft gehabt. Wenn sie sich jetzt zum ersten Mal verliebt hätte und Francisca sich dem Verhältnis widersetzte ...)

»In Palo María kann man nicht mehr leben. Die Indios sind außer Rand und Band.«
»Da bist du vom Regen in die Traufe gekommen.«
»Aber hier ist César, ein Mann.«
»Francisca steht selbst auf ihren zwei Füßen. Sie ist eine von den Weibern mit Pelzjacke und Buschmesser.«
Die Lippen Matildes kräuselten sich zu bitterem Spott.
»Pelzjacke und Buschmesser! Weißt du, was sie tat? Mitten im Hof ließ sie den Block aufstellen. Mit der Peitsche trieb sie die Indios hinein und ließ sie dort in der Sonne schmoren. Die es nicht aushielten, starben. Aber nicht so ohne weiteres. Bevor sie starben, nahm Francisca sie und ...«
»Was?«
Angesichts der krankhaften Neugierde Zoraidas wandte Matilde errötend ihr Gesicht zur Wand.
»Nichts. Ich schäme mich, es zu sagen ...«
Zoraida stand auf. Sie fühlte sich geprellt.
»Dieses Weib ist ja wahnsinnig geworden. So etwas jetzt zu tun, wo die Lage ohnehin so gespannt ist!«
»Die Indios kamen zum Großen Haus, uns zu bedrohen. Meinst du, Francisca wäre erschrocken? Sie sagte ihnen, sie sollten abhauen, wenn sie mit der Behandlung nicht einverstanden wären.«
»Wie einfach! Und wovon werdet ihr leben, wenn die Indios Palo María verlassen?«
»Das ist Francisca gleich. Sie ist nicht mehr hinausgegangen auf die Felder und Weiden. Die Viehhüter hat sie alle entlassen. Von der Galerie aus sahen wir zu, wie ein Schwarm von Geiern herabkam, um die Rinder zu verzehren, die am Wurmfraß verendet waren, und die neugeborenen Kälbchen, die von Seuchen dahingerafft wurden, weil niemand da war, der sie geimpft hätte.«
»Aber, Menschenskinder, wohin soll das führen?«
»Francisca ging nicht mehr aus dem Haus. Sie ließ alle Zimmer schwarz tapezieren. Dann nagelte sie selbst ein paar Bretter zu einem Sarg zusammen. Sie strich ihn schwarz an.

Sie stellte ihn dorthin, wo früher ihr Bett gestanden war. Und da legt sie sich hinein. Aber sie schläft nicht. Ich habe es gesehen. Sie kann nicht schlafen.«

(Jene endlosen Nächte, die sie durchwacht hatten. Matilde hinter der verschlossenen Tür ihres Zimmers, auf das geringste Geräusch lauernd, zusammenzuckend selbst beim Flügelschlag der Fledermäuse, beim Knarren im Holz. Francisca auf der Galerie auf und ab gehend, einen schwarzen Schal um Kopf und Schultern geschlungen. Plötzlich jener Schrei des Entsetzens. Die Verfolgungsjagd im Patio, unterm wütenden Gebell der Hunde und dem angstvollen Wiehern der Pferde. Sobald es tagte, waren die Mägde und Matilde hinausgegangen, um Francisca zu suchen. Wie tot lag sie auf dem Grunde einer Schlucht. Wundgeschlagen von den Steinen, zerkratzt von den Dornen. Als sie zu sich kam, sagte sie, sie habe eine Vision gehabt. Unter den Indios ging das Gerücht, der Dzulúm habe sie fortgeschleift. Und er habe sie nur dort liegengelassen, weil sie einen Pakt mit ihm eingegangen sei, ihm zu dienen und ihm zu gehorchen.)

»Das mit dem Dzulúm ist nichts weiter als ein Märchen.«

»Frage Francisca. Sie sagt, sie hätte ihn gesehen. Sie hätte mit ihm gesprochen.«

»Ein Trick, mit dem sie den Indios Angst einjagen will.«

»Die Indios kommen, sie um Rat zu fragen. Und wenn sie zu einem sagt, das und das wird passieren, so passiert es auch.«

(Da war ein gewisser Emilio Jatón. Sie sagte zu ihm: ›Du wirst nicht heil nach Hause kommen.‹ Und auf dem Weg überkam ihn eine qualvolle Beklemmung, als ob sein Herz sich zusammenkrampfe, und ohnmächtig fiel er zu Boden. Zu viert trugen sie ihn in seine Hütte. Dort lag er wochenlang auf seiner Binsenmatte und rang mit dem Tode. Bis er der Patrona einen ›Imbiß‹ schickte und sie bitten ließ, sie möge zu ihm kommen und ihn heilen. Daraufhin braute Francisca einen Trank, den sie ihm zum Einnehmen gab. Der Indio genas wie durch Handauflegung. Nun arbeitete er als Wochenlöhner im Großen Haus.)

»Heiliger Caralampio!«
»Ich flehte sie an, auf den Knien flehte ich sie an, mit mir nach Comitán zu gehen. Wir haben erspartes Geld, wir könnten uns ein Haus, einen Laden kaufen. Aber Francisca gab mir zur Antwort, daß sie, wenn ich noch einmal etwas derartiges sagen würde, auch mir etwas antäte.«
(Francisca hatte glasige Augen, als sie diese Drohung ausstieß. Sie beobachtete Matilde von da an mit Argwohn und scheuchte sie von sich, um dann Flüche und Verwünschungen vor sich hinzumurmeln.)
»Daß du nur die Geduld aufbrachtest, das so lange auszuhalten! Wenn du es César erzählst, wird er dir Vorwürfe machen, weil du nicht gleich gekommen bist.«
»Wie sollte ich herkommen? Dies ist nicht mein Haus.«
»Du hast mehr Anrecht darauf, hier zu sein, als ich.«
Zoraida sagte es, und es tat ihr weh, daß es so war. Dieses Haus hatte den Großeltern Matildes gehört. Sie war kein Emporkömmling, keine Fremde. Zoraida dagegen...
Um ihre Verbitterung zu vertuschen, sagte sie:
»Komm, wir wollen dafür sorgen, daß dein Zimmer gerichtet wird.«
Als sie die Tür aufmachte, kam in der Öffnung die Gestalt Ernestos zum Vorschein. Es verwirrte ihn nicht, daß er hier angetroffen wurde. Er hielt dem forschenden Blick Zoraidas stand, ohne aus der Fassung zu geraten, als ob sie ihn nicht beim Lauschen ertappt hätten. Wie scheinheilig! Nur ein Bastard konnte dazu fähig sein.

VI

Welch trauriges Los, eine Waise zu sein! Wie oft hatte man das zu Matilde gesagt und ihr dabei wie aus Mitleid über den Kopf gestreichelt! Allein der Gnade Gottes überlassen, wird die Kleine aufwachsen, wie das Gras am Feldrain. Denn Francisca, ihre zweite Mutter, ist noch sehr jung und wird bald heiraten. Und wenn Francisca nicht heiratet? Um so schlim-

mer. Dann wird kein Mann in der Familie sein, der für Ordnung sorgt.
Mit hängendem Kopf ging Matilde umher, ständig umschwirrt von dem einen Wort: Waise. Die Besucher waren böse. Sie sagten das zu ihr, weil sie glaubten, daß sie allein sei, daß sie niemanden habe. Sie wußten, daß das einzige Bild ihrer Mutter – das sich im Gesellschaftszimmer befand – so hoch hing, daß sie, selbst wenn sie auf den Stuhl stieg, es nicht anschauen konnte; und daß das Licht, wenn man von unten hinaufsah, sich so auf der Glasscheibe brach, daß eine Spiegelung entstand, in der das Gesicht zur Unkenntlichkeit verschwamm. Doch hatte sie ein Geheimnis, einen Zufluchtsort. Sie hatte ihn durch Zufall eines Tages in der Rumpelkammer entdeckt. Dort stand ein großer Schrank. Und in ihm hingen, an Bügeln schaukelnd und zum Schutz gegen die Motten mit Naphtalinkugeln versehen, die Kleider, die ihrer Mutter gehört hatten. Matilde suchte diesen Ort auf, wenn sie traurig war. Wenn Francisca sie ausschalt, weil sie irgendeine Unart begangen hatte, wenn Leute auf Besuch kamen, um ihr allerlei Unglück zu prophezeien, dann ging sie dorthin, öffnete den Schrank, schlüpfte hinein und machte ihn von innen wieder zu. Stunde um Stunde brachte sie dort zu, während die anderen laut nach ihr riefen und sie im Garten suchten, in der Küche, beim Vieh. Stunde um Stunde saß sie dort und atmete den Geruch der Mottenkugeln ein, wohlgeborgen vor den Drohungen der Außenwelt, im Schutz jenes dunklen Schoßes. Zusammengerollt in ihrer Ecke schlief sie ein, erschöpft vom vielen Weinen. Einmal wachte sie daran auf, daß sich eine Hand auf ihre Schulter legte. Es war Francisca. Ohne ein Wort zu sagen, schloß sie Matilde in ihre Arme und küßte sie auf die noch immer nassen Lider. Aber noch am gleichen Abend befahl sie, den Schrank zu leeren, und verschenkte die Kleider an die Armen.
»Fräulein Matilde, ich sollte einen Zuckerhut haben.«
Hastig knüpfte sie den Schlüsselbund los, den sie am Gürtel trug (Zoraida hatte ihn ihr am Tage ihrer Ankunft anver-

traut, weil sie selbst von den Vorbereitungen für die Novene sehr in Anspruch genommen war), und ging in die Speisekammer. Denn Matilde hatte die Leitung des Haushalts übernommen. Sie ordnete an, was gekocht werden sollte, und gab der Köchin die Lebensmittel. Sie überwachte das Putzen der Zimmer. Sie flickte selbst die Wäsche.

Wie würde Francisca lachen, wenn sie sie jetzt sehen könnte! Denn Matilde war immer faul gewesen. Es hatte ihr gefallen, den ganzen Tag in der Hängematte zu liegen und sich dort ihren Gedanken zu überlassen. (Immer war sie auf einem Fest. Matilde saß unter einer Lüsterlampe. Ihr Reifrock war verschwenderisch um sie ausgebreitet. In der Hand hielt sie ein Weinglas. Musik war da. Ein Orchester spielte einen Walzer, und die Paare tanzten. Matilde hatte die Augen niedergeschlagen, aus Bescheidenheit. Jemand hatte sie aus der Ferne erkoren und kam nun, um sie aufzufordern zum Tanz. Sie sah zuerst seine Füße, mit Lackschuhen angetan. Und dann den Anzug aus feinem Kaschmirtuch und die weiße Hemdbrust und den hübsch geschlungenen Knoten der Krawatte. Und wie sie gerade sein Gesicht zu sehen bekommen sollte – ein Schrei, der Flügelschlag von Sperbern, die überm Hühnerhof kreisten, eine vom Winde zugeschmetterte Tür oder sonst etwas, und sie wachte auf. Das Gesicht jenes Mannes – der auf dem Weg zu ihr war, für den sie bestimmt war – blieb ihr stets verborgen, genauso, wie das Gesicht ihrer Mutter für sie stets verborgen geblieben war.) Aber hier in Chactajal war die Sache anders. Sie befand sich in einem fremden Haus und mußte sich gefällig erweisen. ›Zeig dich nett, und man füttert dich fett‹, sagen die klugen Leute. Und darum gab sich Matilde redlich Mühe, den Verpflichtungen, die sie übernommen hatte, so gut wie möglich nachzukommen. Denn sie befürchtete, man könnte sie scheel ansehen, wenn sie eine Gunst ohne Gegenleistung annähme. Anfänglich hegte sie die Hoffnung, daß Francisca – erschrocken über ihr Verschwinden – wieder zur Vernunft käme und eines Tages auf der Suche nach ihr hier erscheinen würde. Sie sah im Geist schon dort in der Ferne auf der Landstraße die Gestalt ihrer Schwester auftauchen, mit ihrem Sonnenschirm aus dunkler Seide. Aber Francisca nahm die Trennung ohne ein Wort des Protestes hin, ohne den geringsten Versuch zu unternehmen, Matildes Aufenthaltsort ausfindig zu machen. Als sie allein war, schloß sie sich in die schwarz tapezierten Zimmer von Palo María ein und wollte von niemandem etwas hören oder sehen, außer den Indios, die ihre Herrschaft anerkannten und sich mit der Bitte um Rat bei ihr einfanden. Die Reisenden, denen sie keine Herberge bot, verbreiteten – von Hof zu Hof, in Comitán und selbst in San Cristobal, wo Francisca Verwandte hatte – das Gerücht, sie sei eine Hexe.

»Armes Fräulein Matilde, am Spültrog zu landen, nachdem man selbst Patrona gewesen ist.«

Matilde lächelte ergeben. Von solchem Schicksalswandel, von so jähem, unerklärlichem Verrat des Glücks wimmelte es doch rings auf dieser in Wahn gehüllten Welt. Eine Magd plauderte da mit ihr wie mit ihresgleichen, aus einem Gefühl des Mitleids heraus, für das sie noch dankbar sein mußte. Denn noch nie war sie so hilflos gewesen, so allein.

»Der Tote und der Tafelbruder stinken am dritten Tag, Fräulein Matilde.«

Ja, sie hatte recht. Matilde saß sozusagen nur noch auf der äußersten Kante, stets bereit, bei der geringsten Andeutung, daß sie in diesem Hause übrig sei, auf und davon zu laufen. Aber wohin sollte sie gehen? Es blieb ihr nur der eine Ausweg: sich möglichst unauffällig zu machen, um so den anderen nicht zur Last zu werden. Die Mahlzeiten, bei denen alle zusammenkamen, waren für sie eine Qual. Unter dem Vorwand, die Bedienung überwachen zu wollen, blieb sie der Tafel fern. Am Anfang fanden sie ihr Benehmen seltsam und bestanden darauf, daß sie ihnen Gesellschaft leistete. Aber dann wurde es zur Gewohnheit, daß Matilde nachträglich mit dem Gesinde in der Küche aß. Und auch dort blieben ihr die Bissen im Halse stecken. Entmutigt schob sie den Teller von sich.

»Warum zerquälen Sie sich unnötig, Fräulein Matilde? Gehen Sie lieber zu Don César und bitten Sie ihn, daß er Ihnen eins prustet, dann merken Sie, woran Sie bei ihm sind.«

Matilde folgte dem Rat. Und eines Nachmittags, als alle auf der Galerie der Ruhe pflegten, ging sie zu ihnen hin, mit einer Flasche Branntwein in der Hand.

»César, da du der Mann im Haus und das Oberhaupt bist, möchte ich dich um eine Gefälligkeit bitten.«

»Ja?«

»Es ist mir peinlich, hier zu sein. Es ist Zeit, daß du mich anprustest, damit die Röte aus meinem Gesicht verschwindet und ich Ruhe finde.«

César antwortete ernst, daß er nichts im Herzen verborgen halte. Er nahm die Flasche, die ihm Matilde hinstreckte, zog den Kork heraus und nahm einen Schluck, so daß sein Mund gefüllt war mit jenem starken Schnaps. Matilde schloß die Augen, und der Strahl traf sie mitten ins Gesicht. Der Alkohol brannte ihr auf den Lidern. Aber er hatte ausgelöscht, was sie beschämt hatte, und sie ausgesöhnt mit den Herren des Hauses, deren Willen sie nun kannte. Den Rest des Nachmittags verbrachte sie mit der Familie ihres Vetters. Gemeinsam gingen sie zum Baden an den Fluß. Als sie zurückkehrten, setzten sie sich in den Hof, um dort zu singen; denn Ernesto konnte Gitarre spielen, und er hatte eine gute Stimme.

Aus einem Zedernkästchen, das sie von Palo María mitgebracht hatte, holte Matilde ein Kräuterbündel. Sie versteckte es unter ihrer Schürze und ging in Ernestos Kammer. Diese in Ordnung zu halten, war eine Aufgabe, die sie nicht den Mägden überlassen hatte. Sie sind so schlampig. Sie lassen den Staub in den Ritzen zwischen den Backsteinfliesen, wühlen in den Papieren und vergessen es, die Blumenvasen mit frischem Wasser zu versehen. Matilde nahm die Laken, die zum Sonnen auf dem Fenstersims ausgelegt waren, und schüttelte sie kräftig aus, bevor sie die Matratzen damit überzog. Dann breitete sie die Decken darüber, strich sie glatt und legte das Kräuterbündel, das sie mitgebracht hatte, unter das Kopfkissen.

»Warum haben Sie eine solche Lüge erfunden?«
»Ernesto!«
Die Überraschung ließ sie erröten. Sie sprach mit kaum merklich erhöhter Stimme. Sie wollte gekränkte Würde, strengen Stolz zum Ausdruck bringen. Aber sie hatte keine Zeit mehr gehabt, die Hand vom Kissen zurückzuziehen, und zitterte, als hätte man sie bei einem Vergehen ertappt.
»Welche Lüge?«
»Sie wären nach Chactajal gekommen, um Ihrer Schwester zu entrinnen. Sie sind vor niemandem geflohen. Sie sind hierhergekommen, um mich zu suchen.«
Ja, jetzt war sie sicher. Ernesto hatte gesehen, wie sie die Kräuter unter das Kissen schob. Mit der Kraft der Verzweiflung wagte sie, ihm zu widersprechen:
»Was gibt Ihnen das Recht, mich zu beleidigen? Ich habe Ihnen nie eine Vertraulichkeit erzeigt, ich ...«
»Sprich nicht in diesem Ton mit mir, Matilde!«
»Ah, nun duzen Sie mich auch noch!«
»Und warum nicht?«
Matilde stampfte zornig auf den Boden.
»Weil wir nicht gleichen Standes sind.«
»Was ist da der Unterschied? Du bist hier als Almosenempfänger, genau wie ich.«
»Ich bin in einer unglücklichen Lage, das ist wahr. Aber es gibt Dinge, die kein Unglück mir entreißen kann.«
»Und die wären?«
»Ich ... ich bin eine Arguëllo!«
»Eine Arguëllo! ... Vom gleichen Schlag bin ich auch.«
»Aber in Schande geboren.«
Sie hatte instinktiv geantwortet, ohne Überlegung, ohne die Absicht zu beleidigen. Und nun schwieg Matilde, entsetzt darüber, daß sie fähig gewesen war, so etwas auszusprechen. Aber sie war nicht schuld daran, gewiß nicht. Ernesto hatte sie dazu gezwungen. Wodurch hatte sie Ernesto so aufgebracht, daß er sie packte und sie schüttelte, mit solcher Brutalität, solchem Haß?

»Mit dem Schandmal bin ich geboren. Der Pfarrherr wollte mich nicht in seine Schule aufnehmen, weil ich die Frucht eines bösen Gedankens wäre. Meine Mutter mußte auf den Knien betteln, damit er sich bereit erklärte, mich zuzulassen. Aber er erlaubte mir nicht, mich neben die anderen zu setzen. In einer Ecke, abseits, war mein Platz. Denn die Señoras empörten sich darüber, daß ihre Söhne mit einem gemeinen Geschöpf zusammengepfercht werden sollten. Ich war gescheiter als sie, ich hatte die besten Noten; aber am Schluß des Jahres bekam ich nicht den Preis. Ein anderer erhielt ihn, der Sohn von Don Jaime Rovelo. Denn ich bin ein Bastard. Hast du nicht gehört, wie die Kinder es mir nachschreien: Bastard! Bastard!?«
Matilde war bewegt. Sanft entgegnete sie:
»Laß mich los, Ernesto.«
»Macht es dir keinen Spaß, was ich dir erzähle?«
»Nein.«
»Dann ist es wahr.«
»Was?«
»Daß du mich liebst.«
Matilde schluchzte auf, und Ernesto zog sie an seine Brust. Sein Hemd wurde durchtränkt von heiß quillenden Tränen.
»Ja, es ist wahr. Ich konnte mich nicht getäuscht haben. Gleich beim ersten Mal hab ich es gemerkt, daran, wie du mich angesehen hast.«
Matilde löste sich langsam aus Ernestos Umarmung.
»Du bist verrückt. Laß mich los!«
»Warum?«
Matilde ging ans Fenster, und wie jemand, der sich nackt den Blicken darbietet, schrie sie:
»Merkst du es denn nicht? Schau mich an, schau mich doch richtig an! Diese Runzeln. Ich bin alt, Ernesto. Ich könnte deine Mutter sein.«
Sie wich zurück, um dem Licht zu entrinnen, und keuchend, mit dem Rücken an der Wand, wie ein gehetztes Tier, wartete sie. Ernesto begriff nicht den Schmerz in diesen Worten, das

Herzzerreißende dieses Geständnisses. Er sah nur den Widerstand, der sich seinem Willen entgegenstemmte. Er sah, daß diese Frau sich seiner Gewalt entzog, daß er sie nicht zu unterwerfen vermocht hatte, daß er gescheitert war.
»Nenne nicht den Namen meiner Mutter! Wage nicht, dich mit ihr zu vergleichen!«
Das Gesicht Matildes war erstarrt und totenblaß. Ihr hartnäckiges Schweigen erregte Ernesto noch mehr.
»Du glaubst, du wärest was Besseres, du wärst ehrbarer? Weshalb? Weil du es vorgezogen hast, als Jungfer zu verkümmern, anstatt dich für einen Sohn zu opfern? Sie hat sich für mich geopfert. Und ich schäme mich ihrer nicht. Ich schäme mich nicht, wenn man uns zusammen auf der Straße sieht, auch wenn sie schlecht angezogen ist und barfuß geht; auch wenn sie blind ist.«
Ernesto ließ sich auf einen Stuhl fallen. Mit seinem Taschentuch wischte er sich den Schweiß ab, der ihm über die Schläfen rann. Verlor er seinen Verstand? Warum hatte er sich so gehenlassen? War es denn nötig gewesen, vor dieser Frau den Konflikt zur Schau zu stellen, der ihn marterte seit seiner Geburt? Damit sie nachher hinauslief, um es den anderen zum allgemeinen Gaudium zu erzählen. Er blickte auf, mit rachgierig funkelnden Augen. Matilde hatte ihm den Rücken zugekehrt, um ihn nicht zu sehen. Sie sagte:
»Unter dem Kopfkissen liegt ein Kräuterbündel. Es soll ruhigen Schlaf und gute Träume bringen.«
Sie bewegte sich auf die Tür zu, aber Ernesto sprang mit einem Satz auf und holte sie ein.
»Sie haben es dort hingelegt. Warum?«
Matilde wich seinem Blick aus.
»Weil ich nicht will, daß du leidest.«
Die Lippen Ernestos berührten ihre Wange und ließen die Runzeln schwinden, eine nach der anderen. Sie wurde wieder jung, wie sie es einst gewesen war. Wie damals, als sie unter der Lüsterlampe saß, mit einem Weinglas in der Hand. Gedämpft durch die Musik des Orchesters, näherten sich die

Schritte. Sie sah zuerst die Schuhe. Sie waren alt. Die Hosen geflickt; der Hemdkragen offen, ohne Krawatte. Und endlich das Gesicht, das Gesicht Ernestos. Ihrer Hand entglitt das Glas, das auf den Boden fiel und zerschellte.

VII

›Für den Bau wählten wir einen Platz auf der Höhe eines Hügels, der gesegnet ist, weil er der Geburt der Sonne beiwohnt; gesegnet, weil günstige Sternbilder über ihm walten; gesegnet, weil wir in seinem aufgewühlten Inneren die Wurzel eines Ceibabaumes fanden.

Wir gruben und verwundeten unsere Mutter, die Erde. Um ihren stöhnenden Mund zu beschwichtigen, vergossen wir das Blut eines Opfertieres: des Hahnes mit den starken Sporen, dessen Leben Tropfen um Tropfen aus der Halswunde rann.

Wir hatten gesagt: Es wird das Werk von uns allen sein. Schau an, unser Werk, errichtet mit der Gabe eines jeden von uns. Hierher kamen die Frauen, die Form ihrer Liebe zu zeigen, die im Verborgenen trägt wie das Fundament. Hier erwiesen die Männer das Maß ihrer Stärke, die der stützenden Säule gleicht, dem steinernen Sturz über der Tür und der Mauer, vor der der wütende Ansturm des Windes verebbt. Hier legten die Alten ihr Wissen nieder, das unsichtbar ist wie der vom Gewölbe geweihte Raum und wahr wie das Gewölbe selbst.

Dies ist unser Haus. Hier wird die Erinnerung, die uns verlorenging, zum Vorschein kommen wie die aus den Wirbeln des Stroms gerettete Maid. Und sie wird sich niederlassen in unserer Mitte und wird uns lehren. Und wir werden ihr in Ehrfurcht lauschen. Und unsere Gesichter werden erglänzen, wie wenn die Morgenröte sie bescheint.‹

Auf diese Weise beschrieb Felipe für die, welche nach ihnen kämen, die Erbauung der Schule.

VIII

Als der Tag Unserer Lieben Frau des Heils anbrach, war der Himmel bewölkt. Vom Morgengrauen an hörte man das Glockengeläut der Kapelle, und ihre Türen wurden weit aufgetan. Hinein gingen die Indios mit ihren Opfergaben: mit Sträußen von Wildblumen, mit Räucherharz und dem Zehnten der Ernte. Alles wurde dargebracht zu Füßen der Jungfrau, die kaum zu sehen war zwischen den vielen Falten ihres bauschigen Gewandes, das mit falschen Perlen bestickt war, die im Licht der Kerzen schimmerten. Das Kommen und Gehen der nackten Füße ließ das auf dem Boden verstreute Zypergras bald welk erscheinen, und sein immer schwächer aufsteigender Duft war vermischt mit dem Schweiß der Menge, mit dem Geruch saurer Milch, den die Neugeborenen mitbrachten, und mit dem Schnapsdunst, der allen Dingen, allen Personen, ja der Luft selber anhaftete. Andere Heiligenfiguren, die wie Mumien in viele Meter rohen Baumwollstoffes eingemummt waren, lehnten an der Wand oder saßen auf dem Boden und zeigten einen unverhältnismäßig kleinen Kopf, den einzigen Körperteil, der nicht von Lumpen verhüllt war.

Die auf dem Boden kauernden Frauen wiegten ihre Säuglinge, die halb erstickt unterm Umschlagtuch kreischten, und begannen mit hoher, keuchender Stimme einen Monolog, der, sobald er sich den von den Tüchern gefesselten und zur Ohnmacht verurteilten Figuren zuwandte, scharfe Töne annahm, die sich wie ein Vorwurf anhörten, wie der Tadel für einen ungeschickten Knecht, wie das Wort des Siegers gegenüber dem Besiegten. Und dann kehrten die Frauen ihr demütiges Gesicht der Nische zu, in der die Schönheit Unserer Lieben Frau des Heils gefangen war. Die Bittsteller entblößten ihr Elend, ihr Leiden vor jenen Augen aus hartem, unbeweglichem Email. Und ihre Stimme war dann die des geprügelten Hundes, des Rindes, das man gewaltsam von seinem Jungen getrennt hat. Laut schreiend flehten sie um Hilfe. In ihrer

eigenen Sprache, in die sich häufig spanische Wörter mischten, klagten sie über den Hunger, die Krankheit und die gefährlichen Ränke der Zauberer, bis die Stimme, allmählich ermattend, ihre Stärke verlor und endlich verebbte zum dumpfen Gemurmel des Wassers, das zwischen Steinen den Weg sich bahnt. Und man hätte geglaubt, die jähen Krämpfe, von denen die Brust jener Frauen geschüttelt wurde, seien Schluchzer, wenn nicht ihre starr auf den Altar gerichteten Pupillen so hart und undurchsichtig wie Erz gewesen wären.
Schwankend kamen die Männer in die Kapelle und knieten neben ihren Frauen nieder. Die Arme nach beiden Seiten ausgestreckt, hielten sie sich im Gleichgewicht – was der Rausch beinahe unmöglich machte – und lallten mit geschwollener Zunge ein Gebet, dessen einzelne Worte miteinander in unversöhnlichem Hader lagen. Lärmend heulten sie los, schlugen sich mit den Fäusten gegen den Kopf und sackten dann, völlig ausgepumpt, als hätte ein Blutsturz sie hingerafft, bewußtlos zusammen. Sie schnarchten und stießen im Traum Drohungen und Flüche aus. Da beugten sich die Frauen über sie, tupften ihnen mit dem Zipfel des Umschlagtuches den Schweiß von den Schläfen und wischten den schleimigen Speichelfaden weg, der ihnen aus den Mundwinkeln rann. Stunde um Stunde blieben sie so sitzen und schauten ruhig zu, wie die Männer schliefen.
Diese Zeremonien spielten sich ohne Zeugen ab, hinter dem Rücken der Leute aus dem Großen Haus. Die Patrones taten so, als wüßten sie von nichts, um nicht durch ihre Gegenwart einen Kult zu legalisieren, den der Priester als Götzendienst bezeichnet hatte. Während vieler Jahre waren diese Ausschweifungen der Indios verboten gewesen. Aber jetzt, wo das Verhältnis zwischen César und den Anhängern Felipes so gespannt war, wollte César die Lage nicht noch verschlimmern, indem er seinen Willen in einer Sache durchsetzte, die ihm letztlich gleichgültig war, für die Indios jedoch die Ausübung einer seit undenklichen Zeiten gültigen Sitte bedeutete. In der letzten Nacht der Novene aber, wenn César

mitsamt seiner ganzen Familie an der Andacht teilnehmen würde, durfte keine Spur von den Geschehnissen der vorausgegangenen Tage mehr zu sehen sein. Die in Tücher gehüllten Heiligenfiguren würden dann wieder an dem geheimen Ort verwahrt sein, der für die übrige Zeit des Jahres ihre Bleibe war. Das zertretene Zypergras würde man durch frisches ersetzt haben. Und an Stelle der herabgebrannten Kerzen würden neu angezündete Kerzen mit tadellosem Docht stehen. Aber jetzt, wo sie der Fuchtel des Hausherrn für kurze Zeit entronnen waren, ließen die Indios im Umkreis der Kapelle ihre barbarischen Bittgesänge erschallen und zelebrierten einen naiven Ritus, der ein Überbleibsel heidnischer Gebräuche war. Die einfältige Geste der Vereinigung, des Bittens, des Flehens um Frieden, mit der die verängstigte Kreatur der unsichtbaren Gewalt begegnet, die alles umschließt.

Zoraida ging ungeduldig auf der Galerie des Herrenhauses hin und her. Plötzlich blieb sie vor César stehen:

»Werden diese Indios eigentlich den ganzen Feiertag über wie die Affen heulen?«

César wartete absichtlich einige Minuten, ehe er von dem Zeitungsblatt aufblickte, das er zum wer weiß wievielten Male las. Er antwortete:

»Das ist so Sitte.«

»Nein. Erinnerst du dich denn nicht mehr? In den letzten Jahren gingen sie dazu in den Wald, weit weg, wo wir sie nicht hörten. Aber jetzt haben sie keinen Respekt mehr vor uns. Und du sitzt hier in aller Seelenruhe.«

»Ich kenne den Talg meiner Rinder, Zoraida.«

»Sie würden es nicht wagen, das zu tun, wenn nicht Felipe sie dazu aufgestachelt hätte.«

César seufzte, wie einer, der nachgibt, und faltete die Zeitung zusammen. Der Ton Zoraidas erforderte mehr als das ungefähre, beiläufige Hinhören, zu dem er sich herbeigelassen hatte. Als müßte er einem Kind, und dazu noch einem dummen Kind, etwas erklären, antwortete er:

»Wir können gar nichts machen. Diese Dinge da sind – wie

soll ich sagen? – Kleinigkeiten. Sie gehen dir auf die Nerven. Aber wenn du sie anzeigst bei der Behörde, so wird man dort kein Vergehen darin sehen.«
Zoraida zog die Brauen hoch mit einem Ausdruck übertriebenen Erstaunens.
»Ach, du hattest daran gedacht, dich an die Behörde zu wenden?«
Und dann höhnisch:
»Es ist das erste Mal. Früher brachtest du deine Angelegenheiten immer selbst in Ordnung.«
César schleuderte die Zeitung zornig auf den Boden.
»Du sagst es selbst: früher. Aber siehst du denn nicht, wie die Lage sich verändert hat? Wenn die Indios es wagen, uns herauszufordern, so nur deshalb, weil sie zu allem bereit sind. Sie wollen einen Vorwand, um sich auf uns zu stürzen. Und den werde ich ihnen nicht geben.«
Zoraida lächelte geringschätzig. Die Absicht dieses Lächelns entging César nicht.
»Es ist mir gleichgültig, was du denkst. Ich weiß, was ich zu tun habe. Und hör endlich auf mit deinem Hin- und Hergelaufe. Du machst mich nervös.«
Zoraida blieb stehen. Die Kränkung jagte ihr das Blut ins Gesicht. Noch nie hatte sich César erlaubt, so mit ihr zu reden. Vor allem nicht vor Fremden. Ihr Stolz wollte sich empören, Genugtuung fordern. Doch war sie sich ihrer Macht diesem Mann gegenüber nicht mehr gewiß, und die Furcht, sie könnte sich lächerlich machen, ließ sie verstummen.
Matilde hatte mit wachsendem Unbehagen der Szene zwischen ihren Verwandten beigewohnt. Ohne auch nur eine Entschuldigung zu murmeln, stand sie auf, um sich zu entfernen. Ernesto sah sie gehen und schickte sich schon an, ihr zu folgen. Aber die Kälte Matildes lähmte seinen Schritt. Sie wollte nicht mit ihm reden. Seit Tagen schon hatte sie ihn gemieden. Seit jenem Tag.
»Was denkst du, Ernesto?«
Die Frage Césars rief ihn jählings in die Wirklichkeit zurück.

Er zuckte mit den Achseln. César gab sich mit dieser Antwort nicht zufrieden und fuhr fort:
»Ich meine, wir müssen klug sein. Nur einer Frau kann es in den Kopf kommen, sich wie eine wild gewordene Katze aufzuführen.«
Zoraida ging zu dem Stuhl, den Matilde eben verlassen hatte, und setzte sich. Sie würde ihr neues Kleid verknittern. Diese Gewißheit verschaffte ihr eine bittere Genugtuung.
»Die Klugen sehen eher wie Angsthasen aus.« Ernesto sagte es boshaft. Aber César richtete sich kaum merklich auf und fragte:
»Habt ihr das Neueste schon erfahren?«
Und als die anderen schwiegen:
»Natürlich, ihr lebt hier wie eingesperrt und könnt es daher nicht mitbekommen haben. Aber ich habe es gesehen, wie ich aufs Feld ging. Die Indios haben auf dem Galgenhügel eine Hütte errichtet.«
»Für die Schule?«
»Und wer hat es ihnen erlaubt?«
Ernesto und Zoraida rissen sich darum, zuerst zu Wort zu kommen. César genoß die Wirkung, die seine Worte hervorgerufen hatten, und zufrieden ließ er sich wieder in die Hängematte zurücksinken. Sanft sagte er:
»Die Ferien sind vorbei, Ernesto.«
»Aber ich habe Sie schon in Comitán darauf hingewiesen ...«
»Comitán ... Willst du zurück?«
Von hier weggehen – das war es, was Ernesto sich wünschte. Aber er wollte nicht, daß die anderen über seine Antwort lachten, über sein Verlangen, von hier wegzulaufen, über seine Feigheit.
»Du kannst zurückgehen, wenn du willst. Der Weg steht dir offen. Aber sage mal: ist das, um was ich dich bitte, so ein Opfer? Abgesehen davon, daß ich eine Belohnung für dich nicht vergessen werde. Du hast darauf das Wort eines Argüello.«
César hatte in einem beinahe herzlichen Ton mit ihm gespro-

chen. Aber Ernesto würde sich nicht noch einmal beschwatzen lassen. Er war froh, daß sich ihm die Gelegenheit bot, irgendwie seine Hochherzigkeit, seinen Stolz zeigen zu können, und erklärte:
»Wenn ich bleibe, dann nicht um der Belohnung willen, sondern weil *ich* jedenfalls mein Wort halte.«
Und mit kraftvollen, selbstbewußten Schritten entfernte er sich, wobei er im stillen bedauerte, daß Matilde sein forsches Auftreten nicht gesehen hatte.
César blieb nichts zu sagen übrig als der ätzende Schlußkommentar:
»Armer Nervenkasper!«
Zoraida wollte ihm nicht beistimmen; sie wollte sich nicht mit ihrem Manne einig erklären. Sie verhielt sich ernst und zurückhaltend. César hob die Zeitung auf, die er auf den Boden geworfen hatte, und las dort weiter, wo er vorher unterbrochen worden war. Zoraida begann daraufhin sich unruhig auf ihrem Platz zu bewegen. Sie setzte den knarrenden Schaukelstuhl in Bewegung und seufzte unüberhörbar. Diese kleinen Geräusche sowie die Absicht, mit der sie hervorgerufen wurden, zerrten an Césars Nerven, der bei seiner Lektüre eine Konzentration vortäuschte, die er gar nicht aufbringen konnte. Zoraida wußte das und freute sich, als sich ihr ein geeigneter Anlaß bot, ihn zu unterbrechen.
»Es scheint, daß wir Besuch bekommen.«
César blickte zur Landstraße hinüber. Ein Reiter näherte sich dort in rascher Gangart. Bald verschwand er, bald tauchte er wieder auf, je nach den Hebungen oder Senkungen des hügeligen Geländes. Ohne abzusteigen, öffnete er das Hoftor und grüßte von weitem:
»Guten Tag, die Herrschaften.«
César und Zoraida standen auf, um ihn willkommen zu heißen.
»Bitte, treten Sie ein. Sie sind hier zu Hause.«
»Ich würde meinem Pferd gern den Sattel abnehmen. Wo ist der Stall?«

»Das fehlt noch, daß Sie sich darum kümmern müssen. Der Stalljunge wird das besorgen. He, Bursche!«
Césars Ruf verhallte, ohne daß jemand Antwort gegeben hätte. Zoraida schlug die Augen nieder, um ihre Beschämung zu verbergen. Aber César zog sich aus der Patsche, indem er tat, als nähme er die Sache mit Humor. Er erklärte:
»Heute ist nämlich ein Festtag. Ich habe ganz vergessen, daß die Knechte Ausgang haben... Sie können Ihr Pferd an dem Stamm dort anbinden. Und das Reitzeug kann ruhig hier auf dem Geländer liegenbleiben.«
Der Ankömmling stieg die Stufen herauf. Er drückte Césars Hand und begrüßte Zoraida mit einer leichten Neigung des Kopfes.
»Haben wir nicht irgendeine Erfrischung, Zoraida, die wir dem Herrn anbieten könnten? Ein Glas... was ist Ihnen am liebsten? Sie wissen ja, was man auf den Ranchos so zur Verfügung hat.«
Er wollte sie auch vor diesem Manne demütigen, indem er ihr befahl, in die Küche zu gehen und die Erfrischung zu bereiten. Denn er wußte nur zu genau, daß die Mägde beim Fest waren. Zoraida preßte die Lippen zusammen, verärgert, aber dennoch bereit zu gehorchen. Der Fremde rettete jedoch die Situation, indem er ablehnte.
»Vielen Dank. Ich bin eben durch das Flußbett gekommen und habe meinen Posol getrunken.«
In einer Anwandlung von Sympathie bot Zoraida dem Fremden den Schaukelstuhl an, in dem sie gesessen war. Aber der Gast wollte auch dieses Angebot nicht annehmen. An das Geländer gelehnt, beide Hände in den Hosentaschen, fragte er:
»Kennen Sie mich nicht mehr, Don César?«
César sah ihn forschend an. Dieses braune Gesicht, diese buschigen Brauen weckten keinerlei Erinnerungen in ihm.
»Ich bin Gonzalo Utrilla, der Sohn der seligen Gregoria.«
»Du? Aber warum hast du mir das nicht gleich gesagt? Schau her, Zoraida, das ist mein Patensohn.«

Gonzalo maß César mit einem ironischen Blick.
»Als ich dich zum letzten Mal sah, warst du ein Knirpschen, so. Und jetzt bist du ein gestandener Mann.«
»Dank Ihrer treuen Fürsorge.«
César nahm sich vor, die Ironie in diesem Satz zu überhören. Aber sein Ton war wesentlich vorsichtiger, als er sagte:
»Du hast Comitán schon vor langer Zeit verlassen, nicht wahr?«
»Ich trieb mich in der Welt herum, wie Ihresgleichen zu sagen belieben.«
»Und du hast dich noch nicht seßhaft gemacht?«
Gonzalo glaubte eine gewisse Zurückhaltung zu spüren, wie sie jemand an sich hat, der befürchtet, um Hilfe angegangen zu werden. Er beeilte sich, hochtrabend zu erklären:
»Ich arbeite bei der Regierung.«
César nahm eine väterliche Haltung an und sagte tadelnd, von oben herab:
»Bei der Regierung? Schämst du dich da nicht?«
Aber noch im gleichen Augenblick bereute er seinen Mangel an Taktgefühl und setzte hinzu:
»Nichts für ungut. Das ist so 'ne Alberei von mir. Da gibts natürlich nichts zu schämen. In der Regierung sitzen die begabten, tüchtigen Leute. Aber zu meiner Zeit galt es als ehrenrührig, der Regierung zu dienen. Das hieß soviel wie ein ... ein Dieb sein.«
»Glücklicherweise sind Ihre Zeiten vorbei, Don César. Sonst hätten sich die Dinge wohl nicht geändert. Die Regierung gibt mir zu essen. Von den Reichen dagegen ist mir diese Gnade nie zuteil geworden.«
Kein Feind ist so klein, daß man sich nicht vor ihm in acht nehmen müßte, dachte César. Wenn er doch freundlicher zu diesem Gonzalo gewesen wäre, als dieser nichts weiter als ein kleines Indiobürschlein war! Sonntags kam er zu Besuch, setzte sich auf die Stufen vor der Diele und wartete stundenlang darauf, daß César geruhte herauszukommen. Er tat das natürlich, um etwas zu bekommen, nicht aus Anhänglichkeit.

Denn die Sitte will es, daß die Paten ihren Schützlingen an den Feiertagen etwas zukommen lassen. Aber wie oft hatte César – und das reute ihn jetzt –, anstatt selbst hinauszugehen, dem Bübchen guten Tag zu sagen und ihm ein paar Münzen in die Hand zu drücken, die Magd hinausgeschickt, damit sie ihm irgendein gedankenlos ausgewähltes, wertloses Geschenk aushändigte. Als das Geschenk jedoch einmal in einem Stück Zucker bestand, da verweigerte Gonzalo die Annahme und ließ sich nie wieder sehen. Bis heute.
»Worin besteht deine Arbeit?«
»Ich bin Landwirtschaftsinspektor.«
»Und du kommst nach Chactajal zu ... dienstlichen Zwekken?«
»Ich bin auf der vorschriftsmäßigen Tour durch das ganze Hochland. Schon jetzt bin ich auf viele Unregelmäßigkeiten in der Behandlung der Indios gestoßen. Die Gutsbesitzer nützen noch immer deren Unwissenheit aus. Aber jetzt sind sie nicht mehr wehrlos.«
»Und was geschieht, wenn du solche Unregelmäßigkeiten entdeckst?«
»Das werden Sie sehen, Herr Pate.«
»Ich hoffe nicht. Meine Angelegenheiten sind in Ordnung.«
»Hoffentlich.«
Gonzalo ließ seine Worte scharf und präzis wie Axthiebe niedersausen. In der Erwartung getäuscht, daß sich ein freundschaftliches Gespräch anbahnen ließe, blieb César nichts anderes übrig, als klein beizugeben.
»Du wirst nicht viel Zeit übrighaben. Wenn wir dir mit etwas behilflich sein können ... Was hast du zu tun?«
»Ich muß mit den Indios sprechen.«
»Da hast du Glück gehabt, daß du heute gekommen bist. Du wirst sie in der Kapelle alle beisammen finden. Wie ich dir im Zusammenhang mit dem Stalljungen ja schon sagte, ist heute ein Festtag. Der Tag der Schutzpatronin von Chactajal. Du hast wirklich Glück gehabt.«
»Das war nicht Glück. Es war Berechnung.«

Gonzalo schickte sich an, die Stufen hinabzugehen. César folgte ihm, um ihn zu fragen:
»Bleibst du noch hier, um mit uns zu essen?«
»Nein. Ich muß noch nach Palo María.«
Und als César weiterhin neben ihm herging, sagte er fast brüsk zu ihm:
»Ich wäre Ihnen dankbar, Herr Pate, wenn Sie mich nicht begleiten würden. Ich will in völliger Freiheit mit den Indios sprechen.«
Vom Herrenhaus abgewandt, blieb César so lange stehen, bis die Gestalt Gonzalos in der Menge der Indios, welche die Kapelle umlagerten, verschwand. Dann wandte er sich um zu seiner Frau und befahl ihr:
»Richte ein Glas Limonade. Matilde soll es in die Kapelle bringen. Gonzalo wird eine Rede halten. Wahrscheinlich wird er Durst bekommen.«
Zoraida sah ihren Mann mißbilligend an.
»Matilde ... Was weiß ich, wo Matilde ist. Sie ist nie zu finden, wenn man sie sucht. Aber wenn du dich so tief erniedrigen willst, dann gehe ich.«
César trat auf Zoraida zu und packte sie am Arm. Sie zuckte zusammen.
»Du hast mich nicht verstanden. Wie immer.«
»Nein, ich bin dumm. Ich begreife die Mondphasen nicht, auch wenn du sie mir hundertmal erklärst. Aber ich merke es, wenn mich jemand beleidigt. Und ich weiß, was Würde ist.«
»Es geht hier nicht um Würde und auch nicht darum, daß wir vor irgendeinem hergelaufenen Menschen wie diesem Gonzalo zu Kreuze kriechen. Wenn ich Matilde hinschicken wollte, so deshalb, um zu erfahren, was er mit den Indios spricht. Man muß sich bei ihm vorsehen. Dieser Mann ist gefährlich.«
Das Klagegeheul der Indios hatte aufgehört. Ab und zu drang das Schreien eines ungeduldigen kleinen Kindes bis zum Herrenhaus herüber oder die jähe Explosion einer Rakete. Zorai-

da wich einen Schritt von ihrem Mann zurück.
»Gonzalo spricht jetzt mit ihnen. Hörst du?«
»Die einzelnen Worte sind nicht zu verstehen.«
Als sie die Treppe hinaufstieg, bemerkte sie mißvergnügt:
»Zur rechten Stunde heitert sich der Himmel auf.«
»Halt deinen Mund!«
Denn ein Dröhnen erscholl zwischen den Mauern der Kapelle. Wirre Schreie, trunkene Rufe, die dumpfe Regung der Masse. Und da stürzte plötzlich Matilde hervor und rannte über den Hof, barhäuptig, mit leeren Händen, wie eine Irre. Zoraida eilte ihr entgegen, aber Matilde drängte sie achtlos beiseite und blieb erst vor César stehen. Sie war außer Atem und brachte nur stoßweise abgehackte Sätze hervor.
»Er sagte zu ihnen ... Er sagte zu ihnen, sie hätten keinen Patrón mehr. Sie seien die Herren des Ranchos und hätten nicht die Pflicht, für irgend jemanden zu arbeiten. Und er hob die geballte Faust empor. Sie solle ein Zeichen sein.«
»Das war der Augenblick, wo die Indios anfingen zu schreien, nicht wahr?«
»Und Felipe war dort«, behauptete Zoraida.
Matilde schüttelte den Kopf.
»Er kam, als er das Geschrei hörte. Er betritt nicht gern die Kapelle. Aber er ging mitten zwischen ihnen allen hindurch und trat auf den Mann zu, der da gekommen war...«
»Mein lieber Patensohn, Gonzalo Utrilla.«
»Und er gab ihm die Hand und sagte ihm, sie hätten die Schule gebaut, und du hättest einen Lehrer aus Comitán gebracht. Und er fragte, ob sie verlangen könnten, daß nun mit dem Unterricht begonnen würde. Der Mann stimmte zu. Und da wollte der ganze Haufe hinausstürzen und zum Großen Haus gehen, um mit dir zu reden. Aber der Mann riet ihnen, morgen hierherzukommen, wenn sie klar bei Verstand wären. Denn er sagt, die Trunkenheit der Indios sei es gewesen, die den Patrones die Ausbeutung immer leichtgemacht habe.«
»Auf jeden Fall«, sagte César, »müssen wir vorbereitet sein,

wenn sie kommen. Ich hole meine Pistole. Und ihr schließt euch am besten ein.«

»Ja. Wir gehen schon.«

Aber als César sie nicht mehr hören konnte, wandte Zoraida sich mißtrauisch zu Matilde um.

»Was hast du in der Kapelle gemacht? Warum bist du hingegangen?«

»Laß mich los, Zoraida. Du tust mir weh. Schau mich nicht so an. Ich wollte nur beten.«

Und bevor Zoraida ihr eine weitere Frage stellen konnte, war Matilde davongerannt.

IX

Erwachen. Das Geräusch von Schritten auf dem Gang, die unruhigen Laute, mit denen die Tiere den Tagesanbruch empfangen – sie genügten, um Matilde jählings aus der moosigen, lauwarmen Höhle des Schlafes aufzuscheuchen. Tastend erspürte sie die Gegenwart des Schmerzes in ihrem Innern. Denn ehe sie wußte, daß sie in einem fremden Haus erwachte, fern von Francisca, fern von den Zeiten des Glücks, da wußte Matilde schon, daß sie erwachte, um zu leiden. Vergebens preßte sie eigensinnig die Lider zusammen und flehte den Schlaf um eine weitere Minute des Friedens an. Das heftige Geläut der Glocke auf der Kapelle, das Rennen der nackten Füße und die Rufe in Tzeltal verschworen sich gegen Matilde, um sie hinauszustoßen in das eisige Unwetter ihres Bewußtseins. Da riß sie weit die Augen auf und warf sich hin und her wie ein Tier, wenn es merkt, daß es in die Falle gegangen ist. Sie fuhr hoch, wie vom elektrischen Schlag getroffen, setzte sich auf den Bettrand und sagte, das Gesicht in den Händen vergrabend, wieder und wieder, als erwarte sie, daß jemand ihr widerspreche, laut die Worte vor sich hin:

»Diesen Tag werde ich nicht mehr durchstehen.«

Denn der Tag ragte vor ihr auf wie ein riesiger Baum, den sie zu fällen hatte. Und sie hatte nur ein kleines Beil mit einer schartigen Schneide. Der erste Hieb: das Aufstehen. Etwas, das nicht sie war, nicht ihr Wille war (denn ihr Wille sehnte sich nach nichts anderem als zu sterben), hieß sie, sich aufzurichten. Als wandelte sie im Schlaf, machte sie einen Schritt und noch einen durch das Zimmer. Anziehen, kämmen. Und dann die Tür aufmachen, guten Tag sagen, lächeln, mit einem Lächeln, das trauriger ist als Tränen.

Matilde ging langsam die Stufen hinunter, die von der Galerie in den Hof führten. Sie wich den Gruppen von Indios aus, die darauf warteten, daß man ihnen die Arbeit zuwies, und ging geradewegs zum Hoftor. Verschiedene Wege boten sich ihr an: der zum Fluß, der zur Zuckermühle und der nach Palo María. Aber sie wählte keinen von ihnen, sondern ging querfeldein durch das hohe Gras. Im Vorwärtsschreiten zerteilte sie die Halme mit beiden Händen wie ein Schwimmer. Der Tau besprühte ihre Wangen. Und die Dornenranken verhakten sich in ihren Kleidern.

Langsam stieg die Sonne am Himmel empor. Matilde rang nach Luft. Ihr war übel. Das hohe Gras der Fohlenweide hatte sie hinter sich gelassen, und nun schritt sie über die Ebene, wo sich kriechende Gewächse an die rote, ausgedörrte Erde klammerten. Matilde hielt im Gehen Ausschau nach dem Schatten eines Baumes – des einzigen in weitem Umkreis – und dort ließ sie sich mit ihrem ganzen Gewicht zu Boden fallen, mit ausgebreiteten Armen und gespreizten Händen, und fragte sich: Wie lange noch? Wie lange noch? Nicht mit Ungeduld, denn die Müdigkeit lastete auf ihr mit drückender Schwere, sondern mit Sanftmut, in der geheimen Hoffnung, daß ihre Fügsamkeit den Schergen, der sie folterte, zum Mitleid rühren könnte, so daß er die Marter nicht allzulange hinziehen würde. Und wenn heute der vorbestimmte Tag wäre? Ein unerklärliches Entsetzen, wie das einer Stute, die sich aufbäumt, wenn sie die Gefahr wittert, erfaßte sie. Denn ihre Sehnsucht nach dem Tod war bisher nur im Bereich von Traumvorstellungen umhergeschweift, nur in der Einbildung. Aber jetzt bewegte sich Matilde auf ihr Ziel zu, dasselbe, welchem Angélica entgegengegangen war, und vielleicht ging sie nun sogar auf den Spuren ihrer Schritte. Es war nicht so einfach, wie sie es sich ausgemalt hatte. Ihre Schuhe waren durchnäßt vom Tau, und die Feuchtigkeit schmerzte sie in den Knochen. Der rauhe Boden tat ihr durch die Kleider hindurch weh. Und dies, der Widerstand der Dinge, die Müdigkeit, der Aufruhr ihres Körpers, das war das einzige, was ihr bewies, daß das, was ihr widerfuhr, Wirklichkeit war und nicht ein Traum wie sonst so oft. Sie begann vor Angst zu schwitzen. Kalter Schweiß strömte aus ihren Achselhöhlen und zeichnete die Form ihrer Hände auf die Erde, in die sie sich einkrallten. Matilde richtete sich jählings auf, als wollte sie einen Alptraum abschütteln. ›Ich werde es nicht tun, ich bringe es nicht fertig‹, sagte sie sich. Und sie lief weiter, noch immer mit dem Feuer spielend, ohne die Richtung zum Haus hin einzuschlagen. ›Ich bringe es nicht fertig.‹ Ein Lächeln voll Hohn, voll Selbstverachtung verzerrte ihr Gesicht. ›Ich werde es nicht tun. Ich bin zu feige dazu. Die so etwas tun, sind mutig. Und ich habe Angst vor dem Schmerz, ich will nicht, daß die Tiere mich beißen. Ich will nicht noch einmal zerrissen, nicht noch einmal verletzt werden. Nicht einen Blutstropfen mehr! Es ist schrecklich. Mir ist zum Brechen, wenn ich nur daran denke. Wie konnte es geschehen, mein Gott! Nein, es kann keine Sünde sein. Sünde, was Wonne schafft. Aber dabei Ekel, Scham, Schmerz. Genug. Ich sagte, nie mehr würde ich an das denken, was geschehen ist. Daran ist nichts mehr zu ändern. Ich möchte sterben. Das ist wahr. Aber wie? Gibt es nicht eine Möglichkeit, in den Schlaf hinüberzugleiten, immer tiefer darein zu versinken, bis es kein Aufwachen mehr gibt? Aber in dem Arzneikästchen sind nicht genug Tabletten. Und ich kann nicht das Risiko eingehen, daß ich dann doch am Leben bleibe und man schreckliche Kuren mit mir vornimmt, die weh tun. Ich will nicht, daß sie über mich lachen, daß sie mit dem Finger auf mich zeigen: sie hat sich umbringen wollen. Wie eine, die ins Kloster geht, es darin nicht aushält und wieder davonläuft.‹

Die Ebene, auf der Matilde umherirrte, hatte sich allmählich mit dichten Bauminseln überzogen. Der Abstand von einer Insel zur anderen verringerte sich mehr und mehr und schrumpfte schließlich zu nichts zusammen. Und der Wald begann an den Ausläufern des Gebirges emporzuklettern. ›Und wenn ich nicht umkehren würde?‹ sagte Matilde, als wollte sie die Angst herausfordern, die sie dort zum Stehen bringen wollte, die sie anstacheln wollte, entsetzt zurückzurennen, nach Hause. Aber die Angst brach nicht aus, und Matilde ging weiter, weil sie wußte, daß deren Drohung eine Lüge war, daß sie nur eine Geschichte vorbrachte, die irgendwann, vor langer Zeit, irgend jemandem widerfahren war. Und Angélica? War sie wohl auch so verzweifelt gewesen wie sie? Oder hatte sie sich verirrt, ohne es zu wollen? Sie ging in Gedanken die Strecke zurück, die sie gegangen war. Ja, sie würde wieder heimfinden. ›Wenn ich nicht umkehre, werde ich sterben an … An was sterben die, die sich im Bergwald verirren? An Hunger? An Kälte? An Angst? Sie werden gefressen von den Tieren, von den Ameisen.‹ Matilde brach in schallendes Gelächter aus. Sie hielt sich den Bauch mit beiden Händen, damit ihr das Lachen nicht so weh tat. Was für ein Gesicht würde Ernesto machen? Ein Gesicht, so langgezogen wie die Kannen in der Küche, verstört und verzerrt. Das Gesicht Matildes wurde ernst und zeigte das scharfgeschnittene Profil eines Raubvogels. Sie stürzte sich auf diesen Gedanken, ihn gierig mit dem Schnabel zu zerhacken, wie der Sperber, wenn er von ferne seine Beute erspäht. Ernesto würde dann leiden, er würde bezahlen für das, was er ihr an Leiden zugefügt hatte. Hierbei verweilte sie lange mit Entzücken und weidete sich an dieser Vorstellung. Schließlich wandte sie sich mit Abscheu davon ab und fühlte sich elender und leerer als zuvor. Denn sie war feig und würde niemals fähig sein, Ernesto so zu verwunden, mit einem entscheidenden, brutalen Stoß mitten ins Herz. Sie würde ihn weiterhin mit kleinen Nadelstichen peinigen: seine Gegenwart meiden, sich weigern, mit ihm zu reden. Aber wie lange konnte diese

Lage dauern? Ernesto würde sich bald an die ausweichende Haltung Matildes gewöhnen und aufhören, ihr nachzustellen. Denn was hatten sie letztlich miteinander gehabt? Sie hatten sich geliebt wie zwei Tiere, schweigend, ohne etwas zu geloben. Er mußte sie verachten, nach dem, was geschehen war. Er konnte keine Ehrfurcht mehr vor ihr haben. Matilde hatte sich ihm völlig hingegeben. Aber dafür bedankt sich kein Mann, so etwas wird mit einem beleidigenden Wort belohnt. Die billigen Weiber binden die Männer nur an sich, solange sie jung sind. Und das war Matilde nicht mehr. Andere Frauen warteten darauf, sie abzulösen, und die würden sich nicht so ungeschickt anstellen wie sie.

Die Angst fiel über sie her wie ein Grabstein, der sie zerdrückte. Und Matilde schrie, so daß die Vögel, die in den Zweigen geschlafen hatten, erschreckt aufflatterten und ein vielfaches Echo von da und dort verworren widerhallte. Aber als alle Geräusche wieder in der Stille versunken waren, blieb eine kindliche Stimme, eine wehrlose Stimme. Ohne zu überlegen, stürzte Matilde dieser Stimme entgegen.

Am Fuß eines Baumes, den Kopf an den Stamm gepreßt, stand weinend das kleine Mädchen. Und als es merkte, daß sich Schritte dem Orte näherten, an den es sich geflüchtet hatte, drückte es fest die Augen zu, verstopfte sich mit den Fingern die Ohren, denn das war die einzige Verteidigungsweise, mit der die Kleine irgendwelchen Bedrohungen zu begegnen wußte. Aber die Hand, die sie berührte, war eine sanfte, schützende Hand, die sie von dem Stamm löste, dessen Rinde auf der Stirn und der Wange des Kindes tiefe, rote Spuren hinterließ. Als sie die Kleine vor sich hatte, streichelte Matilde ihr mit den Fingern über das Gesicht, als wollte sie den altklugen Ausdruck wegwischen, der es entstellte. Und erst da schlug das Kind die Augen auf und nahm die Finger aus den Ohren. Matilde fragte zärtlich:

»Wozu bist du denn hierhergekommen?«

Von Schluchzen geschüttelt, sagte die Stimme des kleinen Mädchens:

»Ich will nach Comitán gehen. Ich will mit meiner Nana gehen.«
Da drückte Matilde das Kind in ihren Schoß und begann es wild zu küssen, auch aus Dankbarkeit dafür, daß sie nun einen Grund hatte, zum Haus zurückzugehen, ohne daß ihr Bewußtsein sie der Feigheit bezichtigte.
Als sie zum Hof zurückkam, war das Kind eingeschlafen. Sie legte es in sein Bett und ging ins Speisezimmer, wo die Familie schon mit dem Frühstück begonnen hatte. Verwundert bemerkte Zoraida, wie blaß Matilde aussah und wie unordentlich ihr Haar und ihre Kleider waren. Aber sie sagte nichts, um das Verhör nicht zu unterbrechen, das César eben anstellte.
»Wie geht es dir in der Schule, Ernesto?«
»Gut.«
Der Ton der Antwort war schneidend, und Ernesto hatte ihn absichtlich so gewählt, um jeder weiteren Frage, jedem Kommentar die Tür vor der Nase zuzuschlagen. Ernesto hatte nicht überhört, daß hinter Césars gespielter Gleichgültigkeit nicht nur Neugierde steckte, sondern echte Besorgnis darüber, wie sich der Neffe in seinem neuen Amt als Landschullehrer zurechtgefunden hatte. Denn die Haltung der Indios war für niemanden ein Geheimnis. Am Tag nach dem Fest Unserer Lieben Frau des Heils war Felipe im Großen Haus erschienen – mit einer Höflichkeit, welche die Festigkeit seiner Vorsätze, seine Absicht, sich durch Césars Spitzfindigkeiten nichts vormachen zu lassen, nur schwach verhüllte – und hatte César die Dienstherrschaft über die von ihnen erbaute Schule angetragen, die Ernesto sofort in Gebrauch nehmen konnte. Nun hatte es keinen Vorwand mehr gegeben, kein begründeter Aufschub war mehr möglich gewesen, und so hatte man mit dem Unterricht begonnen.
»Es scheint, der Papagei hat dir die Zunge abgebissen.«
Ernesto lächelte gezwungen, fühlte sich aber nicht zum Sprechen aufgelegt. In der Zeit, die er bisher mit César verbracht hatte, war ihm klar geworden, daß ein Gespräch mit ihm unmöglich war. César konnte sich mit niemandem unterhalten,

den er nicht als ebenbürtig betrachtete. Jeder beliebige Satz, der ihm über die Lippen kam, hörte sich an wie ein Befehl oder wie ein Verweis. Seine Späße klangen wie Hohn. Und außerdem wählte er stets den ungeeignetsten Augenblick für seine Fragen. Wenn die ganze Tischgemeinschaft versammelt war, wie jetzt zum Beispiel. Zwischen dem Tellergeklapper und den Kaugeräuschen, während ächzend die Tür zuging, die eben jemand aus der Hand gelassen hatte. Früher, als er dem Wohlwollen Césars noch nicht mißtraute, hätte Ernesto vielleicht erzählt, was sich morgens in den Unterrichtsstunden abspielte. Vielleicht hätte er auch jetzt noch das Vertrauen dazu aufbringen können, wenn die Umstände anders gewesen wären. Aber nicht so, unter dem lauernden, boshaften, verächtlichen Blick Zoraidas; angesichts der verstörten Miene von Matilde. ›Sie sieht aus, als habe der Teufel sie in den Fängen gehabt‹, dachte er.

»Wieviel Schüler hast du?«

César bohrte nochmals. Was hatte er denn davon, wenn er das herausbrachte? Aber die Unruhe hatte sich seiner schon so sehr bemächtigt, daß sie sich in seiner Frage, so behutsam er sie auch vorbrachte, verriet.

Und diese Schauspielerei samt allem, was aus ihr zu ersehen war, bewog Ernesto zu der ausweichenden Antwort:

»Ich habe sie nicht gezählt.«

César gab sich nicht zufrieden. Immer mehr die Hemmungen fallen lassend, fragte er:

»Es werden wohl zwanzig sein?«

»Wahrscheinlich.«

»Oder fünfzehn? Oder fünfzig. Kannst du nicht schätzen?«

»Nein.«

»Na schön. Und kommen nur Kinder oder auch Erwachsene?«

»Am ersten Tag kam Felipe. Ich habe es Ihnen ja schon erzählt.«

»Und jetzt?«

»Jetzt nicht mehr. Das habe ich Ihnen auch schon gesagt.«

Am ersten Tag war Felipe gekommen, um zu sehen, wie der Unterricht sich anließ. Er hockte sich auf den Boden zu den Kindern, die nach billiger Brillantine rochen und vor Sauberkeit strahlten. Ernesto schluckte nervös seinen Speichel. Ihn störte die Anwesenheit Felipes, der wie ein Zeuge dasaß, wie ein Richter, was er nicht ausstehen konnte. Aber er mußte zu einem Entschluß kommen. Er hatte unter allen Umständen nun mit dem Unterricht zu beginnen. Er war überzeugt davon, daß ihm die Stimme versagen würde, wenn er etwas sagen wollte, und daß alle über die komische Figur lachen müßten, die er dann darstellte. Er zog den ›Bristol-Almanach‹ aus seiner Hosentasche und schickte sich an zu lesen. Und zu seinem eigenen großen Erstaunen gab seine Stimme denn auch die Wörter wieder, die er aussprechen wollte, ja er konnte den Ton sogar etwas anheben und festigen. Er las hastig, mit schlechter Aussprache, immer wieder über die eigenen Fehler stolpernd. Er las die Horoskope, die Witze, den Heiligenkalender. Die Kinder gafften, fassungslos staunend, mit offenem Mund, ohne das geringste zu verstehen. Für sie war es das gleiche, ob Ernesto aus dem Almanach las oder aus irgendeinem anderen Buch. Sie konnten nicht Spanisch sprechen. Ernesto konnte nicht Tzeltal sprechen. Es bestand keinerlei Möglichkeit der Verständigung zwischen ihnen. Als er den Unterricht für beendet erklärte, ging Ernesto auf Felipe zu, in der Hoffnung, daß dieser sich von der Nutzlosigkeit dieser Zeremonie überzeugt habe und auf deren Fortsetzung verzichten würde. Aber Felipe schien sehr befriedigt zu sein, daß dem Gesetz nun Genüge getan wurde. Er dankte Ernesto für den Dienst, den er ihnen erweise, und versprach, daß die Kinder pünktlich und strebsam sein würden.

Die Kinder blieben aufmerksam, solange das Schauspiel, das vor ihren Augen abrollte, neu und staunenswert war. Aber später suchten sie nach Zerstreuung und wurden unruhig. Sie stießen sich mit dem Ellbogen an und nahmen dann scheinheilig eine reglose, bolzengerade Haltung an. Sie lachten hinter ihren Strohhüten hervor, die sie sich vors Gesicht hielten.

Sie ließen unanständige Geräusche hören. Ernesto gab sich alle Mühe, nicht die Geduld zu verlieren. Und da das Gesetz keine bestimmte Stundenzahl für den Unterricht vorschrieb, verkürzte er diesen, soweit es nur irgend möglich war.

»Sie werden den Trab nicht lange durchhalten. Jetzt kommen sie, weil es die Jahreszeit ist, wo sie nichts zu tun haben. Aber die Indios sind darauf angewiesen, daß die Kinder ihnen helfen. Wenn die Erntezeit kommt, werden sie es allein nicht schaffen. Und dann: Schule ade! Das Notwendige geht dann eben vor.«

»Ich glaube, man darf sich da nichts vormachen, Onkel. Es sieht so aus, als wären sie fest entschlossen.«

»Das ist alles nur Strohfeuer. Die habens wie die Kinder mit einem neuen Spielzeug. Aber wenn der Lack ab ist, kümmert sich kein Schwanz mehr drum. Ich weiß, was ich sage. Ich kenne sie.«

»Hoffentlich täuschen Sie sich nicht. Denn mir hängt diese Komödie schon zum Hals heraus.«

»Beruhige dich. Das Schlimmste hast du schon beinahe hinter dir. Und denk daran, daß ich nicht zu den Knausern gehöre, die so tun, als wären sie mit einem hereingefallen.«

›Warte nur auf deine Belohnung‹, dachte Zoraida ironisch. ›Opfere dich nur für ihn auf, wenn du glaubst, daß es der Mühe wert ist! Du hast anscheinend immer noch nicht kapiert, daß die Arguëllos nicht mehr die gleichen sind wie ehedem. Es machte Spaß, ihnen zu dienen, als sie noch mächtig waren und etwas zu sagen hatten. Aber heute gehen sie auf den Zehenspitzen, predigen Klugheit und drehen den Pfennig dreimal herum. Wir lehnen an einem kümmerlichen Baum, Ernesto, an einem Baum, der keinen Schatten gibt.‹

X

Am Mittag pflegten die Vorbereitungen für das Baden zu beginnen. Der Stalljunge sattelte die Reittiere. Ein altes Maultier, das schon in den Ruhestand versetzt worden war und keine großen, schweren Aufgaben mehr verrichten mußte, und zwei winzige, sanftmütige Esel hatten täglich die Aufgabe, Zoraida, Mario und das kleine Mädchen vom Großen Haus zum Fluß zu tragen. Der Bursche ging voraus und zog die Tiere am Halfter hinter sich her. Und eine Indiofrau trug auf dem Kopf den Korb mit den Handtüchern und Seifestücken. Matilde schlenderte hinterdrein. Zum Schutz gegen die Sonne trug sie einen runden, breitrandigen Hut.

Langsam zogen sie zwischen den Hütten hindurch, ohne daß ein freundliches Wort oder ein Gruß sie aufgemuntert hätte. Die Indiofrauen wandten die Augen ab und taten so, als ob sie niemanden sähen.

Sie bogen in einen der Feldwege ein. Das Maultier stolperte und knickte jedesmal mit den Beinen ein, wenn es an einen Stein stieß. Nur mühsam erlangte es wieder das Gleichgewicht. Oder es blieb stehen, riß ein paar Büschel Gras am Wegrand ab, die es dann mit Seelenruhe in seinem Maul zermalmte, die Augen halb geschlossen haltend, mit trägem Schwanzwedeln die Mücken und Bremsen verscheuchend, die es peinigten. Vergebens zog ihm Zoraida zur Strafe ein paar mit der Peitsche über. Vergebens stieß sie ihm den eisernen Steigbügel ihres Damensattels in den Bauch. Nicht einmal der Stalljunge, der aus Leibeskräften am Halfter zerrte, konnte es zum Weitergehen bewegen. Das Maultier regte sich nicht von der Stelle, bevor es nicht den letzten Bissen gründlich ausgekostet und hinuntergeschluckt hatte. Dann setzte es sich zögernd in Bewegung, allerdings nur, um nach ein paar Schritten im Schatten eines Baumes abermals stehenzubleiben und dort ein Nickerchen zu machen. Zoraida geriet in Verzweiflung und verrenkte sich in komischen Gebärden der Ungeduld. Die Kinder lachten, und Matilde und die Indiofrau hatten Zeit, die Vorhut einzuholen.

Verstreute Flecken braunen, lockeren, feuchten Sandes zeigten sich auf dem roten Wegboden. Im dichter gewordenen Laubwerk der Bäume erhob sich das betäubende Spektakeln der Schreivögel, die sich kreischend die Neuigkeit mitteilten,

daß fremde Wesen sich hier eingefunden hatten. Und der schwüle Dunst wurde jählings aufgerissen von einer Brise kühler, wohlriechender Luft.
Bei einem am Ufer liegenden Felsblock stiegen sie ab. Der Bursche band die Tiere an einen Baumstamm und verzog sich leise pfeifend in den Hintergrund, um nicht dabeizustehen, wenn die Frauen badeten.
Und diese begaben sich, die Kinder an der Hand führend, unter das Blätterzelt einiger tief herabhängender Zweige. Die Indiofrau packte die langen Hemden aus, deren Farbe vom häufigen Gebrauch völlig ausgelaugt war, die ineinander verknäuelten Waschlappen und die Amolewurzel, die man zum Haarwaschen brauchte.
Zoraida und das kleine Mädchen gingen barfuß über den quarzigen, glitzernden Sand. Der steife Stoff ihrer langen Badehemden hinterließ darauf eine unförmige Schlangenspur.
»Und du, Matilde?«
Matilde wickelte sich in ein Badetuch, als fröstele sie, und sagte:
»Mir ist nicht wohl. Wenn ich bade, gerinnt mir das Blut.«
Der Fuß des kleinen Mädchens durchbrach die Wasseroberfläche und zog sich geschwind wieder zurück, als ob er sich gebrannt hätte.
»Es ist kalt.«
Man mußte sich blitzschnell entscheiden. Die Augen schließen, den Atem anhalten und eintauchen in jene widrige Wirklichkeit. Zoraida schlegelte blindlings mit den Armen, schwenkte heftig ihr Haar von einer Seite zur anderen und zwinkerte, um die Tropfen abzuschütteln, die ihr über die Lider rannen. Als sie die Augen aufschlug, schätzte sie ihre Entfernung vom Ufer und schwamm, die Stoßrichtung ihrer Bewegungen umkehrend, zum Ausgangspunkt zurück. Dort stand, bespritzt vom Wellenschaum, das kleine Mädchen, zitternd vor Kälte.
»Komm«, rief Zoraida aufmunternd.

Aber das Kind schüttelte ablehnend den Kopf, und Zoraida mußte aus dem Wasser steigen. Das Hemd klebte an ihrem Körper und zeichnete jede Linie einer beginnenden Wohlbeleibtheit nach. Und das Wasser troff schwer von den Falten und Rändern des Stoffes. Sie führte die Kleine an den Fluß. Um ihr Vertrauen einzuflößen, lotete sie im Gehen mit den Beinen den Grund aus und hielt sie jedesmal über Wasser, wenn eine allzu schroffe Unebenheit des Bodens unter den Füßen des Kindes einen kleinen Abgrund auftat.

»Willst du schwimmen?«

Das Mädchen nickte und klapperte dabei, vor Kälte schlotternd, mit den Zähnen. Daraufhin trat Matilde so dicht an das Wasser heran, daß die Wellen ihre Schuhe zu überspülen drohten, und streckte weit die Arme vor, um ihnen die zwei zusammengebundenen Flaschenkürbisse zu reichen. Als diese auf dem Rücken der Kleinen befestigt waren, begann sie zu schwimmen, weniger vom Schwimmgürtel getragen als von der Gewißheit, daß sie nun nicht untergehen konnte. Unter der Aufsicht ihrer Mutter planschte sie dahin und dorthin, immer innerhalb der Grenzen des seichten Beckens, in dem das Wasser sich staute, während weiter draußen die Strömung reißend und tosend vorüberrauschte.

Die Indiofrau – nackt bis zum Gürtel, mit schaukelnden Brüsten – wusch den kleinen Jungen. Sie goß ihm eine Schale Wasser nach der anderen über den Kopf und rieb sein Haar mit der Amolewurzel, bis es vor Sauberkeit starrte. Matilde wartete mit dem ausgebreiteten Handtuch auf Mario, um ihn hineinzuwickeln. Sie kleidete ihn bereits wieder an, als Zoraida und das kleine Mädchen glückstrahlend und mit geröteten Gesichtern unter das Blätterdach zurückkehrten.

Die langen Badehemden blieben auf dem Boden liegen, zusammengeringelt wie zwei dicke rote Schlangen. Die Indiofrau las sie auf, wrang sie aus und klatschte sie derb gegen die Steine am Ufer.

Matilde näherte sich dienstfertig dem Platz, wo Zoraida sich ankleidete, um sie zu fragen:

»Möchtest du deinen Posol trinken?«
Und sie streckte ihr die Schale voll schaumiger Maisgrütze hin. Aber im gleichen Augenblick, als Zoraida sie entgegennehmen wollte, stutzte sie, die Hand in der Luft haltend, und horchte auf ein Geräusch, wie von vielen Schritten, von Stimmen und Gelächter, das immer näher kam. Die Tiere erwachten aus ihrem Schlummer und spitzten erschrocken die Ohren.
»Was ist das?« fragte Matilde, mit einem leichten Zittern in der Stimme.
»Leute«, antwortete Zoraida.
»Mein Gott! Sie werden uns in diesem Zustand vorfinden. Zieh dich schnell vollends an, und dann gehen wir.«
»Rühr dich nicht von der Stelle, Matilde. Lerne es, auf deinem Platz zu beharren. Mag kommen, wer da will – sie müssen warten. Sie wissen, daß niemand das Recht hat, Wasser vom Fluß zu holen oder zu baden, solange die Patrones hier sind.«
Die Indiofrau rannte unter die schützenden Zweige und zog hastig ihre Bluse an. Vom kreisrunden Fransenbesatz ihres nassen Tzecs tropfte es lautlos in den Sand.
Das Geräusch der Schritte und Stimmen nahm schließlich Gestalt an. Es war eine Schar von Indiobuben, sechs oder sieben, die dahergerannt kamen. Zoraida musterte sie streng und verzog dann geringschätzig das Gesicht. Vor ihrem Blick erstarrten die Indios. Nur einen Augenblick, dort, wo der Weg aufhörte. Aber einer von ihnen schickte sich an weiterzugehen. Sich selbst Mut machend mit einem lauten, ordinären Lachen lief er schnell die Sandböschung hinab, die weich und nachgiebig zum Ufer hin abfiel. Dort blieb er stehen und keuchte, weniger vor Erschöpfung als vor spannungsvoller Erwartung. Er lachte weiter und klatschte sich mit den Handflächen auf die Schenkel. Die anderen ließen ihre Blicke zwischen ihrem Kameraden und Zoraida hin und her gehen. Und vorsichtig rückten sie allmählich nach, bis sie erneut um ihren Anführer versammelt waren, der mit zehn ungelenken, zitternden Fingern sein Hemd aufknöpfte.

»Komm, wir gehen«, flehte Matilde.
Aber Zoraida schien sie nicht gehört zu haben. Mit schmerzhaft aufgerissenen Augen schaute sie zu, wie die Indios, einer nach dem anderen, sich das Hemd und die Sandalen abstreiften. Mit sorgsam hochgekrempelten Hosen gingen sie ans Wasser und glitten hinein, so lautlos, als kehrten sie in ihr ureigenes Element zurück.
»Sie werden unseren Badeplatz verschmutzen«, sagte Zoraida in einem träumerischen, wie aus der Ferne kommenden Ton.
Die Knaben mit ihren schimmernden Leibern, wie aus geduldig blankpoliertem Kupfer, schwammen umher. Sie tauchten behend, ließen sich von der Strömung treiben und kamen wieder an den Ausgangspunkt zurück, alles so leise, so mühelos wie Fische.
»Siehst du, das Wasser dort ist schon trüb.«
Der Stallbursche, den die Indiofrau alarmiert hatte, war zurückgekommen und band nun die Tiere los.
»Komm, wir gehen, Zoraida.«
Matilde mußte ihre Bitte wiederholen. Sie mußte ihre Base behutsam rütteln, um sie zu sich selbst zurückzurufen. Aber als Zoraida vor dem Maultier stand, weigerte sie sich aufzusteigen.
»Ich möchte lieber zu Fuß gehen.«
Langsam gingen sie die Böschung hinauf. Bei jedem Verschnaufen wandte Zoraida das Gesicht zurück und schaute lange zum Fluß hinunter.
»Starr sie nicht so an, Zoraida. Sie werden keinen Respekt mehr vor dir haben.«
Sie waren zu dem Pfad gelangt und hatten die ersten Schritte auf ihm getan, als hinter ihrem Rücken der Lärm losbrach. Rufe, wüstes Gelächter und das Platschen des Wassers beim Hineinplumpsen der Körper. Und das Kreischen der Vögel und das rasche Aufflattern fliehender Flügel.
Zoraida blieb stehen.
»Was rufen sie?« fragte sie.
»Was weiß ich! Sie reden in ihrer Sprache.«

»Nein. Paß doch auf! Es ist ein spanisches Wort.«
»Das kann doch uns gleichgültig sein, Zoraida. Komm doch! Schau, wie weit die Kinder schon voraus sind.«
Zoraida riß sich heftig von den Händen Matildes los.
»Geh doch heim, wenn du willst.«
Matilde ließ resigniert die Arme sinken. Zoraida war ein Stück Weges zurückgegangen, um besser hören zu können.
»Hast du jetzt verstanden, was sie rufen?«
Die angespannte Aufmerksamkeit, mit der sie lauschte, verkrampfte ihr Gesicht. Matilde machte eine ablehnende, teilnahmslose Gebärde.
»Sie rufen ›Genosse‹. Horch! Und sie rufen es auf spanisch.«
Matilde erwartete einen Zornausbruch Zoraidas, wie sie ihn schon des öfteren kennengelernt hatte. Aber statt dessen bogen sich ihre Lippen zu einem sanften, nachsichtigen Lächeln des Einverständnisses. Nun brauchte man sie nicht mehr zur Heimkehr zu drängen. Sie begann rasch zu gehen, mit gesenktem Kopf, den Blick auf den Boden geheftet. Sie sprach nichts mehr. Aber als sie zum Herrenhaus kamen und sie César auf der Galerie in der Hängematte liegen sah, begann sie zu schreien, als wäre ein böser Geist hinter ihr her:
»Sie waren nackt! Die Indios waren nackt!«

XI

César gab die Anweisung, daß von jetzt an die Frauen und Kinder nicht mehr aus dem Haus gehen dürften ohne Begleitung eines Mannes, der für den Respekt zu sorgen habe und sie im Notfall verteidigen würde. Dieser Mann konnte nicht César sein, da die Feldarbeiten ihn in Anspruch nahmen. Ernesto verfügte über mehr freie Zeit, sobald er die morgendlichen Unterrichtsstunden hinter sich hatte. Matilde war bestürzt, sie war drauf und dran, César zu gestehen, daß die Ereignisse des gestrigen Tages nicht so schlimm gewesen waren, daß Zoraida übertrieben hatte. Die Indios hatten sich weder vor ihnen nackt ausgezogen, noch hatten sie die Frauen beleidigt, indem sie sie gezwungen hätten, vorzeitig, bevor sie mit dem Baden fertig waren, den Fluß zu verlassen. Aber Matilde hatte den geeigneten Augenblick für diese Aufklärung versäumt, und jetzt würde sie nicht mehr glaubhaft erscheinen. Sie war so fassungslos gewesen, als sie die Schreie Zoraidas und ihre falsche Darstellung der Ereignisse hörte, daß sie gar nicht auf den Gedanken kam, ihre Behauptungen richtigzustellen. Erstaunt und entsetzt hatte sie Zoraida angestarrt, voller Angst vor den Folgen ihres Berichts. Aber es war daraufhin nichts geschehen. Zoraida hatte mit keinem Wort mehr auf den Vorfall angespielt, als ob er völlig ihrem Gedächtnis entschwunden wäre. Nur wollte sie nicht mehr zum Baden an den Fluß gehen. Sie befahl, einen der Kellerräume des Hauses als Bad einzurichten. Ein düsteres Gelaß, dessen Wände von Feuchtigkeit und schimmeligem Schleim angefressen waren und das zu betreten die Kinder sich weigerten.

»Ein Glück, daß du da bist, Matilde, und in die Lücke springen kannst. Von heute an bringst du sie zum Fluß.«

Was hätte sie erwidern sollen? Matilde machte jene Geste der Zustimmung, die bei ihr schon beinahe automatisch geworden war. Sie wußte nicht, wie sie sich dieser peinigenden Pflicht hätte entziehen können. Sie verließ sich darauf, daß in der letzten Minute etwas Unvorhergesehenes dazwischenkäme, daß man Ernesto für irgendeine andere, dringendere Aufgabe anfordern würde und er sie nicht begleiten konnte. Aber zur ausgemachten Stunde erschien Ernesto und sagte:

»Sie wissen, daß ich nicht aus eigenem Antrieb komme.«

Es waren die ersten Worte, die sie miteinander sprachen seit dem Tag, an dem sie in Ernestos Zimmer beieinander gewesen waren. Das Herz schnürte sich ihr zusammen und tat ihr zum Zerspringen weh. Eine Siedehitze überwallte jäh ihr Gesicht. Sie schlug die Augen nieder und folgte schweigend Ernestos Schritten auf dem schmalen Pfad. Hinterdrein kamen die Kinder auf ihren Eseln, der Stallbursche, der das Halfter hielt, und die Frau mit dem Korb auf dem Kopf.

(So mit mir zu reden, mit solcher Unverschämtheit! Natürlich, er glaubt, er hätte ein Recht dazu, weil ich in seinen Augen ja nur ein billiges Frauenzimmer bin. Und er? Was glaubt er denn, was er ist? Ein Bastard, ein elender Hungerleider. Schau doch bloß die Schuhe an, die er anhat. Du lieber Gott, bei jedem Schritt sieht es aus, als wollten die Sohlen vollends abgehen.)
Und Matildes Augen füllten sich mit Tränen. Sie wäre Ernesto am liebsten nachgerannt, hätte sich vor ihn hingeworfen und seine Füße geküßt, um Verzeihung zu erbitten für diese schändlichen Gedanken.
(Wenn ich noch Geld zur Verfügung hätte wie früher, würde ich in den Laden rennen und ihm alles kaufen, alles. Was für ein fröhliches Gesicht würde er da machen! Ich weiß, wie er aussieht, wenn er zufrieden ist. Einmal habe ich es gesehen. Seine Miene wurde sanft, als glitte eine streichelnde Hand darüber. Um ihn so noch einmal zu sehen, wäre ich fähig ... Ich habe keine Würde, keine Scham, nichts. Ich schlüpfe dorthin, wo man mich tätschelt, wie ein Hund. Bis er lästig wird und man ihn mit Prügeln verjagt. Ja, ich bin bereit, mich zu demütigen. Aber er? Was tut er? Seht ihn an! Da geht er, ohne sich auch nur einmal nach mir umzusehen. Wozu auch? Er will nichts von mir, er hat es ja gesagt. Was kann ein Mann wie er von einem alten Weib wie mir schon wollen?)
Und im selben Augenblick, als sie das Wort ›alt‹ auf den Lippen hatte, fühlte Matilde eine so quälende Beklemmung, daß sie haltmachen mußte und nach Luft rang, denn sie fühlte sich zum Umsinken matt. Alt. Das war die Wahrheit. Und sie ging weiter, aber nicht mit dem leichten Gang von früher, sondern mühsam die Füße nachziehend wie die Alten. Und die Sonne, die sie auf ihrem Rücken spürte, begann sie zu drücken wie eine Bürde. Sie befühlte ihre Wangen mit den Fingerspitzen und stellte ängstlich fest, daß ihre Haut nicht mehr die Festigkeit, die Schmiegsamkeit, die Frische der Jugend hatte, daß sie schlaff herabhing wie die Haut einer überreifen Frucht. Und auch ihr Körper zeigte sich ihr jetzt, als

sie sich unter dem Blätterdach entkleidete, als häßlich, grau und welk. Und jede Runzel tat ihr weh wie eine Narbe. Wie würde mich Ernesto sehen? Nachträglich überkam sie eine Scham und zwang sie, sich hastig zu verhüllen. Das lange Badehemd glitt über ihren Leib, knisternd und raschelnd wie dürres, zerbrechendes Laub.

Wie konnte ich ihm gefallen? Er wird Bessere gekannt haben.

Und plötzlich tauchte in ihrer Vorstellung strahlend die Jugend, die Schönheit Ernestos auf. Und wieder war sie, wie während all der vorangegangenen Tage, festgenagelt mitten im Brennpunkt leidenschaftlicher Sehnsucht. Und die Zunge klebte ihr vertrocknet am Gaumen. (Ich kann nicht mehr. Ich kann nicht mehr, wiederholte sie. Warum soll ich mich weiter quälen, mich zergrübeln, mit dem Kopf gegen diese Wand rennen? Was bedeutet es schon für mich, daß Ernesto ist, was er ist, und daß ich bin, was ich bin, wenn alles entschieden ist? Sie werden mich nicht mehr erniedrigen können.)

Mit erhobenem Kopf ging Matilde bis dicht an den Rand des Wassers und sagte, ohne sich umzudrehen, in Tzeltal zu der Indiofrau, welche die Kinder auszog: »Zieh sie noch nicht aus. Das Wasser scheint sehr kalt zu sein. Ich will es zuerst versuchen.«

Die Indiofrau gehorchte. Matilde trat in den Fluß. Das Wasser leckte über ihre Füße, wand sich um ihre Knöchel und ließ ihr Hemd komisch anschwellen. Die Kälte ergriff Besitz von ihrem Körper, und Matilde mußte die Zähne aufeinanderpressen, damit sie nicht klapperten. Sie ging nicht weiter. Die Fische knabberten an ihren Beinen und flitzten davon. Das aufgeblähte Hemd gab ihr das groteske Aussehen eines Fesselballons. Die Kinder lachten und deuteten auf sie. Matilde hörte das Lachen, wandte ihr Gesicht zurück und lächelte unterwürfig, wie sie es in diesem Haus gelernt hatte. Und mit dem gefrorenen Lächeln auf den Lippen tat sie noch einen Schritt. Das Wasser reichte ihr bis zur Hüfte. Der Sand gab unter ihren Füßen nach. Noch weiter, noch tiefer hinein, mit dem vor Kälte zusammengekrampften Bauch. Bis ihre Füße keinen Halt mehr fanden. Eine jähe, ungeschickte Bewegung – und sie verlor das Gleichgewicht. Aber sie wollte nicht hier bleiben, in der tiefen Ruhe des Staubeckens, und sie schwamm bis dorthin, wo die Strömung toste, und dort hörte die Anstrengung auf, sie gab sich hin. Ein Schrei – von ihr, von denen, die am Ufer standen? – begleitete ihren Sturz, ihren Untergang. Der brodelnde Höllenlärm barst in ihrem Ohr. Sie fühlte nichts, als daß die taumelnden Wasser sie mit sich schleiften und gegen die Steine schmetterten. Ein Instinkt, den ihre Sehnsucht zu sterben nicht gelähmt hatte, hieß sie, mit den Händen fuchtelnd sich über Wasser zu halten, ihre Lungen mit Luft zu füllen, mit feuchter Luft, die sie erstickte und zum Husten zwang. Aber jedesmal zog ihr Gewicht sie tiefer hinab. Schleimige Algen streiften sie. Ekel und Atemnot trieben sie erneut nach oben. Jedesmal war ihr Auftauchen kürzer. Ihre Haare verwickelten sich an irgendeiner Wurzel, an irgendeinem Stamm. Und dann wurde sie von einer Kraft gezogen, so daß ihr vor Schmerz das Bewußtsein schwand.

Als sie wieder zu sich kam, lag sie mit dem Kopf im Sand am Ufer und erbrach das Wasser, das sie geschluckt hatte. Jemand bewegte ihr die Arme, und mit jeder Bewegung wurde ihr übler, und die Krämpfe folgten einander pausenlos, bis sie sich zu einem einzigen Würgen zusammenzogen, das kein Ende nahm. Endlich ließ man Matildes Arme los, zog ihr das zerfetzte Hemd aus und wickelte sie in ein Badetuch. Als man ihr zur Wiederbelebung die Haut mit Alkohol einrieb, tat ihr der ganze Körper weh wie eine offene Wunde. Und da wußte sie, daß sie noch am Leben war. Eine unerklärliche, rasende Freude überströmte sie mit ihrer heißen Woge. Sie war nicht gestorben. In Wirklichkeit hatte sie niemals mit Bestimmtheit geglaubt, daß sie sterben würde; sie war sich nicht einmal dessen gewiß gewesen, ob sie überhaupt hatte sterben wollen. Sie hatte gelitten und nicht länger leiden wollen. Das war alles. Aber sie wollte weiterleben. Atmend auf einer weiten, endlosen Wiese liegen; frei umherlaufen; ihr Mahl in Frieden essen.

»Matilde...«
Die Stimme hüllte sie mit ihrem Flüstern ein. Und dann legte sich eine Hand sanft auf ihre Schulter. Matilde fühlte die Berührung, aber sie antwortete nicht einmal mit einem Erzittern.
»Matilde!«
Die Hand, die auf ihrer Schulter lag, krampfte sich wild zusammen. Matilde schlug die Augen auf, sie verließ das kleine dunkle Paradies ohne Erinnerungen, in das sie sich geflüchtet hatte. Das grelle Licht blendete sie, und sie mußte lange blinzeln, bis die Bilder klar und geordnet vor ihre Augen traten. Jener blaue Fleck gerann zu einem unendlich hohen, wolkenlosen Himmel. Jenes grüne Flimmern war das Laubwerk. Und hier, ganz nahe, warm und keuchend, das Gesicht Ernestos. Der Schmerz, der mit ihr am Leben geblieben war, breitete sich in Matildes Brust wieder aus.
Sie wollte dieser Nähe ausweichen, wollte fliehen, ihr Gesicht verbergen. Aber bei der geringsten Bewegung knirschten ihre Knochen, als zersplitterten sie, und ihre ganze Haut überlief eine sengende Hitze. Und wohin fliehen? Die Arme Ernestos hielten sie umschlungen. Hilflos schloß Matilde wieder die Augen, in denen nun Tränen standen.
»Weine nicht, Matilde. Du bist in Sicherheit.«
Aber die Schluchzer zerrissen ihr Inneres und stiegen auf, um zwischen ihren Lippen als übelschmeckender Schaum zu bersten.
»Gott sei Dank! Du bist nirgends verletzt. Nur Kratzer, nichts weiter. Und der furchtbare Schreck.«
Behutsam trocknete Ernesto mit dem Handtuchzipfel Matildes Gesicht ab.
»Als wir das Geschrei der Indiofrau hörten, rannten der Stallbursche und ich herbei, um zu sehen, was los war. Die Strömung riß dich fort. Ich wollte mich auch in den Fluß stürzen, aber der Stallbursche kam mir zuvor. Wie gern wäre ich derjenige gewesen, der dich rettete. Es wäre dir doch lieber gewesen, wenn ich dich gerettet hätte, nicht wahr?«

Ernesto wartete vergeblich auf eine Antwort. Matilde blieb stumm, und das einzige, womit sie zu erkennen gab, daß sie wachte, waren die Tränen, die unaufhörlich aus ihren Augen rannen. Da rieb Ernesto mit seinen Lippen ihre geschlossenen Lider und hielt dann den Kopf ruhig, den Mund an Matildes Ohr gepreßt, so daß seine Worte von den Kindern nicht gehört werden konnten, welche von der Indiofrau in einigem Abstand gehalten wurden.

»All die letzten Nächte habe ich von dir geträumt.«

Eine vernunftlose, blinde Wut begann in Matildes Adern zu kochen. Noch immer verströmte sich die Stimme wie ein zähflüssiger Honig, und Matilde fühlte sich von dieser klebrigen Masse befleckt. Die Worte hatten für sie keine Bedeutung mehr. Aber sie wußte, daß dieser Mann sich das Recht anmaßte, so mit ihr zu reden. Nur weil sie keine Kraft hatte, sich zu verteidigen, weil sie, wie das letzte Mal, ohnmächtig seinen Händen ausgeliefert war, pferchte Ernesto sie ein und wollte sie erneut festspießen zur Tortur, wie man einen Schmetterling mit der Stecknadel festspießt. Ah, nein! Diesmal täuschte er sich. Matilde hatte ihre Freiheit unter Lebensgefahr erkauft. Sie schlug die Augen auf, und Ernesto wich zurück vor ihrem feindseligen Blick, der ohne Tiefe war, ironisch und gleißend, wie ein Spiegel.

»Warum habt ihr mich nicht sterben lassen?«

Ihre Stimme klang kalt und rachgierig. Ernesto war bestürzt und wußte nicht, was er antworten sollte. Diese Frage hatte er nicht erwartet. Er stand auf, und von oben ließ er seine Worte wie Tropfen geschmolzenen Bleis herabfallen.

»Du wolltest sterben?«

Matilde hatte sich aufgerichtet und erwiderte heftig: »Ja!«

Und angesichts der Fassungslosigkeit, die sich in Ernestos Miene ausdrückte:

»Du wirst doch nicht so dumm sein zu glauben, daß es ein Unfall war! Ich kann schwimmen; ich kenne diese Flüsse besser als der Stallbursche, der mich gerettet hat.«

»Dann wolltest du...«

»Ja. Weil ich nicht will, daß dieses Kind von dir zur Welt kommt. Weil ich keinen Bastard haben will.«
Herausfordernd hielt sie dem Blick Ernestos stand. Und sie sah, wie sich ihr eigenes Bild in jenen Pupillen verzerrte, sich zu einem kriechenden, gemeinen Geschöpf verwandelte, von dem die anderen sich mit Ekel abwenden.
»Warum wagst du es nicht, mich zu schlagen? Hast du Angst?«
Aber Ernesto drehte sich langsam um und ging. Matilde atmete erregt. Sie konnte nicht so sitzen bleiben, auf dem Boden, der Lächerlichkeit preisgegeben, mit all dem Haß, den jenes vorwurfslose Schweigen zunichte machte. Sie lachte schamlos. Ihr Gelächter begleitete die Schritte Ernestos. Und die Kinder, die Indiofrau und der Stallbursche lachten aus vollem Halse mit, ohne zu wissen warum.

XII

Ernesto stieß gegen die Tür des Schulhauses. Mit leisem Knarren gab sie nach. Ernesto blieb auf der Schwelle stehen und betrachtete den armseligen Raum. Ein Tisch und ein Stuhl aus ungehobeltem Kiefernholz bildeten das ganze Mobiliar. Davon steckten ihm immer Spreißel in den Kleidern, die zusehends schäbiger wurden. Denn jene Möbel waren für den Lehrer da. Die Kinder mußten auf dem Boden kauern.
An den lehmbeworfenen Flechtwerkwänden hing weder eine Tafel noch eine Landkarte. Nichts war vorhanden, das die besondere Bestimmung dieses Raumes hätte erkennen lassen. Aber Felipe hatte aus einer Zeitung ein Bild von Lázaro Cárdenas ausgeschnitten. Verschwommen sah man darauf den Präsidenten inmitten einer Menge Landarbeiter. Das Porträt war oben, unmittelbar unterm Dach, mit Kerzenwachs an die Wand geklebt.
Ernesto erwies dem Foto ironisch seine Reverenz, bevor er den Stuhl hervorzog, um sich daraufzusetzen.
Aus der hinteren Hosentasche zog er eine Flasche Comiteker

Schnaps und stellte sie auf den Tisch. Als die Kinder hereinkamen und diesen ihnen wohlvertrauten Gegenstand sahen, erheiterten sich ihre Gesichter. Ohne ein Wort oder eine Geste des Grußes gingen die Kinder, eines hinter dem anderen, an Ernesto vorbei und nahmen auf dem Boden Platz. Dort blieben sie schweigend und ruhig sitzen und warteten darauf, daß jener Mann wieder anfing von den Dingen zu sprechen, die sie nicht verstanden. Aber Ernesto sprach nicht. Bedächtig schraubte er den Deckel der Flasche auf, und als sie offen war, trank er daraus mit langen, geräuschvollen Zügen. Dann wischte er sich mit dem Hemdärmel den Mund ab, die Flasche noch immer in der Hand haltend, streckte schließlich den Arm aus und fragte einladend:

»Auch was gefällig?«

Die Kinder sahen sich gegenseitig verwundert an. Sie kannten jene Geste, die ihre Väter schon so oft vor ihren Augen gemacht hatten; einige verstanden sogar schon, eine solche Aufforderung anzunehmen. Sie wollten Ernesto beim Wort nehmen, aber der hatte den Arm schon wieder zurückgezogen. Und jetzt sagte er:

»Wir verplempern unsere Zeit auf erbärmliche Weise, Genossen. Wozu kommen wir hier Tag für Tag zusammen? Ich verstehe kein Jota von eurer verdammten Sprache, und ihr habt keinen Dunst von Spanisch. Aber auch wenn ich einer von den Lehrern wäre, die ihren Schülern das Einmaleins und den ganzen Krimskrams beibringen – was würde uns das nützen? Indio bleibt Indio. Mir gehts genauso. Ich wollte kein Eseltreiber werden, wie es für mich angemessen und in Ordnung gewesen wäre. Auch kein Laufjunge für irgendein Amt. Ich hatte doch mehr Köpfchen als die anderen. Warum bin ich dann nichts Besseres geworden? Ich kanns euch sagen, aus eigener Erfahrung. Paßt gut auf: ›Schuster, bleib bei deinen Leisten!‹ Schaut euch an, wie ihr daherkommt: frisch gewaschen, im Sonntagshemd. Ich wette, man hat euch sogar die Nägel geschnitten und Brillantine ins Haar geschmiert, als ob ihr zum Tanz gehen wolltet. Und all dies nur dafür, daß ihr hierherkommt, um euch vor mir im Staub zu wälzen. Ich kann mir schon vorstellen, was ihr so bei euch selber sagt: ›Wegen diesem elenden Bastard!‹ Was heißt ›Bastard‹ auf Tzeltal? Ihr habt gewiß ein Wort dafür. Tut nur nicht so, als wäret ihr solch ahnungslose Unschuldsengel. Die Kinder aus dem Großen Haus, die kleiner als ihr und nicht sonderlich gescheit sind, haben es schon gelernt, mir nachzuschreien: ›Bastard! Bastard!‹ Hinter dem Rücken der Erwachsenen natürlich. Denn wenn diese es hörten, würden sie ordentlich das Fell versohlt bekommen. Das glaube ich wenigstens. Obwohl – wer weiß? Möglicherweise sind es sogar die lieben Eltern, die ihnen die Flegeleien beigebracht haben. Man kann niemandem trauen. Der weißeste Pilz ist am giftigsten! Da habt ihr – um beim Naheliegenden zu bleiben – die Señorita Matilde. Kennt ihr sie nicht? Ich kann sie euch empfehlen. Sie ist ein Mädchen ... Na, das von wegen ›Mädchen‹ ist ein Kompliment, das wir ihr zugestehen wollen, ihr und ich. Denn wenn einem Mädchen einmal die Brüste wie zwei Gurken herunterhängen, dann ist sie am Einschnurren. Sie wollte mich die Dinger nicht sehen lassen. Sie preßte ihre Hand auf die Bluse, um sie versteckt zu halten. Sie wollte den Fensterladen zumachen; denn es war Mittag, und die Sonne schien herein, daß es eine wahre Wonne war. Ich tat so, als schlösse ich die Augen, und da beruhigte sie sich und wurde zahm wie ein Täubchen. Aber ich war nicht eingeschlafen. Ich merkte genau, was mit den Brüsten los war, ich habs euch ja erzählt. Auch noch andere Dinge habe ich gesehen. Dabei hatte sie ein vornehmes Gehabe! Und eine Ziererei, ein Getue! Ja, warum auch nicht? Gibt sich eine Señorita vielleicht dem ersten besten hin, der ihr sagt, was für schöne Augen sie hätte. Und ich sagte das nicht einmal. Ich mußte sie nicht bitten, mußte sie nicht zwingen. Ich küßte sie nur, da kams wie ein Anfall über sie, so daß sie sich nicht mehr regte. Sie kippte nach hinten, so steif, kalt und blaß, als ob sie gestorben wäre. Ich trug sie zum Bett und legte sie hin. Ich war ganz erschrocken, das kann ich euch sagen. Ich rüttelte

sie an den Schultern und rief: ›Matilde! Matilde!‹ Sie gab keine Antwort. Sie fing nur an zu zittern und zu weinen und mich zu bitten, ich sollte ihr kein Leid antun, sie habe schrecklich Angst vor allem, was ihr weh tun könnte. Und mir – warum sollte ich euch etwas vorlügen? Gott ist mein Zeuge! – war selbst da noch kein böser Gedanke gekommen. Aber nachdem ich darauf gestoßen worden war, gings mir im Kopf herum. Ich dachte, Matilde würde sicher sagen, daß ich kein rechter Mann sei, wenn ich sie unter diesen Umständen ungeschoren ließe. Außerdem begann sie sich zu verteidigen, sich wild zur Wehr zu setzen. Sie wollte sogar laut schreien, aber ich hielt ihr den Mund zu. Das hätte gerade noch gefehlt, daß sie uns da beisammen gefunden hätten! Ich sagte das zu Matilde, um sie zu besänftigen. Sie und mich hören! Sie gehorcht niemandem. Da man sie zeitlebens verwöhnt hat, ist sie es gewöhnt, immer zu tun, was Ihro Durchlaucht belieben. Was sie braucht, ist ein Mann, der sie in den Stiefel hineinbringt und mit ihr den Gleichschritt paukt. Aber es ist schon offenkundig, daß ich dieser Mann nicht bin. Schön, Genossen, das muß mit einem weiteren Schluck gefeiert werden. Prost!«
Ernesto tat wieder ein paar Züge aus der Flasche. Eine angenehme Wärme hüllte ihn ein. Ihm behagte dieses Gefühl, das die Kälteschauer, welche die Malaria ihm über den Rücken jagte, vergessen ließ. Und dann begann er sich wie im Traum zu bewegen, als tappe er auf Wattewolken herum. Es war ihm ganz gleichgültig, was er sagte; denn er wußte ja genau, daß keiner unter denen, die ihm zuhörten, etwas davon verstand. Er starrte seine Hand an, die ausgestreckt auf dem Tisch lag, und wunderte sich, wie klein sie war. Für das, was sie wog, hätte sie viel, aber sehr viel größer sein müssen. Diese Entdeckung ließ ein Lachen in ihm aufquellen. Er bewegte die Finger, und das Kitzeln, das dabei seinen ganzen Arm überlief, brachte das Gelächter vollends zum Ausbruch. Die Kinder schauten ihn mit runden, verständnislosen Augen an.
»Ich suchte sie nochmals auf. Nicht daß ich sonderlich Lust dazu gehabt hätte, aber ich suchte sie nochmals auf. Hier, auf

diesen erbärmlichen Ranchos, bleibt einem ja keine große Auswahl. In einem Ort wie Comitán wäre das was anderes gewesen. Dort gibt es auch noch richtige Weiber, mit denen was anzufangen ist, nicht solche Zimperliesen. Ach, Genossen, ihr hättet das tote Mücklein Matilde sehen sollen, wie gesetzt sie war, als ob sie nie einen Teller zerbrechen könnte. Sie ließ mich gar nicht erst zu Worte kommen. Natürlich, eine Señorita ihres Standes läßt sich doch nicht gleich dazu herab, mit einem Bastard zu reden. Aber dann, was mußte der Armen dann passieren? Der Sünde folgte die Strafe auf dem Fuße. Sie hat sichs eingebrockt, daß sie nun ein Kind erwartet. Und da sie so gescheit ist, fällt ihr nichts anderes ein, als sich in den Fluß zu werfen, damit die Strömung sie zum Teufel führt. Wo es doch das Richtige ist, so etwas dem Mann zu sagen. Ich wäre nicht zurückgehuft, ich hätte sie nicht hocken lassen in der Schande. Wenn die Sache so gegangen wäre, wie es recht und anständig ist. Aber nach dem, was sie getan hat, soll sie sichs nicht im Traum einbilden, daß ich sie anflehen werde. So weit geht es denn doch nicht. Für mich ist sie tot. Sie soll nur sehn, wo sie mit dem Kind dann bleibt.«

Die Zunge gehorchte ihm beinahe nicht mehr. In seinem umnebelten Geisteszustand manschte er die Worte durcheinander, und sie troffen ihm wie ein zäher, endloser Speichelfaden vom Mund. Die Kinder, für die das Gebaren eines Betrunkenen ein alltägliches Schauspiel war, hörten dem Selbstgespräch schon eine Weile nicht mehr zu. Der Verwegenste unter ihnen begann seinen Nachbarn mit dem Ellbogen zu boxen. Dieser stöhnte, weil ihm der Stoß weh getan hatte, und die anderen lachten heimlich, die Hand vor den Mund haltend. Aber nun schubsten sie sich ganz unverhohlen, bewarfen sich mit Lehmkügelchen und stürzten sich aufeinander in wildem Kampfgetümmel. Die trüben Augen Ernestos betrachteten teilnahmslos den Tumult, als ob sich das alles in weiter Ferne abspiele und mit seiner Person gar nichts zu tun habe.

»Ich mußte meine Worte büßen. Als mein Onkel mir erzählte, daß er sich mit den Indioweibern eingelassen habe – und die

Menge melierter Bürschchen, die hier in der Gegend herumlaufen, sind Beweis genug dafür –, da sagte ich: ›Donnerwetter, da muß es einen aber schon verteufelt zwacken und jucken.‹ Denn in Comitán hätte man mich dazu mit keiner noch so leckeren Pastete aus der Ecke gelockt. Aber hier mußte ich meine Worte büßen. Und wißt ihr, mit wem? Mit dem Mädchen, das den Mais mahlt. Eine dralle Person, an der was dran ist, die beinahe so aussieht wie die Schäferinnen aus Ton, die es bei den fliegenden Händlern zu kaufen gibt. Kommt man aber in ihre Nähe, so riechts nach ... ja, wonach Leute, die Mais mahlen, eben riechen. Sie hat einen Mief an sich, der nicht wegzubringen ist, auch wenn sie sich hundertmal abseift; den Mief von abgestandenem, ranzigem Teig. Nur weil ich es anders nicht aushielt, ging ich in ihre Hütte. Aber danach mußte ich speien, als hätte ich Gift geschluckt. Sie glotzte mich an, so wie ihr mich jetzt anglotzt, mit Idiotenaugen. Ohne ein Wort zu sagen. Und dort, neben uns, lag die stinkende Lache, die ich erbrochen hatte. Da stand sie auf und ging hinaus, um den Hund zu holen. Herrlich, was? Es ist besser, man lacht darüber. Wißt ihr, wozu sie ihn holte? Um ihn das Gekotzte wegputzen zu lassen. Der Hund – der wohl schon lange nichts mehr zum Nagen oder Beißen hatte – stürzte sich drauf und schlappte alles in einem Zug hinunter, bis keine Spur mehr übrig war. Nur ein feuchter Fleck blieb noch auf dem Boden zu sehen. Ich kann es mir schon vorstellen, daß mein Onkel sich dort sauwohl gefühlt hätte. Aber mir verschlägts seitdem den Appetit vor Ekel. Ich muß weg von hier, irgendwo anders hin. Zuerst war es nur der Gestank der Mistsalbe, mit dem sie den Wurmfraß zuschmieren. Aber jetzt auch noch dieser widerliche Teigmief, wo man hinkommt. Offen gesagt, ich halts hier nicht mehr aus. Ich habs versucht. Es geht nicht. Und überhaupt – was tue ich eigentlich? Abgesehen davon, daß ich zu nichts verpflichtet bin. Ich habe es gleich in Comitán zu César gesagt. Und er – ja, aber gewiß – war ganz einverstanden mit meinen Bedingungen. Aber sobald er glaubte, ich könnte ihm nicht mehr da-

vonlaufen, fragte er einen Dreck nach mir, band mich an den Pflock und sparte sich das Heu. Und warum? Mit welchem Recht? Bin ich etwa nicht ein Arguëllo, so gut wie er? Der einzige Unterschied ist der, daß ich arm bin. Aber was gilts, daß er bald der gleiche Habenichts ist wie ich?«
Ernesto schlug mit der Faust auf den Tisch und stand schwankend auf.
»Kommt, macht Schluß mit dem ganzen Zauber! Nehmt euch die Kühe und Gottes Segen dazu! Geht mit euren Läusen ins Große Haus und schmeißt ihnen das Geziefer an den Hals. Verteilt alles unter euch, was ihr erwischt. Und daß mir kein Arguëllo davonkommt! Kein einziger! Kein einziger!«
Ernestos Erregung überschlug sich mit einem Schluchzen. Er wollte sich wieder hinsetzen, aber er verfehlte den Stuhl und fiel auf den Boden. Er versuchte nicht, wieder auf die Füße zu kommen. Dort blieb er liegen, mit gespreizten Beinen, leise schnarchend. Die Kinder wollten nicht zu ihm hingehen, aus Angst, er könnte aufwachen. So rannte die wilde Meute hinaus, lachend und spielend, um heimzugehen zu ihren Hütten. Um Ernestos Kopf summten die Fliegen. Als es Nacht wurde, kamen Leute vom Herrschaftshaus und suchten nach ihm. Er war noch immer bewußtlos und sank schwer wie ein Sack auf die Schultern der Männer, die ihn wegtrugen.

XIII

Es hatte wiederholter Aufforderungen und Bitten bedurft, um Doña Amantina, die Heilkünstlerin für die Umgebung von Ocosingo, zu einer Reise nach Chactajal zu bewegen.
»Don César sagt, es sei ein Patient auf seinem Hof.«
»Und ich sage, man soll ihn mir herbringen.«
»Sein Zustand soll gefährlich sein. Er kann sich nicht rühren.«
»Ich gehe nie aus dem Haus, um Besuche zu machen.«
»Es ist ein Ausnahmefall.«
»Das würde bedeuten, daß ich meine Kundschaft im Stich lasse.«

»Man wird Sie gut dafür bezahlen.«
Da befahl Doña Amantina, den Tragsessel herzurichten, und zwei robuste Indios aus Chactajal – einer allein hätte es mit diesem schwabbelnden Fettberg niemals aufgenommen – hievten die Tragstangen der Sänfte. Hinterdrein ging ein junger Bursche, der das besondere Vertrauen Doña Amantinas genoß und einen verschlossenen Koffer trug, in dem die Heilkünstlerin, stets wohlverwahrt vor den Blicken der Fremden, ihre Reiseausrüstung transportieren ließ.
Langsam legten sie eine Etappe um die andere zurück, immer wieder im Schatten der Bäume rastend, damit Doña Amantina die Möglichkeit hatte, den Vorratskorb aufzumachen, den Posol anzurühren und rohe Eier hinunterzuschlingen; denn sie kam zusehends von Kräften vor lauter Hunger. Sie aß rasch, als fürchte sie, die Indios – die sie nicht zur Teilnahme einlud – könnten ihr die Speise aus den Händen reißen. Sie schwitzte, solche Mühe machte ihr die Verdauung, aber schon eine Stunde später bat sie wieder um eine Marschpause, um sich abermals zu stärken. Sie sagte, ihr Beruf strapaziere sie sehr und sie brauche daher einen Ausgleich für diesen Kräfteverschleiß.
In Chactajal erwartete man sie schon. In dem Zimmer, das man für sie hergerichtet hatte, war der Boden mit frischem Zypergras bestreut. Doña Amantina besichtigte den Raum, gab Zeichen der Billigung zu erkennen und regte dann an, ins Speisezimmer hinüberzugehen. Dort ließe es sich geruhsamer plaudern. Und zwischen zwei Tassen Schokolade – als die Arguëllos schon spürbar ungeduldig zu werden begannen – fragte Doña Amantina:
»Wer ist der Patient?«
»Eine Base von César«, antwortete Zoraida. »Wollen Sie, daß wir nach ihr sehen? Seit Tagen hat sie ihr Zimmer nicht mehr verlassen.«
»Gehen wir.«
Feierlich stand sie auf. An ihren dicken Stummelfingern saßen tief eingebettet ein paar goldene Ringe. Die Halsketten

aus Korallen und Gold schimmerten auf einer Bluse aus gewöhnlichem, schmutzigem Stoff. Und an ihren schlaffen Ohren baumelten zwei lange Filigrananhänger.
Als sie die Tür zu Matildes Zimmer öffneten, schlug ihnen ein Geruch von eingesperrter, verbrauchter, abgestandener Luft entgegen. Sie tappten im Dunkeln bis zur Bettkante.
»Hier ist Doña Amantina, Matilde. Sie möchte zu dir.«
»Ja.«
Die Stimme Matildes klang abwesend und verriet keine Gefühlsregung.
»Wir müssen das Fenster aufmachen.«
Das Licht fiel herein und zeigte eine Matilde mit vergilbtem Gesicht, wirrem Haar und eingesunkenen Augen.
»So liegt sie nun da, seit dem Tag, an dem die Strömung sie mitgerissen hat. Sie will nichts essen und mit niemandem reden.«
Als sie Matildes völlige Teilnahmslosigkeit sah, beugte sich Doña Amantina über jenen von der Krankheit verzehrten Körper. Ohne viel Federlesens tastete sie den Unterleib ab, preßte Matildes Arme zusammen, beugte ihre Knie. Matilde stöhnte nur manchmal auf vor Schmerz, wenn jene beiden juwelengeschmückten Hände an irgendeiner empfindlichen Stelle allzu grob hineinfuhren. Doña Amantina horchte aufmerksam auf dieses vereinzelte Stöhnen, drang auf Klarheit und kehrte nochmals, vor Anstrengung schnaubend, zu dem Punkt zurück, wo es weh getan hatte, bis sie endlich, ohne ein Wort zu sagen, von Matilde abließ und zum Fenster ging, um es wieder zu schließen.
»Ein Fall von Wasserschreck«, lautete ihre Diagnose.
»Steht es schlimm, Doña Amantina?«
»Die Kur wird neun Tage dauern.«
»Fangen Sie heute damit an?«
»Wenn Sie mir beschaffen, was dazu nötig ist.«
»Es steht alles zu Ihrer Verfügung.«
»Sie müssen dafür ein Stück Vieh schlachten. Einen einjährigen Stier.«

Zoraida kam dieses Ansinnen reichlich übertrieben vor. Rinder schlachtet man doch nicht einfach so mir nichts, dir nichts. Nur bei bedeutenden Anlässen tut man das. Und Stiere erst recht nicht. Aber Doña Amantina stellte ihre Forderung in einem Ton, der jeden Widerspruch von vornherein ausschloß. Außerdem würde es nicht gut aussehen, wenn die Arguëllos um etwas markten wollten, was zur Heilung Matildes beitragen sollte.

»Ein einjähriger Stier muß es sein. Ein schwarzer. Das Mark soll man in einem Becher sammeln. Und daß man ja das Blut nicht wegschüttet. Das trinke ich.«

Am nächsten Tag wurde der Stier im Hauptpferch zerlegt. Nachdem man die Fleischstücke mit Salz bestreut hatte, wurden sie zum Dörren über eine Hürde gelegt oder zum Räuchern an großen Haken in der Küche aufgehängt.

»Wollen Sie noch eine Tasse Fleischbrühe, Doña Amantina?«

(Wenn sie annimmt, wenn sie noch mal die Tasse ausschlürft, mit jenem Geräusch von kochendem Wasser, das überläuft, dann geb ichs auf, bei Gott, dann gehe ich raus und kotze auf die Galerie.)

»Nein danke, Doña Zoraida. Es ist genug.«

Ernesto stieß einen Seufzer der Erleichterung aus. Er fühlte sich angewidert von diesem Weib, er konnte ihre Gegenwart nicht ertragen. Um so weniger, da er argwöhnisch den Zweck ihres Kommens nach Chactajal erahnte.

»Um welche Stunde ist Señorita Matilde eigentlich jenes Unglück zugestoßen?«

»So gegen ein Uhr sind sie zum Baden gegangen. Nicht wahr, Ernesto?«

»Ich habe nicht auf die Uhr gesehn.«

Sie sollten nur nicht glauben, daß sie auf ihn zählen könnten bei der Ermordung seines Sohnes. Gab sich Zoraida wirklich zum Komplizen her oder hatte sie keine Ahnung? Einer Frau entgehen doch nicht die Geheimnisse einer anderen. Ach was, alle liefen sie doch mit der gleichen heuchlerischen Unschuldslarve herum.

»Um den Geist von Señorita Matilde zu rufen, muß man mit ihr an den Ort gehen, wo der Schreck sie befallen hat, und zwar zur selben Stunde.«

»Aber Matilde kann sich nicht rühren, Doña Amantina. Sie haben es ja selbst gesehen.«

»Man muß sie zwingen. Sonst kann ich für den Erfolg nicht garantieren.«

Und um ihrer Warnung einen drohenden Unterton zu verleihen, setzte sie hinzu:

»Es ist gefährlich, mitten in der Kur die Behandlung abzubrechen.«

Man konnte es ihr nicht abschlagen. Denn schon in aller Frühe hatte sie ein paar Zweige des Kakaomutterbaumes aus ihrem Koffer geholt und damit Matildes nackten Körper ›gefegt‹. Danach hatte sie Matilde wieder angekleidet. Die zum ›Fegen‹ benutzten Reiser aber hatte sie zwischen dem Bettzeug liegenlassen. Wenn sie so nahe bei der Kranken lägen, würde ihre Heilkraft bald zu wirken beginnen.

Matilde ließ diese Kur, wie alles Vorhergegangene, widerspruchslos über sich ergehen. Und als man ihr sagte, daß es nötig sei, noch einmal zum Fluß zu gehen, ließ sie sich anziehen, als wäre sie eine Schneiderpuppe, ließ sich tragen und schlug nicht einmal die Augen auf, als man sie unter der notdürftigen Überdachung niedersetzte, die man in aller Eile am Ufer errichtet hatte.

Plötzlich ertönte laut die Stimme von Doña Amantina:

»Matilde, Matilde! Komm her, bleib nicht fort!«

Und der groteske, gewichtige Körper der Quacksalberin befreite sich unversehens vom Zwang der Schwerkraft und rannte flink über den Sand dahin. Mit einem Eukalyptuszweig peitschte die Matrone den Wind, als wollte sie den Geist Matildes in die Enge treiben, der sich seit dem Schreckenstag hier herumtrieb; als wollte sie ihn zwingen, wieder in den Körper hineinzuschlüpfen, aus dem er entronnen war.

»Mach deinen Mund auf, damit dein Geist wieder hineinschlüpfen kann«, riet Zoraida der Kranken mit flüsternder Stimme, und Matilde gehorchte, weil sie keine Kraft zum Widerstand in sich fühlte.
Plötzlich hörte Doña Amantina auf, im Kreis herumzurennen, füllte ihren Mund mit Branntwein, in den man zuvor fein zerstoßene Blätter des Kakaomutterbaumes gestreut hatte, und behauchte Matilde, bis der Schnaps über deren Haare rann und durch den Stoff ihres Kleides sickerte. Und bevor der Alkohol verdunstete, hüllte sie die Kranke in ihr weites Schultertuch.
Aber Matilde reagierte nicht. Und als die neun Tage um waren, sah sie so schlecht aus wie zuvor. Es half nichts, daß Doña Amantina jede Nacht die Gelenke der Kranken mit dem Knochenmark des geschlachteten Stiers bestrichen hatte, daß sie einen Strahl kalter Milch über Matildes Rückgrat hatte laufen lassen. Das Übel wollte nicht aus dem Körper weichen, von dem es Besitz ergriffen hatte. Da versuchte die Quacksalberin ein neues Mittel: sie ließ aus dem Absud von Blättern des Kakaomutterbaumes ein Bad bereiten. Danach wurde Matilde gezwungen, dreimal einen Aufguß von Chacgaj einzunehmen. Aber auch hierauf waren keinerlei Anzeichen der Besserung zu erkennen. Nach wie vor litt sie an Schlaflosigkeit, und obwohl man alle erdenklichen Leckereien für sie kochte, weigerte sich die Kranke auch weiterhin, etwas zu essen. Doña Amantina war es, die sich der Delikatessen mit Eifer annahm. Ihr Magen schien unersättlich zu sein, und obgleich ihre Behandlung sich als erfolglos erwiesen hatte, war sie unverändert guter Laune, als wäre es völlig ausgeschlossen, daß jemand ihre Fähigkeiten als Siechtumsbannerin bezweifeln könnte. Und als sie sah, daß das Befinden Matildes stets dasselbe blieb, daß es weder besser noch schlechter wurde, sagte sie seelenruhig:
»Sie ist vom bösen Blick behext.«
Daraufhin mußte das Ei eines gesprenkelten Huhns beschafft werden, mit dem sie Matildes Körper von oben bis unten ab-

klopfte, wobei sie ein Vaterunser betete. Als die Prozedur beendet war, wickelte sie das Ei samt ein paar Rautenzweigen und einer krausen Pfefferschote in einen Lappen und band das Ganze unter Matildes Achsel fest, damit sie es dort einen ganzen Tag lang ausbrüte. In der Nacht schlug sie das Ei auf, ohne es zu sehen, und ließ seinen Inhalt in ein Schüsselchen fließen, das sie unters Bett schob. Aber als sie am nächsten Morgen nach dem zweiäugigen Dotter suchte, der ein Zeichen dafür ist, daß ein böser Blick den Kranken verfolgt, fand sie nur ein einziges Auge, wie es üblicherweise jedes Ei besitzt.
Doña Amantina zeigte sich jedoch weder erstaunt, noch war sie im geringsten aus der Fassung gebracht. Sie ließ sich nicht entmutigen. Und nachdem sie sich den ganzen Nachmittag über in ihrem Zimmer eingeschlossen hatte, kam sie wieder zum Vorschein, um zu verkündigen, es könne kein Zweifel mehr bestehen, daß Matilde behext worden sei, und zwar von ihrer Schwester Francisca. Um sie zu heilen, müsse man sie daher nach Palo María bringen.
»Nein! Das will ich nicht!«
Matilde fuhr im Bett hoch, vom Entsetzen in die Höhe gerissen. Sie wollte aufstehen, fliehen. Um sie wieder ins Bett zu bringen, bedurfte es der Hilfe des Mahlmädchens und der anderen Mägde. Man mußte ihr einen Schlaftrunk einflößen, um sie wieder zu beruhigen.
»Aber Matilde ist nicht imstand, jetzt eine solche Reise zu machen. Und die Begegnung mit ihrer Schwester ...«
»Machen Sie sich keine Sorge, Patrona. Ich weiß, was ich tue. Es wird schon alles wieder gut werden.«
Da das Abendessen schon vorüber und das Gespräch am Versickern war, stand Doña Amantina auf, sagte gute Nacht und ging hinaus. Als sie wieder in ihrem Zimmer war, zog sie aus ihrer Bluse einen Schlüssel hervor und öffnete ihren Koffer. Doch ehe sie in den Dingen, die er barg, zu wühlen begann, bedeutete ihr ein sehr schwaches Klopfen an der Tür, daß jemand Einlaß begehrte.
Ein kaum wahrnehmbares Lächeln huschte über das Gesicht

von Doña Amantina, aber sie fuhr fort, in ihren Habseligkeiten herumzukramen, als hätte sie nichts gehört. Das Klopfen wiederholte sich, etwas bestimmter, ein wenig lauter. Daraufhin ging Doña Amantina zur Tür und öffnete sie.
Auf der Schwelle stand Matilde, fröstelnd unter der wollenen Bettdecke, in die sie sich eingemummt hatte. Doña Amantina stellte eine übertriebene Verwunderung zur Schau, als sie ihrer ansichtig wurde.
»Jesus, Maria und Josef! Bleib doch nicht stehen, Kindchen, du gefrierst ja zu Stein und Bein. Du stehst ja mitten im Zug. Komm herein, setz dich. Oder willst du dich hinlegen?«
Sie duzte die Kranke auf eine scheinbar spaßhaft betonte, dreiste Weise. Niemand hatte ihr diese Vertraulichkeit angeboten, aber Doña Amantina fühlte sich dazu berechtigt, sich diese Freiheit zu erlauben.
Matilde rührte sich nicht. Dem Umsinken nahe, brachte sie stammelnd noch die Worte hervor:
»Doña Amantina, ich...«
»Komm doch, Mädchen. Ich weiß, was du hast. Komm. Ich werde dir schon helfen.«

XIV

Juana, Felipes Weib, las die spärlichen Speisereste zusammen und tat sie in eine Tonschüssel. Sie spülte die Töpfe und Tiegel, die sie gebraucht hatte, und stellte sie zum Abtropfen schräg auf ein Brett. Die irdene Röstpfanne, die sie erst am nächsten Morgen wieder brauchen würde, nahm sie vom Feuer. Dann ging sie, die Abfallschüssel in der Hand, zu dem kleinen, finsteren Verschlag, in dem ein einziges, mageres Schwein sich im Schlamm suhlte.
Das Schwein stürzte sich auf den Fraß und verschlang ihn im Nu.
An Allerheiligen wird es noch nicht fett genug sein, dachte Juana. Wir werden es nicht an die Custitaleros verkaufen können.

Und entmutigt kehrte sie in die Hütte zurück. Aus der Kleidertruhe zog sie eine Bluse hervor. Es war dieselbe, die sie an ihrem Hochzeitstag getragen hatte. Sie hatte sie danach gut aufgehoben und sich nur bei besonderen Gelegenheiten damit geschmückt. Aber jetzt zog sie sie auch werktags an. Schon des öfteren hatte sie sie waschen müssen, drunten am Fluß. So behutsam und zart sie auch damit umging – das Gewebe begann dünn zu werden, und an einigen Stellen war es bereits verschlissen. Den letzten Schein der untergehenden Sonne nutzend – denn die matte Helligkeit, welche die Kohlenglut verbreitete, genügte nicht –, machte sich Juana daran, die brüchigen Stellen zu flicken. Felipe konnte jeden Augenblick heimkommen und sie bei dieser Arbeit antreffen. Aber er würde sie nicht einmal fragen, ob sie Geld brauche, um sich ein neues Stück Stoff zu kaufen. Felipe kümmerte sich nicht mehr um die Haushaltskosten. Er ging von einem Hof zum andern, von einer Ortschaft zur anderen, aber nie dachte er daran, seiner Frau auch nur die geringste Kleinigkeit mitzubringen. Sie hatte ihm die paar Münzen geben müssen, die sie erspart und beiseite gelegt hatte, da sein eigenes Geld für seine Reisen nicht ausreichte. Denn wegen dieser Frage der Bodenreform sahen die Patrones ihn mit scheelen Augen an und weigerten sich, ihm Arbeit zu geben. Daß sie ihnen, wie früher, den Stoff für die Kleidung auf Vorschuß geben würden, daran war nicht zu denken. Als sie einmal deswegen ins Große Haus gegangen war, hatte man ihr nicht nur rundweg die Bitte, ihr etwas auf Borg zu geben, abgeschlagen, sondern hatte sie aufgefordert, die alten Schulden zu begleichen. Aber nicht deshalb ließ sich Juana nicht mehr im Herrenhaus sehen. Ab und zu war sie, einen Korb voll Bohnen auf dem Kopf balancierend, über den gepflasterten Hof gegangen. Sie hatte die Hoffnung nicht aufgegeben, einmal mit den Patrones reden und ein gutes Wort für Felipe einlegen zu können, indem sie um Verzeihung bäte für sein wirres Gerede, um Geduld, bis er wieder zur Vernunft käme. Denn Felipe war kein schlechter Mensch. Sie kannte ihn doch genau. Aber die Arguëllos gingen an ihr vorbei, ohne sie zu beachten, als wäre sie ein zu unwichtiges Ding, dessentwegen es sich nicht lohne stehenzubleiben, auch nur einen Blick an sie zu verschwenden oder gar ihrer Bitte ein aufmerksames Gehör zu leihen. Und es hatte auch nicht an Leuten gefehlt, die sie bei Felipe anschwärzten. Danach hatte Felipe sie geschlagen und ihr gesagt, sie solle sich in acht nehmen; wenn er noch einmal etwas davon höre, daß sie sich dort herumtreibe, würde er sie verlassen. So mußte es kommen; schon lange hätte es so kommen müssen. Denn nur aus Mitleid hatte Felipe sie bei sich behalten. Er war dazu nicht verpflichtet. Denn Gott hatte ihr die Strafe auferlegt, keine Kinder zu bekommen.

»Guten Abend, Comadre.«

Eine zitternde Stimme, wie von jemand, der fröstelt oder eben zu weinen aufgehört hat, hatte auf Tzeltal diese Worte gesagt.

Felipes Weib stand auf, um den Besuch zu empfangen. Es war ihre Schwester Maria, die mit ihrem Jüngsten unter der Türe stand.

Sich vor ihr verneigend, sagte Felipes Frau den Willkommensspruch:

»Comadre Maria, wie wunderbar, daß du dich herabgelassen hast, zu diesem, deinem bescheidenen Haus zu kommen!«

Und sie bot ihr den Holzblock an, auf dem sie gesessen war. Er war das einzige Möbelstück. So sehr sie sich auch bei Felipe darüber beklagt hatte – ihm war es gleich gewesen. Nicht einmal einen zweiten Klotz hatte er ihr mitgebracht aus dem Wald.

Maria setzte sich und musterte mit schnellen Seitenblicken heimlich die schon ins Dunkel getauchten Winkel der Hütte. Seit langem war sie nicht mehr hierhergekommen, wo es nun armseliger und kahler aussah denn je.

Juana zog es vor, dieser Musterung eine andere Auslegung zu geben, und sagte:

»Wolltest du nach Compadre Felipe sehen?«

Maria nickte. Juana suchte unter den Ocotespänen, die sie in einem Winkel gehortet hatte, den kleinsten aus. Während sie kniend ihn Feuer fangen ließ in der Glut unter der Asche, antwortete sie:

»Dein Compadre Felipe ist nicht hier. Können wir dir mit etwas dienen?«

»Ich wollte mit ihm reden. Man sagte mir, mein Compadre Felipe wäre der, welcher um die Schule Bescheid weiß.«

Da machte sich das Kind von der Hand seiner Mutter los und ging auf Juana zu. Den von der Kienspanflamme am hellsten erleuchteten Platz aufsuchend, hob das Kind sein Gesicht empor, um es von Juana betrachten zu lassen. Und da Juana verwundert und verständnislos dreinschaute, mußte das Kind auf die blutunterlaufenen Stellen deuten – hier, hier und hier –, die sich nur schwach von seiner dunklen Hautfarbe abhoben.

»Der Lehrer hat mich geschlagen.«

Der Junge war seiner Sache sicher, denn er hatte schon des öfteren die Wirkung erprobt, die seine Worte bei den Erwachsenen hervorriefen. Er wartete auf den Ausruf der Bestürzung. Aber Juana schaute ihn weiterhin schweigend an. Endlich wandte sie gleichgültig die Augen von dem violett verfärbten Gesicht des Kindes ab.

Der Junge glaubte, daß er, um Juanas Herz zu rühren, die Geschichte noch einmal erzählen müsse. Doch bevor er damit begann, fühlte er sich von einem so strengen, so finsteren Blick seiner Mutter getroffen, daß er es vorzog zu schweigen. Die Strenge Marias war keine Erwiderung auf das Betragen des Kindes, sondern auf das unerklärliche Verhalten Juanas. Sie versuchte, sie neugierig zu machen in bezug auf den Hergang des Vorfalles, und sagte:

»Don Ernesto war betrunken.«

Das Kind, das sich nur mühsam zurückgehalten hatte, überließ sich nun seinem Mitteilungsdrang und sprudelte los. Schon seit einiger Zeit habe Ernesto nicht mehr nüchtern Schule gehalten. Gewiß, von dem Augenblick an, wo er die

Schule betrete, rede er pausenlos. Aber er sage nicht das, was er in dem Buch lese, wie er das in den ersten Tagen getan habe, sondern er rede und rede bloß vor sich hin. Und dann umnebele ihn der Rausch, und er sinke in Schlaf.
Juana unterbrach das Geplapper des Kindes und fragte Maria:
»Möchtest du nicht eine Tasse Kaffee?«
Wenn Maria darauf einging, würde Juana ihr die eigene Ration geben; sie würde dann heute abend keinen Kaffee mehr trinken können. Aber Maria sollte nicht aus ihrem Hause gehen und sagen, Juana habe sie schlecht bewirtet.
Maria lehnte ab.
Das Kind war froh, daß es unterbrochen worden war. Denn sein eigener Redestrom hätte es beinahe dazu hingerissen, die ganze Geschichte zu erzählen. Und es war sich nicht im klaren darüber, wie sie von der Mutter aufgenommen würde, die bisher nur Bruchstücke davon erfahren hatte.
Der Junge hatte, wie alle seine Kameraden, Angst vor einem Betrunkenen. An seinem Vater hatte er die Tobsucht, den Jähzorn erlebt, wie ihn gemeinhin der Rausch in den Männern entfacht. Aber Ernesto gab sich anders, wenn er betrunken war. Er ging nicht auf alles los, was ihm in die Quere kam, um es zusammenzuschlagen, sondern versank in eine völlige Gleichgültigkeit gegenüber allem, was um ihn her geschah. Die Kinder begriffen bald, daß er in diesem Zustand nicht auf sie aufpaßte. Und von da an war seine Gegenwart kein Hindernis mehr für ihre Spiele und Streiche. Ein Junge war so kühn, mit einem Anlauf über Ernestos bewußtlos am Boden liegenden Körper zu springen. Die anderen Kinder begnügten sich damit, zu brüllen und sich gegenseitig mit Wurfgeschossen zu bombardieren. Und dabei geschah es einmal, daß das Geschoß – eine saure Orange – mitten in Ernestos Gesicht zerbarst, der sich gerade unter großen Schwierigkeiten bemüht hatte, wieder auf die Beine zu kommen. Ernesto stieß ein wildes Schmerzensgeheul aus, fuhr mit überraschender Schnelligkeit in die Höhe und entlud seine Wut am ersten

besten, den er erwischte, ohne sich erst umständlich zu vergewissern, ob es der Schuldige war oder nicht.
»Ich habs schon immer gesagt«, erklärte Maria. »Dafür opfern wir uns auf und schicken unsere Kinder in die Schule? So ein kleiner Kerl ist immer eine Hilfe. Er spaltet Holz, holt Wasser, bringt dem Papa das Essen aufs Feld.«
Juana zuckte mit den Achseln, als wollte sie dieser Klage jegliche Bedeutung absprechen. Da setzte Maria boshaft die Bemerkung hinzu:
»Du, die du keine Kinder hast, kannst natürlich nicht wissen, was das heißt.«
Juana kehrte ihr den Rücken zu. Und ohne einen Ton zu sagen, begann sie in der Hütte hin und her zu gehen und nach etwas zu suchen. Auf Schritt und Tritt folgten ihr die Worte Marias:
»Deshalb habe ich gesagt: Ich gehe zu Compadre Felipe. Er soll uns beraten. Denn sein Rat war es, der uns dahin gebracht hat, wo wir jetzt stehen.«
Endlich hatte Juana gefunden, was sie suchte. Einen Reisigbesen, der nicht mehr zu gebrauchen war, den sie aber nicht hatte wegwerfen wollen, ehe sie einen neuen hatte. Damit demonstrativ den Boden fegend, durchmaß Juana die ganze Hütte und stellte ihn dann hinter die Tür.
Maria, die jede Bewegung Juanas aufmerksam verfolgt hatte, stand auf, blaß vor Zorn. Sie verstand nicht, was der Anlaß zu dieser Geste war. Aber sie wußte, was sie bedeutete. Ohne sich zu verabschieden, verließ sie die Hütte, und das Kind rannte ihr nach.
Als Felipes Frau wieder allein war, legte sie beide Hände auf ihr Herz, denn es schlug so schnell, so heftig, daß sie das Gefühl hatte, ihre Brust müsse zerspringen. Sie hatte gewagt, so etwas zu tun. Juana, die Bescheidene, die wie ein Schatten ohne Willen war, hatte es gewagt, Maria aus dem Haus zu werfen. Jetzt würden die anderen Frauen wissen, woran sie waren. Und wenn sie mit Felipe irgendwelche Dinge zu regeln hatten, sollten sie ihn außerhalb der Hütte aufsuchen.

Nein, es war keine Eifersucht. Eifersucht ist ein menschliches Empfinden, das einen jeden befallen kann, und Juana hätte gewußt, wie sie es zu erdulden, zu verbergen und zu fühlen hatte. Wenn Felipe eine andere Frau geliebt hätte, so wäre ihr eine gleichwertige Gegnerin gegenübergestanden, sie hätte mit ihren eigenen Waffen kämpfen können, hätte siegen können; denn sie war die Rechtmäßige, auch wenn sie keine Kinder hatte. Und wenn sie unterlegen wäre, so hätte sie die Niederlage hinnehmen können. Aber darum ging es gar nicht; und das, um was es ging, war ungeheuerlich. Juana konnte es nicht verstehen, sie trommelte sich mit den Fäusten gegen den Kopf und fragte sich, was sie abzubüßen habe mit der Strafe, von der sie heimgesucht wurde.
Juana sah keinen anderen Ausweg aus ihrer Lage, als ins Große Haus zu gehen und alles zu sagen, was Felipe trieb. Die Patrones sollten so gütig sein, sich zu überlegen, ob das ein Fall von Hexerei sei und was man dagegen tun könne. Denn wirklich, Felipe war nicht mehr derselbe, seitdem er das letzte Mal von Tapachula zurückgekehrt war. Seit er mit dem Bau der Schule begonnen hatte, gab es für ihn keine Ruhepause mehr. Er stand als erster auf und ging schon in aller Frühe von Haus zu Haus, um die anderen zu wecken. Bei der Arbeit tat es ihm keiner gleich. Als dann die Schule fertig war, fällte Felipe selbst die Ocotekiefer, um daraus die Möbel zu machen. Und dabei hatte der undankbare Kerl nicht genug Augen im Kopf, um zu sehen, daß man in seiner eigenen Hütte auf dem Boden hocken mußte! Dann nahm er das Bild von der Wand, das er mit Kerzenwachs über seine Schlafstelle geklebt hatte, und trug es in die Schule, um es dort aufzuhängen. Aber hätte er sich damit begnügt, so wäre alles noch gut gewesen. Er mußte betrunken gewesen sein. Denn es war während der Novene zu Ehren Unserer Lieben Frau des Heils, daß ihm die Idee in den Kopf stieg, ins Große Haus zu laufen, er ganz allein, um mit dem Patrón zu reden, ihm zu sagen, daß sie ihre Aufgabe erfüllt hätten, indem sie die Schule erbauten, und daß er gekommen sei, um zu verlangen, daß nun

der Patrón dem Gesetz Genüge tue und einen Lehrer schicke. Was würde Don César von ihm denken? Für einen Verrückten mußte er ihn halten – was anderes war er ja auch nicht. Denn aus lauter Mitleid ließ er ihn nicht einmal bestrafen. Felipe war ein undankbarer Lump. Anstatt seine Schuldigkeit zu tun – was tat er? Seitdem sie ihm keine Arbeit mehr gaben, trieb er sich von morgens bis abends im Wald herum. Er vertrödelte die Zeit, ohne einen Finger krumm zu machen. Er war nicht einmal imstand, ein Gürteltier mitzubringen, das sie braten und essen könnten. Er war zu faul, um auch nur eine Frucht abzuschneiden. Nicht das geringste tat er, ihr zu helfen. Nachts ging er von Hütte zu Hütte und schwatzte sich die Zunge aus dem Hals. Aber er war nicht allein schuld daran. Die anderen stachelten ihn dazu auf durch die Ehrfurcht, die sie ihm erwiesen. ›Felipe hat es gesagt!‹ Und schon rannten sie, um das zu tun, was er befahl. Keinen Augenblick ließen sie ihn in Ruhe zu Hause sein, bei seiner Familie, bei ihr, die seine ganze Familie war. Gut! Sie legte auch keinen Wert auf seine Anwesenheit. Denn wenn er hier war, so zeigte er ihr doch nur ein mürrisches Gesicht und brütete mit sorgenvoll gerunzelter Stirn vor sich hin.
»Ich halte es nicht mehr aus«, sagte Juana. »Ich werde mit den Patrones gehen, wenn sie nach Comitán ziehen. Ich werde bei ihnen Zofe sein. Und wenn Gäste kommen, werde ich vor ihnen spanisch reden. Sí, Señor! Sí, Señora! Dann werde ich keinen Tzec mehr tragen.«
Als Felipe die Tür öffnete und in die Hütte trat, senkte seine Frau die Stirn, wie ein Widder, ehe er zum Angriff übergeht. Sie war noch erregt von der Verwegenheit ihres Handelns und entschlossen, dafür einzustehen und keinen Vorwurf in Kauf zu nehmen. Aber Felipe sagte kein Wort. Gleichgültig wie immer ging er zu dem Topf, in dem sie das Wasser aufbewahrten, schöpfte mit der Schale und trank. Dann legte er langsam, als wäre er mit seinen Gedanken ganz woanders, die einzelnen Gegenstände wieder an ihren Platz zurück – den Topfdeckel, die Kürbisschale – und ließ sich neben der

schwelenden Asche nieder. Er wartete. Bald darauf kamen auch schon die anderen.

»Wir schicken unsere Kinder in die Schule, damit man ihnen sagt, was recht und was falsch ist. Wenn sie einen Fehler machen, hat der Lehrer das Recht, sie zu rügen, wie der Vater und wie die Mutter.«

Das sagten die Alten, die es stets und in allem mit der Weisheit halten wollten.

»Jetzt fängt man damit an, die Kinder zu prügeln, und am Ende prügelt man uns.«

»Wieder!«

»Vielleicht muß es so sein.«

»Und warum muß es so sein, wo wir doch gleich sind?«

Immer vergaßen sie es. Und Felipes Amt war es, sie stets aufs neue daran zu erinnern.

Im Hintergrund fragte einer:

»Wozu sollen wir die Bengel weiterhin in die Schule schikken?«

»Um das Gesetz zu erfüllen.«

Felipe konnte ihnen nicht mehr erklären, nicht mehr versprechen. Aber die anderen sprachen schon von den Vorteilen, in deren Genuß sie kommen würden.

»Mein Sohn wird lesen und schreiben können. Er wird spanisch reden, wenn er bei den Ladinos ist.«

»Er wird sich zu wehren wissen. Sie werden ihn nicht so leicht übers Ohr hauen.«

»Mir haben sie einmal einen einzelnen Schuh angedreht, weil mein Geld für ein Paar nicht ausreichte. Als ich ihn anzog, lachten die Lausbuben in Comitán mich aus.«

Felipe rückte neben denjenigen, der eben gesprochen hatte, und tippte ihm auf die Schulter.

»Deinen Sohn werden sie nicht mehr an der Nase herumziehen. Das verspreche ich dir.«

Wenn Felipe so sprach, bekamen es die Männer, die ihm zuhörten, mit der Angst zu tun. Denn er verlangte damit von ihnen Mut und Entschlossenheit. Einer preschte vor und

durchbrach das abwartende Schweigen, indem er, wie ein Messer, die Frage vorbrachte:
»Was sollen wir tun?«
»Wir haben Geduld gehabt. Und wie hat man unsere Geduld belohnt? Mit Beleidigungen und neuem Mißbrauch. Darum ist es nötig, zum Großen Haus zu gehen und dem Patrón zu sagen: Der Mann da, den du von Comitán mitgebracht hast, damit er hier als Lehrer arbeite, taugt nicht für sein Geschäft, wir wollen einen anderen.«
Die übrigen schauten einander an und nickten ernst.
Von ihrer Ecke aus beobachtete Felipes Frau feindselig die Versammlung. Und zu ihrem Mann hinüberschauend, sagte sie bei sich: ›Was glaubst du, wer den Mut haben wird, das zu sagen? Niemand. Der einzige, der imstand ist, Farbe zu bekennen, das bist du. Hier fassen sie sich ein Herz und vor den Patrones lassen sie dich im Stich. Und sie werden dich totschlagen, blöder Indio. Totschlagen werden sie dich!‹
»Nur der Vater des Kindes, das gekränkt worden ist, wird mit mir gehen.«
Felipe hatte schon sein Urteil abgegeben. Aber nein. In Juanas Augen hatte nicht er die Schuld. Schuldig waren die anderen, alle, die Felipe mit ihrer Unterwürfigkeit, ihrem Gehorsam verrückt gemacht hatten. ›Hinaus mit euch, ihr gottverdammtes Pack!‹
Juana machte eine Bewegung auf den Besen zu. Sie streckte die Hand aus, um ihn zu packen, ihnen damit vorzufegen und ihn dann zur Tür hinauszuwerfen. Aber die Hand erstarrte ihr in der Luft, zwecklos, zitternd. Denn Juana fühlte den strengen Blick Felipes auf sich gerichtet. Sie schrumpfte zusammen vor dem Mann. Alle Kraft wich aus ihr. Juana sank zusammen und blieb schließlich kniend auf dem Boden liegen, von Schluchzen geschüttelt, wie ein vom Wind gepeitschter Strauch.

XV

›So stehen also die Dinge. Die Indios wollen, daß ich Ernesto durch einen anderen Lehrer ersetze. Die naiven Burschen glauben, sie würden bei dem Tausch etwas gewinnen. Aber ich will ihnen eine neue Enttäuschung ersparen. Ich habe Ernesto hierhergebracht, und hier bleibt er, komme was mag; denn so paßt es mir nun mal. Schließlich bin ich der Herr im Haus. Ich will doch sehen, wer hier was zu sagen hat, Donnerwetter! Diese Schlappschwänze werden sich schon trollen. Ihnen zuliebe habe ich genug Blödsinn gemacht. Sie sollen mal auf den anderen Höfen fragen, wie man dort die Indios, ihre Genossen, behandelt. Jaime Rovelo zum Beispiel. Bei ihm gabs kein Gefackel. Dem ersten, der sich unbotmäßig zeigte, gab er eine ordentliche Tracht Peitschenhiebe, und die ganze Affäre war erledigt. Sie fressen ihm aus der Hand, sanft wie die Lämmer. Aber ich ... Offen gestanden, ich habe nicht den richtigen Magen für solche Dinge. Außerdem ist es mir ein Klotz am Bein, daß in Chactajal die Sitte strenger Zucht schon vor wer weiß wieviel Jahren aufgegeben wurde. Nicht, daß meine Familie besonders fromm wäre! Meine Mutter, ja, die ging in die Kirche und betete. Sie sorgte dafür, daß die Indios, die zum Hof gehörten, getauft wurden. Aber mein Vater nicht. Er war von Natur aus gutherzig. Sie hatten das Glück, in besseren Zeiten zu leben – das muß man auch bedenken. Die Indios waren gefügig und liefen sich die Beine ab, um nur ja ihren Pflichten gewissenhaft nachzukommen. Aber ich wollte nur mal diesen Estanislao Arguëllo sehen, der sich so als aufgeklärten Menschheitsbeglücker gab. Ich wollte ihn mal hier an meiner Stelle stehen sehen. Ob er da auch noch Toleranz und Güte predigen würde oder ob er den Problemen auf die einzig mögliche Weise zu Leibe rückte. Ich bin mir noch immer nicht ganz sicher, wie ich mich verhalten soll. Ich weiß, daß ich auf einige Burschen zählen kann. Aber trau, schau, wem! Diese heimtückischen Indios sind in der Lage, selbst den Judas zu verraten. Angenommen jedoch, daß Abundio und Crisóforo und alle diese auf meiner Seite stünden, so wäre das trotzdem ein schwacher Trost; denn wir sind auf jeden Fall immer in der Minderzahl gegen die Meute, die Felipe aufgehetzt hat. Wenn ich wüßte, wie man am besten diesen Felipe ansprechen könnte, ohne den Eindruck zu erwecken, man wollte ihm schön tun, also zu Kreuze kriechen. Er wird nicht Manns genug sein, daß nicht ein paar nette Kühe, die man ihm schenkt, ihn zum Einlenken brächten. Wenn sie wenigstens noch ein bißchen zuwarten würden, Menschenskind! Wenn sie nicht jetzt, ausgerechnet jetzt, wo doch bald all das Zeug in die Mühle muß, einem mit dem lästigen Kram auf die Nerven gingen! Denn letzten Endes pfeife ich doch darauf, ob der Lehrer nun Ernesto heißt oder nicht. Nur um mich nicht von der schwachen Seite zu zeigen, habe ich es abgelehnt, Ernesto abzusetzen, als die Indios kamen und es verlangten. Obwohl dieser begnadete Ernesto sich wirklich als ein seltenes Juwel entpuppt hat. Zu allem Überfluß auch noch ein Säufer. Na schön, das hat der Arme ja nicht gestohlen, das liegt ihm im Blut. Wenn mein Bruder sich umgebracht hat, dann hat er es gewiß im Suff getan. Wenn sie wenigstens noch Saufbrüder mit Witz und Feuer wären, die dem Pferd die Sporen in die Flanken schlagen und Leben in die Bude bringen! Aber nein, der Alkohol läßt sie nur noch dickfelliger und griesgrämiger werden, als sie ohnehin schon sind. Sternhagelbesoffen verkriechen sie sich in irgendeine Ecke und wollen nichts essen vor lauter Katzenjammer. Der Junge ist haargenau so ausgefallen wie sein Vater, das kann ich euch sagen. Nur weil Ernesto mein Bruder war und man sich mit den Toten am besten auf nichts einläßt ... Aber, ohne ihn beleidigen zu wollen: er war ein Trottel. So etwas: nicht auf dem Rancho leben zu wollen, nur weil es hier traurig sei! Traurig! Natürlich. Weil sie nicht fähig sind, ein feuriges Fohlen zu zähmen, draußen im Freien zu arbeiten oder über den Fluß zu schwimmen. Den ganzen Tag hocken sie eingesperrt im Haus. Da stimmt es einen freilich trübsinnig, wenn man zusieht, wie der Abend verdämmert. Aber nachdem man sein Tagewerk getan hat – wie schön ist es da, zuzuschauen, wie die Sonne untergeht! Es gibt Leute, die das einfach nicht im Blut haben. Zoraida langweilt sich hier. Sie gesteht es zwar nicht ein, weil sie weiß, daß ich sie schelten würde. Aber sie langweilt sich zu Tode. Na, in ihrem Fall ist das erklärlich. Sie hatte nie etwas mit einem Rancho zu tun, bevor sie sich mit mir verheiratete. Es liegt auch nicht in ihrer Familie. Und sie kam gerade in die dickste Soße. Sie wollte mich zu wahnsinnigen Maßnahmen antreiben. Sie glaubt, ich hätte mich aus Angst zurückgehalten und so vieles geduldig mitangesehen, was diese Burschen sich leisteten. Nein, nein. Mag kommen, was da will – man darf sich nicht ins Bockshorn jagen lassen; man muß kühlen Kopf bewahren und tun, was jeweils das Zweckmäßigste ist. Ja, wenn es nach mir ginge, hätte ich es den aufsässigen Genossen längst bar auf den Rücken gezahlt, was sie wert sind. Aber im Schritt zum Ziel ist besser als im Galopp in den Graben. Jetzt ist nicht der rechte Augenblick für gewagte Spiele. Es gehört schon allerhand dazu, jetzt hier zu leben. Schaut euch doch mal die anderen Patrones an. Sie pflegen ihr Sitzfleisch im ›Casino Fronterizo‹ in Comitán und lassen ihre Verwalter die Kastanien aus dem Feuer holen. Selbst Jaime Rovelo, der immer so wacker die Indios verprügelt und in den Block sperrt. Er ist nicht so hirnverbrannt, in Bajucú zu bleiben und abzuwarten, was da kommt. Meine Base Francisca, ja, die packt den Stier bei den Hörnern. Eine Arguëllo von echtem Schrot und Korn. Aber was sie tut, ist höchst riskant. Eines Tages werden die gleichen Indios, die jetzt so viel Ehrfurcht vor ihr haben, weil sie sich als Zauberin aufspielt, ihr das Messer in den Rücken stoßen, und aus ist der Zauber. Solche Finten stehen einer Frau auch nicht übel zu Gesicht. Aber ein Mann muß die Zähne zeigen. Und wer hier die Zähne zu zeigen hat, das bin ich. Ich würde gern mal auf einen Sprung nach Ocosingo gehen, um mit dem Stadtpräsidenten ein Wort zu reden. Wir sind Freunde. Ich würde ihm meine Situation erklären, und er würde mir helfen. Er würde zwar vielleicht einwenden wollen, daß er sich kompromittiere, wenn er mich unterstütze; daß die Anweisungen von oben kämen und die Politik von Cárdenas die Indios sehr begünstige. Das wird er mir sagen können, aber ich werde vorbringen, daß wir hier weit vom Schuß sind; daß kein Schwanz sich um das kümmert, was wir tun und treiben. Der edle Gonzalo Utrilla wird jetzt wohl in einem anderen Gebiet inspizieren. Und ihn könnte man schließlich auch überreden, sich auf unsere Seite zu schlagen. Aber ich weiß nicht, wozu ich mir all das überlege. Wenn es nicht schlimmer kommt als jetzt ...‹

»Onkel César ...«

Es war Ernesto, der lautlos herangekommen und auf der Schwelle stehengeblieben war. César wandte den Kopf herum, um seinen Neffen mit einem Blick von eisiger Strenge zu durchbohren. Ernesto fühlte, wie dieser Blick ihm das Herz zusammenpreßte, so daß alles Blut herausschoß. Und er wußte, daß ihm das Reden nicht leichtfallen würde. César kam ihm mit keiner Frage entgegen, nicht einmal mit einem Tadel.

»Heute habe ich keinen Unterricht gegeben. Die Kinder sind nicht zur Schule gekommen.«

Schöne Nachrichten! Wozu sollten sie auch kommen? Um vom Lehrer Prügel zu beziehen? Da konnten sie wohl zu Hause bleiben. Auch für Ernesto wäre es besser gewesen, daheimzubleiben, an Mutters Rockzipfel, anstatt anderen Leuten Scherereien ins Haus zu bringen. Aber Ernesto war so verantwortungslos, daß er nicht einmal die Folgen seines eigenen Handelns abschätzte. Da stand er nun, machte Stielaugen vor Bestürzung und wartete darauf, daß ein stärkerer Wille als der seine die Dinge wieder zurechtrückte. César wandte sich ihm mit einer überlegten, aber auch drohenden Ruhe zu.

»Gut. Ich werde Zoraida fragen, ob sie nicht eine angemessenere Beschäftigung für dich finden kann.«

Vielleicht hätte César diesem Satz nichts hinzugefügt, wenn nicht in Ernestos Augen vorwitzig die Freude über den vermeintlichen Freispruch aufgeblitzt wäre. Was gab ihm das Recht zu erwarten, daß man ihm verzeihen würde, wo er so dumm war, daß er nicht einmal begriff, was er in seiner Blödheit angerichtet hatte? Verächtlich sagte César:

»Nur eine Übergangsbeschäftigung, bis du soweit bist, daß du nach Comitán zurückreisen kannst.«

›Die gleiche Falle, die er immer auslegt‹, dachte Ernesto und ballte seine Fäuste. ›Man gibt sich ein bißchen freundlich, lächelt ein wenig, wie man einem Hund schöntut. Und dann der Fußtritt, die Demütigung. Nein, es hat keinen Wert, sich ihm nähern zu wollen. Wir sind nicht gleich. Mal sehen, ob er sich noch immer so überlegen vorkommt, wenn er weiß, was ich ihm jetzt sagen werde.‹ Mit boshafter Genugtuung meldete er:

»Die Indios ließen mich nicht in die Schule hinein. Sie halten dort alle Wache, bis der neue Lehrer aus Comitán kommt.«

César sprang auf, das Gesicht verdüstert von der unerwarteten Nachricht.

»Was sagst du?«

»Sie haben die Arbeit niedergelegt. Sie sagen, sie würden sich nicht von der Stelle rühren, ehe der Lehrer kommt.«

»Und wer, zum Donnerwetter, hat ihnen diese Unverschämtheit erlaubt?«

Ernesto zuckte mit den Achseln.

»Ich weiß nicht. Ich habe nicht gefragt. Ich verstehe ja ihre Sprache nicht.«

Nicht die Worte waren es. Es war der herausfordernde Ton, der in ihnen mitschwang. César fuhr auf Ernesto los und schüttelte ihn heftig an den Schultern.

»Das ist dein Werk! Und mit wem soll ich jetzt das Zeug mahlen?«

Ernestos Herz schlug wild. Die Adern an seinem Hals schwollen an.

»Lassen Sie mich los, Onkel, oder ich gebe keine Antwort...«

Statt ihn loszulassen, zog ihn César näher zu sich heran.

»Und du willst immer noch drohen! Woher wandelt dich denn dieses Mütchen an? Laß mal deine Fahne riechen.«
»Ich habe heute nichts getrunken.«
César öffnete wie angewidert die Hände.
»Dann kann ich mirs nicht erklären.«
Die Bewegung, mit der César Ernesto losließ, kam so unerwartet, so jäh, daß Ernesto einen Augenblick schwankte und beinahe das Gleichgewicht verlor. Das Bewußtsein, in welch lächerliche Lage er gebracht worden war, ließ ihn aufschreien.
»Es ist nicht recht, daß man jetzt mir die Schuld aufladt. Ich habe es Ihnen schon in Comitán gesagt, daß ich mich nicht zum Lehrer eigne. Und Sie haben mir versprochen ...«
»Halt deinen Mund! Diese Angelegenheit werden wir später regeln. Es gibt jetzt Dringlicheres, das Zuckerrohr muß rechtzeitig gemahlen werden.«
César kehrte Ernesto den Rücken zu und ging ans Fenster. Dort blieb er grübelnd stehen, das Kinn auf die Brust gesenkt. Er schien so geistesabwesend zu sein, so friedfertig, daß Ernesto den Vorschlag wagte:
»Wir könnten aus Ocosingo Taglöhner kommen lassen.«
»Wie bitte? Ich soll um Leute betteln, die für mich arbeiten, wo ich meine eigenen Indios habe? *Den* Tag werden deine Augen nicht zu sehen bekommen, Ernesto.«
»Aber wenn die Indios sich weigern ...«
»Was sind sie schon, daß sie sich weigern könnten? Du bist sehr im Irrtum, wenn du glaubst, daß ich ihr prahlerisches Drohen hingehen lasse. Zugestanden, sie haben recht, wenn sie gewisse Dinge beanspruchen. Aber sie sind so töricht wie die Kinder. Man muß sie davor bewahren, etwas zu fordern, das nicht gut für sie wäre. Gemeinschaftsfelder! Guter Gott! Die Indios arbeiten doch nicht, wenn ihnen der Rücken nicht von Striemen juckt. Schule! Um lesen zu lernen. Was zu lesen? Damit sie Spanisch lernen. Kein Ladino, der etwas auf sich hält, wird sich dazu herablassen, mit einem Indio spanisch zu reden.«

Das stimmte. Und mit jedem Satz von César fühlte sich Ernesto mehr überzeugt von der Wahrheit seiner Worte, war er mehr ergriffen von der Begeisterung, diese Wahrheit gegen jeden Angriff zu verteidigen und um ihretwillen jeder Gefahr zu trotzen. Mit einer noch von innerer Bewegung bebenden Stimme fragte er:

»Was werden Sie tun?«

Denn er wollte helfen, wollte zur Sache der Arguëllos stehen. César ging zu dem Zedernschrank, der in einer Ecke des Zimmers in die Wand eingelassen war, und öffnete ihn. Dort hing der Gürtel mit dem Pistolenfutteral. Er zog die Waffe heraus. Zuerst schaute er nach, ob sie gut geölt war. Dann öffnete er die Patronentasche und nahm eine Handvoll Munition heraus. Er lud die Pistole und sagte:

»Ich werde mit ihnen reden.«

Er schickte sich an, zur Tür zu gehen. Ernesto holte ihn ein.

»Ich gehe mit Ihnen.«

Gemeinsam kamen sie zur Schule. Dort waren die Indios. An die Flechtwerkwand gelehnt, kauerten sie auf ihren Fersen und rauchten ihre selbstgedrehten, mit billigem, gelbem Papier umwickelten Zigaretten. Sie rührten sich nicht, als sie die beiden Männer vom Herrenhaus herkommen sahen.

»Gibts keinen Gruß für den Patrón, Genossen?«

Einer schickte sich an, aufzustehen. Aber die Hand eines anderen hielt ihn schnell zurück. César beobachtete diese Bewegung mit spöttischer Lässigkeit:

»Meines Wissens sind wir doch keine Feinde.«

Keiner gab Antwort. Da konnte er weiterreden.

»Wie waren wir verblieben? Ihr solltet die Schule bauen und ich den Lehrer stellen. Wir sind beide unserer Verpflichtung nachgekommen. Da ist die Schule, hier ist der Lehrer. Warum halten wir uns nicht an die Abmachung?«

Felipe schluckte Speichel, bevor er antwortete.

»Der Lehrer hat keinen Wert. Als wir zu dir kamen, in dein Haus, da haben wir dir gesagt, warum wir einen anderen wollen.«

»Natürlich. Und wir haben alle unüberlegt drauflos geredet, in der ersten Aufwallung der Wut, und so wird aus der Mükke ein Elefant. Was Ernesto getan hat, war eine Kinderei. Aber er hat mir schon versprochen, daß es nicht mehr vorkommen wird. Das wollte ich euch sagen – falls es nur um die Geschichte mit dem Jungen geht, den er gezüchtigt hat. Falls der Junge seinerseits verspricht, daß er es in Zukunft nicht am nötigen Respekt fehlen lassen wird, so ist damit wieder alles in Ordnung.«
Felipe schüttelte den Kopf und blieb hartnäckig bei seiner Weigerung:
»Dein Lehrer hat keinen Wert. Er kann nicht Schule halten.«
César biß sich auf die Unterlippe, um sein Lächeln zu verkneifen. Man durfte sie nicht reizen. Aber es nahm sich zu komisch aus, wie sie da todernst die Rolle der Wilden spielten, die mit Teufelsgewalt zivilisiert werden wollen.
»So besteht ihr also darauf, daß ich euch einen anderen Lehrer aus Comitán kommen lasse.«
»Einen, der Tzeltal sprechen kann, so daß die Kleinen verstehen, was er sagt.«
»Gut. Damit ihr seht, daß mir wirklich viel daran gelegen ist, mit euch im guten auszukommen, verspreche ich, daß ich euch einen beschaffen werde.«
César sagte das wie jemand, der ein großes Geschenk überreicht. Aber die Indios verharrten stumm, verschlossen, ausdruckslos, als hätten sie die Großmut seines Versprechens nicht begriffen. César gab sich Mühe, Geduld zu bewahren und abzuwarten, bis sie aufstehen und wieder an ihre Arbeit gehen würden. Aber nichts geschah. Mit einer Stimme, in deren Herzlichkeit schon eine Spur von Drohung zu erkennen war, sagte er:
»Schön, nachdem wir uns jetzt einig sind, können wir mit der Arbeit beginnen.«
Felipe lehnte ab, und mit ihm alle anderen.
»Nein, Patrón. Erst wenn der andere Lehrer aus Comitán kommt.«

César hatte diesen Widerstand nicht erwartet, und er wollte ihn augenblicklich brechen. Unwillkürlich fuhr seine Hand zum Revolver, aber er bekam seine Bewegungen wieder unter Kontrolle, ehe die Waffe gezückt war.

»Nimm Vernunft an, Felipe. Das ist keine Angelegenheit, die man so im Handumdrehen erledigt. Überlege doch, daß ich dazu selbst nach Comitán gehen muß. Ich muß mit dem und jenem reden, bis ich endlich die geeignetste Person finde. Und dann ist auch noch nötig, daß der Betreffende zusagt und mitkommen will. Der Übergang erfordert Zeit.«

»Ja, Don César.«

»Und jetzt in diesen Tagen kann ich Chactajal nicht verlassen. Jetzt, wo die Zuckerernte drängt.«

»Ja, Don César.«

Felipe wiederholte den Satz mechanisch, ohne überzeugt zu sein, wie jemand, der einem Schwätzer zuhört.

»Und wenn ihr mir nicht helft, kommen wir noch mehr in Druck mit der Zeit. Geht wieder an eure Arbeit. Es ist zum Besten von uns allen.«

»Nein, Don César.«

Felipe sprach die Ablehnung in dem gleichen Tonfall aus wie vorher die Zustimmung. Das löste große Heiterkeit unter seinen Gefährten aus, die in freches Gelächter ausbrachen. César nahm sich vor, es zu überhören, aber seine Stimme nahm einen immer dringlicheren Ton an.

»Wenn niemand da ist, der das Zuckerrohr erntet, dann gehen wir zugrunde.«

Die Indios schauten einander an, immer noch lachend, und zuckten mit den Achseln, zum Zeichen ihrer Gleichgültigkeit.

»Wenn es euch nicht darauf ankommt – mir kommts drauf an. Ich habe keine Lust, auch nur einen Centavo wegen einer solchen Schweinerei zu verlieren.«

Jetzt hatten sie plötzlich ernste Mienen aufgesetzt. Mit den Augen fragten sie Felipe um Rat.

Felipe wich ihren Blicken aus.

»Los, an die Arbeit!«

Er dachte, daß er sie allein mit der Stimme dazu drängen und anspornen könnte. Aber die Indios gaben durch nichts zu erkennen, daß sie nachgeben und ihm gehorchen wollten. Da zog César die Pistole.
»Ich spiele nicht. Wer nicht sofort aufsteht, dem mache ich die Sache mit ein paar Kugeln klar.«
Der erste, der aufstand, war Felipe. Die anderen folgten widerspruchslos seinem Beispiel. Einer hinter dem anderen zogen sie ab, flankiert von César und Ernesto.
»Ich hab dirs ja gesagt,« äußerte später Zoraida, »bei ihnen kommt man nur mit Härte zum Ziel.«

XVI

Die als erste dieses Land kannten, sagten in ihrer Sprache: ›Chactajal‹, was so viel heißt wie ›Ort der vielen Gewässer‹.
Der große Flußhirte ruft mit seiner weithin tönenden Stimme die Bäche, die ihm Tribut schulden. Ihr Ursprung ist im Verborgenen. Später erst kommen sie zum Vorschein, wenn sie über die bemoosten Felsen des Berglands rieseln; wenn sie, geduldig die Ebene durchpflügend, sich ihr Bett wühlen. Aber von Geburt an tragen sie ihre Namen, ihre langen, flüssigen Namen – Canchanibal, Tzaconeja –, um sie hier darzubringen, auf daß die Macht und Gewalt des Jataté vermehrt werde.
Wasser, in dem das schaukelnde Gezweig der Bäume sich betrachtet hat. Wasser, das langmütig die Steine sänftigt und zähmt. Wasser, das Sonnen verschlingt. Alle Wasser sind nur eines: dieses hier, mit seinem bitteren Vorgeschmack von Meer.
Die zuerst diesem Land den Namen gaben, fühlten es in ihrem Mund als ihr Eigentum. Und es war der Geschmack des Maiskolbens, dessen Schwere den Halm beugt. Und es war der dicke, weiße Honig der Guanabanafrucht. Und das Mondmark des Zimtapfels. Und der ölige Same des Breiapfels. Und

das zähe Träufeln des Saftes am verwundeten Stamm der Fächerpalme. Aber auch Hauch und Dunst und der Nebel der Morgenfrühe, der seine Spur auf den Blättern hinterläßt. Und das warme Schnauben des friedfertigen Tieres, der heimliche Odem des Raubwilds. Und das gelassene Atmen der Ebenen bei Nacht. Aber auch Zeichen, wie sie der Fasan mit seinem hohen Flug in den Himmel ritzt und das Reptil im Sand hinterläßt.

Die sich zuerst in diesem Lande niederließen, führten Buch darüber, als verwalteten sie einen Schatz. Die Ausdehnung der Maisfelder und der anderen Äcker samt ihren Erträgen wurde aufgezeichnet. Das Gebiet, wo man den Hirsch jagt. Der Kreuzweg, wo der Tiger auf seine Beute lauert. Die abgelegene Höhle, wo Gefahr droht vom Hunger des jungen Jaguars. Und die Steppe, welche die heimliche Pirsch der Füchsin begünstigt. Und die Uferstelle, wo der Kaiman seine Eier legt. Und das Dickicht, wo die Affen spielen. Das Dikkicht, wo die vielen Vögel auffliegen beim geringsten Geräusch. Das Dickicht mit den wild funkelnden Augen, der lautlosen Tatze und der flinken Kralle. Und der Stein, unter dem die Otter ihr Gift braut. Der Platz, wo die Viper in der Sonne döst.

Nicht vergessen wurde der Baum, der zähflüssige Harztränen weint. Der Baum, der bösen Schatten wirft. Der Baum, an dem sich Hülsen öffnen, denen ein verwirrender Geruch entströmt. Der Baum, der in der Hundstagshitze alle Kühle, wie in der geschlossenen Faust, in einer Frucht mit gerunzelter Haut bewahrt. Der Baum, dessen Scheite im Feuer lustig knacken und Funken versprühen. Und der Baum, der sich in eine Wolke von Eintagsblüten kleidet.

Und sie fügten hinzu das Gestrüpp, das geschützt ist durch seine Dornen. Und das faulende Laub, dem ein siecher Dunst entsteigt. Und das Summen des von Pollen umgoldeten Insekts. Und das erregte Blinzeln der Leuchtkäfer.

Und inmitten all dieser Dinge, mit tief eingesenkten Wurzeln, der Ceibabaum, die Amme der Völker.

Die dann später kamen, tauften die Dinge um. Unsere Liebe Frau des Heils. Das war der Name für die Feiertage, den die Indios nicht auszusprechen vermochten. Er war ihnen fremd. Wie das Große Haus. Wie die Kapelle. Wie die Zuckermühle.

Die Ladinos vermaßen das Land und zäunten es ein. Sie setzten Marksteine am äußersten Rande dessen, von dem sie sagen konnten: das gehört mir. Und sie errichteten ihr Haus auf einem von den Winden umschmeichelten Hügel. Und dort ließen sie die Kapelle erbauen, in Reichweite ihrer Augen. Für die Mühle aber wählten sie einen Standort in großzügig geschätzter Entfernung, bis zu dem hin sich mit den Jahren die Felder voll Zuckerrohr ausbreiteten.

Die Zuckermühle lastete schwer auf der Erde, nachdem sie zuvor schwer auf den gebeugten Rücken der Indios gelastet hatte. Ihre wuchtige Masse hockte da, geschützt vor Sturm und Hagel durch ein Wetterdach aus geschwärzten Ziegeln. Und damit die Tiere nicht herankommen konnten, damit den wild aufschießenden Kräutern der Fohlenweide eine Grenze gesetzt sei und das Gras nicht dicht um sie her den Boden überwuchere, ließen die Ladinos sie umhegen mit einem Zaun aus vierfach gespanntem Draht.

Und dort blieb die Mühle, stumm und ruhig wie ein Götzenbild, und schaute zu, wie ringsum die Halme wuchsen, die sie zwischen ihren Kiefern zermalmen würde. Aber wenn der Tag des Handelns gekommen war, regte sie sich räkelnd mit eintönigem Kreischen, indes zwei alte Maultiere mit verbundenen Augen sie umkreisten und in den Feldern die Indios ihre Buschmesser schwangen, die aufblitzend zwischen den scharfen Blättern des Zuckerrohrs hin und her sausten.

Die Indios fühlten, daß ihre Arme und ihre sonnverbrannten, schweißüberströmten Rücken sich verkrampften. Die wachsamen Augen Césars, der auf seinem Pferd die schmalen Feldwege auf und ab ritt, zwangen sie jedoch, die Müdigkeit zu verhehlen und den Stapel abgehauenen Zuckerrohrs höher und höher wachsen zu lassen.

Unter dem Wetterdach stieg der Saft in den hölzernen Bütten bis zum Rand. Und der Trester, den die Maschine ausspie, türmte sich in wildem Durcheinander zu Bergen auf.
Als der Mittag kam und es Zeit war, den Posol anzurühren, machte man Pause. Da steckten die Indios ihre Messer in die Scheide und gingen zu der Astgabel, an die sie das Netz mit den Mundvorräten gehängt hatten. Sie zogen den Kork aus der Kürbisfeldflasche und gossen das Wasser in die Trinkschalen. Dann gingen sie unter den Trauf des Wetterdaches, und dort kneteten sie, auf den Fersen hockend, mit ihren kräftigen, schmutzigen Fingern den Maiskloß. Wohlgeschützt vor der senkrecht aus dem Zenit herabstechenden Sonne, beobachtete César sie aus der Ferne.
Es war ein Augenblick vollkommener Ruhe. Das Pferd, das mit hängendem Kopfe dastand, ließ träge die Lider über die Augen gleiten. Auf den Weiden lagerten die Kühe, satt und behaglich ihr reichliches Futter wiederkäuend. Oben auf dem Wipfel eines Baumes faltete der Sperber seine drohenden Schwingen zusammen.
Und Schweigen herrschte. Ein Schweigen wie von unzähligen Zikaden, die trunken sind vom eigenen Gesang. Wie von fernen Wiesen, in denen der Wind sich wiegt. Wie von einem zaghaft verstummenden Lämmlein, das durstig nach seiner Mutter sucht.
Und in diesem Augenblick züngelte die erste Flamme in dem Haufen ausgepreßter Stengel und dürrer Blätter empor. Und da wußten sie, daß all diese reglose Schönheit nur dazu da war, vom Feuer verschlungen zu werden.
Das Feuer tat seine Gegenwart mit dem wütenden Fauchen einer wilden Bestie kund. Die ihm am nächsten saßen, sprangen erschrocken auf. Die Maultiere spitzten die Ohren, um festzustellen, woher die Gefahr kam. Césars Pferd wieherte. Und César begann, nach dem ersten Augenblick der Verwirrung, Befehle in Tzeltal zu brüllen.
Die Indios hatten es eilig, nicht zu helfen, sondern zu fliehen. Wild verstreut blieben hinter ihnen ihre Habseligkeiten auf

dem Boden liegen. Das umgestülpte Vorratsnetz, die umgekippten Trinkschalen, die davonkullernde leere Kürbisflasche, die dröhnend gegen die Steine rumpelte. Vom Entsetzen gepackt, jagten die Indios davon, sich gegenseitig über den Haufen rennend, wobei sich die langen, gebogenen Messerscheiden zwischen ihren Beinen verhedderten. Fort, nur fort! Denn eine einzelne Flamme kam, tückisch über den Boden kriechend, in ungestüm wachsender Geschwindigkeit hinter ihnen her, sie in die Fersen zu beißen. Weiter, weiter! Denn Funken flogen und suchten einen Platz, wo sie niederfallen und sich fortpflanzen konnten. Nichts wie fort! Bis Césars Pferd, sich aufbäumend und wiehernd, ihnen den Weg versperrte. César zwang sie stehenzubleiben, mit Worten und mit der Peitsche, die er den Fliehenden ins Gesicht klatschte, so daß ihnen das Blut über die Wangen lief. Es blieb ihnen nichts anderes übrig, als zu der brennenden Zuckermühle zurückzugehen. Sie kippten die vollen Bütten über die Brandstelle, und der Saft verdampfte mit einem unerträglichen Geruch, ohne das Feuer zu ersticken. Und die Indios schrien, als wären sie in der Kapelle, als würde Gottes Ohr ihre Schreie vernehmen, und sie fuchtelten mit ihren zerfetzten Strohhüten in der Luft, als wäre das Feuer ein Tier, das sich einschüchtern ließe. Und der Rauch schnürte ihnen die Kehle zu und trieb ihnen die Tränen in die Augen. Sie kämpften gegen das Unheil an, solange César hinter ihnen war und ihnen die Flucht verwehrte. Aber als das Pferd dem Zügel nicht mehr gehorchte und über die Weidefläche davonstob, da gab es für die Indios kein Halten mehr. Die Hände um den Hals gepreßt, als wollten sie sich selbst vollends des letzten Atems berauben, stürzten sie blind und weinend ebenfalls davon.

Niemand hatte daran gedacht, die zwei Maultiere loszubinden, die verzweifelt im nimmer endenden Kreis um die Mühle trabten. Die sengend heiße Luft geißelte ihnen die Kruppe. Und jener unausstehliche Geruch von verbranntem Zuckersaft ließ sie hilflos röchelnd und hustend nach Luft ringen.

Dem einen knickten zuerst die Vorderbeine ein. Es stürzte zu Boden, mit krausen Lefzen, die riesigen Zähne bleckend. Und das andere lief weiter und schleppte die tote Last, an die es gefesselt war, noch eine weitere Runde hinter sich her.

Der Rauch stieg nun, vermischt mit dem Gestank versengten Fleisches, in dicken Wolken auf.

Die Ebene wich zurück, leise knisternd, so nachgiebig, so schnell wie Papier. Das geduckt dahinkriechende Feuer verschlang zunächst das Gras. Dann sanken die höher aufgesprossenen Kräuter um, deren Stengel nicht stark waren. Und zuletzt stürzten die großen Bäume, aus denen Vögel in großen Schwärmen aufflogen. Krachend barsten und brachen die Äste, die fallend die Luft mit sprühenden Funken erfüllten.

Die Feuersbrunst schnaubte auf der weit sich dehnenden Fläche wie eine rote, reißende, raubgierige Bestie.

Die Flut der fliehenden Rinder brach sich an den Drahtzäunen, gegen die die Tiere wütend anrannten. Die Pfosten, die schon angefressen waren von der Katastrophe, leisteten nur kurzen Widerstand, dann zerbarsten sie und zersplitterten in kleine Kohlebrocken, die weit in die Gegend flogen. Aber irgendein Kalb wollte sich zwischen zwei Drähten hindurchzwängen und blieb an den Stacheln hängen, sich bei jedem Befreiungsversuch die Haut zerfetzend, laut brüllend, mit hervorquellenden Augen, bis eine jäh heranbrausende Lohe seiner Qual ein Ende machte.

Die trächtigen Kühe und die von ihrer eigenen Schwere behinderten Stiere schleppten sich stapfend voran und ließen im zähen Lehmschlick die Spur ihrer gespaltenen Hufe zurück. Und das Feuer kam hinterher und vertilgte diese Spur.

Die anderen, die leicht genug waren, um fliehen zu können, stürzten in die Schluchten, und dort blieben sie liegen, stöhnend, mit zerschmetterten Knochen, bis das Feuer auch in die Tiefe herabkam und sich ihrer bemächtigte.

Die zum Wasser gelangten, warfen sich in den Fluß und schwammen stromabwärts. Viele Rinder kamen mit dem Le-

ben davon. Andere, die von den Strudeln erfaßt und gegen die Steine geschleudert wurden, gingen ermattet unter und wurden später, an anderen Ufern, von anderen Menschen gesehen, wie sie reglos vorübertrieben, mit geblähten Leibern, nach denen die Aasgeier im Fluge hackten.
Das Gebirge hallte wider von Geheul. Der Affe, der sich von Ast zu Ast schwang. Der Tiger, der das Schaf im Pferch erzittern ließ. Die Vögel, irre vor Angst. Und die Ameisen, die sinnlos fiebernd, in wirrem, planlosem Eifer, mit verzweifelter Betriebsamkeit auf dem Boden auseinanderwimmelten.
Der Augenblick war gekommen, da ganz Chactajal seine Stimme erhob, seine gewaltige, furchtbare Stimme, und in der Bedrohung seine alte Vormacht wieder erlangte.
Die Indioweiber zitterten in ihren Hütten. Sie lagen auf den Knien und flehten um Vergebung, um Gnade. Denn einer der Ihren hatte die Gewalten des Feuers aufgerufen, und die Gewalten waren seinem Ruf gefolgt und herbeigeeilt, mit ihren rot beschmierten Gesichtern, mit ihrer ungeheuren, wallenden Mähne, ihrem gierigen Schlund. Und mit ihrem Herzen, das kein Gesetz anerkennt.
Nach der Mündung von Césars Pistole schielend, hoben die Indios rings um das Große Haus einen breiten, tiefen Graben aus.
Die Frauen hatten sich im Gesellschaftszimmer eingeschlossen. Ihre Kinder krampfhaft umschlungen haltend, stammelte Zoraida:
»Meine Seele erhebet den Herrn, und mein Geist freuet sich...«
Ihre Worte gingen im wirren Gemurmel der anderen unter. Nur die Stimme Matildes übertönte die übrigen:
»Heilige Catalina Pantelhó, Beschützerin der schimpfbeladenen, weiten Schindanger...«
Sie konnte einen Anflug von Spott und Belustigung im Ton ihrer Stimme nicht unterdrücken, als sie dieses sinnlose Gebet sprach. Sie lachte und unterbrach ihr eigenes Kichern mit einem bitteren Schluchzen. Dann sagte sie, sich mit den ge-

ballten Fäusten gegen den Kopf hämmernd, wie die Indios, wenn sie betrunken sind:
»Heilige Catalina Pantelhó ... Mir kommt kein anderer Name mehr in den Kopf! Gott wird mich strafen ...«
Die Tür ging auf, und Ernesto stand auf der Schwelle.
»Die Pferde stehen bereit.«
Zornig fuhr ihn Zoraida an:
»Wir gehen nicht weg.«
»Jetzt haben wir noch Zeit dazu. Wer weiß, ob es später noch möglich ist.«
»Was machen denn diese verdammten Indios, daß sie mit dem Graben noch immer nicht fertig sind?«
»Der Graben ist kein sicheres Mittel. Es kann ein Funke aufs Dach fallen ...«
Aber Zoraida hörte nicht auf die Argumente Ernestos. Ihr Gesicht an Marios Brust vergrabend, weinte sie schluchzend.
»Ich will nicht als Bettlerin nach Comitán zurückgehen. Ich will nicht noch einmal arm sein. Mir ist es lieber, wenn wir hier alle zusammen sterben.«
Von draußen drang ein Freudenschrei herein. Zoraida hob lauschend den Kopf. Matilde hörte auf, nach heiligen Namen zu fahnden, an die sie sich nicht mehr erinnern konnte. Ernesto lief in den Hof, und von dort schrie er:
»Der Regen! Es fängt an zu regnen!«
Als der Regen aufhörte, ließ sich das Ausmaß des Unglücks überblicken. Die Weiden waren zerstört, und überall auf dem Feld lagen verstreut die schwärzlichen Skelette der Tiere. Die am Leben geblieben waren, wollten die Nähe des Flusses nicht verlassen. Und noch nach Wochen sollten sie sich die Lefzen verletzen, wenn sie die kahle Oberfläche der Ebene abschnupperten und bei jedem Bissen die Asche schmeckten.
In jener Nacht schauten die Indios einander voll Argwohn an, denn in jedem konnte die Absicht schlummern, den Nächsten zu verklagen. Von Reue gequält, verzehrten sie ihr Mahl. Und sie tranken starken Schnaps, um ihre Furcht zu ver-

scheuchen. Und in ihren Träumen loderte noch einmal das Ungestüm der Feuersbrunst auf. Und nur einer konnte denken, daß man gerecht gehandelt habe.
Die Ladinos wachten vor Groll und Angst die ganze Nacht.

XVII

Eine Kerze leuchtete noch in der Ecke. Die anderen waren schon herabgebrannt. Mario schlief in Zoraidas Armen. Ab und zu tippte sie mit den Füßen auf den Boden, und der geflochtene Schaukelstuhl bewegte sich langsam wiegend vor und zurück.
»Mach keinen Lärm, César. Mario wacht sonst auf.«
César gab durch nichts zu verstehen, daß er sie gehört habe. Mit seinen genagelten Schuhen ging er auf dem Fliesenboden hin und her, von einem Ende des Zimmers zum anderen.
»Soll ich dir einen Herztee machen?« fragte Matilde schüchtern. Sie ließ die Handarbeit eine Weile ruhen auf ihrem Schoß. Sie blinzelte mit ihren fragenden Augen, als ob selbst jenes matte Licht noch zu grell wäre. Sie erhielt keine Antwort. Sie beugte sich wieder über ihr Nähzeug.
Ernesto stand auf, um die Fensterflügel einen Spalt zu öffnen. Ihm war zum Ersticken zumut in dieser Atmosphäre. Er wollte die Nachtluft einatmen. Aber die Luft, die hereinstrich, war noch wie ausgeglüht.
Die Kerzenflamme flackerte und war am Erlöschen.
›Wie ein Tiger im Käfig‹, dachte Zoraida, während sie César beobachtete. ›Hätte er auf mich gehört, als ich ihm riet, sich Respekt zu verschaffen und die Indios zu behandeln, wie sie es verdienen, damit sie begreifen, wer hier den Ton angibt, dann würde jetzt der Wind aus einem anderen Loch pfeifen. Aber wozu jammern, wenn der Bart ab ist? Jetzt hocken wir bereits in der Tinte. Adiós, Doña Pastora, leben Sie wohl! Sie können sich in Zukunft die Mühe sparen, den Gutsbesitzern Ihre Ware feilzubieten. Wir können nichts mehr kaufen. Niemand hat Lust, uns Kredit zu geben. Und selbst wenn

man dazu bereit wäre – das kommt nicht in Frage. Ich möchte es nicht noch einmal erleben, daß einem das Herz im Halse pocht, weil man jeden Augenblick damit rechnen muß, daß die Schuldeneintreiber an die Tür klopfen. Ich weiß schon, welchen Weg die Korallenketten, die Filigran-Rosenkränze, die aus Gold geschmiedeten Ringe gehen werden. Bei den Frauen der Schnapsfabrikanten werden sie landen, bei diesen hergelaufenen Weibspersonen, die ich nicht mal als Kindsmägde anstellen würde. Jetzt tragen sie die Nase hoch, weil sie Geld haben. Wer war denn dieser Golo Córdova? Irgendein armer Schlucker aus der Gosse, der anfing große Bögen zu spucken, nachdem er seine Schwarzbrennerei aufgezogen hatte. Die Steuerinspektoren kamen ihm auf die Schliche, aber er hat sie kräftig geschmiert, und jetzt stinkt ihm der Reichtum aus allen Knopflöchern. César hat ihm die Zuckerrohrernte verkauft. Ich habe ihm davon abgeraten, ich sagte ihm, er solle die Vorauszahlung nicht annehmen. Aber er sagte, er müsse andere Schulden begleichen. Er hörte einfach nicht auf mich. Jetzt steht er in der Kreide, daß ihm Hören und Sehen vergeht. Und er hat nichts, was er als Ersatz bieten könnte. Das Mastvieh blieb als erstes im Stacheldraht hängen, um dort geschmort zu werden. Dem Golo traue ich es zu, daß er den Hof einsacken will. Nicht wegen des Geschäfts – denn was für ein Geschäft ist es schon, einen Hexenkessel voll aufsässiger Indios zu haben? Nein, um damit zu protzen, daß er nun in die Fußstapfen der Arguëllos tritt und ihre Stellung übernimmt. Aber ich kenne César schon. Der ist starrköpfig. Der geht mit dem Schädel durch die Wand. Und ich – bin ich verpflichtet, weiter mit ihm zu leben? Jedenfalls will ich nicht nach Comitán gehen, um dort in Not und Armut zu leben. Ich will nicht, daß man mich da über die Schulter ansieht, wo ich einmal auf der höchsten Stufe stand. Nicht, daß ich mich vor der Arbeit drücken will. Ich habe das Zupacken gelernt. Früher habe ich Palmblätter zusammengeflochten und Hüte daraus genäht. Ich könnte mir gut meinen Lebensunterhalt verdienen, an jedem beliebigen Ort, wo man mich nicht kennt: ich könnte allein für die Familie sorgen, für mich und meine Kinder. Aber nicht in Comitán.‹

»Vielleicht ist es keine vorsätzliche Brandstiftung gewesen«, sagte Ernesto.

»Was meinst du? Daß es ein Unglücksfall war?«

César blieb stehen. Seine Worte überschlugen sich, so heftig stieß er sie hervor.

»Ein Unglücksfall! Das Feuer brach in der Mühle aus. Der Tresterhaufen brannte zuerst. Die Indios waren dicht daneben. Ich habe es noch genau vor Augen. Sie saßen da und rührten ihren Posol an.«

»Felipe war nicht dabei. Er ist hiergeblieben. Er trug Wasser zum Herrschaftshaus. Ich habe es selbst überwacht.«

»Felipe hatte es nicht nötig, es eigenhändig zu tun. Es genügte, wenn er es befahl. Die anderen gehorchen ihm, wie sie mir noch nie gehorcht haben.«

César traute ihnen das zu, was sie getan hatten. Vor allem die Art und Weise, wie sie es getan hatten. Hinterrücks. Sie waren zu feig, sich offen zum Kampf zu stellen. Deswegen kamen sie mit dem ›Imbiß‹ zum Großen Haus und hockten sich auf die Galerie, um ihm zuzuhören. Und dann würden sie ihm das Messer in den Rücken bohren oder ihm an irgendeiner Wegbiegung auflauern, um ihn wie ein Stück Wild zu erlegen. Denn sie waren feig. Und das wußte César, von jeher hatte er es gewußt. Aber noch nie hatte er sich so dem ganzen Haß und der ganzen Feigheit der Indios gegenübergesehen. Als massives Hindernis standen sie vor ihm und versperrten ihm den Weg. Das Blut kochte ihm vor Ungeduld und Wut. Am liebsten wäre er seinem Feind mit einem Satz an die Gurgel gefahren. Aber der Feind entwischte ihm, spielte mit seinem Zorn, indem er verschwand, eine andere Gestalt annahm, und brachte ihn noch mehr in Verwirrung, indem er sich wandelbar zeigte wie der Rauch. Da mußte César seinen eigenen Grimm mit sinnloser Geschäftigkeit beschwichtigen. Nicht genug, daß er den ganzen Tag hin und her gerannt war, Befehle gegeben und gegen das Feuer angekämpft hatte.

Er war heiser vom vielen Schreien, und die Muskeln taten ihm weh von der Anstrengung. Aber auch die Erschöpfung brachte ihn nicht dazu, ruhig auf einem Fleck zu verweilen. Er nahm sich vor zu schlafen und schloß die Augen. Und eine Minute später riß er sie wieder auf und schaute mit gehetzten Blicken um sich, voll gespannter Erwartung, bereit sich zu verteidigen. Er konnte nicht einmal ruhig sitzenbleiben. Es juckte ihn an den Fußsohlen und in der schwitzenden Handfläche. Er ging hin und her, von links nach rechts, von einem Ende des Zimmers zum anderen, zählte die Backsteinfliesen und achtete darauf, daß er auf keine Fuge trat, wobei ihn sein grotesk verzerrter Schatten begleitete. Und jedesmal, wenn er zu seiner Frau hinübersah, las er in ihren Augen ein stummes Flehen: Bitte, gib doch Ruhe, nimm doch Rücksicht auf Marios Schlaf. Rücksicht! Wenn er nicht schon seit Stunden dauernd Rücksicht übte, so hätte er dieses schwächliche Kind längst bei den Schultern gepackt, es wachgerüttelt, damit ihm klar würde, was geschehen war. Das ist dein Erbe, würde er ihm sagen. Lerne, es zu verteidigen, denn ich lebe nicht ewig für dich.
César wollte aus seinem Sohn einen Mann machen und nicht so einen Waschlappen wie Ernesto. Als er, César, so alt war wie Mario, konnte er sich schon in einen Pferdesattel schwingen, mit den Rinderhirten ausreiten und Kälbchen mit dem Lasso einfangen. Er hätte es gern gesehen, daß sein Sohn ihm nacheiferte. Aber Zoraida fing jedesmal ein Gezeter an, wenn man darauf zu sprechen kam. Sie behandelte ihr Söhnchen so zimperlich, als wäre es aus Marzipan. Natürlich, weil Zoraida keine ›Ranchera‹ war, wollte sie auch nicht, daß aus Mario ein ›Ranchero‹ würde. Wahrscheinlich hatte sie sogar Rosinen im Kopf und bildete sich ein, sie würden ihn zum Studieren in die Hauptstadt schicken. Ja, warum auch nicht? Damit ein solches Juwel aus ihm würde wie der prächtige Sohn von Jaime Rovelo, der uns jetzt die Neuigkeit auftischt, wir Patrones seien ein Hindernis für den Fortschritt, und man müsse uns unsere Gutshöfe wegnehmen. Es fehlt nur noch,

daß wir Ja und Amen dazu sagen. Sie glauben, sie brauchten nur zu kläffen, und schon ziehen wir den Schwanz ein. Sie wissen nicht, daß wir es satt haben, Totenwache zu halten. Wir haben schon heiklere Situationen gut überstanden. Ich weiß, daß andere in meiner Lage sich nicht lange Skrupel machen würden, sondern den Schurken Felipe im Hof am Ceibabaum aufknüpfen und baumeln ließen, mit heraushängender Zunge. Aber ich will mir nicht die Hände mit Blut beflecken und den Aufrührern damit einen Märtyrer schaffen. Es ist besser, behutsam vorzugehen und sich an das Gesetz zu halten. Wie bisher. Habe ich etwa Frondienst von diesen armseligen Indios verlangt, als ich sie zur Zuckerplantage führte? Ich hatte vor, ihnen das zu bezahlen, was recht und billig ist. Nicht den ›Mindestlohn‹. Wer auf diese Idee gekommen ist, der muß verrückt gewesen sein. Was recht und billig ist. Aber statt gutwillig zu gehorchen, rührten sie sich nicht vom Fleck, wie störrische Maulesel. Sie glauben nämlich, daß ich allein bin, daß ich niemanden habe, der mich unterstützt. Sie dagegen haben ihren Gonzalo Utrilla. Ich habe auch meine Gönner. Da ist zum Beispiel, um ganz in der Nähe zu bleiben, der Stadtpräsident von Ocosingo, der mein Pate ist. Dem brauche ich nur zu rufen, da schickt er mir so viele Leute zu Hilfe, wie ich will. Was für lange Gesichter werden diese armen Teufel machen, wenn sie erst zu zwei und zwei, mit Handschellen aneinandergekettet, in Richtung Gefängnis marschieren. Denn ich für meine Person fühle mich keineswegs dazu aufgelegt, jetzt gelassen pfeifend auf sanftem Hügel der Ruhe zu pflegen, nachdem man mir die Zuckerplantage niedergebrannt hat. Es müssen Ermittlungen angestellt werden, und der Verantwortliche wird bestraft. Man läßt nicht so ohne weiteres Tausende von Pesos den Bach hinuntergehen. Ich werde meinen Gläubigern nicht mit der billigen Ausrede kommen, ich könne meine Verpflichtungen nicht erfüllen, weil auf meinem Rancho ein ›Unglück‹ passiert sei. Ich muß für alles geradestehen. Oder ich muß es runterschlucken, wenn man mir ins Gesicht sagt, ich sei ein unzuverlässiger Kerl. Und das hat noch kein Arguëllo ertragen, nicht einmal Ernesto. Vorerst gibt es nur die eine Lösung, nach Ocosingo zu gehen. Aber zum Teufel, ich kann den Hof nicht im Stich lassen, solange diese Wilden in der Stimmung sind wie jetzt. Denn wenn sie es in meiner Gegenwart wagten, das zu tun, was sie getan haben – zu was werden sie dann erst fähig sein, wenn sie sehen, daß kein Mann mehr da ist, der für Ordnung sorgt? Auch um die Familie habe ich Angst. Es ist schon vorgekommen, daß Frauen vergewaltigt wurden. Und es ist völlig ausgeschlossen, mit allen meinen Leuten aufzubrechen. Das ist eine Männerangelegenheit. Es geht darum, hinzugehen und gleich wieder zurückzukommen. Mit dem ganzen Troß wäre ich in drei Tagen noch nicht in Ocosingo.

»Ernesto, könntest du nach Ocosingo gehen und dem Stadtpräsidenten einen Brief übergeben?«

Die Frage kam für ihn völlig unerwartet. Aber ehe er genau erfaßt hatte, wozu er sich damit verpflichtete, gab er seine Zustimmung. Es reute ihn nicht. Wenn sein Onkel nicht einmal früher auch nur den leisesten Einwand geduldet hatte, so würde er es jetzt noch weniger tun, jetzt, wo er ihn – wie Ernesto glaubte – für den Urheber aller Streitigkeiten mit den Indios hielt. Wenn er sich nicht so betrunken und im Rausch seine Schüler geschlagen hätte, dann hätten sich die Indios nicht aus Protest geweigert, bei der Zuckerernte mitzuarbeiten. Freilich hatte Ernesto seither nicht einmal mehr an der Schnapsflasche gerochen. Aber was half das, nachdem das Unheil schon geschehen war? Deshalb lief er jetzt mit eingeklemmtem Schwanz herum, und es blieb ihm nichts anderes übrig, als den Befehlen zu gehorchen, die man ihm gab. Man verlangte damit jedenfalls nichts, was außer der Welt gewesen wäre. Denn eine Reise nach Ocosingo bot keine Schwierigkeiten. Und plötzlich überkam Ernesto die Vorstellung, wie er auf einer endlosen Ebene dahingaloppierte, unbeschwert, ohne das Gewicht seines Körpers zu fühlen, ohne daß sich sein Magen ständig schmerzhaft zusammenzog, ohne

den penetranten Gestank von Mist und Kreosot in der Nase – mit einer Freiheit, wie man sie nur in Träumen genießt.
Aber als er César vor sich sitzen sah, wie er schrieb – mit einer Feder, die unangenehm kratzte auf dem Papier –, fühlte er sich erneut der beängstigenden Wirklichkeit seiner Situation verhaftet, und ein kalter Schweiß ließ ihm das Hemd am Leibe kleben.
Nachdem er die Adresse auf den Umschlag geschrieben hatte, stand César auf, um das Schreiben Ernesto zu übergeben.
»Es geht an den Stadtpräsidenten. Damit er im Bild ist über die Lage, in der ich mich befinde. Wenn er Näheres wissen will über das, was sich heute abgespielt hat, dann wirst du es ihm erzählen. Zumindest über die Ursachen weißt du ja genau Bescheid.«
Ernesto spürte, wie ihm die Ohren glühten. Er wandte sein Gesicht ab, um seine Beschämung zu verbergen. Dabei traf sein Blick die gesenkte Stirn Matildes. Er glaubte, einen flüchtigen Ausdruck von Spott an ihr bemerkt zu haben. Wie konnte sie das Herz haben, sich über ihn lustig zu machen? Da saß sie, die Erzheuchlerin, und führte mit ihrer Unschuldslarve die anderen hinters Licht. Was würde geschehen, wenn er es plötzlich hinausschreien würde, daß er sich nicht aus Süchtigkeit betrunken hatte, sondern weil Matilde eine Hure war, die das Kind gemordet hatte, das sie miteinander gezeugt hatten? Einen Augenblick glaubte Ernesto, daß er dem Drang nicht widerstehen könne, alles zu bekennen. Doch die Worte blieben ihm in der Kehle stecken. Er war nicht mehr so blöde wie früher, daß er ihnen vertraut hätte. Er kannte sie nun. Angenommen, daß César und Zoraida nicht wüßten, was für eine Giftspinne diese edle Matilde war, so wäre doch die Tatsache, daß sie den gleichen Namen trug, für sie Grund genug, sie zu decken und alles zu ihren Gunsten zu bemänteln. Und er? Er war ja nur ein Bastard. Er konnte ruhig vor die Hunde gehen.
»Ich möchte, daß du den ganzen Vorfall mit allen Einzelheiten erzählst. Und sage ihm, daß ich mich nicht zufrieden-

geben werde, ehe mir Gerechtigkeit zuteil wird. Dem Schuldigen wird es teuer zu stehen kommen. Wenn sie ihn nicht bestrafen, dann werde ich es tun.«
Jetzt, wo die Reise beschlossene Sache war, hob Matilde den Kopf. Sie rieb sich die von der anstrengenden Näharbeit ermüdeten Augen aus und blickte um sich. Zoraida schlief, die Wange an die Lehne des geflochtenen Schaukelstuhls geschmiegt, so seelenruhig, als wäre nichts passiert. Matilde beneidete sie. Denn sie selbst hatte seit dem Besuch von Doña Amantina in Chactajal nicht ein einziges Mal mehr erfahren, was schlafen heißt. Kaum schloß sie die Augen, da tauchte vor ihr das Gesicht jener feisten Alten auf, mit jenem schändlichen Ausdruck schadenfroh-boshaften Komplizentums; sie hörte, wie sie von ihr angerufen wurde, in zudringlichem Ton, und wachte auf, zitternd vor Scham. Das waren ihre Nächte. Und ihre Tage waren nicht heiterer. Sie wußte, daß sie nicht das Recht hatte, vor Ernesto die Stirn zu heben. Sie ging ihm aus dem Weg, wann immer es ihr möglich war. Aber manchmal – das Haus war nicht groß genug, die ganze Welt wäre nicht groß genug – begegneten sie sich, und sie mußte zwanglos mit ihm reden, mußte Gleichgültigkeit vortäuschen, damit die anderen keinen Verdacht schöpften. Wie sollten sie Verdacht schöpfen? Sie hatten ein felsenfestes Vertrauen zu ihr. Und sie betrog sie, seit Monaten, Stunde für Stunde. Und sie zahlte ihnen die Gastfreundschaft mit Hohn und Spott zurück, indem sie Schande über das Haus brachte, in dem sie Zuflucht gefunden hatte. Sie arbeitete für sie von früh bis spät. Aber selbst wenn sie es auf den Knien täte, würde das nicht den Vertrauensbruch wiedergutmachen, den sie begangen hatte. Als wollte sie die anderen dazu drängen, Verdacht zu schöpfen, als wollte sie ihnen nahelegen, auf der Hut zu sein, hatte sie damit begonnen, gewagte Sätze fallen zu lassen, die sich nicht für die Lippen einer Señorita schickten, die auf Lebensvorgänge anspielten, welche einer Jungfrau zwangsläufig unbekannt sein müßten. Zoraida maß sie daraufhin mit einem mißtrauischem Blick, der sie erröten ließ.

Schlagartig, wie das Blut ihr ins Gesicht schoß, blitzte in ihr die entsetzliche Vorstellung auf, man habe sie durchschaut. Wo sollte sie hingehen, wohin? Und diese gähnende Leere, die sich vor Matilde auftrat, ließ sie ständig am Rande eines Nervenzusammenbruchs entlangtaumeln. Ein Schatten an der Wand, das durchdringende Sirren eines Insekts, das plötzliche Wiehern eines Pferdes ließen sie aufschreien, schluchzen und trostlos wimmernd zusammensinken. »Du solltest heiraten,« riet ihr César und klopfte ihr dabei halb zärtlich, halb spöttisch auf die Schulter, »dann siehst du keine Gespenster mehr.« Und Matilde entschuldigte sich dafür, daß sie die anderen aufgeschreckt hatte, zwang sich zu einem Lächeln und schien sich zu beruhigen. Aber plötzlich schrie sie wieder auf: »Oh!«

Zoraida fuhr erschrocken aus dem Schlaf hoch.

»Was ist los?«

Matilde war in die Mitte des Zimmers gerannt, und zitternd, mit den Zähnen klappernd, stotterte sie:

»Dort, am Fenster – ein Mann!«

Zoraida und César schauten sich beunruhigt an. Und diesmal wagten sie es nicht zu behaupten, Matilde habe Gespenster gesehen.

XVIII

Ernesto hatte den Umschlag zusammengefaltet, so daß er in seine Hemdtasche paßte. Bei jedem seiner Atemzüge, bei jedem Schritt des Pferdes fühlte er, wie der Brief sich mit kaum hörbarem Rascheln bewegte. Hier auf diesem Stück Papier hatte César seinen ganzen Grimm entladen, indem er die Indios anklagte und den Stadtpräsidenten von Ocosingo dringend um rasche Unterstützung bat, wobei er ihm mit berechnender Brutalität all die Wohltaten vorhielt, die dieser ihm verdankte, und ihn darauf hinwies, daß nun die geeignete Stunde zu einer entsprechenden Gegenleistung gekommen sei.

Als Ernesto diesen Brief zum ersten Mal las (man hatte ihm den Umschlag unverschlossen übergeben, aber er selbst war mit der Zunge über die Gummierung gefahren und hatte ihn vor den Augen der ganzen Familie zugeklebt; erst später in seiner Schlafkammer hatte es ihn getrieben, den Umschlag aufzureißen und ihn durch einen anderen zu ersetzen, den er selbst beschriftete; nicht weil er neugierig darauf gewesen war, den Inhalt zu erfahren, sondern weil er hatte wissen wollen, wie César nun wirklich zumute war), da staunte er über die Energie jenes Mannes, der sich durch die Umstände nicht unterkriegen ließ; über seinen angeborenen Herrschergeist und seine Art, anderen Menschen gegenüberzutreten, als wären sie von Natur aus seine Untertanen und Befehlsempfänger. Und er ergab sich von neuem und mit ganzem Herzen der Faszination, die für sein Empfinden von diesem Wesen und Verhalten ausging. Er fühlte, daß, César zu gehorchen, für ihn die einzige Möglichkeit war, ihm ähnlich zu werden. Und während der Stunden, die er wach und erregt in seinem Bett gelegen war, bis ein Klopfen mit dem Fingerknöchel an seiner Zimmertür ihm anzeigte, daß es Zeit zum Aufbruch war, hatte er einzig den Vorsatz in sich gehegt, den heftigen Ton dieses Schreibens durch sein mündliches Zeugnis noch zu verstärken. Und glühend vor Empörung, hatte er sich an die Brust gefaßt und sich ausgedacht, wie er vor den Stadtpräsidenten hintreten würde, flammend wie eine Fackel, mit der man Licht in die dunkle Höhle der Ungerechtigkeit wirft.

Aber jetzt, wo ihn die Hüften von der ständigen Anpassung an das Schaukeln der Pferdekruppe zu schmerzen begannen, merkte Ernesto, daß seine Begeisterung nachließ. Und als ihm das Atmen schwer wurde – weil das Pferd sich den Steilhang von Chajlib hinaufmühte –, da löste sich sein Eifer in einer dumpfen Erbitterung auf. Seit wieviel Stunden war er nun schon unterwegs? Er hatte keine Uhr, aber er konnte die Zeit schätzen, die verstrichen war, seitdem er – noch vor Morgengrauen – Chactajal verlassen hatte, bis zu diesem Augen-

blick, wo die noch kühle, unsichere Sonne ihm flinke Nadelstiche in den Rücken versetzte.
›Und all das, wozu?‹ fragte er sich. ›Der Stadtpräsident wird sich einen Dreck darum kümmern; er wird nicht einmal jemanden zur Untersuchung des Brandfalles schicken. Es gibt ja schließlich noch wichtigere Dinge auf der Welt. Und in Wirklichkeit legt César selbst am meisten Wert darauf, daß man seinem Antrag keine Beachtung schenkt. Er kann auch keine Forderungen stellen. Und wenn ich den Brief gar nicht abgeben würde?‹ Ernesto malte sich aus, wie er vor der Eingangshalle des Präsidentenhauses absteigen und sein Pferd an einer der dicken, weißgetünchten Säulen anbinden würde. Der Stadtpräsident würde drinnen auf der schattigen Galerie sitzen, die rings um den Patio führt, und sich mit einem Palmfächer die mittägliche Schwüle vom Gesicht wedeln. Denn Ernesto hatte gehört, das Klima in Ocosingo sei heiß und ungesund. Ernesto würde mit ausgestreckter Hand auf den Stadtpräsidenten zugehen, lächelnd und selbstbewußt, wie er es in Comitán bei den Reisevertretern gesehen hatte, wenn sie den Ladenbesitzern entgegenschritten.
Der Stadtpräsident würde lächeln, augenblicklich eingenommen von Ernestos sympathischem, ungezwungenem Wesen. Und er würde von selbst auf den ersten Blick erkennen, daß da ein Arguëllo zu ihm kam. Die Gesichtszüge bekundeten das. Und dann die Autorität, die seine Person mit solcher Natürlichkeit ausstrahlte. Ohne die Rauheit und das ungehobelte Betragen der anderen Arguëllos. Mit einer Liebenswürdigkeit, die so unwiderstehlich war, daß die Leute gar nicht umhin konnten zu fragen, mit was sie ihm zu Diensten stehen könnten. Ernesto lächelte zufrieden angesichts dieses Selbstbildnisses.
›Ein Schoppen Bier gefällig, Señor Arguëllo?‹
›Ja, ein recht kühles Bier‹; denn er hatte Durst, und die Hitze war drückend. Ernesto hob die Flasche, sagte Prost, und seine Geste wurde von den trüben Spiegeln in der Schankstube zurückgeworfen. Die Ellbogen auf den Tisch gestemmt, saßen

der Stadtpräsident und Ernesto dicht beieinander, wie Brüder beinahe, und brachten das Gespräch in Fahrt. Ernesto wußte, daß der Stadtpräsident ihn aufs neue bedrängen würde: ›Sagen Sie, mit was kann ich Ihnen behilflich sein?‹

Und Ernesto, der den Rauch seiner Zigarette kräuselnd aufsteigen und in der Luft sich auflösen ließ (das Rauchen schmeckte ihm eigentlich nicht, aber er hatte gehört, daß der Rauch dazu gut sei, die Mücken zu verscheuchen; und weil Ocosingo in der heißen Zone liegt, gab es dort sicher massenhaft Mücken), Ernesto würde ihm dann erzählen, was vorgefallen war. Er, Ernesto, habe in Chactajal einige Ingenieursarbeiten übernommen. Nur aus familiärem Entgegenkommen, denn in Comitán habe er Aufträge in Hülle und Fülle. César habe ihn kommen lassen, damit er den ›Kleinbesitz‹ vermesse und abstecke, weil er sich entschlossen habe, das Gesetz zu erfüllen und den Indios die ihnen zustehenden Gemeinschaftsfelder abzutreten. Aber einer von ihnen, ein gewisser Felipe, der sich als ihr Anführer aufspiele, habe sie gegen den Patrón aufgehetzt. Dabei habe er ausgerechnet Ernesto als Vorwand benutzt. Er habe gesagt, daß Ernesto, als der legitime Neffe Césars, bei der Aufteilung des Landes nicht gerecht vorgehen würde. Wo es doch, hier wie in allem, nicht auf die Familieninteressen, sondern auf das Berufsethos ankomme. Aber wie sollte man das einem hartschädeligen Indio eintrichtern? Kurz und gut, die Mißverständnisse hätten sich gehäuft, bis schließlich der erwähnte Felipe die Zuckerplantage in Brand gesetzt und dann mit den von ihm aufgewiegelten Indios das Große Haus umzingelt habe, damit keine Klage nach Ocosingo gelangen könne. Aber ihm, Ernesto, sei es gelungen zu entwischen, dank seiner Schläue und der Hilfe des Mahlmädchens, eines Indioweibes, das in Treue zu ihm gehalten habe.

An dieser Stelle würde er den lüsternen Blick, mit dem der Stadtpräsident diese vertrauliche Mitteilung aufnehmen würde, mit einem strengen Stirnrunzeln erwidern. Und er würde erklären, daß jenes arme Weib sich ihm angeboten habe. Er habe jedoch ihre Lage nicht ausnützen wollen. Außerdem seien die Indioweiber – und hier wäre ein schelmisches Zwinkern wohl am Platz – nicht gerade die von ihm besonders begehrten Leckerbissen. Arme Frauen! Wie die Tiere würden sie behandelt. Wenn darum jemand ihnen mit einer gewissen Rücksichtnahme begegne, so unbedeutend sie auch sein möge (denn er habe nichts anderes getan als sich so verhalten, wie es ein Caballero gegenüber jeder Frau tue, ganz gleich welchem Stand sie angehöre), so zeigten sie sich dafür mit ewiger Dankbarkeit erkenntlich. Dank dieser Indiofrau befinde er sich also hier, um den Herrn Stadtpräsidenten zu bitten, mit ihm nach Chactajal zu gehen und, wenn möglich, ein Pikett Soldaten vorauszuschicken. Nein, nicht um mit Feuer und Schwert über die Schuldigen herzufallen. Die Indios seien nicht böse. Den Herrn Stadtpräsidenten werde es vielleicht verwundern, so etwas aus dem Munde eines Mannes zu vernehmen, der zur Kaste der Patrones gehöre. Aber Ernesto sei ein Verfechter moderner Ideen, nicht ein Ranchero wie die anderen. Er habe sich durch ein Studium in Europa die Kenntnisse für den Ingenieurberuf erworben. Und nachdem er nun nach Mexiko zurückgekehrt sei, könne er nicht umhin, der fortschrittlichen Politik von Cárdenas seinen Beifall zu spenden. In dieser Hinsicht könne der Herr Stadtpräsident beruhigt sein. Wenn man den bedrängten Gutsbesitzern von Chactajal in dieser Lage zu Hilfe eile, so könne dies nicht als eine Treulosigkeit gegen jene Politik ausgelegt werden. Man rufe ihn damit nur als Vermittler an.

Nachdem so das letzte Bedenken des Stadtpräsidenten zerstreut war, würde er nicht mehr zögern, Ernesto zu begleiten. Mit welch freudigen Gefühlen würde man ihre Ankunft in Chactajal begrüßen! Er, Ernesto, hatte ihnen das Leben gerettet. Und Matilde würde ihn wieder mit denselben verlangenden Augen ansehen, mit denen sie ihn bei der Ankunft in Palo María betrachtet hatte, ehe sie durch Césars Worte erfuhr, daß er ein Bastard sei. Aber jetzt, durch diese edelmütige Tat, würde er alle davon überzeugen, daß er, obgleich er

ein Bastard war, moralisch so hoch oder noch höher stand als sie. César würde sich über den Scharfsinn wundern, mit dem er erkannt hatte, daß der Ton dieses Briefes nur das Gegenteil bewirkt hätte. Und in Zukunft würde er keinen Schritt mehr unternehmen wollen, ohne zuvor den Rat seines Neffen gehört zu haben. Außerdem würde er sich ihm mit Geld erkenntlich zeigen wollen. Aber Ernesto würde es zurückweisen. Nicht geringschätzig, sondern mit ruhiger Würde. Gerührt von so viel Selbstlosigkeit, würde César den besten Augenspezialisten aus der Hauptstadt kommen lassen, damit dieser seine Mutter untersuche. Denn als sie erblindet war, hatte Doktor Mazariegos versichert, daß die Sache nicht völlig hoffnungslos sei, da der Graue Star, wenn er vollends ausgereift sei, operiert werden könne. Und wenn seine Mutter wieder gesund wäre – was könnte Ernesto dann noch hindern, Comitán zu verlassen, um anderswo sein Glück zu suchen, wo es nicht als Schande galt, ein Bastard zu sein.
Er war ans Ufer eines Baches gelangt. Das Pferd blieb stehen und begann ungeduldig den Kopf zu schütteln, als wollte es, daß er den Zügel lockere, so daß es trinken konnte. Ernesto hatte keine Ahnung, wieviel Zeit er noch brauchte, um nach Ocosingo zu kommen, und da der lange Ritt ihn hungrig gemacht hatte, beschloß er, eine Schale Posol zu sich zu nehmen. Er stieg ab und führte sein Pferd zur Tränke, wo es seinen Durst löschen konnte. Aus der Satteltasche holte er die Kürbisschale und den in ein Bananenblatt gewickelten Maiskloß und ließ sich dann im Schatten eines Baumes nieder. Während der Posol sich mit Wasser vollsog, zog er den Brief aus seiner Hemdtasche, faltete ihn auseinander und las ihn noch einmal durch. Eine jähe Bewegung seiner Hand hätte genügt, ihn zu zerknittern, unleserlich zu machen oder zu zerreißen. Aber das Papier blieb unbeschädigt. Sorgsam hielt er es zwischen seinen zitternden Fingern, während eine große Angst ihm das Herz zusammenpreßte und ihn erbleichen ließ. Plötzlich kamen ihm all seine Träumereien töricht und sinnlos vor. Wer, zum Teufel, war er denn, daß er sich anmaßte, sich in Césars

Angelegenheiten einmischen zu wollen? ›Sicher kommt es daher, daß ich nicht geschlafen habe‹, dachte er. Und er faltete den Bogen Papier wieder zusammen, um ihn in den Umschlag zurückzustecken und in seiner Hemdtasche zu verwahren. Er hüllte den Brief sogar in sein Taschentuch ein, damit beim Anrühren des Posols kein Spritzer darankommen konnte. Doch kaum hatte Ernesto mit den Fingern in den Teig gegriffen, da krachte ein Schuß. Das Geschoß war ganz in der Nähe abgefeuert worden und traf Ernesto zwischen den Brauen. Er fiel sofort nach hinten. Ein Tropfen Blut bezeichnete das Einschußloch.

Das Pferd wieherte erschrocken auf und wäre davongestoben, wenn nicht ein Mann, ein Indio, der aus dem Geäst des Baumes herabgeglitten war, herzugerannt wäre und es am Zügel festgehalten hätte. Er tätschelte ihm den Hals und flüsterte ihm beruhigend zu. Und nachdem er es an den Stamm des Baumes gebunden hatte, ging er zu Ernestos Leichnam und zog ohne Zögern – da er ja Zeuge war, wie dieser ihn eingeschoben hatte – den Brief aus der Hemdtasche, zerriß ihn und warf die Fetzen in das reißende Wasser. Dann packte er die im Tod erschlafften Arme, zog daran und schleifte so die Leiche – die eine Spur hinterließ, wie Kaimane sie in den Sand zeichnen – bis zu dem Platz, wo das Pferd graste. Er legte sie quer über den Sattel und band sie fest mit einem Strick, um zu verhindern, daß sie aus dem Gleichgewicht kam und herabfiel, sobald das Pferd sich in Bewegung setzte. Schließlich band er das Pferd los, wandte es um, so daß sein Kopf in die Richtung nach Chactajal schaute, und indem er einen gellen Schrei ausstieß und seinen Strohhut schwenkte, hieb er ihm mit der Peitsche über die Kruppe. Das Tier preschte im Galopp davon.

Als das Pferd schweißüberströmt, mit am Halse klebender Mähne, an den ersten Indiohütten von Chactajal vorbeikam, brachen die Hunde in ein wütendes Gebell aus, und die Kinder rannten schreiend hinterher. Die Erwachsenen sahen einander mit schuldbewußten Augen an und machten hinter sich die Hüttentür wieder zu.

Das Pferd stürmte durch das Hoftor, das jetzt von keinem Stalljungen mehr bewacht war und sperrangelweit offenstand. Es stob am Herrschaftshaus, an der Küche und an den Scheunen vorbei; denn erst an dem ihm vertrauten Platz konnte es Ruhe finden. César mußte zum Stall hinüberlaufen, um Ernestos Leichnam abzunehmen. Mit Zoraidas Hilfe – kein Indio wollte sich dazu hergeben – trug er den Körper seines Neffen in die Kapelle, um ihn dort aufzubahren. Matilde rannte ihnen nach, mit bloßem Haupt, und warf sich weinend an die vom Tode unversehrte Brust. Und sie küßte die kalten Wangen und Ernestos noch immer weiches, schmiegsames Haar.
Zoraida beugte sich über Matilde und zischelte ihr ins Ohr:
»Steh auf, sonst gibt es ein Gerede bei den Leuten, wenn du es so übertreibst.«
Aber Matilde, die noch immer bei Ernestos Leichnam kniete, schrie mit heiserer Stimme:
»Ich habe ihn umgebracht!«
»Du bist verrückt, Matilde, sei still!«
»Ich habe ihn umgebracht. Ich war seine Geliebte. Ich wollte sein Kind nicht zur Welt kommen lassen.«
Zoraida bestürmte César:
»Warum läßt du es zu, daß sie solche Lügen ausschreit? Es ist nicht wahr, was sie sagt. Sie ist nicht bei Sinnen.«
Aber Matildes hatte sich schon eine irre Raserei bemächtigt, die sich gegen sie selbst wandte und sie zwang, sich selbst zu zerstören, sich selbst die Maske vom Gesicht zu reißen. Und ihr tränenüberströmtes Gesicht Zoraida zuwendend, sagte sie:
»Frage doch Doña Amantina, wie sie mich kuriert hat. Ich habe dieses Haus und den Namen Arguëllo mit Schande bedeckt.«
Sie waren allein, die drei, die da um Ernestos Leiche versammelt waren. César sah seine Base mit einem starren, eisigen Blick an, aber so, als ob seine Aufmerksamkeit auf etwas anderes gerichtet wäre. Die drohende Stille war zum Zerreißen

gespannt. Matilde keuchte. Endlich wagte sie es, das Schweigen zu brechen, mit einer seltsam kindlichen Stimme:
»Wirst du mich nicht töten?«
César blinzelte und kam zu sich. Er schüttelte den Kopf. Und ihr den Rücken zukehrend, sagte er:
»Geh!«
Matilde küßte zum letzten Mal Ernestos Wange und stand auf. Sie lief davon. Im Sonnenglast über die ausgedörrte Ebene. Weiter, immer weiter. Im feuchten Schatten der Bäume im Bergwald. Weiter, immer weiter. Niemand folgte ihrer Spur. Niemand erfuhr je, wohin sie sich verirrte.
Noch in der gleichen Nacht machten sich die Arguëllos auf den Heimweg nach Comitán.

DRITTER TEIL

Und bald, sehr bald werden wir anheben, ihnen ihr Geschick zu weissagen. Ein Tier mit dem Namen ›Wächter der Schlucht‹ wehklagte an der Pforte zum Ort des Überflusses, als wir auszogen vom Ort des Überflusses. Ihr werdet sterben! Ihr werdet zugrunde gehen! Ich bin euer Wahrsager.

ANNALEN DER XAHIL

I

Schon nach ein paar Stunden kommen wir in Palo María an. Denn heute sind die Wege trocken, und wir reisen alle zu Pferd. Mein Vater gab seinem Roß die Sporen, bis die Flanken des Tieres bluteten. In der Hofeinfahrt der Finca schnüffeln die Schweine herum. Dort, wo die Kienspanfackel in so vielen Nächten brannte, liegt ein großer Haufen Asche. Aus welcher Ferne kommt das hohe Krähen der Hähne, der Lärm der Arbeit in den Hütten und auf den Feldern! Alle Türen, alle Fenster des Großen Hauses sind geschlossen. Vor der Galerie steigen wir ab. Und da stehen wir, klopfen und rufen, aber niemand macht uns auf. Nach einer Weile kommt endlich ein Indio und fragt, was wir wollen.

»Ich möchte meine Base Francisca sprechen«, sagt mein Vater.

Der Indio fordert uns nicht auf, Platz zu nehmen. Er läßt uns stehen und geht ins Haus. Nach einer Weile kommt meine Tante heraus, in einem schwarzen Kleid, den Blick auf den Boden gerichtet. Sie bleibt vor uns stehen. Eine Minute lang sagt keiner ein Wort. Mein Vater weiß nicht, wie er erklären soll, was passiert ist. Stotternd fängt er an zu sprechen:

»Deine Schwester Matilde...«
Aber Tante Francisca läßt ihn nicht weiterreden.
»Ich weiß schon. Der Dzulúm hat sie geholt.«
Mein Vater sieht sie tadelnd an.
»Wie kannst du solchem Gefasel Glauben schenken!«
»Es ist nicht das erste Mal, daß der Dzulúm einen aus unserer Familie gepackt hat. Denke an Angélica. Uns ruft der Bergwald. Manche haben die Gabe, es zu hören.«
Meine Mutter, die bis jetzt geschwiegen hat, kann ihre Empörung nicht mehr zurückhalten. Schroff erklärt sie:
»Es wäre nicht gut, vor den Kindern die Wahrheit zu sagen. Aber Matilde hat sie über Ernestos Leiche ausgeschrien. Und sie ist schlimmer, als du dir vorstellen kannst.«
»Ich stelle mir gar nichts vor, Zoraida. Ich bin ein armes Weib.«
Wenn wir jetzt Lebewohl sagten, würde Tante Francisca uns nicht zurückhalten. Aber mein Vater will nicht, daß es damit endet.
»Als Matilde nach Chactajal kam und uns erzählte, was sich hier abspielte, da glaubten wir es nicht. Es erschien uns unmöglich, daß du, die du doch immer klar bei Verstand warst, dich zu einer so albernen Posse hergeben solltest, wie du sie jetzt aufführst.«
Heftig und streitsüchtig wie immer, antwortet Tante Francisca:
»Aber ich bleibe, und ihr, ihr geht, ihr lauft davon. Es lohnt sich ja auch nicht, Chactajal zu verteidigen. Du mußt es ja wissen, César, wenn du es so einfach aufgibst. Wir sind von verschiedener Art. Ich beharre auf dem Meinen. Auch nicht im Tode lasse ich das fahren, was mir gehört. Dann können alle kommen und mir die Fäuste aufbrechen. Denn ich werde sie nicht aufmachen, ich werde noch den Klumpen Erde umkrallen, der mir am Ende bleibt.«
»Wie du meinst. Wir kennen einander nicht mehr. Einem Fremden braucht man nicht gastfreundlich zu begegnen.«
Tante Francisca wird rot. Sie geht Mario und mir einen

Schritt entgegen. Aber sie bleibt stehen und streichelt uns nicht.
»Ich möchte nicht, daß du schlechter von mir denkst, als ich bin, César. Wir sind zusammen aufgewachsen wie Geschwister, und ich habe dir für viele Freundlichkeiten zu danken. Aber die Indios würden mir nicht mehr trauen, wenn sie sähen, daß ich euch die Tür meines Hauses öffne. Seit Monaten ist niemand mehr über die Schwelle gekommen.«
Mein Vater lächelt höhnisch:
»Und wo braust du deine Zaubertränke? Wo berätst du diejenigen, die dich um Hilfe angehen? Wo beschwörst du Unheil aufs Haupt deiner Feinde? Hier, unter freiem Himmel? Das schiene mir doch unpassend. Die Zauberei braucht mystisches Dunkel.«
Tante Francisca zittert vor Zorn.
»Du machst dich über mich lustig und hast keine Ahnung, daß ich mehr vermag, als du glaubst. Ernesto ...«
»Ernesto ist ermordet worden. Erschossen haben sie ihn. Und die Kugeln waren ganz gewöhnliche, normale Kugeln. Aus Blei, nicht aus Hexenflüchen und bösen Wünschen.«
»Hat man die Mörder schon entdeckt?«
»Niemand hat nach ihnen gesucht.«
»Es ist auch besser, sie lassen es bleiben. Es wäre nutzlos. Ich weiß, wer Ernesto getötet hat. Und ich weiß auch, daß, solange ich die Pistole in Verwahrung habe, mit der das Verbrechen begangen wurde, niemand etwas gegen ihren Besitzer unternehmen kann.«
Mein Vater schaut sie an, mit einem Vorwurf in den Augen, für den er keine Worte finden kann. Er dreht sich auf dem Absatz um und befiehlt:
»Kommt, wir gehen!«
Wir steigen wieder auf. Vor uns erhebt sich sanft eine Anhöhe. Ehe wir um die letzte Wegkurve biegen, drehe ich mich noch einmal um und schaue nach dem Haus zurück. Tante Francisca steht noch auf derselben Stelle. Groß, schwarz gekleidet, schweigsam, belauert von hundert düsteren Augen.

II

Mit welcher Sehnsucht habe ich den Augenblick erwartet, wo wir in Comitán ankommen und ich meiner Nana das Geschenk geben kann, das ich ihr mitgebracht habe. Aber noch ehe die Koffer ausgepackt werden, hat Vater befohlen, daß ausgerechnet Nana zu Don Jaime Rovelo gehen soll, weil er ihn dringend sprechen will.

Don Jaime kommt, und nachdem er uns begrüßt hat, fragt er: »Na, wie wars in Chactajal?«

»Eine Katastrophe«, antwortet mein Vater bitter.

»Die Indios haben die Zuckerplantage niedergebrannt und Ernesto umgebracht. Wenig fehlte, und sie hätten uns auch noch umgebracht.«

»Das ist es, was Cárdenas mit seinen Gesetzen gewollt hat. Da hat mans schon: Zuchtlosigkeit und Verbrechen. Die Armut wird nicht lange auf sich warten lassen. Es ist recht bequem, Ideale zu hegen, wenn man sie, wie mein Sohn, hinter geschlossenen Türen am Schreibtisch wiederkäut. Aber sie sollen mal kommen und sich eigenhändig ein wenig mit den Problemen befassen. Da würden sie sich bald davon überzeugen, daß die Indios keine bessere Behandlung verdienen als die Lastesel.«

»Zoraida,« sagt Vater, »sorge dafür, daß man uns irgendeine Erfrischung bringt. Ich habe Durst.«

Sie gehorcht und geht hinaus. Don Jaime zieht einen Tabaksbeutel heraus und dreht sich eine Zigarette. Er fragt:

»Und was gedenkst du jetzt zu tun?«

»Zu kämpfen.«

»Wie?«

»Auf die einzige mögliche Weise. Indem ich mich an das Gesetz halte und es zu meinem Bundesgenossen mache.«

»Noch so eine glänzende Idee wie damals bei der Wahl des Landschullehrers?«

»Laß den Spaß, Jaime. Dazu ist jetzt nicht die richtige Zeit. Jetzt geht es darum, bei der Regierung einen Ingenieur anzufordern, der das Land vermißt und einem jeden das ihm Zustehende zuteilt. Um mich verteidigen zu können, muß ich zuerst einmal wissen, was das Gesetz als mein Eigentum anerkennt.«

»Wer hätte das gedacht, daß es jemals so weit kommen könnte! Einen Schiedsspruch zuzulassen, wo doch wir die Herren sind!«

»Und weißt du, warum wir unsere Besitzungen nicht halten konnten? Weil wir nicht einig sind. Jeder arbeitet nur für seinen eigenen Vorteil. Keiner kümmert sich um die anderen.«

Meine Mutter kommt mit ein paar Limonadegläsern herein. Sie bietet Don Jaime eines an. Mein Vater trinkt gierig. Dann wischt er sich mit dem Taschentuch den Mund ab und sagt:

»Der Kleinbesitz ist unantastbar. Wir müssen fordern, daß uns dieses Recht niemand streitig macht.«

»Fordern? Von wem?«

»Von den zuständigen Behörden. Wenn wir hier gescheitert sind, dann müssen wir eben nach Tuxtla gehen und mit dem Gouverneur reden. Er ist mein Freund, und er wird uns helfen. Wenn einmal die Markungsgrenzen festgelegt sind und wir die Urkunden mit dem Landverteilungsplan haben, können wir wieder mit der Arbeit beginnen.«

»Dein Optimismus ist nicht zu kurieren, César. Wieder mit der Arbeit beginnen? Mit was für Leuten? Die Indios werden sich damit begnügen, ihr Feld zu bestellen und ihren Mais zu essen. Die übrige Zeit werden sie auf dem Boden hocken und sich lausen.«

»So wie früher wird es nicht mehr sein, natürlich. Man hat die Indios schon verdorben, so daß sie nichts mehr umsonst tun. Wenn es nötig ist, werden wir ihnen eben etwas bezahlen.«

»Den Mindestlohn?«

Mein Vater überlegt nicht lange.

»Den Mindestlohn, natürlich!«

»Als ob das Geld irgendeine Bedeutung für sie hätte! Vor

allem jetzt, wo der Haß in ihnen schwärt. Rechne nicht damit, daß dir ein Indio bei der Arbeit hilft.«
»Wenn du recht haben solltest, dann bleiben uns immer noch die Ladinos. Wir könnten sie hier anwerben. Die Löhne wären freilich höher. Und dazu kämen auch noch die Kosten für ihre Beförderung von hier zur Finca.«
»Und wenn man auf der Finca ist, dann heißts Häuser bauen, in denen die Ladinos wohnen können. Essen kochen, damit die Ladinos essen können. Kleider stiften, damit die Ladinos was zum Anziehen haben. Wie lange wirst du diesen Rattenschwanz von Sonderausgaben hinter dir herschleppen können?«
Mein Vater ließ den Kopf hängen und sah nachdenklich auf seine verstaubten Schuhspitzen. Die Unterhaltung war offenbar zu Ende. Schließlich sprach mein Vater leise und langsam:
»All das, was du mir jetzt sagst, habe ich bei Tag und Nacht auf der ganzen Reise wieder und wieder zu mir selbst gesagt. Du hast recht. Es wäre das klügste, die Gutshöfe zum Teufel gehen zu lassen und sich nach einem anderen Lebensunterhalt umzusehen. Aber ich bin nicht mehr in dem Alter, in dem man anfängt und lernt. Ich bin nichts weiter als ein Ranchero. Chactajal gehört mir. Und ich habe keine Lust, es mir von irgend jemand aus der Hand reißen zu lassen. Auch nicht von einem Präsidenten der Republik. Ich will dort bleiben, komme, was da wolle. Ich möchte nirgends anders leben. Ich möchte an keinem andern Ort sterben.«
Mit einem solchen Ernst sagte er dies, daß wir alle wußten: niemals würde er sich davon abbringen lassen. Don Jaime stellte sein Glas wieder auf den Tisch.
»Und der einzige gangbare Weg führt nach Tuxtla?«
»Der einzige mögliche. Ich gehe morgen.«
»Eine Wahnsinnsidee. Niemand wird uns unterstützen oder auch nur anhören. Der Patrón ist eine Einrichtung, die aus der Mode gekommen ist, wie mein Sohn sagt.«
»Wir müssen kämpfen. Wir müssen gemeinsam kämpfen. Du wirst mit mir gehen, Jaime, nicht wahr?«
»Ja.«

Sie gaben sich wortlos die Hand. Einer hinter dem andern gingen sie hinaus auf die Straße.
Sobald sie uns allein gelassen hatten, fing meine Mutter an, mit Nana unsere Sachen auszupacken.
»Diese Hemden haben wir schmutzig vom Rancho mitgebracht. Wir hatten keine Zeit mehr, irgend etwas in Ordnung zu bringen. Fluchtartig mußten wir das Haus verlassen...«
Sie sortieren die Hemden. Sie suchen aus, was Vater auf der Reise braucht und was nicht.
»Wird der Patrón lange wegbleiben?«
»Das weiß der Himmel. Der Instanzenweg zieht sich manchmal sehr in die Länge.«
»Soll ich diese wollenen Socken einpacken?«
»Nein, Nana. Tuxtla liegt in der heißen Zone.«
Die Truhen waren aufgeklappt, die Koffer halb ausgepackt, die Betten zerwühlt. Überall auf den Möbeln verstreut in wildem Durcheinander alle möglichen Dinge. Mutter und Nana achten nicht auf mich, und da stöbere ich nach dem Geschenk, das ich mitgebracht habe. Wie ich es gefunden habe, gehe ich hinaus auf die Galerie und warte. Nach einer Weile kommt Nana an mir vorbei. Ich flüstere ihr zu:
»Komm, ich muß dir was geben.«
Sie macht ihre Hand auf, und ich lasse einen Schwall kleiner Kieselsteinchen hineinkullern, die ich am Flußufer aufgelesen habe. Meine Nana strahlt vor Freude, bis sie hört, daß die Steinchen von Chactajal sind.

III

Sie ziehen uns schwarze Kleider an, denn Mario und ich sollen meine Mutter begleiten, die Ernestos Mutter besuchen will.
Es ist eine alte Frau. Sie ist blind und sitzt auf einer der Stufen, die zur Galerie führen. Auf ihrem Schoß hat sie eine große Kürbisschale voll Tabak. Sie zerrupft die Blätter, wobei ihr eine Nachbarin hilft.

»Guten Tag«, sagen wir beim Eintreten.
Die blinde Frau streckt beide Hände aus, als wollte sie mit ihnen den Menschen betasten, dessen Stimme sie nicht erkennt.
»Doña Zoraida ist es mit ihren beiden Kindern«, sagt die Nachbarin.
»Und jetzt sind nicht einmal Stühle da, auf denen sie Platz nehmen könnten. Tu mir den Gefallen und hole den Lehnstuhl aus meinem Zimmer.«
Während die Nachbarin den Stuhl holt, richtet sich die Blinde auf und stützt sich auf ihren Stock. In der Eile merkt sie nicht, daß ihr die Kürbisschale vom Schoß rutscht und umkippt. Der ganze Tabak liegt auf dem Boden verstreut.
»Schlimme Nachrichten haben wir mitgebracht«, sagt meine Mutter.
Aber die Blinde, deren Aufmerksamkeit auf etwas anderes gerichtet ist, hört gar nicht zu.
»Nachbarin, hast du den Lehnstuhl gefunden?«
»Ich komme schon, Señorita Nati, ich komme schon.«
»Warum haben Sie mir auch Ihren Besuch nicht vorher angekündigt, Doña Zoraida! Dann hätten wir etwas zum Willkomm hergerichtet. Wir sind zwar sehr bescheidene Leute, aber am guten Willen fehlt es uns nicht. Und wenn jemand kommt, dem man von Herzen zugetan ist, dann kann man immer ein bißchen etwas Übriges tun.«
Meine Mutter setzt sich in den Sessel, während die Nachbarin sich anschickt, den verstreuten Tabak zusammenzulesen.
»Und welche Neuigkeiten bringen Sie mir von meinem Sohn. Wird er noch lange in Chactajal bleiben?«
»Ja, noch lange.«
»Ich sage immer, daß er für mich mehr ist als der Stock, der mir beim Gehen dient. Ein so folgsamer Sohn, der so treu seinen Pflichten nachkommt. Er ist der Trost meines Alters.«
»Laßt Señorita Nati gar nicht erst anfangen, von ihrem Sohn zu erzählen,« sagt die Nachbarin, »denn der Tag wäre ihr zu kurz dazu.«
»Er wird mir doch bei Ihnen keine Schande gemacht haben.

Wo ich es ihm doch so ans Herz gelegt habe, höflich und ehrerbietig zu sein.«
Meiner Mutter wird es schwer zu antworten:
»Wir haben nicht über ihn zu klagen.«
»Er ist von guter Art. Ich sage das nicht meinetwegen. Sein Vater, der selige Don Ernesto, war ein höchst ehrbarer Mann. Als ich zu Fall gekommen war, da war mein Name in aller Mund: ich war das Stadtgeschwätz. Man höhnte mich, bedauerte mich, beleidigte mich. Aber als es schließlich bekannt wurde, daß der selige Don Ernesto an meinem Mißgeschick beteiligt war, da konnte man sehen, wie ihre Gesichter gelb wurden vor Neid. Nicht umsonst war er ein Arguëllo.«
»Und was hat das Ihnen genützt, Señorita Nati? Konnten Sie von dem Namen abbeißen?«
»Die Ehre ist es, liebe Frau, die Ehre, die er auf das Haupt meines Sohnes gelegt hat. Und das Blut. Ach, wie wuchs er heran! Wie ein Fohlen, feurig und stattlich. Sonntags schickte ich meinen Jungen frisch gebadet und in seinen besten Kleidern hinaus, damit er die Straßen auf und ab ging, so daß sein Vater ihn sehen konnte. Manchmal rief der selige Don Ernesto, selbst wenn er sich gerade mit anderen Männern von Rang und Stand unterhielt, ihn zu sich her und gab ihm, vor aller Augen, sein Taschengeld: zwei Reales, ein Tostón. Je nachdem. Und mein Junge vertat es nicht für irgendwelchen Firlefanz, teilte es auch nicht mit den anderen Gassenbuben, sondern brachte es mir, um damit etwas zum Lebensnotwendigen beizutragen. Denn die Armut hat dieses Haus nie verlassen. Später merkte ich, daß mein Ernesto zuverlässig war und ein helles Köpfchen hatte. Da ging ich zum Herrn Pfarrer, um ihn zu bitten, er möchte ihn in seine Schule aufnehmen. Ich stürzte mich in Schulden, um das monatliche Schulgeld bezahlen zu können. Aber wie zufrieden kam er immer von der Schule heim! Jeden Tag mit neuen Wörtern, die man ihn gelehrt hatte. Oder mit einem Zettel, auf dem es hieß, daß er nicht ungezogen sei, sich Mühe gebe und sich anständig betrage. Ich weiß nicht, ob es ihm jemand geraten hatte oder

ob er selbst auf die Idee kam; denn er war von Natur aus sehr aufgeweckt. Jedenfalls packte ihn ein verzehrender Ehrgeiz. Er wollte in die Hauptstadt gehen, dort weiterstudieren, sich ein Diplom erwerben, wie der Sohn von Don Jaime Rovelo. Ich ließ ihn gewähren und sagte nicht zu ihm, er solle sich diese Dinge aus dem Kopf schlagen. Und dabei arbeitete ich immer mehr, immer härter, damit sein Plan nicht zu Luft werde wie eine Seifenblase. Denn ich wollte nicht, daß die Enttäuschung sein Herz vergrämte und bitter machte. Dann besorgte ich auf Pump sein erstes Paar Schuhe und zog sie ihm an. Du lieber Gott! Wie hat er sich angestellt, als er sie zum ersten Mal anhatte! Solche Blasen hatte er an den Füßen! Aber Ernesto hielt schon immer den Nacken steif und gab keinen Laut der Klage von sich. Und er spazierte um den Park herum, als wäre er schon als Stutzer zur Welt gekommen.«
Doña Nati versteckt unterm Rocksaum ihre eigenen nackten Füße, die rissig und schrundig sind, weil sie so lange dem Wind und dem Wetter ausgesetzt gewesen sind. Meine Mutter macht eine Bewegung, als wollte sie die Blinde unterbrechen, aber die merkt es nicht und spricht weiter:
»Dann kam die Krankheit über mich. Ich war in einen bösen Luftzug geraten. Ernesto mußte die Schule aufgeben und als Handwerker in eine Werkstatt gehen. Er tat seine Pflicht und mehr als das. Aber ich wußte, daß es ihm nicht gefiel. Und ich dankte Gott dafür, daß er – wenn mich schon ein Übel befallen mußte – mir die Blindheit geschickt hatte, so daß ich nicht sehen konnte, wie unglücklich mein Sohn war.«
Meine Mutter bittet die Nachbarin, ganz leise flüsternd, sie möchte ein bißchen Wasser heiß machen. Die Nachbarin sieht uns mißtrauisch an, fragt aber nichts und gehorcht. Wie sie gegangen ist, sagt meine Mutter:
»Nati, ich habe keinen Brief von Ernesto mitgebracht.«
Die Blinde lacht, ein bißchen belustigt.
»Wozu sollte er mir auch schreiben? Mein Sohn weiß ja genau, daß ich nicht lesen kann und es auch nie gelernt habe.

Außerdem kann er ja alles durch Sie an mich ausrichten lassen.«
»Ja. Weißt du, Nati, er ist nicht recht wohlauf.«
»Hat ihn das Fieber befallen?«
Vor Schreck und Besorgnis tastet die Blinde ungeschickt alles um sich herum ab.
»Es war eigentlich ein Unfall. Er ist zu Pferd fortgeritten, um nach Ocosingo zu gehen...«
»Und ist nicht angekommen?«
»Auf dem Weg wurde er verwundet von einigen Indios.«
»Verwundet? Wo ist er? Bringt mich zu ihm!«
Die Nachbarin kommt eilig mit einem Zinnbecher. Sie will ihn an Natis Lippen halten, aber die Blinde stößt sie hart zurück.
»Was wollt ihr mir zu trinken geben?«
Die Nachbarin verrät uns und sagt:
»Die Besucher haben schwarze Kleider an.«
Nati läßt ihren Stock los und fährt sich mit den Händen ins Gesicht. Plötzlich ein Schrei, der sie bis zur Wurzel zerspaltet:
»Meine Augen! Meine Augen!«

IV

Mutter ist eben aus dem Bad gestiegen, und das Wasser tropft ihr noch aus dem Haar. Sie wickelt es in ein Handtuch ein, damit der Fußboden ihres Schlafzimmers nicht naß wird.
Ich gehe auf Schritt und Tritt hinter ihr her, denn es gefällt mir, ihr zuzuschauen, wenn sie sich zurechtmacht. Sie zieht die Vorhänge zu, damit die neugierigen Leute auf der Straße nichts zu gaffen haben, und ein heimliches, verschwiegenes, laues Dämmerlicht erfüllt das Zimmer. Aus den Schubladen ihres Frisiertischchens holt sie die Bürste mit den harten Borsten, den Kamm aus scheckigem Schildpatt, die Riechbüchslein mit Kremen von verschiedener Farbe, die Pomaden für die Wimpern und Brauen, den roten Stift für die Lippen.

Meine Mutter macht alles behutsam auf und benutzt eins nach dem andern.
Verzückt schaue ich zu, wie sich ihr Gesicht verwandelt, wie die einzelnen Züge hervortreten, wie sie betont, was sie schön macht. Und es ist, als ginge das Herz mir über, wenn der letzte Augenblick kommt, wenn sie den Kleiderschrank öffnet und ein Mahagonikästchen hervorholt und alles auf die seidene Steppdecke schüttet und dann fragt:
»Welche Ohrringe soll ich heute anziehen?«
Ich helfe ihr beim Aussuchen. Nein, diese nicht. Die sind so schwer und so auffällig. Die hier, die aussehen wie kleine Flaschenkürbisse, hat ihr mein Vater am Abend vor der Hochzeit geschenkt; die sind nur für besondere Festtage. Heute ist aber doch ein ganz gewöhnlicher Tag. Die aus Gagat. Gut. Aufs Geratewohl steckt sie sie an und seufzt:
»Schade! So hübsche Juwelen hat Doña Pastora zu verkaufen. Aber heute... gar nicht daran zu denken. Ich wäre schon zufrieden, wenn nur dein Papa hier wäre.«
Ich weiß, daß sie nicht mit mir redet; daß es ihr unangenehm wäre, wenn ich darauf antwortete und sie fühlen müßte, daß jemand ihre Worte verstanden hat. Sich selbst, dem Wind, den Möbeln um sie herum vertraut sie ihre Geheimnisse an. Darum rühre ich mich kaum, damit sie nicht merkt, daß ich hier bin, und mich nicht aus ihrer Nähe verbannt.
»Ja. Die Ohrringe stehen mir gut. Sie passen zum Kleid.«
Sie geht vor den Spiegel. Sie betastet ihr Bild auf dieser eisigen Fläche und fährt mit den Fingerspitzen ihre Gesichtszüge nach, zufrieden und dankbar. Auf einmal beginnen ihre Nasenflügel zu beben, als wittere sie, daß ein fremdes Wesen im Zimmer ist. Heftig dreht sich meine Mutter um.
»Wer ist da?«
Aus einer Ecke kommt die Stimme meiner Nana und dann sie selber.
»Ich bins, Señora.«
Meine Mutter seufzt erleichtert auf.
»Du hast mich erschreckt. Diese wunderliche Art, die ihr

Indios habt, lautlos umherzugehen, einem aufzulauern und plötzlich da aufzutauchen, wo man euch am wenigsten vermutet. Warum bist du gekommen? Ich habe dich nicht gerufen.«

Ohne eine Antwort abzuwarten, denn sie beachtet Nana gar nicht mehr, betrachtet sich meine Mutter wieder im Spiegel, verstärkt die kleine Falte am Krägchen ihres Kleides, wischt sich das bißchen Staub von der Schulter. Nana schaut ihr zu, und je länger sie ihr zuschaut, desto mehr quillt ein Schluchzen in ihr auf, das auszubrechen sucht, wie das Wasser, das die Steine sprengt, die es einengen. Meine Mutter hört es und fährt gereizt aus ihrer stillen Betrachtung auf:

»Himmel, gib mir Geduld! Warum heulst du?«

Nana antwortet nicht. Das Schluchzen schwillt noch immer schmerzhaft in ihrer Kehle an.

»Bist du krank? Tut dir etwas weh?«

Nein, meine Mutter kann diese Frau nicht leiden. Schon allein deshalb nicht, weil sie eine Indiofrau ist. In all den Jahren, die sie zusammen lebten, hat meine Mutter sich immer bemüht, sowenig wie möglich mit ihr zu reden; sie geht an ihr vorbei, als wiche sie, ihren Rock raffend, einer Pfütze aus.

»Da, nimm. Das wird den Schmerz stillen.«

Sie hält ihr eine weiße Tablette hin, aber Nana nimmt sie nicht.

»Es ist nicht wegen mir, Señora. Ich weine, weil ich sehe, wie dieses Haus einstürzt, da kein Mann ihm festen Grund und Halt gibt.«

Meine Mutter tut die Tablette wieder an ihren Platz. Sie beherrscht ihren Unwillen und sagt knapp und ruhig:

»Es ist noch nicht einmal einen Monat her, daß César gegangen ist. Er schreibt mir regelmäßig. Er sagt, er würde bald heimkommen.«

»Ich rede nicht von deinem Mann, auch nicht von heute, sondern von dem, was kommen wird.«

»Jetzt reicht es mir aber mit den Orakelsprüchen. Wenn du etwas zu sagen hast, dann sag es kurz und bündig.«

»Bis hierher und nicht weiter gelangt der Name der Arguëllos. Hier, vor unseren Augen, wird er erlöschen. Weil dein Schoß unfruchtbar war und keinen Mann hervorbrachte.«

»Keinen Mann? Und Mario, der mein ganzer Stolz ist – was willst du mehr?«

»Er wird nicht ans Ziel gelangen. Er wird nicht die Jahre der Reife erreichen.«

»Warum sagst du das, verfluchte Lästerzunge?«

»Wie könnte ich das sagen, so gegen die Stimme meines eigenen Herzens reden? Andere haben es gesagt, die Weisheit haben und Macht. Die Alten des Stammes von Chactajal haben sich versammelt und Rat gehalten. Denn jeder von ihnen hatte in der geheimen Stille seines Schlafs eine Stimme gehört, die sprach: »Sie sollen nicht gedeihen, es soll ein Ende mit ihnen haben. Die Brücke, die sie schlugen, um hinüberzugelangen zu den künftigen Tagen, soll brechen. Das riet ihnen eine Stimme, die klang wie eines Tieres Stimme. Und so verdammten sie Mario.«

Die Erinnerung ließ meine Mutter zusammenzucken.

»Die Zauberer...«

»Die Zauberer beginnen ihn zu verzehren.«

Meine Mutter ging ans Fenster und riß die Vorhänge zurück, und das Mittagslicht stieß herein, blitzend und hart.

»Es ist leicht, in einem dunklen Winkel geheimnisvoll zu murmeln. Sprich jetzt. Wiederhole, was du vorher gesagt hast. Wage es, das Gesicht der Sonne zu beleidigen.«

Als Nana antwortete, war in ihrer Stimme keine Träne mehr. Mit einer furchtbaren Deutlichkeit und Schärfe, als schnitte sie die Worte mit der Messerspitze in eine Rinde, sagte sie:

»Mario wird sterben.«

Meine Mutter nahm den Schildpattkamm und bog ihn krampfhaft zwischen ihren Fingern zusammen.

»Warum?«

»Frag nicht mich, Señora. Was kann ich schon wissen?«

»Haben sie dich nicht beauftragt, mir mit Drohungen zuzusetzen? Haben sie nicht zu dir gesagt: ›Jage ihr einen Schreck ein, damit sie die Hand aufmacht und fahren läßt, was sie hat; danach werden wir es untereinander teilen?‹ «
Nanas Augen wurden ganz groß, so bestürzt und entsetzt war sie. Sie konnte kaum stammeln:
»Señora...«
»Gut, dann geh nur zu ihnen und sage ihnen, daß ich keine Angst vor ihnen habe. Wenn ich ihnen etwas gebe, so nur als Almosen.«
Nana zog schnell ihre Hände zurück und ballte sie zusammen, ehe meine Mutter ihr etwas hineindrücken konnte.
»Ich befehle es dir!«
»Die Zauberer wollen kein Geld. Sie wollen den Sohn, sie wollen Mario. Sie werden ihn verzehren, sie fangen schon an, ihn zu verzehren.«
Meine Mutter trat entschlossen Nana entgegen:
»Ich kenne mich selbst nicht mehr. Wie viele Stunden höre ich mir schon dieses alberne Gerede an?«
Nana wich einen Schritt zurück und flehte:
»Rühre mich nicht an, Señora. Du hast kein Recht über mich. Du hast mich nicht mit in die Ehe gebracht. Ich gehöre zu den Arguëllos. Ich bin von Chactajal.«
»Mir sind von niemandem die Hände gebunden. Ich kann dich schlagen, wann ich will.«
Zornentbrannt zwang meine Mutter sie mit einer heftigen Handbewegung, vor ihr niederzuknien. Nana leistete keinen Widerstand.
»Schwöre, daß das, was du vorher gesagt hast, eine Lüge war!«
Meine Mutter bekam keine Antwort, und das Schweigen machte sie noch wütender. Rasend hieb sie mit dem Rücken des Kammes auf Nanas Kopf, einmal und noch einmal und noch einmal. Nana wehrte sich nicht und jammerte nicht. Ich schaute sie an, zitternd vor Angst, von meinem Platz aus.
»Aufgeblasenes Indioweib! Mach daß du fortkommst von hier! Laß dich nie wieder vor mir sehen in diesem Haus!«

Meine Mutter ließ Nana los und setzte sich auf den Hokker vor dem Frisiertischchen. Sie rang nach Luft, und ihr Gesicht war zerrissen von vielen harten Furchen. Sie fuhr mit dem Taschentuch darüber, konnte sie aber nicht wegwischen.
Leise schlich ich mich zu Nana hin, die noch immer auf dem Boden lag, wie ein wertloser Gegenstand, den man zerstört und weggeworfen hat.

V

›Bis jetzt ist es uns nicht gelungen, eine Audienz beim Gouverneur zu erlangen. Jaime und ich sind jeden Tag zum Palast gegangen. Dort heißt man uns Platz nehmen in einem zum Ersticken engen Raum und zu warten, zusammen mit Dutzenden von anderen Leuten, die von überallher aus dem Lande gekommen sind, um ihre Angelegenheiten zu regeln. Man ruft uns nicht der Reihe nach auf, sondern je nach der Bedeutung unseres Anliegens. Und nach dem Urteil der heutigen Politiker ist es weit dringlicher, einem hergelaufenen Kerl, der auf irgendeinem Gemeinschaftsfeld ackert, die wollenen Kniehosen zu flicken, als einem Patrón sein Recht zu verschaffen. Vielleicht sind deshalb schon viele, die am Anfang mit uns hier waren und die Rückgabe ihrer Ländereien beantragten, mutlos geworden und abgereist. Doch bin ich noch immer fest davon überzeugt, daß kein Grund besteht, die Hoffnung aufzugeben. Chactajal wird wieder unser sein. Nicht unter den gleichen Bedingungen wie früher – man darf sich keinen Illusionen hingeben. Aber wir werden zurückkehren und dort leben können. Und Mario wird auf seinem Erbe aufwachsen, das ihm dereinst gehören wird. Dabei wird er lernen, es zu hüten und zu lieben.
Es kommt nur darauf an, geduldig und schlau zu sein. Seit wir hier sind, haben wir Beziehungen zu vielen Personen angeknüpft. Wir sind natürlich darauf bedacht, mit bedeutenden Persönlichkeiten bekanntzuwerden, die einen Einfluß auf die

Regierung haben. Man muß sie bewirten, sich aufmerksam zeigen, Komplimente machen. Hier ist es üblich, kalte Mandelmilch oder eisgekühltes Bier zu trinken; denn es herrscht eine drückende Hitze. Man sieht es nicht mit scheelen Augen an – wie in Comitán –, wenn bessere Herren in eine Schenke gehen. Andererseits ist es schwierig, auf den ersten Blick einen Herrn von Stand von einem simplen Bürger zu unterscheiden. Das Klima gestattet nur eine sehr leichte Kleidung, und alle laufen sie im gleichen Landstreicherstil herum. Die Westen, die Du mir in den Koffer gelegt hast, nützen mir hier herzlich wenig. Es hat sich bisher nicht eine einzige Gelegenheit geboten, wo ich sie hätte tragen können. Aber von Klima und Kleidung ganz abgesehen – hier gibt es keine Señores im eigentlichen Sinn des Wortes. Fast alle Bewohner von Tuxtla leben auf Kosten des Fiskus als Angestellte mit erbärmlichen Gehältern. Es dürfte nicht schwierig sein, sie zu schmieren, so daß sie die Angelegenheit zu unserem Vorteil erledigen. Du weißt, mit welchem Mißbehagen ich zu solchen Mitteln meine Zuflucht nehme, aber es stehen uns nun mal keine anderen zur Verfügung. Ich gedenke vor nichts zurückzuschrecken, was mich meinem Ziel näher bringen kann. Und ich schwöre Dir, daß ich erst dann nach Comitán zurückkehren werde, wenn ich alle erforderlichen Papiere mitbringen kann, die mir garantieren, daß wir wieder auf dem Gutshof leben können.

Die Kinder und Dich vermisse ich sehr. Nachts machen Jaime und ich einen gemeinsamen Bummel durch die Stadt; denn eingesperrt im Hotelzimmer hält man es einfach nicht aus. Man erstickt, wenn man die schwüle, abgestandene Luft einatmet und den Schwaben zuschaut, die an den Wänden auf und ab rennen, während man neben einem kaputten Ventilator und einer Dusche ohne Wasser hockt. Die Straßen sind ein Morast oder ein einziger Staubwirbel, je nachdem, ob es regnet oder nicht. Die Häuser sind häßlich und eng zusammengepfercht. Nur im Park weht eine leichte Brise. Und es gibt dort immerblühende Flamboyanes. Und man hört Musik.

Aber denke nun bloß nicht, daß es mir etwa hier wohl wäre. Ich kann mich an den Lebensstil der Leute von Tuxtla nicht gewöhnen. Ich bin im Hochland daheim. Ich liebe mein Zuhause und das Zusammensein mit Euch. Nur Euch zuliebe nehme ich das alles auf mich. Aber der Erfolg wird uns für alle Mühe und alle Opfer reichlich entschädigen.
Jaime hat es satt. Er hat um Aufschub gebeten. Er wird in meinem Namen mit Golo Córdova, dem Schnapsbrenner, reden. Vielleicht kann er ihn dazu bewegen, noch ein bißchen Geduld mit uns zu haben. Im Augenblick ist es mir nicht möglich, meinen Verpflichtungen ihm gegenüber nachzukommen. Ich habe Jaime auch ans Herz gelegt, Dir diesen Brief zu bringen.‹
Meine Mutter faltete den Briefbogen nachdenklich zusammen.
»Wie ist die Lage nach Ihrer Ansicht, Don Jaime?«
»Schlecht. César will den Tatsachen nicht ins Auge sehen. Doch in Wirklichkeit hat es die Regierung absichtlich darauf angelegt, unseren Einspruch nicht zur Kenntnis zu nehmen. Auch wenn die Vernunft oder sogar das Gesetz auf unserer Seite wäre. Sie haben die Macht und benutzen sie zum Vorteil ihrer Günstlinge. Sie beweihräuchern jetzt erhabene Vorbilder und spielen sich als die neuen Bartolomés de las Casas auf, als die Beschützer der Indios und aller Hilflosen. Bloße Demagogie.«
»Und was nun?«
»Nun heißts der Welt ihren Lauf lassen und zusehen, wie die Geier sich das Aas teilen.«
»Haben Sie nicht die Absicht, nochmals nach Tuxtla zu gehen?«
»Wozu?«
»Aber wenn Sie davon überzeugt sind, daß es nutzlos ist – warum haben Sie dann César dortgelassen?«
»Ja glauben Sie denn, ich hätte nicht Himmel und Hölle in Bewegung gesetzt, um ihn hierherzuschleifen. Aber wenn César sich einmal etwas in den Kopf gesetzt hat, dann bringt ihn kein Mensch mehr davon ab. Er ist hartnäckig. Und in

gewisser Weise hat er recht. Er kämpft nicht für sich, sondern für Mario. Ich bin schon alt. Und nach mir – wer ist da noch?«

»Versündigen Sie sich nicht, Don Jaime. Sie haben einen Sohn.«

»Ach ja, einen Mustersohn. Er hat eine glänzende Karriere gemacht und zu guter Letzt sogar das Anwaltsdiplom erhalten. Niemand, der sich trefflicher dazu eignen würde, in dieser Sache eine Lanze für uns zu brechen. Er würde die Angelegenheit siegreich durchfechten. Nicht für mich, sondern für sich selbst; denn es geht um sein Erbe. Aber wissen Sie, was er mir geantwortet hat, als ich ihm das nahelegte? Er verzichte auf seinen Anteil an der Diebesbeute, die unsere Ranchos wären. Wir hätten sie für unser Eigentum gehalten, weil sie uns doch immerhin die Mühe des Stehlens gekostet hätten.«

Meine Mutter war empört.

»Aber das ist doch unmöglich, daß er das gesagt hat! Das ist eine Respektlosigkeit, eine Lüge. Wir sind die Besitzer, die rechtmäßigen Besitzer.«

»Mein Sohn ist anderer Meinung, Doña Zoraida. Er steckt in dem Alter, wo man große Ideale hat. Er glaubt an diese neuen Theorien des Kommunismus oder wie mans nennt.«

»Du heiliger Caralampio!«

»Er ist nicht schuld daran. Der Schuldige bin ich, weil ich ihn zum Studium fortgeschickt habe. Aber mit Jammern dreht man das Rad auch nicht mehr zurück. Man muß sich mit den Gegebenheiten abfinden.«

Beide schwiegen. Nach einer kurzen Pause gab Don Jaime den Rat:

»Schreiben Sie an César, Doña Zoraida. Schreiben Sie ihm. Es wird noch eine gute Weile dauern, bis er heimkommt.«

»Ich werde ihm schreiben... und ihm eine schlimme Neuigkeit mitteilen. Erinnern Sie sich an das Indioweib, das als Kindsmagd für die Kleine hier Dienst tat? Sie werden sich wohl kaum an sie erinnern können, denn wer achtet schon auf das Gesinde anderer Leute. Die besagte Person also ist bei den Arguëllos aufgewachsen, hat zeitlebens die Füße unter unseren Tisch gehängt und ganz zur Familie gezählt. Aber sie hat sich mit ihrem Aberwitz selbst aus dem Haus getrieben.«

»Was hat sie getan?«

»Mit Mordsgetue hat sie mir angekündigt, die Zauberer von Chactajal würden Mario verzehren. Er würde nicht groß werden.«

Meine Mutter erzählte das so leichthin, als nähme sie es nicht ernst. Aber man merkte ihren Worten eine gespannte Erwartung an. Don Jaime sagte nichts dazu.

»Glauben Sie, daß etwas daran ist?«

»Einen Sohn zu verlieren, ist immer sehr schmerzlich. Und man kann ihn auf vielerlei Weise verlieren.«

»Aber Mario stirbt nicht, das ist unmöglich.«

Don Jaime stand auf und sagte gereizt:

»Aber warum nicht?«

Doch dann reuten ihn seine harten Worte.

»Außerdem ist es das bessere Los. Glauben Sie mir. Es ist das bessere Los.«

VI

Im Zimmer meiner Nana steht noch immer die Truhe mit ihren Kleidern: dem Tzec mit den bunten Borten; der Bluse mit den Krausen an Hals und Ärmeln; dem Schultertuch aus Guatemala. Und eingewickelt in ein Stück Seide liegen darin die Kieselsteinchen, die ich ihr aus Chactajal mitgebracht habe. Ich nehme sie wieder an mich und stecke sie in meine Bluse, um sie darin zu wärmen. Dann gehe ich zum Frühstück ins Speisezimmer, das so hoch ist und voller dunkler Möbel und mitten dazwischen das Klappern der Bestecke, die abwechselnd auf die Teller klopfen und um Aufmerksamkeit bitten.

Dann schweife ich einsam im Haus herum. Wie groß es ist! Der Garten, wo meine Mutter Dahlien gesteckt hat. Und ein

Patio. Und hinterm Haus noch ein Hof. Und die Kammern. Und die Galerie. Und der Vorratsraum. Alles ist leer. Und dabei sind doch andere Leute gekommen und wohnen nun bei uns, zum Beispiel Tante Romelia.

Sie und meine Mutter setzen sich auf die Galerie, um an der Altardecke für die Hauskapelle zu häkeln, die nie fertig wird. Die beiden plaudern gern, und stundenlang sitzen sie häkelnd beisammen und unterhalten sich.

»Was ist wohl aus Matilde geworden?«

»Wenn sie nicht von einem wilden Tier gefressen worden ist, dann wird sie wohl als Magd auf irgendeinem Rancho dienen.«

»Die Ärmste!«

»Von wegen ›Ärmste‹. Davon kann nicht die Rede sein. Sie hat es nicht besser verdient, nachdem sie die Ehre der Familie in den Staub gezogen hat. Obwohl ich, ehrlich gesagt, der Meinung bin, daß es für sie wohl die einzige und letzte Chance war. Auch wenn sie hundertmal meine Schwester ist, so bin ich doch nicht blind genug, um nicht zu sehen, daß Matilde schon einige Jahresringe angesetzt hatte und daß sie noch niemals das gewesen ist, was man hübsch nennt. Francisca noch weniger. Bei der kam noch ihr robustes Wesen hinzu. Sie kann nur kommandieren. Du siehst jetzt, wie weit sie es damit gebracht hat.«

»César sagt, Francisca wäre nicht verrückt. Daß sie sich als Zauberin ausgibt, wäre ein Trick von ihr, um in Palo María bleiben zu können. Jedenfalls gäbe der Erfolg ihr recht. Alle Gutsbesitzer haben Hals über Kopf das Feld räumen müssen. Nur sie nicht. Am Ende wird sie die einzige sein, die mit Gewinn abschneidet.«

»Wer sagt, daß sie verrückt wäre? Ich behaupte nur, und das mit Bestimmtheit, daß sie verhext ist.«

Meine Mutter ließ ihre Handarbeit sinken und blickte unruhig Tante Romelia an.

»Glaubst du an diese Märchen?«

»Um Himmels willen, Liebste, daran zweifelst du noch? Was

ich nicht auf dem Hof alles erlebt habe! Und dann wollen sie noch, daß man weiterhin würdevoll und gelassen bleibt. Wenn man mich damals von dem Schock hätte heilen können, so daß aus meinem Gedächtnis verschwunden wäre, was ich dort gesehen habe, dann wäre ich jetzt nicht so krank.«
»Hast du die Zauberer gesehen?«
»In der Nähe von Palo María wohnt ein Bekannter von mir. Seine Tiere waren stramm, kräftig und wohlauf. Und plötzlich begannen sie, eins nach dem anderen, umzufallen, als ob der Blitz sie zu Boden geschmettert hätte, mit heraushängender, kohlschwarzer Zunge. Und die Felder – als wären die Heuschrecken darüber hergefallen. Kein Blatt blieb verschont.«
»Es wird eine Krankheit gewesen sein, irgendeine Seuche.«
»Nein. Ein Zauberer war mit ihm verfeindet und hatte an seiner Haustür mit Asche ein Mal angebracht. Darum widerfuhr ihm das Unglück.«
»Und können die Zauberer auch den Menschen ein Leid antun? (Und beinahe flüsternd fragte meine Mutter weiter:) Auch den Kindern?«
»Vor allem den Kindern. Denn sie sind anfälliger. Blaurot angelaufen liegen dann die Neugeborenen am anderen Morgen erstickt im Bett.«
»Wohl weil sie schutzlos und wehrlos sind.«
»Und die kleinen Buben, die ins Wachsen kommen, schwellen am ganzen Körper an, von Gift zersetzt.«
Meine Mutter schleuderte das Häkelzeug weg und stand auf. Sie zitterte vor Aufregung.
»Das trifft nur bei den Indios zu. Uns gegenüber sind ihre Drohungen nutzlos. Wir gehören zu einer anderen Rasse, wir fallen nicht unter ihre Gewalt.«
Aber Tante Romelia beharrt ungerührt auf ihrer Meinung: »Auch bei uns. Du siehst es ja an Francisca.«
Meine Mutter setzte sich wieder; sie war totenblaß.
»Aber es muß doch etwas geben, mit dem man sie besänfti-

gen kann. Wenn sie Rache nehmen wollen, dann sollen sie sich rächen. Aber nicht an den Kindern.«
»Ach, Zoraida, ich weiß nicht, was in ihren Köpfen vorgeht. Das eine kann ich dir jedenfalls sagen, daß ich um nichts auf der Welt nach Palo María zurückgehen werde. Stell dir vor, Francisca wacht eines Morgens mit schlechter Laune auf, und schon flucht sie mir das Übel an den Hals. Sie hat mich ja noch nie gemocht. Immer hat sie mir vorgeworfen, ich litte an Hirngespinsten, und meine Krankheiten wären nichts als Lügen. Lügen! Hätte sie nur gehört, was die Ärzte in der Hauptstadt sagten. Denk dir, sie behaupteten, was mir fehle, sei... Na, es wäre gut für mich, wenn ich wieder mit meinem Mann zusammenleben würde. Was meinst du dazu?«
Meine Mutter hört ihr nicht zu. Sie streift sie nur flüchtig mit einem ziellosen, leeren Blick.
»Ja, ich weiß schon, daß dieser Prachtsgatte eine Tagedieb ist, ein Nichtsnutz. Es hatte schon seinen Grund, daß ich mich von ihm trennte. Aber ich muß großmütig sein, sonst bin ich es, die verrückt wird.«
Tante Romelia möchte wissen, ob meine Mutter das richtig findet, was sie vorhat, oder nicht. Aber Mutters Lippen bleiben geschlossen, kein Wort kommt zwischen ihnen hervor. Sie häkelt hastig weiter, starr auf die Arbeit konzentriert. Und nach einer geraumen Weile muß sie alles wieder aufziehen, weil sie einen Fehler gemacht hat.

VII

Heute haben sie Mario und mich schon aus dem Bett geholt, ehe es richtig Tag wurde. Gähnend lassen wir uns anziehen. Wir reiben uns die Augen. Um uns munter zu machen, sagt Mutter: »Beeilt euch, wir wollen die Lahme besuchen.«
Mario und ich sehen uns überrascht an. Die Lahme besuchen? Dann also los. Das genügt. Wenn sie uns doch nicht den Mantel zuknöpften, als wären wir Puppen! Nein, nein. Die Schuhe können wir selber anziehen.

Wie einsam sind die Straßen zu dieser Tageszeit! Die Eseltreiber sind noch dabei, ihre Tiere einzuspannen, um mit ihnen Wasser zu holen. Die Mägde rühren noch im gekochten Mais, den sie dann zur Mühle tragen. Die Stille vor uns ist vollkommen, und wir zerbrechen sie mit unseren Schritten, als wäre sie eine dünne Eisdecke. Die Tritte hallen lange nach, und eine Straße nach der anderen bleibt hinter uns zurück. Die Steige von San Sebastián. Der Park. Wir verlassen ihn und gehen weiter auf dem Weg nach Yaxchivol. Hier hört das Pflaster auf, und der schmale Feldweg schlängelt sich zwischen den grünen, zarten Halmen hindurch, auf denen der Tau glitzert.
»Diese Ländereien gehören meiner Freundin Amalia.«
Über den mit Dornen bespickten Mauern wiegen sich die Baumwipfel: Pflaumenbäume mit gelben, sauren Früchten; Flaschenbäume mit dichtem, weit ausladendem Gezweig; Avogadobäume.
Sobald wir das erste Haus mit einem Schindeldach sehen, wissen wir, daß wir ins Armenviertel gekommen sind. Wir bleiben vor einer Türe stehn, gegen die meine Mutter nur ganz leicht mit der Hand zu drücken braucht, und schon gibt sie nach.
»Herein, Doña Zoraida«, sagt eine Stimme.
Wir erraten nicht, aus welcher Ecke des Zimmers die Stimme gekommen ist; denn unsere Augen sind noch geblendet von der Helle draußen. Aber meine Mutter kennt diesen Raum genau, und ohne Zögern geht sie zu dem einzigen Fenster und öffnet es. Das Licht fällt in eine enge, armselige Behausung. Die Frau, die uns angesprochen hat, liegt reglos ausgestreckt auf einer Pritsche. Ihr langes, graues Haar flutet wirr über das Kissen. Das Gesicht der Frau gleicht einer ausgedörrten Ebene, in der tief eingesunken, wie zwei kleine Weiher mit blaßblauem Wasser, die Augen liegen.
»Wie fühlst du dich heute morgen?«
»Mein Leib tut mir ein bißchen weh. Aber das ist nicht außer der Ordnung, der Mond ist daran schuld.«

Mit Mutters Hilfe richtet sich die Lahme auf und bleibt auf der Bettkante sitzen. Neben ihr ist ein Tisch, auf dem ein paar halbleere Fläschchen stehen. Mutter nimmt eines davon in die Hand.
»Ich werde dich mit dem Öl einreiben, vielleicht lindert es dir die Beschwerden.«
Sie schickt sich an, das Nachthemd hochzustreifen. Mario und ich drehen uns schamhaft um zur Wand. Sie ist tapeziert mit farbigen und schwarzweißen Postkarten, die mit Reißnägeln oder Kerzenwachs befestigt sind.
Diese Sonne, die hinter einem Gebirge untergeht, ist das Abendlicht, das die Lahme zu jeder Stunde betrachtet. Diese Mädchen mit den Liliensträußen im Arm sind ihre treuen Freundinnen; mit ihnen unterhält sie sich in einem unaufhörlichen Gespräch während der langen, langen Tage. Diese Tauben bringen unentwegt im Schnabel einen versiegelten Brief für sie.
»Mario, bring den Stuhl her.«
Mein Bruder gehorcht. Die Lahme setzt sich auf das harte Holzgestell und wartet darauf, daß meine Mutter sie kämmt.
»Sind das Ihre Kinder, Doña Zoraida?«
»Ja, diese beiden. Ich konnte keine weiteren bekommen.«
Nachdem sie mit dem Kämmen fertig ist, geht meine Mutter in die Ecke, wo das weiß glasierte, irdene Kohlenbecken steht. Sie bläst in die Asche, fächelt, und in der erloschenen Glut beginnt der Puls sich wieder zu regen. Zuerst nur ganz schwach, dann wird sie röter und immer röter. Mutter setzt die Kaffeekanne auf. Nach einer Weile beginnt es darin zu brodeln.
»Ich habe eine Scheibe Salzfleisch fürs Frühstück mitgebracht.«
Mutter zerteilt es mit den Fingern und legt es auf einen Teller. Davon nimmt sie dann Häppchen für Häppchen und schiebt es zwischen die Zähne der Lahmen, die langsam kaut und ihre Arme ruhig auf dem Schoß liegen läßt. Ihr Blick

geht über uns hinweg zu den Postkarten, und dort verweilt er, still und zufrieden.
Wie sie mit dem Essen fertig ist, wischt meine Mutter ihr mit einer Serviette die Mundwinkel ab. Dann spült sie den Teller in einem kleinen Zuber.
»Was hältst du von meinen Kindern?«
»Sehr artig sind sie, ganz reizend. Sie sind gar nicht erschrokken, als sie mich sahen, und haben sich auch nicht über mich lustiggemacht.«
»Der Junge ist sechs Jahre alt. Nach ihm ist keiner mehr gekommen. Er ist der einzige Sohn. Er muß zum Mann heranwachsen, man braucht ihn. Er muß zum Mann werden.«
»Warum sollte er das auch nicht, Doña Zoraida? Gott wird ihn für Ihre Wohltaten segnen.«
Meine Mutter hatte das Zimmer in Ordnung gebracht und setzte sich nun ans Bettende. Sie nagte an ihrer Unterlippe, als wüßte sie nicht, wozu sie sich entschließen sollte. Plötzlich wandte sie ihr Gesicht der Lahmen zu und sagte:
»Es ist das erste Mal, daß ich dir meine Kinder mitbringe. Ich wollte, daß du sie kennenlernst. Vor allem den Jungen. Denn ich möchte dich um einen Gefallen bitten.«
»Mich, Doña Zoraida? Mich, die so arm und unnütz ist?«
»Ich möchte, daß du mir die Karten legst.«
Rasch ging Mutter zum Tisch und rückte ihn in die Reichweite der Lahmen. Sie stellte einige Fläschchen zur Seite und legte einen Stoß Spielkarten auf den Tisch.
»Señora, ich weiß nicht, wie das geht...«
»Du mußt nichts wissen dazu. Ich möchte nur, daß du mir deine Hand leihst. Nichts weiter. Das schwöre ich dir.«
Die Lahme sah auf ihre Hände hinunter, die ihr schon seit so langer Zeit nicht mehr gehörten.
Die Karten lagen mitten auf dem Tisch. Die Hand meiner Mutter faßte die Hand der Lahmen und hob sie hinauf. Wie sie sie losließ, schlug die Hand dumpf auf das Holz.
»Gib dir Mühe, Frau. Du mußt mir helfen.«
Meine Mutter atmete heftig. Auf ihren Wangen brannte das

Fieber. Die Augen der Lahmen gingen von dem verkrampften Gesicht vor ihr zu ihren eigenen knotigen, von der Gicht verkrümmten Fingern. Sie wußte nicht, wie sie es überhaupt fertiggebracht hatte, eine Karte aus dem Haufen zu ziehen.

»Was ist herausgekommen?«

Meine Mutter wagte es nicht, hinzuschauen. Mit gesenkten Lidern wartete sie die Antwort ab.

»Pik.«

»Pik bringt Pein. Wir haben es nicht recht gemacht. Wir wollen es noch mal versuchen.«

Sie mischte wieder die Karten und legte sie auf den Tisch. Sie faßte noch mal die Hand der Lahmen, führte sie und bewegte sie, bis eine einzelne Karte aus dem Stoß herausrutschte.

»Pik.«

Die Bewegung meiner Mutter war so heftig, daß der Tisch wankte und die Fläschchen klirrend aneinanderstießen. Die Karten fielen auf den Boden, aufgedeckt, ihres Geheimnisses beraubt. Und alle zeigten Pik, Pik, Pik.

Meine Mutter betrachtete sie entsetzt. Zitternd fuhr sie die Lahme an.

»Und das ist deine Dankbarkeit? Und dafür bin ich Tag für Tag, Jahr für Jahr gekommen, um deine stinkenden Schwären auszuwaschen, dich wie einen Holzklotz von einem Platz zum anderen zu schleppen, deinen unersättlichen Hunger zu stillen?«

Die Lahme schaute sie mit weit aufgerissenen, leeren, hilflosen Augen an.

Aber der Jähzorn, der meine Mutter hatte aufbrausen lassen, war schon von ihr abgefallen, und nun lag sie auf den Knien, küßte die Füße der Lahmen und flehte sie an mit einer Stimme, die tief aus ihrem Herzen kam:

»Verzeih mir, um Gottes willen, verzeih mir. Ich weiß nicht, was ich rede. Ich bin verrückt. Im Namen dessen, was du am meisten liebst – bete darum, daß ich es sei, wenn jemand ster-

ben muß. Aber nicht er, denn er ist unschuldig. Nicht er, der keine andere Schuld hat, als daß er von mir geboren wurde.«
Die Lahme war erblaßt. Schweißtropfen standen auf ihrer Stirn, und ihr Mund verzog sich schmerzlich. Sie stöhnte. Wir eilten hin, um sie festzuhalten, aber wir kamen zu spät. Ihre Lider fielen herab. Ihr Kopf sank wie abgebrochen auf ihre Schulter. Sie glitt ganz in den Strom hinein, der sie aufnahm und rasch von uns forttrieb, weit fort von unserer Stimme, weit, weit fort von unserer Angst.

VIII

Wenn ich nachts die Augen zumache, dann sehe ich vor mir ganz deutlich den Ort, wo meine Nana und ich beieinander sein werden. Die große Hochebene von Nicalococ und ihr mit Drachen bestirnter Himmel. Manche fliegen dicht am Boden hin, weil sie eine zu kurze Schnur haben. Andere stürzen aus der Höhe herab mit zerbrochenen Stäben und zerfetztem Papier. Aber Marios Drachen steht unbeirrbar unter den allerhöchsten, den leichtesten, den schönsten, wie ein strahlender Fixstern.
Dann kommt die Marimba und der Mann, der auf eine Kiste springt, um die Ankunft des Zirkus zu verkünden. Aus einer Eisenbahn, die man extra mitgebracht hat, damit wir erfahren, was eine Eisenbahn ist, steigt Don Pepe und verrenkt sich wie eine Schlange. Und die Geschwister Cordero führen das gefährliche Kunststück vor, das sie das ›Irische Seil‹ nennen, und von dessen Großartigkeit wir nicht die geringste Ahnung haben. Und viele, viele Papierschlangen werden sich zischelnd entrollen, ein unaufhörlicher Regen von Konfetti wird vom Himmel herunterrieseln, so daß wir die Parade der fremden Menschen kaum sehen können.
Meine Nana wird dann zu mir sagen: »Der da drüben ist ein Chinese; man sieht es daran, daß er eine gelbe Haut hat und auf einem Drachen reitet. Der da ist ein Schwarzer. Du brauchst deinen Finger nicht mit der Zunge naßzumachen. Die

Farbe geht nicht ab, wenn du ihm übers Gesicht fährst. Und dort ist einer, der hat Tätowierungen auf den Backen und einen Ring in der Nase.« Und plötzlich schlägt Nana die Augen nieder und sagt, ich soll das auch tun. Denn der Wind zieht an uns vorüber in seinem prächtigen Mantel. Über die Ebene wallt er dahin, bis er sie ganz erfüllt mit seinem Wesen und alle sich ihm, dem König, unterworfen haben. Wir hören seine gewaltige Stimme und zittern vor seiner Macht. Ganz allmählich, ohne daß er es merkt, wagen wir es dann, unsere Augen zu heben, bis sie stocken beim Anblick seiner Gestalt. Und meine Nana und ich werden sitzen bleiben, Hand in Hand, und schauen, schauen ohne Ende.

IX

Heute gegen sieben Uhr abends besuchte uns Amalia, die unverheiratete Freundin meiner Mutter. Sie wartete gar nicht erst ab, bis wir mit dem Abendessen fertig waren, sondern nahm uns gleich mit zu ihrem Haus.

Da saßen eine Menge Menschen auf Bänken, die man in die Diele und auf die Galerie gestellt hatte. Einfache Frauen, in ihre Schultertücher eingemummt, mit nackten Füßen. Kreischende Kinder, die schwitzend in ihren Ausgehkleidern steckten. Señoras mit steifem Rücken, die ganz für sich saßen, sich mit niemandem unterhalten wollten und die Nase rümpften, weil sie den Geruch nicht einatmen wollten, der sie umgab.

Amalia fragte meine Mutter: »Wollt ihr nicht hereinkommen, um bei Unserem Herrn zu Gast zu sein?«

Wir gingen in das Gesellschaftszimmer. Wo ist das alte Mütterchen? Und die Möbel? Auf dem Tisch, den ein blütenweißes Tuch bedeckte, funkelte ein Tabernakel; rechts und links zwei Leuchter aus Metall, in denen dicke, große Kerzen brannten. Davor die Betschemel. Dort knieten wir nieder. Meine Mutter machte die Augen zu und versank in qualvolle, schmerzliche Gedanken. Ihre Lippen waren zusammengepreßt. Mario und ich vertrieben uns die Zeit damit, das Zim-

mer zu betrachten, das so ganz anders geworden war. Amalia beugte sich zu uns vor und flüsterte uns zu:
»Mehr Ehrfurcht, Kinder. Das Allerheiligste ist gegenwärtig.«
Meine Mutter bekreuzigte sich und stand auf. Wir gingen hinaus auf die Galerie.
»Kommt er gewiß?«
»Ja, gewiß. Er selbst hat mich angewiesen, alles vorzubereiten.«
»Schau, wie viele Leute. Er wird gar nicht so viel Zeit haben, sich um jeden einzelnen zu kümmern.«
»Ihr kommt zuerst dran. Ich habe es dir versprochen.«
»Aber wirst du es auch durchsetzen können?«
»Für etwas muß es ja schließlich gut sein, daß ich dieses Risiko auf mich genommen habe. Stell dir vor, wenn jetzt in diesem Augenblick die Polizei käme und das Haus durchsuchte.«
»Der heilige Caralampio beschütze uns!«
»Wir würden alle im Gefängnis landen.«
»Hast du keine Angst?«
»Jemand muß sich dafür zur Verfügung stellen.«
»Aber warum du, eine alleinstehende Frau?«
»Den verheirateten Frauen erlauben es die Männer nicht. Sie dürfen ja kaum hierherkommen. Schau, die da drüben gehen schon. Sie können nicht länger hierbleiben, weil sie sonst Schelte bekommen vom Herrn Gemahl.«
»Zum Glück ist César in Tuxtla. Ich kann hierbleiben, so lange, wie es nötig ist.«
Stunde um Stunde saßen wir auf der Galerie. Mario und ich hatten uns aneinandergelehnt und nickten allmählich ein.
»Nicht einschlafen! Es dauert nicht mehr lange, bis er kommt.«
Gegen zehn Uhr nachts hörten wir den langsamen Hufschlag eines Pferdes, das vor der Haustür haltmachte. Amalia lief hin und machte ganz vorsichtig und leise auf.
»Treten Sie ein, Señor.«
Alle knieten nieder, um den neuen Gast zu begrüßen. Es war ein Mann mittleren Alters, groß, stämmig und mit dem Gebaren eines Menschen, der gewohnt ist, daß man ihm ge-

horcht. Er hatte einen Reiseanzug an und hielt eine Peitsche in der Hand. Ein paar Frauen rutschten auf den Knien zu ihm hin und flehten ihn an:

»Ihren Segen, Hochwürden.«

Er machte flüchtig ein Kreuzeszeichen in der Luft. Mit dem Ende des Peitschenstiels bahnte er sich einen Weg durch die Menge. Im Schein der Glühbirnen sah sein Gesicht aus, als wäre es mit der Axt geschnitzt.

»Möchten Sie etwas zu sich nehmen, Pater?«

Amalia führte ihn ins Speisezimmer. Hinter ihr standen viele Leute auf und wollten mit hinein. Aber Amalia erlaubte es keinem außer uns.

Der Priester betete ein Ave-Maria, und dann setzte er sich an den Tisch.

»Schmeckt Ihnen solches Fleisch, Señor?«

»Jedes Gericht mundet wie ein Festmahl, wenn man von diesen elenden Ranchos kommt, wo es nichts Anständiges zu essen gibt. Dabei sei zugegeben, daß sie das Beste noch für mich reservieren. Aber das Beste ist eine kalte Tortilla und eine Tasse wässerigen Kaffees.«

Amalia lächelte demütig, aber der Priester beachtete es gar nicht. Er kaute hastig und sah nicht vom Teller auf.

»Pater, sie kennen meine Freundin Zoraida, die Frau von César Arguëllo.«

»Dem Namen nach. Sie gehört nicht zu den Frommen.«

»Sie ist jetzt gekommen, sich bei Ihnen Rat zu holen.«

Erst da schaute der Priester auf und sah, daß wir um ihn herumstanden. Sein Blick war wie eine Mauer, an der wir zerschellten.

»Ich nehme an, daß es sich um eine Gewissensfrage handelt.«

Meine Mutter ging einen Schritt auf den Platz zu, wo der Priester saß.

»Ich weiß nicht, Pater. Sie werden mich auslachen, wenn Sie hören, was ich Ihnen sagen möchte. Ich habe mich zuerst auch darüber lustiggemacht. Aber jetzt habe ich Angst. Ich brauche Erleuchtung. Helfen Sie mir.«

Der Geistliche schob den Teller zurück, als wollte er damit sagen, daß er bereit sei, sie anzuhören.
»Wäre es nicht besser, wenn die Kinder hinausgehen würden, damit Sie sich eingehender aussprechen können?«
»Es geht gerade um sie. Um Mario. Um den da.«
»So klein und macht schon Sorgen?«
»Eine Frau, ein Indioweib vom Rancho, hat mir angedroht, die Zauberer würden ihn verzehren.«
Der Priester ballte die Fäuste und schlug mit aller Kraft auf den Tisch.
»Das ist alles. Ich hätte es mir denken sollen. Zauberei, Aberglaube. Man bringt mir die kleinen Kinder, daß ich sie taufe, nicht weil man sie zu Christenmenschen machen will – denn wer denkt schon jemals an Christus? –, sondern wegen des Weihwassers, das die Nahuales und bösen Geister vertreiben soll. Läßt man sich trauen, dann nur, um ein protziges Fest zu veranstalten. Geht man in die Kirche, so allein, um die lieben Nachbarn durchzuhecheln.«
Seine Augen funkelten vor Zorn. Er zitterte, als stünde er vor einem heimtückischen, niederträchtigen Tier, das er nicht zertreten konnte.
»Ich habe die Sakramente in meinen Händen und kann sie nicht bewahren, nicht verteidigen. Jedesmal, wenn ich die Hostie einem von euch auf die Zunge lege, ist es mir, als lieferte ich sie den Flammen aus. Immer erteile ich dieselbe Absolution für dieselben Sünden. Nirgends habe ich so verstockte Herzen gefunden wie hier an diesem Ort.«
Amalia war erschrocken.
»Hochwürden, es sollte keine Beleidigung sein...«
»Nicht mich beleidigt man damit. Denn ich opfere mich nicht für euch. Würde es sich etwa lohnen, Hunger zu erdulden zu Ehren eines Gutsbesitzers, der es versteht, sich mit allen Kniffen davor zu drücken, der Kirche den Zehnten und die Erstlinge der Ernte zu geben? Erschöpfung und Kälte auszuhalten auf diesen endlosen Wegen, um eine Herde halsstarriger Weiber zu hüten, die nicht wissen, was für Pflichten sie

als Katholikinnen haben und sich keinen Deut um deren Erfüllung kümmern? Sich zu verzehren im Kampf wider die Schrecken dieser ruchlosen, sinnlosen Verfolgung, damit die Kinder dieser Meute von Verlorenen, ihre herzgeliebten Kinder, heranwachsen zum genauen Ebenbild der Eltern?«
Auf seiner Stirn schwoll eine Ader an, in der es pulste, als wollte sie zerspringen.
»Nein, wirklich, nicht für euch geschieht es.«
Er fuhr sich mit der Hand an die Stirn und preßte seine Finger gegen die Ader. Nach einer Pause befahl er:
»Mach das Fenster auf, Amalia. Man erstickt hier ja.«
Amalia gehorchte. Vom offenen Fenster her sah sie mit einem ängstlich forschenden Blick zu dem Priester zurück. Meine Mutter, die nicht die Antwort bekommen hatte, auf die sie wartete, fragte hartnäckig weiter.
»Aber die Zauberer können niemandem ein Leid zufügen, nicht wahr?«
»Es sind Menschen. Jeder Mensch kann einem Leid zufügen.«
Meine Mutter sank ganz gebrochen auf einen Stuhl. So leise, daß man es kaum hören konnte, sagte sie:
»Dann ist also nichts zu machen.«
Amalia wollte meiner Mutter helfen und sagte schüchtern:
»Ich habe ihr geraten, das Kind zur Ersten Kommunion gehen zu lassen.«
»Das soll es tun, wenn es das Alter dazu hat.«
Die Schwäche meiner Mutter hielt nicht lange an. Sie fing sich wieder und stand auf. Die Enttäuschung steckte ihr wie ein Kloß in der Kehle, und ein kaum verhüllter Vorwurf klang aus ihrer Stimme, als sie aufbegehrend fragte:
»Ist das alles, was Sie mir sagen können, Pater?«
»Halte fest am Glauben. Und schicke dich in den Willen Gottes.«
»Wenn Gott sich am Tod meiner Kinder weiden will ... dann nicht an dem des Knaben! Nicht an dem des Sohnes!«
»Zoraida!«
Amalia stürzte sich auf meine Mutter, als wollte sie ihr eine

Waffe entreißen, mit der sie wie ein Blinder um sich schlug.
»Nicht an dem des Sohnes! Nicht an dem des Sohnes!«
»Sei still, Weib! Was du sagst, ist eine Gotteslästerung.«
Der Priester richtete sich auf und ballte die Fäuste, so daß die Knöchel weiß hervortraten. Nach und nach entspannten sich seine Finger, und er legte sie ausgestreckt auf den Tisch, während das Blut wieder in seine Hände strömte und ihnen ihre gewöhnliche Farbe zurückgab. Als er sprach, klang seine Stimme gelassen und unbewegt.
»Laß sie. Sie lästert nicht. Der Schmerz kennt keine anderen Worte.«
Meine Mutter stieß uns vor sich her zur Tür. Als wir dicht an dem Priester vorbeigingen, machte er eine Handbewegung, als wollte er uns zurückhalten. Aber meine Mutter riß uns weg.
»Nein! Auch Sie sind ein Feind von uns.«
Es war Mitternacht, als wir durch die dunklen, öden Straßen nach Hause gingen. Mutter weinte auf dem ganzen Weg.

X

»Die göttliche Vorsehung verläßt die Gläubigen nicht, die sich ihrer Macht anvertrauen.«
Tante Romelia erlaubte sich, kurz und spöttisch zu lachen.
»Ach Amalia, man sieht, wie wenig du vom Leben erfahren hast.«
Amalia sah auf, mit ruhigen Augen, in denen kein Vorwurf war.
»Ja, ich habe nicht geheiratet, habe keine Kinder; nicht einmal zur Nonne habe ich es gebracht. Und jahrelang habe ich mich dessen geschämt, ein so nutzloses Geschöpf zu sein, nutzlos wie ein Stein, über den die anderen stolpern auf ihrem Weg. Aber jetzt ist es anders. Jetzt bin ich für etwas gut.«
»Natürlich. Was würde auch aus deiner Mutter, wenn du sie nicht pflegtest?«

»Ich denke dabei nicht an meine Mutter. Die Ärmste wird es nicht mehr lange schaffen. Da ist noch eine andere Aufgabe. Seitdem die Verfolgung begann, habe ich mein Haus für Gottesdienste zur Verfügung gestellt und den Priestern Obdach geboten.«
»Schöne Priester! Zoraida hat mir schon erzählt, wie diese Giftkröte sie empfangen hat.«
Amalia zitterte vor Entrüstung am ganzen Leib.
»Ja, zahm und wehrlos will man sie, daß man sie schneller aus dem Weg schaffen kann. Unterwürfig sollen sie sein, daß man sie nach Belieben deichseln kann. Darauf können sie lange warten. Der Priester vermag mehr als ganz Comitán.«
Meine Mutter preßte die Hände an die Schläfen und flehte seufzend:
»Habt doch Mitleid und hört auf zu streiten. Mir zerspringt der Kopf.«
»Hör mich an, Zoraida. Die göttliche Vorsehung wacht allezeit über uns. Vollbringe eine Tat des Glaubens und lege dein Geschick in ihre Hand. Sie wird es dir vergelten, wie sie es mir vergolten hat.«
Tante Romelia drehte sich um und fragte zweifelnd:
»Dir?«
»Unter all den vielen Leuten, die zu mir ins Haus kommen, ist nicht einer gewesen, der spioniert hat, nicht einer. Die Frau des Stadtpräsidenten hat es mir erzählt: sie haben keine einzige Anzeige erhalten. Und nicht wegen meiner Klugheit. Ich lasse alle herein. Von vielen weiß ich nicht einmal, wer sie sind. Aber die göttliche Vorsehung beschirmt uns.«
»Und was will die göttliche Vorsehung von Zoraida?«
»Daß sie Mario zum heiligen Abendmahl schickt.«
»Warum auch nicht?« räumte Tante Romelia ein. »Es ist da wie bei der Homöopathie. Hilft es nicht, so schadet es wenigstens nicht.«
»Aber um selbst geheilt zu werden, hast du dich nicht an die Homöopathie gehalten, sondern nimmst Zuflucht bei deinem Mann«, antwortete meine Mutter heftig.

Amalia kostete die überraschende Neuigkeit aus.
»Wirklich? Wollen Sie wieder mit ihm zusammenleben?«
Offensichtlich behagte es Tante Romelia nicht, daß ihre Pläne bekannt wurden.
»Die Ärzte in der Hauptstadt haben es mir geraten.«
»Aber als du dich von ihm trenntest, hast du doch gesagt...«
»Ja, und jetzt büße ich für meine Worte. Außerdem ziehe ich es vor, in meinem eigenen Haus zu wohnen, sei es auch noch so bescheiden, statt auf anderer Leute Gnaden in einem Haus zu leben, wo man einem auf Schritt und Tritt alle Wohltaten vorrechnet.«
Tante Romelia stand auf und verließ das Zimmer. Eine Weile herrschte Schweigen.
»Sie hat es dir übelgenommen, Zoraida.«
»Das ist mir gleich. Die ganze Welt ist mir gleich. Ich bin verzweifelt, Amalia, verzweifelt.«
Amalia streichelte den zermarterten Kopf meiner Mutter.
»Ich weiß nicht, ob ich César schreiben und ihn bitten soll, er möchte kommen. Tausendmal habe ich einen Brief angefangen und immer wieder zerrissen. Wozu sollte er auch kommen? Und dann reut es mich wieder, ich sage mir: wenn etwas passieren würde...«
»Nichts wird passieren. Die Zauberer sind wohl mächtig. Alle sagen das. Sie werden auch das Tor des Herrenhauses nicht respektieren. Aber an der Pforte des Sakramenthäuschens müssen sie haltmachen.«
»Du bist sehr gut zu mir gewesen, Amalia. Nur du hast Verständnis für mich und hörst mich an. Die anderen denken, ich bin verrückt. Und wenn ich sie um ihren Rat bitte, dann reden sie sich heraus, weil es ihnen allen gleich ist, ob mein Junge umgebracht wird. Nicht wahr, Amalia, das darf nicht sein?«
»Laß dir helfen. Schick die Kinder zu mir ins Haus, damit ich sie im Katechismus unterweisen kann.«
Noch am selben Nachmittag gingen Mario und ich zu ihr.

Der Unterricht fand auf der Galerie statt, zwischen den Blumentöpfen und den Käfigen der Kanarienvögel, die aus voller Kehle trillerten. Wir setzten uns auf niedrige Korbstühlchen. Amalia saß uns gegenüber in einem Schaukelstuhl. Sie begann die Christenlehre, indem sie uns fragte:
»Sagt, Kinder, wie heißt ihr?«
Mario und ich sahen uns verdutzt an, und wir wußten nicht, was wir darauf antworten sollten.
»Ihr braucht nicht so verängstigt dreinzuschauen. Das ist die erste Frage von Pater Ribaldo.«
Schweigend las sie ein paar Minuten lang in einem Buch, und dann klappte sie es zu.
»Das Folgende ist sehr schwierig für euch. Ich lehre euch die Dinge lieber auf meine Weise. Ihr wißt nichts von der Religion, nicht wahr?«
Wir schüttelten den Kopf.
»Dann ist es nötig, daß ihr zunächst das Wichtigste erfahrt: es gibt die Hölle.«
Das war uns nichts Neues. Wir hatten schon öfters dies Wort gehört. Aber bis jetzt hatten wir nur erfahren, daß es etwas Rotes und Heißes wäre, und daß die, welche das Unglück hatten, hineinzufallen, dort auf alle mögliche Weise gequält würden. In großen Kesseln voll kochendem Öl würden sie gebadet. Mit Nadeln stäche man ihnen die Augen aus, ›wie den Kanarienvögeln, damit sie besser singen‹. Sie würden an den Fußsohlen gekitzelt.
Mario und ich hatten bis dahin so nebeneinanderher gelebt, jeder in seiner Welt; jeder hatte getan, was ihm Spaß machte, und keiner hatte sich um den anderen recht gekümmert. Aber jetzt fühlten wir auf einmal, daß wir zusammengehörten. Ganz langsam, beinahe unmerklich, rückten wir unsere Stühle zusammen, so daß wir uns jederzeit an der Hand halten konnten, als Amalia uns erzählte, wie in der Hölle die Teufel tanzen und Luzifer den Takt dazu schlägt. Dabei fühlten wir, daß unsere Hände feucht und kalt waren, jetzt, wo der Schatten allmählich Stück für Stück die Backsteinfliesen auf dem

Boden der Galerie zugedeckt hatte und wir in diesem Schattenland gefangen saßen; jetzt, wo das alte Mütterchen sicher schluchzend am Fenster saß und niemand es tröstete; jetzt, wo die Vögel verstummt waren und die Ranken der Schlingpflanzen seltsame, unheimliche Formen annahmen.
»In die Hölle kommen die Kinder, die sich schlecht betragen.« Was ist ›schlecht betragen‹? Zum Beispiel: den Eltern nicht gehorchen. Aber das ist nicht so einfach. Mario und ich haben es ein paarmal versucht, ohne Erfolg. Bonbons stehlen. So besonders gut schmecken die schließlich auch nicht. Die Hausaufgaben nicht machen. Aber wir gehen ja gar nicht mehr in die Schule. Mit anderen Kindern streiten. Mit welchen denn? Immer hält man uns eingesperrt und erlaubt uns nicht, auf die Straße zu gehen und mit ihnen zu spielen. Nun also? So leicht und schnell kann man also gar nicht in die Hölle fahren. Mario und ich lockern die Umklammerung unserer Hände ein bißchen. Es ist ja auch schon sechs Uhr abends, und eben ist das Licht angegangen.

XI

»Andares! Andares!«
»Was sagte dir denn Andares?«
»Du solltest mir auftun die Bahn.«
»Was willst du bezahlen?«
»Drei Eierschalen.«
»Womit dielt man den Gang?«
»Mit Dielen so lang!«
»Wohin steckt man das Geld?«
»In die Tasche, die hält.«
»Was gibst du mir, wenn ich dir auftu die Bahn?«
»Das Eselein hier und das Stricklein daran.«

Wir spielen im Hinterhof. Unsere beiden Kindermädchen (eine davon heißt Vicenta, die andere Rosalía; aber in diesem ›Spiel von der Grenze‹ hat Rosalía den Namen ›Guatemala‹, und Vicenta heißt ›Mexiko‹) haben sich über Kreuz die Hände gegeben und versperren Mario und mir die Bahn. Sie haben uns genau ausgefragt. Zum Schluß sagen wir, mit wem wir gehen wollen.

»Ich? Mit Mexiko.«

»Und ich mit Guatemala!«

Und dann umschlingt man die Hüften der Erwählten und hilft ihr beim Wettziehen, wobei diejenige gewinnt, die sich am besten feststemmen kann. Heute aber hörte Rosalía gerade, als es drauf ankam, plötzlich auf zu ziehen und ließ los, so daß Vicenta und Mario nach hinten flogen und beinahe auf den Boden purzelten. Sie lachten. Denn diese neue Methode machte das Spiel noch lustiger.

»Noch mal, Vicenta! Noch mal!«

Aber Vicenta wickelte sich in ihr Schultertuch, als ob ihr kalt wäre, und schüttelte den Kopf.

»Es ist schon sehr spät. Es wird bereits dunkel. Gehn wir lieber hinein und spielen ›Bangemachen‹.«

Ich widersetzte mich ernsthaft.

»Meine Mutter erlaubt nicht, daß wir das spielen.«

»Warum?«

»Weil sie es nicht will.«

»Ach, was für ein Musterkind du bist! Man merkt schon, daß du in die Christenlehre gehst.«

Ich möchte Vicenta nicht verärgern; denn sie hat gedroht, sie würde mir sonst keine Geschichten mehr erzählen. Erst vor ein paar Tagen hat sie den Dienst bei uns angetreten. Sie muß an Stelle meiner Nana auf mich aufpassen. Aber ich möchte auch nicht ungehorsam gegen meine Mutter sein; denn das wäre eine Sünde, und ich käme dann in die Hölle. Darum mache ich einen anderen Vorschlag und tue so, als wäre ich ganz begeistert davon.

»Kommt, wir machen das Farbenspiel!«

Vicenta macht ein bestürztes Gesicht, als hätte sie etwas völlig Närrisches gehört. Sie bekreuzigt sich hastig und sagt: »Das Farbenspiel? Das ist gegen Gottes Gebote.«

»Da ist doch nichts Böses dabei.«
»Wißt ihr denn nicht, was den beiden Buben von Don Límbano Román passiert ist, weil sie das Farbenspiel gemacht haben? Es geschah in dem Haus, wo ich in Dienst war, bevor ich hierherkam.«
Ein bißchen ängstlich gestehen wir, daß wir nichts davon gehört haben.
»Soll ich euch die Geschichte erzählen?«
Mario dreht sich um, damit er nicht antworten muß; denn Vicentas Geschichten jagen ihm Furcht und Schrecken ein. Ich muß also allein entscheiden, und mit einer Stimme so dünn wie ein Fädchen antworte ich:
»Ja.«
»Aber nicht hier, wo einem der Wind um die Ohren pfeift. Kommt, wir gehen in die Küche. Denn solche Geschichten muß man unter Dach erzählen.«
Vicenta und Rosalía gingen voran. Sie tuschelten und lachten heimlich hinter ihren Umhangtüchern.
In der Küche steckten wir eine Kerze an. Und als wir alle um die Feuerstelle herumsaßen, fing Vicenta an zu erzählen.
»Also, da waren zwei Buben, die hießen Luis und Conrado. Jeden Abend trafen sie sich mit anderen kleinen Bürschchen, um mit ihnen im Hinterhof zu spielen. Ach, du lieber Gott, zum Fürchten war es da. Stockfinster war der Hinterhof; denn kein Licht brannte da, und unterm dichten Laub der Büsche und Sträucher war die Nacht kohlrabenschwarz. Aber die Lausbuben, die sich überall herumtrieben, wo sie nichts zu suchen hatten, und gerne geheime Winkel und Gänge durchstöberten, suchten diesen Ort auf, weil sie dort vor jedem Aufpasser sicher waren. Und eines schönen Abends beschlossen die Buben, das ›Farbenspiel‹ zu machen. Sie setzten sich unter einen Pfirsichbaum, und Luis, der den Engel mit der goldenen Kugel spielen sollte, entfernte sich ein paar Schritte von den anderen, um dort zu warten, bis die anderen ihre Farbe ausgewählt hatten. Aber schon eine ganze Weile hatte jeder von ihnen die seine gewählt, und Luis zeigte sich immer

noch nicht. Da begannen sie, ihn zu rufen, und schließlich hörten sie ein Rascheln von Schritten im Laub, und eine rauhe Stimme, die so klang, als gehörte sie einem Erwachsenen, sagte:

›Ton-ton.‹

Die Buben fragten:

›Wer ist da?‹

Und die rauhe Stimme antwortete:

›Der Teufel mit den sieben Stricken.‹

Sie wunderten sich, warum Luis ihnen antwortete, er wäre der Teufel mit den sieben Stricken, wo sie doch ausgemacht hatten, er wäre der Engel mit der goldenen Kugel. Aber leichtsinnig wie Buben nun mal sind, gingen sie der Sache nicht auf den Grund, sondern spielten weiter.

›Was willst du?‹

›Eine Farbe.‹

›Welche Farbe?‹

›Purpurrot.‹

Conrado wollte nicht aufstehen, denn es war ihm nicht geheuer. Aber die anderen pufften ihn, weil er derjenige war, der diese Farbe gewählt hatte. So faßte er sich ein Herz und tappte im Dunkeln auf die Stelle zu, von wo die Stimme gekommen war. Dort, hinterm Buschwerk, stand ein kleiner Junge. Conrado konnte sein Gesicht nicht genau sehen, denn der Hinterhof dieses Hauses war – wie ich ja schon sagte – stockfinster. Und plötzlich, durch wer weiß was für Zauberkünste, erstrahlte ein Licht. Und Conrado stockte das Herz im Leibe, wie er da Auge in Auge einem Buben gegenüberstand, der gar nicht sein Bruder war. Sein Gesicht sah aus wie das Gesicht eines Kindes, aber es war behaart und voller Runzeln. Es war der Teufel mit den sieben Stricken, der auch den üblen Namen Catashaná trägt.

Conrado wollte davonrennen, aber er stolperte über einen Körper, der mit dem Kopf nach unten auf dem Boden lag. Catashaná packte ihn an der Hand, hielt ihn fest und sagte, auf den Körper deutend:

›Da, schau an, wie du deinen Bruder mit deinen Faustschlägen zugerichtet hast.‹

Das sagte Catashaná, weil er der Vater der Lüge ist.

Aber Conrado hatte ein solcher Schreck befallen, daß ihm die Zähne klapperten und er unfähig war, etwas zu antworten. In seiner Benommenheit vermochte er nicht einmal San Caralampio anzurufen oder das Kreuzeszeichen zu machen, nichts, gar nichts. Da sagte Catashaná zu ihm:

›Von jetzt an gehörst du mir, und du wirst alles tun, was ich dir befehle.‹

Er ließ Conrados Hand nicht los, und Conrado fühlte sie brennen, als hätte er in glühende Kohlen gegriffen.

Und Catashaná sagte:

›Ich will, daß du mir eine geweihte Hostie bringst, damit ich sie essen kann.‹

Am nächsten Tag ging Conrado zum Priester, um ihm zu sagen, daß er zur Ersten Kommunion gehen wolle, und begann den Katechismus zu lernen. Aber anstatt auf das zu achten, was man ihn lehrte, war er nur darauf bedacht, böse Streiche auszuhecken, wenn sich nur immer eine Gelegenheit dazu bot. Er war unartig und vorwitzig, ein richtiger Judasschwanz. Da half kein Schelten und kein Drohen. Alles war umsonst. Aber Catashaná bewirkte es, daß der Priester von alldem gar nichts merkte und ihn für einen sehr braven Jungen hielt, so daß er schließlich zu ihm sagte, er habe nun genug gelernt und könne am Abendmahl teilnehmen. Und so stieg er, den Mund noch voll häßlicher Worte, die Stufen hinauf zu dem Gitter, das den Altar umfriedet. Aber in dem Augenblick, als der Priester ihm die Hostie in den Mund schob, bestrafte Gott den bösen Conrado. Die Hostie verwandelte sich in eine Bleikugel. Und so sehr Conrado sich auch mühte, sie hinunterzuschlucken – es gelang ihm nicht. Und wie er es wieder und wieder versuchte, da blieb sie ihm schließlich in der Kehle stecken, und Conrado erstickte und fiel tot um.«

Vicentas Geschichte war zu Ende. Mario rannte aus der

Küche, dabei ging die Kerze aus. Ich lief ihm nach. Und als ich ihn einholte auf der Galerie, sagte er schluchzend:
»Ich will nicht zur Kommunion gehen.«

XII

Meine Mutter befühlte die Brust der Truthähne und wog sie in der Hand: »Sie sind mager.«
»Aber bis zum Festtag haben sie noch genügend Zeit, um fett zu werden. Jeder ist gut seine zwanzig Reales wert.«
Die Händlerin nahm das Geld und ging.
Seitdem sind die Truthähne im Hof hinter unserem Haus, wo sie ihr Rad schlagen und dazu mit dem Kropf gluckern wie ein Krug, den man ausschüttet. Sie picken gierig die Maiskörner auf, die Vicenta und Rosalía ihnen hinstreuen, und schlafen an dem Platz, wo die Nacht sie gerade überrascht. Mario und ich sind hinter ihnen hergerannt, haben Leintücher geschwenkt und mit Topfdeckeln geklappert, damit sie erschrecken und hochfliegen. Aber die Truthähne drückten sich zitternd an die Lehmwand und flogen nicht, weil sie immer schwerer werden und nicht mehr vom Boden loskommen. Als die Frau, die bei uns die Pasteten backen soll, in den Hinterhof kam, schaute sie die Tiere hochachtungsvoll an und nickte ihnen von weitem anerkennend zu.
Chepe de Todos, dem Gärtner, ließ Mutter sagen, er möchte kommen und die Pflanzen beschneiden. Nun jätete er die Unkräuter, fegte sie mit dem Besen zusammen und warf alles in einer Ecke des Gartens auf einen Haufen. Aber jedesmal, wenn Chepe nicht aufpaßt, gehen Mario und ich in diese Ecke, holen eine Handvoll von dem Zusammengefegten und streuen es in die Blumenbeete, so daß Chepe wieder von vorne mit der Arbeit anfangen muß. Aber er hat es nicht gemerkt. Er steht auf seiner Leiter und schmückt die Bäume und Pfeiler mit Orchideen, die lauter verschiedene Namen haben. Er beeilt sich, denn er hat versprochen, daß die Knospen am Morgen des Kommuniontages aufbrechen werden.

In allen Zimmern des Hauses sieht es kunterbunt aus; alle Türen stehen sperrangelweit offen, nur nicht die Tür des Zimmers, in dem die Frau arbeitet, die die Schokolade walkt, und in das wir nicht hineindürfen. In den anderen Stuben haben Vicenta und Amalia zu tun. Sie rücken Möbel hin und her, hängen neue Gardinen an die Fenster, reiben die Spiegel blank mit feuchtem Papier, das in hohen Tönen quietscht, so daß es einem eiskalt über den Rücken läuft. Mario und ich laufen überall hinter ihnen her. Um ihnen einen Streich zu spielen, kippen wir die Stühle um, malen Striche an die Wand und machen Tintenkleckse auf den Boden. Wie sie entdecken, daß wir ihnen alles wieder verderben, grollen sie und schimpfen halblaut vor sich hin. Wir beiden nehmen Reißaus und suchen bei unserer Mutter Zuflucht.

Sie hat rote Augen. Tag und Nacht hat sie gehäkelt, damit die Decke fertig wird, mit der sie den Altar der Hauskapelle schmücken will. Ganz allein hat sie es gemacht; denn Tante Romelia, die ihr früher half, ist schon vor über einem Monat abgereist zu ihrem Mann. Heute ist die Decke mit Mühe und Not gerade fertiggeworden. Man hat sie gestärkt, und jetzt trocknet sie auf dem Bügeltisch, wo sie mit Nadeln festgesteckt ist, damit sie sich nicht verzieht. Bis es soweit ist, daß man sie über den Altar breiten kann, putzt meine Mutter die Kapelle. Sie wedelt den Staub von den geschnitzten Figuren und stellt sie wieder an ihren Platz: das Jesuskind, das auf einem Felsen sitzt, dessen spitze Zacken mit Wattewolken gepolstert sind; der bärtige San Caralampio, der in einer Nische kniet; die göttlichen Gestalten der Dreieinigkeit, die sich freundschaftlich miteinander unterhalten.

Vicenta und Rosalía bringen die Decke, die sie schon gebügelt haben. Wir halten sie gegen das Licht und betrachten die Blumengirlanden, die sich um blutende Herzen und geheimnisvolle Buchstaben winden. Sie legen die Decke auf den Altar, fassen sie an den vier Zipfeln, ziehen sie auseinander und streichen sie glatt, bis sie endlich zufrieden sind.

Meine Mutter befiehlt, die Fenster der Kapelle zuzumachen

und dann die Türe abzuschließen und zweimal den Schlüssel herumzudrehen. Vicenta und Amalia tun es. Sie lassen den Schlüssel im Schloß stecken und gehen weg.
Mario und ich bleiben wie gebannt stehen und starren dieses Stück Eisen an, das uns trennt von der Kapelle und vom Tag der Ersten Kommunion. Getrieben von einem unwiderstehlichen Drang, ging ich hin und zog den Schlüssel ab.
Mario wich erschrocken zurück.
Er wollte nicht mit mir gehen. Er blieb da, ich aber lief weg, und, ohne daß es einer sah, versteckte ich den Schlüssel in der Truhe meiner Nana, zwischen ihren Kleidern und den Kieselsteinchen von Chactajal.

XIII

Amalia trank einen Schluck Kaffee und stellte dann die Tasse wieder behutsam auf den Unterteller. Dann sagte sie:
»Gott ist im Himmel, auf der Erde und an allen Orten.«
Sie hat uns angekündigt, heute sei eine der letzten Katechismusstunden. Unserer Mutter hat sie schon gesagt, daß Mario und ich nun genügend vorbereitet seien für den Gang zum Abendmahl. Sie hat ihr auch geraten, gleich den nächsten Besuch des Priesters in Comitán dafür zu benutzen.
»Ist Gott jetzt hier bei uns?«
Mario möchte, daß man es ihm genau und ausführlich erklärt.
»Gott schaut uns jetzt zu und sagt: ›Was für zwei nette Kinder! Sie passen so fleißig auf beim Unterricht, machen keine frechen Streiche, lügen nicht und folgen den Worten der großen Leute.‹ Und er wird wohl auch sagen: ›Es war doch nicht ganz sinnlos, daß ich diesem armen Weib das Leben schenkte. Nun ist sie doch zu etwas gut gewesen. Sie hat dazu beigetragen, daß diese Kinder mich kennenlernen.‹«
»Gott schaut uns zu?«
»Immer. Schon als dich Doktor Mazariegos noch in seinem Köfferchen durch die Straßen schmuggelte, hat Gott dir zu-

gesehen. Und später – hast du nie bemerkt, wie die Sterne blinzeln? Das sind die kleinen Gucklöcher, die unsere Schutzengel in den Himmel gebohrt haben, um uns zu bewachen und um Gott Rechenschaft ablegen zu können über alles, was wir tun.«

»Aber am Tag sind doch die Sterne zu.«

»Tagsüber hält sich der Engel mehr in unserer Nähe auf.«

»Der Engel mit der goldenen Kugel?«

»Und bei Nacht der Teufel mit den sieben Stricken. Damit genug für heute, Kinder. Ihr seid schon müde. Ihr denkt schon wieder ans Spielen.«

Amalia steht auf, und ehe wir fortgehen, schenkt sie uns noch ein paar Süßigkeiten aus ihrer Kristalldose. Wir tragen sie in unseren fest zusammengepreßten, feuchten Händen, wo sie allmählich aufweichen zu einer zähen, klebrigen Masse, während wir mit hängenden Köpfen, begleitet von Vicenta und Rosalía, die uns abgeholt haben, nach Hause gehen.

Meine Mutter sitzt ganz oben am Eßtisch. Mario setzt sich an ihre rechte Seite und ich an ihre linke.

Vicenta und Rosalía gehen hin und her und tragen das Abendessen auf: eine dampfende Schüssel voll duftender Maiswickel, dazu gekochte Bananen und Bohnenmus. Mario und ich weisen alles zurück, was die Mägde uns der Reihe nach anbieten.

»Habt ihr keinen Hunger?« fragt meine Mutter, ein wenig beunruhigt.

Mario und ich schütteln den Kopf.

»Wie stellt ihr euch denn an? Was ist in euch gefahren? Versucht doch wenigstens ein bißchen von dem Gebäck. Ich habe extra die Sorten ausgesucht, die euch so gut schmecken.«

Sie hebt die Serviette ab, und darunter kommen Krapfen zum Vorschein, dicht mit Sesamkörnchen bestreut; Schokoladenkringel, die aus einer weißen und einer dunklen Teigsträhne geflochten sind; Pfitzauf, der ganz gelb ist und so locker wie ein Schwamm; Kleiesemmel, innen hohl, die mit Honig bestrichen so lecker sind; und sogar Blätterzungen.

Wir machen lustlose Gesichter. Da versucht meine Mutter ein letztes Mittel, unseren Appetit zu wecken:
»Es ist geweihtes Brot.«
Mario schiebt den Korb so weit wie möglich von uns weg.
»Um Gottes willen, Mario, sei so gut und quäle mich nicht. Iß doch einen Bissen wenigstens.«
»Ich bin müde. Morgen.«
»Fühlst du dich nicht wohl? Hast du Fieber?«
Mit dem Handrücken befühlt sie seine Stirn und seine Wangen.
»Sie sind kühl. Sag mir, was du hast. Tut dir etwas weh?«
»Ich bin müde. Ich will ins Bett, Mama.«
Vicenta und Rosalía ziehen uns aus. Sie lassen uns in die langen Flanellnachthemden schlüpfen und packen uns gut ein. Dann breiten sie die beiden Betthimmel aus feinem Tüll auseinander.
»Aber laß die Kerze auf dem Nachttisch brennen. Ich hab Angst, wenn es dunkel ist.«
»Schon gut, Mario. Gute Nacht, ihr kleinen Patrones.«
Sie lassen uns allein. Ich mache die Augen zu, denn ich möchte nicht die Schatten sehen, die die Kerze an die Wand wirft. Gedämpft durch die Tüllwolke, die mich umgibt, dringen die Geräusche an mein Ohr: das unruhige Atmen Marios; die Schritte und die Stimmen in der Ferne, im Haus, auf der Straße; das Zirpen der Grillen. Gleichmäßig hebt und senkt sich meine Brust. Der Schlaf hat mir Sand auf die Lider gestreut.
Auf einmal wache ich auf von einem leisen, kaum hörbaren Knarren. Ich mache die Augen auf und sehe verschwommen hinter den Tüllfalten des Betthimmels im flackernden Kerzenlicht die Gestalt meiner Mutter. Mit einem wollenen Spitzentuch um die Schultern kommt sie näher, ohne Schuhe, um keinen Lärm zu machen, und beugt sich über Marios Bett, als wolle sie nachsehen, ob er gut schläft. Nur eine Minute lang. Und dann geht sie wieder hinaus, so leise, wie sie hereingekommen ist.

Die Rathausuhr schlug. Ich fing an, die einzelnen Glockenschläge zu zählen. Eins, zwei, drei, vier, fünf... Aber ich war eingeschlafen, ehe der letzte Schlag ertönte.
Marios Schrei zerriß die Dunkelheit. Er schrie auf vor Schmerz, vor Angst. Er wehrte sich im Traum gegen irgendein Ungeheuer. In seinem Wahn rief er wieder und wieder:
»Der Schlüssel ... Sie haben gesehen, wie wir den Schlüssel gestohlen haben ... Wenn wir den Schlüssel nicht zurückgeben, holt uns Catashaná.«
Unversehens ging das elektrische Licht an, und meine Mutter erschien auf der Schwelle unseres Schlafzimmers. Da stand sie, noch immer barfuß, mit den Händen sich an den Türrahmen klammernd, und starrte entsetzt mit weit aufgerissenen Augen auf Marios Bett.

XIV

Doktor Mazariegos ist ein kurzgewachsener, stämmiger Mann mit einem kindlichen Blick, einem unschuldigen Lächeln und rotüberhauchten, flaumigen Pfirsichbacken. Er trägt Ledergamaschen und reitet auf einem schäbigen alten Maultier herum, das er seit dem Tage hat, an dem er mit seinem funkelnagelneuen Diplom unterm Arm nach Comitán gekommen war.
Das Maultier kennt die Häuser seiner Patienten. Vor unserem machte es ohne Zögern halt.
»Ich bin schon hier«, rief der Arzt durch den Flur.
Wie ich seine Stimme hörte, die so frisch, so fröhlich klang, rannte ich hinaus, ihm guten Tag zu sagen. Er schloß mich in seine Arme und ließ mich wild durch die Luft wirbeln. Als er mich wieder auf dem Boden absetzte, war mir schwindelig und glücklich zumute. Dann schenkte er mir ein Stück Kaugummi.
»Guten Tag, Señora. Ich stehe zu ihren Diensten.«
Meine Mutter war verstört herausgeeilt und stürzte nun vorwurfsvoll dem Arzt entgegen:
»Seit gestern früh lasse ich nach Ihnen schicken.«

Er ließ sie nicht zu Ende reden.
»Es war unmöglich, früher zu kommen. Eine wahre Epidemie von Geburtswehen ist über diesen Ort hereingebrochen. Man hat hierzulande eben sonst nicht viel Zeitvertreib.«
»Es handelt sich um einen sehr dringenden Fall.«
Doktor Mazariegos ging auf meine Mutter zu, klopfte ihr väterlich auf die Schulter und sagte:
»Ruhe bewahren, immer Ruhe bewahren. Kein Anlaß, sich solche Sorgen zu machen. Für jedes Wehwehchen gibts ein Pflaster. Wir wollen mal sehen. Um wen handelt es sich denn?«
»Mario ...«
Ein Zittern in ihrer Stimme, das sie nicht unterdrücken konnte, ließ ihre Worte zerbrechen.
»Wir wollen mal sehen, über was der Junge zu klagen hat. Begleiten Sie mich, Doña Zoraida. Ich möchte ihn untersuchen.«
Beide gingen in das Schlafzimmer meiner Mutter, und weil sie nicht auf mich achtgaben, konnte ich hinter ihnen hineinschlüpfen. Mario lag auf dem Rücken in dem breiten Bett meiner Eltern und war mit einem Leintuch zugedeckt. Seine Augen waren zu, die Nase spitz, und seine verschwitzten Haare klebten ihm strähnig auf der Stirn.
Doktor Mazariegos rückte einen Stuhl an den Bettrand und setzte sich. Aus seinem Köfferchen holte er einen Apparat, mit dem er den Kranken abhorchte. Er nahm eine von Marios Händen, die schlaff in der seinen liegen blieb.
»Der Puls ist normal. Hat er über irgendwelche Schmerzen geklagt?«
»Er hat irgend etwas mit einem Schlüssel. Die ganze Nacht hindurch hat er immer wieder davon angefangen.«
Der Arzt zog das Laken weg, entblößte Marios Bauch und befühlte ihn grob mit seinen rauhen Fingern. Aus dem Mund meines Bruders kamen schwache Seufzer.
Doktor Mazariegos stand auf. Er runzelte besorgt die Stirn. Ohne sich dem Kranken wieder zu nähern, befahl er:

»Zeig deine Zunge.«
Marios Augen waren jetzt weit offen; sein starrer Blick schien die Bilder durchbohren zu wollen, die ihn umgaben. Er gehorchte nicht. Seine Kiefer blieben fest zusammengepreßt.
»Warum folgt er nicht, Doktor? Hört er nicht?«
Doktor Mazariegos gab meiner Mutter ein Zeichen, sie solle schweigen. Auf den Zehenspitzen ging er hinaus auf den Gang. Sie folgte ihm.
»Was hat mein Junge, Doktor?«
Mazariegos zuckte verlegen mit den Schultern. Aber er bereute es, daß er seine Unwissenheit gezeigt hatte, und sagte in sicherem Ton:
»Es ist noch zu früh, eine Diagnose zu stellen. Warten wir ab, bis die Symptome klarer hervortreten. Alles in allem haben wir bis jetzt keine verläßlichen Anhaltspunkte. Keine Erhöhung der Temperatur, keine Schmerzen, keine ...«
»Aber das ist doch nicht natürlich, der Zustand, in dem er daliegt. Er will nichts essen, er kann nicht schlafen. Er spricht nicht, er versteht nicht, was man zu ihm sagt.«
»Es ist wirklich sehr seltsam. Aber vielleicht ist es nur eine vorübergehende Erscheinung. Es kann sein, daß er morgen schon wieder herumspringt wie immer.«
Meine Mutter drang leidenschaftlich in ihn:
»Wir müssen ihm helfen, Doktor.«
»Natürlich werden wir ihm helfen. Aber immer mit der Ruhe, Señora. Es ist gut, daß Sie mich gerufen haben. Wäre dieser Fall einem jungen Arzt in die Hände gekommen, so einem Klugschwätzer und Luftikus, der würde wohl nicht zögern, der Sache einen Namen zu geben, so einen neumodischen Namen, von dem kaum je ein Mensch etwas gehört hat. Er würde vielleicht eine Operation verordnen. Sie reißen lieber das Übel gleich mit der Wurzel aus, anstatt mit Geduld dagegen anzugehen, mit anderen, langsamen Mitteln, die jedoch auf die Dauer wirksamer und weniger schädlich sind. Denn die Erfahrung lehrt uns: jeder chirurgische Eingriff bringt gewisse Risiken mit sich. Die Folgen sind nicht vorauszu-

sehen. Man hat zum Beispiel festgestellt, daß ein großer Prozentsatz der Patienten, denen man den Blinddarm herausnimmt, später ertaubt.«

»Dann hat Mario also Blinddarmentzündung?«

»Das habe ich nicht gesagt, Doña Zoraida. Nur keine Überstürzung. Ich spreche von allgemeinen Erkenntnissen.«

»Aber, Doktor ...«

»Jetzt will ich Ihnen unseren konkreten Fall erklären. Die Sache ist nicht zum Verzweifeln, keineswegs. Doch selbst wenn sie es wäre – hier in Comitán verfügen wir nicht über die Voraussetzungen für solche Heilverfahren. Die Anwendung der Narkose ist recht heikel, man muß das einem Spezialisten überlassen. Sie wissen ja, daß es hier nicht einen einzigen gibt. Was den Chirurgen betrifft ... Ich selbst habe natürlich die Praktika an der medizinischen Fakultät mitgemacht, sie sogar mit sehr guten Noten absolviert. Aber das ist schon viele Jahre her. Und da ich keine Gelegenheit hatte, auf diesem Berufssektor weiterzuarbeiten, bin ich eben etwas aus der Übung gekommen und ...«

»Ich verstehe, Doktor! Dann gehen wir in die Hauptstadt, heute noch.«

Doktor Mazariegos nahm meiner Mutter allen Wind aus den Segeln, indem er nur fragte:

»Wie?«

»Na, mit dem Auto, mit dem Zug, mit irgendwas.«

»Bis dorthin sind es fünf Tagereisen. Und es ist sehr fraglich, ob das Kind in diesem Zustand der Entkräftung die Strapazen einer solchen Reise durchhalten würde.«

»Es muß andere Mittel und Wege geben. In Tuxtla gibt es Flugverbindungen. Ich werde meinem Mann telegraphieren, er soll ein Flugzeug besorgen.«

»Man wird eines schicken, sobald eine Maschine frei ist. Da sie immer mit Aufträgen überhäuft sind, wird das Flugzeug in einer Woche, in einem Monat hier sein. Bis dahin hat sich die Krisis bereits entschieden.«

Meine Mutter sah todmüde aus. Ungekämmt, blaß und ab-

gezehrt stand sie da, niedergedrückt von den aufreibenden Sorgen der letzten Tage. Doktor Mazariegos klopfte ihr wieder gönnerhaft auf die gebeugten Schultern.
»Andererseits, denken Sie an die Kosten! Wie ich gehört habe, hat Ihr Gatte in seinem Geschäft einige Einbußen erlitten.«
Die Augen meiner Mutter blitzten.
»Stehlen würde ich, wenn es nötig wäre.«
»Aber das ist nicht nötig. Wer sagt denn, daß Mario Blinddarmentzündung hat und eine Operation erforderlich ist?«
»Ich habe es ja gewußt. Wir können gar nichts tun. Weder Sie, Doktor, noch sonst jemand. Denn die Zauberer von Chactajal verzehren mein Kind.«
»Señora, daß Sie auf solchen Aberglauben etwas geben ...«
»Können Sie mir sagen, was für eine Krankheit Mario hat?«
»Ich will Sie nicht mit Fachbegriffen verwirren. Aber es stehen uns viele Hilfsmittel zu Gebot, und ich werde mit keinem sparen. Ich versichere Ihnen, daß ich den Fall mit größter Hingabe studieren werde. Ich stehe jederzeit, bei Tag und Nacht, zu Ihrer Verfügung.«
Er zog einen Rezeptblock aus seiner Westentasche. Langsam und bedächtig schrieb er etwas darauf. Dabei sagte er:
»Übrigens, was den Schlüssel angeht, von dem das Kind spricht ...«
»Es redet im Fieber. Ich weiß nicht, was es damit meint.«
»Schade. Es wäre gut, wenn wir den Jungen beruhigen könnten. Das würde zu seiner Genesung beitragen.«
Dann riß er mit einer raschen Handbewegung das Blatt vom Block und gab es meiner Mutter. Sie las, was auf dem Zettel stand, und sah verwirrt den Arzt an.
»Chinin?«
Doktor Mazariegos wich ihrem Blick aus. Unsicher antwortete er:
»Das Sumpfgelände (um dessen Trockenlegung sich die Behörden nicht kümmern, obwohl ich es ihnen nahegelegt habe) ist ein wahrer Brutherd für Moskitos. Darum ist das Sumpffieber die endemische Krankheit unserer Gegend.«

»Aber Mario ...«
»Mario ist sicherlich damit infiziert worden. Warum sollte er eine Ausnahme sein? Das Chinin hilft seinem Körper, sich dagegen zu wehren.«
Meine Mutter durchbohrte den Arzt mit einem Blick, der so voller Vorwurf war, daß er ihm nicht standhalten konnte. Ehe er ging, bat er sie:
»Verzeihen Sie mir.«
Als er sie alleingelassen hatte, zerknitterte sie das Rezept in den Händen und ließ es auf den Boden fallen.

XV

»Was meinst du, Amalita, wozu man mich gerufen hat? Daß ich die bösen Geister vertreibe, die den Buben peinigen! Fehlt nur noch, daß ich auch ein Zauberer bin! Das haben mir die bösen Lästerzungen angehängt, die Lästerzungen, die unermüdlich neue Verleumdungen aussäen. Was ich bin, das ist für niemanden ein Geheimnis. Ich bin ein Jäger, der immer auf seine Ehre gehalten hat. Quetzaljäger bin ich, um es genauer zu sagen. Daß mir ein Unglück widerfahren ist, das bedeutet noch lange nicht, daß ich ein Zauberer bin. Es war ein Unglück. Niemand hat es in der Hand, ob ihm ein Unglück zustößt oder nicht. Auch hatte man mich nicht gewarnt, als ich zum ersten Mal in das Gebiet von Tziscao drang ...«
»Schon gut, Onkel David, schon gut. Niemand hat an Ihnen etwas auszusetzen.«
»Aber es macht mich wütend, daß Zoraida, die ich doch kenne seit der Zeit, wo sie noch so ein Knirps war, jetzt mit einem solchen Ansinnen, mit Zaubergeschichten zu mir kommt. Nur weil sie seit ihrer Heirat mit César zu den besseren Personen gehört, glaubt sie sich dazu berechtigt, einfache Leute beleidigen zu können. Aber ich habe sie schon gekannt, als sie noch so ein Knirps war.«
»Nehmen Sie es ihr nicht übel, Onkel David. Sie ist völlig durcheinander, die Arme.«

»Ja, sie hat schon Grund dazu. Mit dem Buben gehts abwärts, ihn reißts hinab, wie den Quetzal, wenn ihn die Kugel mitten ins Herz getroffen hat.«
»Um Gottes willen, Onkel David! Sagen Sie das nicht. Man könnte Sie hören.«
»Ja, ich weiß schon, daß jetzt kein Lärm am Platz ist. Deshalb habe ich ja auch die Gitarre nicht mitgebracht.«
»In diesen traurigen Zeiten, wer hätte da auch die fröhliche Laune zum Singen?«
»An den Zeiten liegt es nicht. Wenn ich auf die fröhliche Laune gewartet hätte, dann hätte ich wohl nie gesungen. Aber wer hat dir denn erzählt, daß ich singe, weil ich vergnügt bin? Ich singe, um die Leute zu vergnügen, die mich zum Essen einladen oder zu einem Gläschen Wein.«
»Ach, Onkel David, wie gut, daß Sie mich daran erinnern. Gleich wird Ihr Essen fertig sein.«
»Ich dachte, ich hätte keins verdient.«
»Ich bitte Sie! keine Rede. Aber bei all dem Wirrwarr weiß ich bald selbst nicht mehr, wo mir der Kopf steht. Doch jetzt gleich richte ich Ihnen das Essen. Ich will nur noch geschwind den Tee kochen, den der Junge einnehmen soll.«
Onkel David ging zum Herd, an dem Amalia sich zu schaffen machte, um auszukundschaften, was es gab. Er beugte sich über den brodelnden Kessel und schnupperte. Dann hob er enttäuscht den Kopf.
»Kein Geruch.«
Amalia wurde rot und nahm schnell den Kessel vom Feuer. Um der Neugierde Onkel Davids zu entgehen, drehte sie ihm den Rücken zu, aber Onkel David streckte den Kopf über die Schulter der Jungfer und guckte zu, wie sie den heißen Absud in eine Tasse goß. Ehe Amalia es verhindern konnte, hatte Onkel David schon den Kessel gepackt und seinen Inhalt über den Herd geschüttet.
»Was ist das da?«
Mit den Fingerspitzen hielt Onkel David ein kurzes Stückchen dünner, dunkler Schnur hoch.

»Geben Sie es zurück, Onkel David!« rief Amalia und streckte die Hand aus, um es ihm zu entreißen.
»Aha, dahin läuft also der Hase, du durchtriebenes Frauenzimmer. Solche Heiltränke braust du also!«
»Daran ist nichts Böses«, sagte Amalia heftig. »Das ist Wasser von Lourdes, und dieses Skapulier stammt von der Jungfrau des Ewigen Erbarmens.«
»Na schön, wohl bekomms, Amalita. Und beeile dich, daß du den Trunk dem Kranken bringst, bevor er kalt wird. Gott möge ein Wunder tun und den Buben heilen.«
Als Amalia aus der Küche gegangen war, drehte sich Onkel David zu mir herum. Ich war ruhig in einer Ecke gesessen. Nun winkte er mich zu sich her.
Das verwahrloste, schmutzige Aussehen Onkel Davids ist mir unangenehm. Der Geruch von gemixtem Schnaps, der immer aus seinem Mund kommt, stößt mich ab. Aber meine Eltern haben uns ans Herz gelegt, dem alten Mann mit Ehrfurcht zu begegnen, ihn freundlich zu behandeln und ›Onkel‹ zu ihm zu sagen, als wenn er zur Familie gehörte, damit er sich nicht allein fühlt. Und mit langsamen, schlurfenden Schritten – um es so lang wie möglich hinauszuzögern – ging ich auf ihn zu.
Onkel David setzte mich auf seine Knie, streichelte mir übers Haar und sagte:
»Hättest du nicht Lust, mit mir zu verreisen? Wir würden ins Bergland gehen, mitten ins Herz von Balún Canán, an den Ort, wo die Neun Wächter wohnen. Da würdest du sie alle sehen, so wie sie sind, mit ihrem wahren Gesicht, und sie würden dir ihren wahren Namen nennen ...«
Ich schüttelte heftig den Kopf. Den Tränen nahe, drang Onkel David weiter in mich:
»Laß uns gehen! Bleib nicht hier, mach es nicht wie ich. Denk daran: das Haus stürzt ein. Gehen wir, bevor es uns unter sich begräbt!«
Ich schüttelte wieder den Kopf, diesmal aber sanft. Denn Onkel David sollte nicht auf den Gedanken kommen, daß ich

nein sagte, weil mich das, was er mir vorgeschlagen hatte, erschreckte und sein Aussehen mir nicht gefiel. Deshalb log ich auch und sagte, obwohl ich nicht daran dachte, das herzugeben, was ich versteckt hatte:
»Ich kann nicht fortgehen von hier. Ich muß einen Schlüssel abliefern.«

XVI

›Man lud mich zu einer Landparty auf ein Gut in der Nähe von Tuxtla ein, wo es Ochsen vom Rost gab. Ich ging hin, weil ich erfahren hatte, daß der Gouverneur ebenfalls eingeladen war, sich also vielleicht die Möglichkeit ergeben konnte, mit ihm ins Gespräch zu kommen. Ein Freund stellte uns gegenseitig vor. Ich hatte gedacht, der Gouverneur würde sich nicht einmal mehr an meinen Namen erinnern. Denn obwohl wir uns kennengelernt und verschiedene Male miteinander geredet hatten, als er sich einstens während seiner Wahlkampagne in Comitán aufhielt, so hätte das doch nur dem normalen Lauf der Welt entsprochen. Schließlich kann ein Mann wie er ja auch nicht alles im Kopf behalten, was ihm an Bitten, Wünschen und Anträgen täglich vorgebracht wird. Aber zu meiner Überraschung fragte er mich gleich nach Chactajal. Wir unterhielten uns eine Weile, wobei wir freilich immer wieder unterbrochen wurden von den anderen. Und ich hielt es auch nicht für angebracht, ihm in dieser festlichen Atmosphäre meine Probleme darzulegen. Ich sagte ihm nur, daß ich schon seit einigen Wochen hier sei zu dem Zweck, bei ihm eine Audienz zu erhalten. Er versprach mir, mich am nächsten Tag zu empfangen. Aber als ich am nächsten Tag in Wichs und Gala beim Gouverneurspalast vorsprach, da teilte man mir mit, daß er völlig überraschend eine Reise nach der Hauptstadt habe antreten müssen, um dort mit dem Präsidenten der Republik einige Angelegenheiten zu regeln. Aber ich solle hierbleiben, bis er zurückkomme. Nun hocke ich also noch immer auf dem gleichen Fleck und warte. Jetzt allerdings

voller Zuversicht, denn ich bin sicher, daß der Gouverneur, sobald er zurück ist, mich empfängt. Und wenn er erfährt, in welcher Lage ich stecke, wird er sofort alle Hebel in Bewegung setzen, um alles zum Guten zu wenden. Er ist ein sehr sympathischer, schlichter und herzlicher Mann. Der echte Typ des rauhbeinigen, aber hochherzigen Mannes von Chiapas.
Was du mir über Marios Krankheit schreibst, scheint mir kein Grund zur Aufregung zu sein. Du weißt ja, daß bei Kindern jedes kleine Übel die tollsten Symptome zeitigt. Aber wenn Doktor Mazariegos dir gesagt hat, daß es nichts Ernsthaftes sei, dann ist es auch wirklich eine harmlose Sache. Ich muß dir nicht beteuern, daß er ein sehr befähigter, verantwortungsbewußter Arzt ist, dem man vertrauen kann.
Fasse dich also in Geduld. Ich werde heimkommen, jedoch nicht so schnell, wie du es wünschst. Zuerst muß ich mit dem Gouverneur gesprochen haben.‹
Meine Mutter gab den Brief Amalia.
»Lies.«
Amalia las und schüttelte dabei traurig den Kopf.
»Aber Zoraida, es ist nicht Césars Schuld. Er ist so weit weg; da kann er den Ernst der Lage nicht erkennen. Doch wenn du ihm ein Telegramm schicken würdest, in dem du ihm mitteilst, wie es mit Mario steht...«
»Er würde es nicht mehr rechtzeitig bekommen.«
»Zoraida, sprich nicht so! Das hieße der göttlichen Vorsehung mißtrauen. Wir haben noch nicht alles versucht, wir müssen kämpfen bis zum Ende.«
»Wir sind am Ende.«
»Nein. Noch ein Mittel steht uns zu Gebot.«
»Welches?«
»Der Priester. Hör mich an, Zoraida, bitte... Der Priester ist der einzige Mensch, der Mario retten kann. Er wird Bannsprüche beten, damit der Satan weiche von diesem Haus. Denn der Satan ist es. Alle merken das. Selbst Doktor Mazariegos. Warum, glaubst du, hat er nicht versucht, das Kind zu operieren? Weil er weiß, daß es nichts nützen würde.«

Neue Hoffnung glimmt in den Augen meiner Mutter auf.
»Und du glaubst, daß der Priester bereit sein wird, hierherzukommen, nach all dem ...?«
»Nach all dem, was du in jener Nacht zu ihm gesagt hast? Er selbst hat mir aufgetragen, dich um Verzeihung zu bitten.«
»Dann lauf schnell, Amalia! Auf was wartest du noch? Geh und hole den Priester.«
Der Priester! Ich gebe den Schlüssel nicht her. Wenn sie kommen, können sie die Tür zur Kapelle nicht öffnen. Sie werden Mario bestrafen, weil sie glauben, er sei der Schuldige, und sie werden ihn den Händen von Catashaná ausliefern.
»Der Priester soll nicht kommen, er soll nicht kommen! Ich lasse ihn nicht herein!«
Meine Mutter drehte sich ungeduldig nach mir um.
»Du hast mir gerade noch gefehlt. Amalia, sei so gut und bring das Mädchen hinaus. Bei ihrem Geschrei kann Mario ja nicht schlafen.«
Amalia nahm mich bei der Hand. Sie glaubte, ich würde folgsam mit ihr gehen. Aber als sie mein Widerstreben spürte, klammerten sich ihre Finger stark und hart wie Krallen um meine Handgelenke. Sie zog mich ein paar Schritte weit hinter sich her. Aber ich ließ mich auf den Boden fallen. Weil ich ihr zu schwer war und sie mich nicht auf ihren Armen hinaustragen konnte, schleifte sie mich mit Vicentas Hilfe auf den Flur. Mein Kleid war zerrissen; die Beine hatte ich mir auf den Steinfliesen aufgeschürft. Ich schrie lauter, immer lauter, je weiter man mich fortschleppte:
»Laßt den Priester nicht herein! Laßt ihn nicht herein!«

XVII

Sie setzten mich auf das Sofa in Amalias Gesellschaftszimmer und gingen dann wieder weg. Sie und Vicenta. Und ich blieb da, mit zerzaustem Haar, vom Kampf verschwitzt und mit Erde beschmiert, weil sie auf dem Weg mich hinter sich hergeschleift hatten. Mein Widerstand hatte mir nichts genützt. Amalia und Vicenta ließen mich hier, vor einem frechen Spiegel und neben einer alten Frau, die meine lärmende Ankunft gar nicht beachtet hatte. Als wäre nichts geschehen, starrt sie weiter ganz versunken auf das Stück Straße hinaus, das sie vom Fenster aus sehen kann.

Und Mario liegt dort allein in seinem Bett und stöhnt vor Schmerz, und der Priester kommt immer näher und näher.

›Tilin-tilin, schon komme ich um die Ecke. Tilin-tilin, schon klopfe ich an die Tür. Tilin-tilin, schon stehe ich neben deinem Bett. Tilin-tilin, schon habe ich dich am Kragen! Jetzt gehen wir zur Kommunion in die Kapelle. Wo ist der Schlüssel? Du hast ihn versteckt! Gott wird dich strafen! Catashaná wird dich holen!‹

Und Mario beißt die Zähne zusammen, er wehrt sich, trotz seiner Schmerzen, und denkt, daß ich ihn verraten habe. Und das ist wahr. Ich habe es ruhig mit angesehen, wie er sich windet und wie er leidet, ohne daß ich die Truhe meiner Nana aufgemacht habe. Denn ich habe Angst davor, diesen Schlüssel herzugeben. Denn dann würden die Zauberer mich verzehren, mich würde Gott strafen, mich würde Catashaná holen. Wer verteidigt mich dann? Meine Mutter nicht. Sie verteidigt nur Mario, weil er der Sohn, der Stammhalter ist.

Die alte Frau schluchzt und fleht flüsternd, man möchte sie nach Guatemala bringen. Mechanisch stehe ich auf und gehe zu dem Sessel hinüber. Ich schiebe mit aller Kraft, aber der Sessel rührt sich nicht vom Fleck. Und das Schluchzen wird immer bedrückender, immer trostloser. Die alte Frau sagt wieder und wieder: Guatemala, Guatemala. Und plötzlich dringt dieser Name bis in mein Gehirn, und ich verstehe ihn. Guatemala? Ja, der Ort, wo man hingeht, wenn man flieht. Doña Pastora hat einstens meiner Mutter versprochen, ihr ein Geheimnis zu verkaufen: die Stelle an der Grenze, die nicht bewacht ist. Man kann hinübergehen, ohne daß einen jemand aufhält. Ist man einmal drüben, dann kann einen niemand mehr einholen. Weder Amalia noch der Priester, weder Gott noch Catashaná. Denn niemand kennt diesen Weg; er ist das

Geheimnis von Doña Pastora. Ein Geheimnis, das sie für Geld verkauft. Ich habe kein Geld. Aber unter meiner Bluse, wo ich es warmhalte, ist das Geschenk, das ich meiner Nana vom Gutshof gebracht habe und das sie nicht mitgenommen hat. Ein Schwall von Kieselsteinchen wird sich in die Hand von Doña Pastora ergießen. Sie wird sie verwundert ansehen, wie es meine Nana zuerst auch getan hat. Es ist sogar möglich, daß sie sagt, sie will das Geschäft nicht machen. Aber wenn ich ihr sage, daß diese Steinchen von Chactajal sind, wird sie sich freuen und ihr Geheimnis wird uns gehören. Und wir werden weglaufen, weit weg, bis dahin, wo es keine Verfolgung, keinen Alptraum gibt.

Aber Mario kann nicht laufen. Er ist krank. Und ich kann nicht warten. Nein, ich werde allein weggehen, ich werde mich allein retten.

Schnell, nur schnell. Wo ist wohl Doña Pastora? Ich muß sie suchen, jetzt gleich, ohne noch eine Minute zu verlieren. Ich weiß nicht, wo sie wohnt. Aber ich werde auf die Straße gehen und die Leute fragen, bis mir jemand sagt: ›Geh geradeaus bis zur übernächsten Kreuzung; dort, bei den sieben Ecken, biegst du nach links ein, und gegenüber vom Pferdeweiher...‹

Heimlich werfe ich einen Blick hinaus auf den Gang. Niemand ist da. Auf den Zehenspitzen schleiche ich ein Stückchen weiter, vorsichtig, daß keiner mich hört. Aber wie ich den Riegel an der Haustür hebe, donnert eine furchtbare Stimme auf mich herab, so daß ich erstarre und wie angenagelt stehenbleibe.

»Wohin gehst du?«

Ich drehe mich langsam um. Vicenta steht mir gegenüber, mit ihrer langen Schürze voll Fettflecken. Ich habe Angst, aber etwas, das stärker ist als die Angst, gibt mir Kraft, und ich sage:

»Ich möchte ausgehen.«

»Nichts da, Kleine. Mach, daß du an deinen Platz kommst. Marsch, ins Zimmer!«

»Ich bleibe nicht lange weg. Ich komme gleich wieder. Bitte, bitte...«

»Ich gehorche dem, der zu bestimmen hat. Man hat mir befohlen, auf dich aufzupassen. Und wie stehe ich da, wenn ich erzählen muß, daß ich dich hinausgelassen habe? Marsch, ins Zimmer!«

Ich kann nicht mehr schreien. Meine Stimme ist heiser, und an den Armen, wo sie mich packten, um mich hierher zu zerren, habe ich blaue Flecken. Und diese rohe, grobe Frau ist entschlossen, mich nicht rauszulassen. Vielleicht gibt sie nach, wenn ich es ihr erkläre.

»Ich muß mit Doña Pastora sprechen, mit der Schmugglerin. Sag mir, wo sie wohnt.«

»Warum nicht, Kleine? Mit Vergnügen. Drinnen im Zimmer wohnt sie. Geh und such sie dort.«

»Ich spiele doch nicht, Vicenta. Es ist Ernst.«

»Ich spiele auch nicht. Und wenn du nicht augenblicklich ins Zimmer gehst, wird Frau Gerechte Vernunft herabkommen.«

Ich erschaudere vor diesem Namen, den ich noch nie gehört habe. Es muß wohl jemand sehr Mächtiges und Böses sein, den Vicenta da anruft. Ohne weiteren Widerspruch lasse ich mich führen. Hinter mir gehen die beiden Türflügel zu und schließen sich fest zusammen. Einen Augenblick bleibe ich reglos mitten im Zimmer stehen. Die Menschen auf den Bildern in ihren samtbespannten Rahmen grinsen mich an mit höhnischen Fratzen. Die Fächer entfalten sich und klappen zusammen, all ihre Zähne bleckend in grausamem Gelächter. Der Spiegel ... Nein, ich will nicht, daß er mich sieht! Ich renne zu dem Sessel, in dem die Alte sitzt, und vergrabe mein Gesicht in ihrem Schoß, und beide schluchzen wir, verzweifelt, weil wir nicht nach Guatemala reisen können.

XVIII

Amalia rüttelte mich aus dem Schlaf. Meine Augenlider waren bleischwer von Müdigkeit, erschöpft vom Weinen.

»Sie war sehr unartig«, verklagte mich die Kindsmagd. »Sie wollte auf die Straße gehen, und als ich sie einsperrte...«

Jetzt wird sie alles erzählen. Ja, es ist wahr, daß ich mich auf dem Boden gewälzt und einen Fächer gegen den Spiegel geschleudert habe, um ihn kaputt zu machen.

Aber Amalia achtete nicht auf die Anschuldigungen Vicentas. Sie hob mein Gesicht zu dem ihren empor (zu den steilen Falten zwischen den Brauen, den entzündeten Augen, den Runzeln, die sich um ihren Mund herum zusammenziehen, und zu ihrem Haar, das allmählich weiß wird) und sagte:

»Du mußt sehr tapfer sein, Mädchen. Mario ist eben gestorben.«

»Ist der Priester gekommen?«

»Er kam noch rechtzeitig. Aber die Polizei verhaftete ihn, als er das Haus verlassen wollte. Jetzt ist er im Gefängnis.«

Der Priester kam rechtzeitig. Er erfuhr also alles. Er hat Mario bestraft. Aber der Schlüssel liegt gut versteckt in der Truhe, unter Nanas Kleidern. Und ich bin gerettet.

»Verhalte dich ruhig, Mädchen. Nimm etwas Rücksicht.«

Ich leistete keinen Widerstand mehr. Ich ließ es zu, daß Amalia und das Kindermädchen mir das zerfetzte Kleid auszogen und mir ein schwarzes anzogen, dasselbe, das ich anhatte, als wir den Beileidsbesuch bei Doña Nati machten. Ein Kleid, so schwarz wie das Gefieder der Geier.

Wir gingen nach Hause. Das Tor stand weit offen, obwohl es Nacht war. Im Flur, auf der Galerie, im Garten standen schwarzgekleidete Männer und Frauen in kleinen Gruppen beisammen und unterhielten sich flüsternd und murmelnd, was wie brodelndes Wasser klang. Ab und zu sprudelte ein Lachen auf, das aber bald wieder im allgemeinen Stimmengewirr unterging.

Amalia und ich gingen zwischen den Leuten hindurch. Als

ich in die Reichweite der Herren und Damen kam, streichelten sie mich und rieben ihre feuchten, von Speichel, Tränen und Schweiß benetzten Gesichter an meinen Wangen. Von ihrer Höhe sahen sie mit wohlwollenden und traurigen Augen auf mich herab. Sie sprachen und unterbrachen ihre Worte mit Seufzern.

Don Jaime beugte sich zu mir herunter, nahm mich in die Arme und flüsterte dabei:

»Jetzt hat dein Vater niemand mehr, für den er kämpfen kann. Jetzt stehen wir gleich. Beide haben wir keinen Erben mehr.«

Amalia zog mich fort von ihm und führte mich ins Gesellschaftszimmer. Alle Glühbirnen der großen Deckenlampe brannten. Und Blumen waren da, überall Blumen. Auf den Möbeln, um den weißen Sarg herum und auf dem Boden verstreut. Ihr Duft mischte sich mit dem Wachsgeruch der vier großen Kerzen.

»Willst du nicht deinen Bruder zum letzten Mal ansehen?«

Angewidert wende ich das Gesicht ab. Nein, das könnte ich nicht aushalten. Denn nicht Mario ist es, sondern meine Schuld, was da in dieser Kiste verwest.

XIX

»Dieser Tod ist eine Strafe des Himmels. Warum mußte so ein Kind sterben, noch ehe es recht erblüht war? Er war ein so hübscher, stattlicher Junge!«

Rosalía hat das gesagt. Nun tupft sie sich die Tränen mit einem Zipfel ihres Umhangtuchs ab. Onkel David stimmt ihr bei.

»Man sagt, die Zauberer vom Gutshof hätten ihn verzehrt. Aus Rache, weil die Patrones sie schlecht behandelt haben.«

Onkel David hat sich die Hände am Küchenherd gewärmt. Er ist hierher gekommen, weil die Señores, die die Totenwache halten, ihn verachten und seine Gesellschaft nicht mögen. Vicenta schiebt ihm eine Tasse Kaffee hin.

»Wie sie sich protzig aufspielen! Nur weil sie eine Weste und eine goldene Uhrkette tragen. Aber diese Familien haben viele Freveltaten zu bezahlen.«

»Wers nicht glaubt, braucht nur Doña Nati zu fragen, die Blinde. Warum ist der selige Don Ernesto umgebracht worden? Doch nur wegen der Arguëllos!«

Vicenta bietet Onkel David ein Glas Schnaps an.

»Damit der Kaffee sich nicht allein fühlt.«

Und dann sagt sie zu Rosalía:

»Aber Doña Nati hat einen netten Batzen Geld bekommen. Ich habe sie auf der Straße gesehen. Sie stolziert wie die Gräfin daher, weil sie jetzt Schuhe an den Füßen hat.«

»Geld!«

»Und was, zum Kuckuck, könnte sie sonst noch wollen?«

»Als ob das Leben eines Sohnes mit Geld bezahlt werden könnte! Jetzt hat es ja Doña Zoraida selbst erfahren. Jetzt weiß sie, wie das schmeckt.«

Vicenta lacht schallend und mit Behagen.

»Ihr seid doch recht einfältig, Rosalía. Ich weiß, wer schuld ist an Marios Tod. Nicht Doña Nati. Auch nicht die Zauberer von Chactajal, wie Onkel David meint. Ich kenne die Person, die daran schuld ist.«

Sie hat Nanas Truhe aufgemacht und unter den Kleidern den versteckten Schlüssel gefunden. Sie hat in meinen Augen das schlechte Gewissen gelesen.

Und ehe sie meinen Namen ausspricht, ehe sie auf mich zeigt, stürze ich hinaus in den Patio, in die Dunkelheit.

XX

Das Licht kommt und geht wieder. Die Rathausuhr schlägt getreulich die Stunden. Aber ich habe keine Ahnung, wie lange ich schon im Haus hin und her gehe, die Türen auf- und zumache und weine.

Ich bewege mich langsam und stumpfsinnig. Ich mache einen Schritt und später, viel später, den nächsten Schritt. So gehe ich in dieser Stickluft eines eben geborstenen, erloschenen Sterns. Zerzaust, ohne Duft, breitet sich der Tag im Garten aus.

Im Patio führen die Hennen ihre Küken zum Futter, die nichts anderes wissen als zu bibbern und gelb zu sein.

Im Stall stampfen die Pferde und wiehern, gepeinigt von einer unsichtbaren Bremse. Und in anderen Patios, in anderen Häusern heulen fern die Hunde, als witterten sie das Unglück.

Ich gehe in die Küche. Im Herd ein Haufen erkalteter Asche. In den Wandschränken die Geräte, die nun endgültig dem Schlaf überlassen sind. Die Töpfe, rund und wohlbeleibt wie behäbige Matronen. Die breit grinsenden Tassen. Die Gabeln mit ihren Reiherbeinchen. Alle tot.

Und das Speisezimmer, in dem eine kalte Ordnung herrscht. Und die Möbel des Gesellschaftszimmers, auf deren schutzlosen Rücken ein lautloser Regen von Staub niedergeht. Und die Hauskapelle mit ihrer verschlossenen Tür.

Ich komme zum Schlafzimmer meiner Mutter. Da liegt sie, auf ihrem Bett, auf dem Bett, in dem ihr Sohn gestorben ist, windet sich und stöhnt wie das Rind, wenn es der Viehtreiber zu Boden geworfen hat und sein Fell raucht unter dem glühenden Eisen, das ihm die Marke der Sklaverei ins Fleisch brennt.

Auf der Bettkante sitzt Amalia und psalmodiert mit eintöniger, unbewegter Stimme:

»Es ist gut, am Ufer der Flüsse zu wohnen. Beim Anblick des flutenden Wassers wird die Erinnerung klar. Beim Rauschen des flutenden Wassers sinkt aller Kummer in Schlaf. Laßt uns gehen und wohnen am Ufer eines Stroms.«

XXI

Amalia und Vicenta sind in der Rumpelkammer. Sie lesen Marios Spielzeug aus und verpacken es; denn es soll an arme Kinder verschenkt werden.

»Zoraida wollte es aufheben. Aber ich sagte ihr: ›Wozu? Erinnerungen tun immer weh.‹ «
»Die Patrona ist sehr traurig. Sie verläßt ihr Zimmer nicht und will niemanden sehen.«
»Sie muß es lernen, sich in ihr Schicksal zu ergeben. Die Zeit läßt über alles Gras wachsen. Gott weiß besser als wir, was uns frommt. Und wenn Seine Barmherzigkeit uns eine Sache entreißt, so dient dies irgendwie zu unserem Besten. Auch wenn wir es nicht verstehen, müssen wir es mit Dankbarkeit und Geduld erleiden.«
»Was für schöne Worte Sie sagen, Señorita Amalia! Stimmt es, daß Sie beinahe Nonne geworden wären?«
»Ja. Als ich ein junges Mädchen war, wollte ich in ein Kloster eintreten, in San Cristobal. Aber Mama war dagegen. Sie enterbte mich. Und um das Geld für meine Aussteuer zusammensparen zu können, mußte ich arbeiten. Ich nähte, machte Zuckerwerk, alles mögliche. Ich legte alles, bis auf den letzten Centavo, beiseite. Das erste, was ich mir kaufte, war die Ordenstracht. Und ich bewahrte sie in einer Truhe aus Zedernholz auf, so daß sie ganz durchtränkt wurde mit diesem Geruch.«
»Und dann?«
»Einen Monat vor dem Zeitpunkt, an dem ich von zu Hause weggehen wollte, bekam meine Mutter einen Schlaganfall. Sie hat sich davon nie wieder erholt. Seither ist sie wie ein kleines Kind. Sie kann sich nicht einmal allein bekreuzigen. Und sie bringt alles durcheinander: die Orte, die Gesichter der Leute. Die Ärmste!«
»Die Ärmste! Wie hätten Sie es auch übers Herz bringen können, sie zu verlassen?«
»Glaub es nicht, Vicenta. Ich bin sehr undankbar. Ich wollte ins Kloster gehen, trotz allem, was geschehen war. Aber mein Beichtvater erlaubte es mir nicht.«
Vicenta wickelt das Steckenpferd mit der langen, gelben Roßhaarmähne, auf dem Mario immer geritten ist, in einen großen Bogen Packpapier.

»Ich blieb also zu Hause. – Hast du es bemerkt, Vicenta, daß die Häuser von Comitán sehr düster sind? In dem meinen hatten wir weder Blumen noch Vögel. Wir schlichen wie die Gespenster darin herum, unterhielten uns nur im Flüsterton und machten kein Fenster auf, aus Rücksicht auf die Kranke.«

»Jeder hat sein Kreuz zu tragen, Señorita Amalia. Mich hat man in die Fremde gegeben, als ich noch so ein kleines Ding war.«

»Die Ordensregel besagt, daß keine Bewerberinnen zugelassen werden, die älter sind als dreißig Jahre. Und Mama war so schwach, daß ich glaubte ... Ich hatte alles bereit für den Fall, daß Mama stürbe. Ein Kleid aus Rohseide; ein Leinentüchlein, das ich ganz mit eigener Hand bestickt hatte. Und schau, mein Haar wird schon weiß.«

»Vielleicht ist es eben Ihr Schicksal, die sitzengebliebene Tochter zu sein.«

»Mein Beichtvater riet mir, Gott dieses Opfer darzubringen. Aber wie sollte ich es ihm darbringen, wo ich mich doch nur mißmutig und ungeduldig opferte, als ob die arme Mama daran schuld gewesen wäre?«

»Werden auch die Kleider von Mario verschenkt?«

»Ja, auch die Kleider. Zoraida soll sie nicht zu Gesicht bekommen. Ihre Wunde ist noch nicht vernarbt. Mit der Zeit lernt man es, sich zu fügen. Mit ungeteiltem Herzen lebe ich jetzt an der Seite meiner Mutter.«

Sie sind fertig mit ihrer Arbeit. Sie stehen auf, um wegzugehen. Doch ehe sie die Kammer verlassen, gehe ich auf Amalia zu und bitte sie:

»Nimm mich mit in die Gruft. Ich möchte Mario sehen.«

Dieses plötzliche Verlangen überrascht sie offenbar nicht. Sie streichelt mir über den Kopf und antwortet:

»Jetzt nicht. Später gehen wir. Wenn es Zeit ist, das Quinsanto-Mahl zu feiern.«

XXII

November. Ein trübseliger, zäher Wind heult langgezogen über die Ebene. Von den Höfen und Ortschaften in der Nähe kommen in langem Zug die Maultiergespanne herunter, schwer beladen mit Waren für den Tauschmarkt an Allerheiligen. Was sie mitgebracht haben, stellen die Fremden an der Marktsteige zur Schau, und die Frauen kommen herbei, den Kopf in schwarze Tücher gehüllt, um bei ihnen einzukaufen.
Die Gärtner heben riesige Kürbisse vom Boden auf, zerhacken sie mit dem Beil in Schnitze, die sie dann zuckern und kochen. Sie brechen die verblaßten Zimtäpfel auf, die in zwei Hälften – voll von süßem Fleisch – auseinanderklaffen, und türmen in ihren Körben Kajotten auf, die von stacheligen Schalen geschützt sind.
Vicenta und Rosalía haben alles für unseren Ausmarsch vorbereitet. Denn heute ist der Tag, an dem Amalia ihr Versprechen wahrmachen will. Wir werden zur Gruft gehen und dort das Quinsanto-Mahl feiern.
»Deine Mutter geht nicht mit, denn sie fühlt sich nicht wohl. Aber sie hat mich gebeten, auf dich aufzupassen und dafür zu sorgen, daß du dich anständig beträgst.«
Wir gehen hinaus auf die Straße. Auf dem Bürgersteig marschieren truppweise, sich feierlich grüßend und einander höflich den Vortritt überlassend, die Familien, die an diesem heiligen Tag zusammen mit ihren Toten essen wollen. Voran der Herr des Hauses, mit Weste und goldener Uhrkette. Neben ihm die Señora, eingehüllt in ein Umhangtuch aus schwarzer Wolle. Dahinter die Kinder im Sonntagsstaat. Und ganz am Schwanz die Mägde, die auf dem Kopf die Kürbisschalen und Körbe mit den Speisen balancieren.
Der Weg zum Friedhof ist lang, und wir sind müde, wie wir ans Ziel gelangen. Die Zypressen streben zum Himmel empor, ohne ein Trillern, in einem einzigen ungestümen Drang zur Höhe. Links und rechts von den engen, gewundenen Sträßchen, die vom Rasen überwuchert sind, stehen in langer

Reihe die Marmordenkmäler: weinende Engel, die das Gesicht mit den Händen bedecken; zerbrochene Säulen; kleine Nischen, in denen goldene Buchstaben und Zahlen schimmern. Und ab und zu ein Haufen feuchter, frisch aufgeworfener Erde, in die man vorläufig ein Kreuz gesteckt hat.
Wir setzen uns zum Essen auf die unterste Stufe eines schweren, massiven Bauwerks mit der Inschrift: ›Ewiger Ruheplatz der Familie Arguëllo‹. Die Mägde breiten die Servietten auf dem Boden aus und holen Kürbisschnitze hervor, von denen der Honig tropft; sie schälen die Kajotten und bestreuen sie mit Salz.
Vor anderen Grabmälern sitzen Bekannte, die auch essen und die Amalia mit einem Lächeln und einer leichten Handbewegung grüßt: Don Jaime Rovelo; Tante Romelia, am Arm ihres Mannes; Doña Pastora, erhitzt und mit rotem Gesicht; Doña Nati, mit einem Paar neuer Schuhe, von einer Nachbarin geführt.
Wie das Mahl zu Ende ist, stößt Amalia die Tür unseres Grabmals auf, und ein Schwall abgestandener, dicker, dunkler Luft schlägt uns entgegen, aus einer Tiefe, die unsere Augen noch nicht ausloten können.
»Hier beginnt die Treppe. Geh vorsichtig hinunter.«
Amalia hilft mir beim Hinuntergehen, sie nennt mir den Abstand zwischen den einzelnen Stufen und zeigt mir die Stellen, wo der Fuß den besten Halt findet. Weil es finster ist, kommen wir nur langsam voran. Wie wir unten sind, steckt Amalia mit einem Streichholz die Kerzen an.
Es dauert ein paar Minuten, bis sich unsere Augen an das Dämmerlicht gewöhnt haben. Der Ort, wo wir sind, ist kalt und feucht.
»Wo ist Mario?«
Amalia hält einen der Leuchter in die Höhe, so daß der Lichtschein auf eine Stelle an der Wand fällt. Dort haben erst vor kurzem die Maurer gearbeitet. Der Mörtel, den sie benutzten, ist noch nicht ganz trocken.
»Sie haben seinen Namen noch nicht hingeschrieben.«

Marios Name fehlt. Aber auf den Marmorplatten, welche die übrige Wand bedecken, stehen andere Namen geschrieben: Rodulfo Arguëllo, Josefa, Estanislao, Abelardo, José Domingo, María. Und Daten. Und Gebete.
»Komm, Kind, es ist Zeit, wir gehen.«
Aber ehe ich weggehe, lasse ich hier, bei Marios Grab, den Schlüssel für die Hauskapelle auf den Boden fallen und flehe vorher noch jeden, der da unter seiner Steinplatte schläft, einzeln darum an, zu Mario lieb zu sein, auf ihn aufzupassen und mit ihm zu spielen. Denn jetzt, wo ich erfahren habe, was es heißt, einsam zu sein, möchte ich nicht, daß er das auch zu spüren bekommt.

XXIII

Draußen strahlte eine eisige, ferne Sonne. Amalia und ich gingen zwischen den verschiedenen Grüppchen hindurch und sagten Lebewohl. Lebwohl, Doña Pastora, der ich nun doch nie die Kieselsteinchen von Chactajal geben werde. Lebwohl, Doña Nati, die im Finstern mit neuen Schuhen umhergeht. Lebwohl, lebwohl, Don Jaime.
Dort in der Ferne wartete Comitán auf uns, bekränzt mit dem gelben Licht, das der Tag und die Bienen summend weben. Dort in der Ferne die Türme, ruhend, mit gefalteten Schwingen; die Häuser, so zahm, so zierlich wie Tauben.
Wir gehen durch das Armenviertel. Ich weiß noch, daß dies die Tür zum Zimmer der Lahmen ist. Wer wird sie jetzt besuchen, jetzt, wo meine Mutter nicht mehr kommt? Wer wird ihr das Frühstück bringen?
Im Stadtteil San Sebastián wohnen reiche Leute – Schnapsbrenner, Silberschmiede, Ladenbesitzer –, die aber nicht als Personen aus guter Familie gelten. Ihre Häuser, die mit grellen Farben verputzt sind, stehen rings um den Park herum. Und sie passen selber auf, daß die Kinder keine Blumen abreißen, keine Zweige von den Bäumen brechen. Amalia und ich setzen uns auf eine eiserne Bank, und da sehen wir, daß

Señorita Silvina auf uns zukommt. Sie schaut mißtrauisch um sich. Unter ihrem wollenen Schultertuch trägt sie versteckt einen Pappdeckel.
»Was machen Sie hier, Señorita, in dieser Gegend, an einem Festtag?«
Verwirrt bleibt sie stehen, als hätten wir sie bei einem Verbrechen ertappt. Sie erklärt:
»Seit man mir die Schule geschlossen hat, gebe ich Hausunterricht. Ich bin zur Familie von Don Golo Córdova bestellt. Keiner von ihnen kann lesen.«
»Eine Schande, daß solche Leute heutzutage über das Geld verfügen«, urteilt Amalia.
»Und wofür ist dieser Pappdeckel?« frage ich, eifersüchtig darauf, daß nun andere die Weltkarte zeichnen dürfen.
»Das ... das habe ich für alle Fälle bei mir.«
Wir verabschieden uns von Señorita Silvina und gehen weiter. Der rauschende Schatten der Eschen und das aufgeregte Geflatter der Zanatevögel bleibt hinter uns zurück. Schwankend, seine Gitarre auf dem Boden hinter sich herziehend, kommt uns Onkel David entgegen. Er macht einen komischen Bückling vor uns. Amalia blickt ihn entrüstet an.
»Schämen Sie sich nicht, Onkel David, so die Gefühle anderer Leute zu verletzen?«
»Was gehen mich schon die Leute an? Ich bin ein einsamer Mann. Ich habe keine Toten!«
Amalia zieht mich mit sich fort, um so schnell wie möglich aus seiner Nähe zu kommen. Wie wir am ›Casino Fronterizo‹ vorbeigehen, sehen wir hinter den Fensterscheiben die Gestalt von Doktor Mazariegos. Er sitzt in einem Lehnstuhl und döst.
Nun geht es durch die Hauptstraße. Auf dem Gehweg gegenüber kommt eine Indiofrau. Wie ich sie sehe, reiße ich mich los von Amalias Hand und stürze mit ausgestreckten Armen auf sie zu. Es ist meine Nana! Meine Nana! Aber die Indiofrau sieht mich gleichgültig an und macht kein Zeichen des Willkommens. Ich gehe langsam, immer langsamer und blei-

be schließlich stehen. Mutlos lasse ich die Arme sinken. Nie werde ich meine Nana wiedererkennen können, auch wenn ich ihr einmal begegnen sollte. Es ist schon so lange her, daß wir getrennt wurden. Auch haben alle Indios das gleiche Gesicht.

XXIV

Wie ich nach Hause kam, suchte ich einen Bleistift. Und mit unbeholfener, plumper Schrift kritzelte ich Marios Namen an die Wand. ›Mario‹ schrieb ich auf die Trittsteine im Garten, ›Mario‹ auf die Wand der Galerie, ›Mario‹ auf die Seiten meiner Schulhefte.

Denn Mario ist weit fort. Und ich möchte ihn um Vergebung bitten.

NACHWORT

ROSARIO CASTELLANOS

Für Michi Strausfeld

»Du hast sie ja nicht einmal an Schuhe gewöhnen können.
– Sie läuft sich darin Blasen.
– Sie ist eben sehr empfindlich. Man muß ganz behutsam anfangen. Sie braucht ein Paar Tennisschuhe.
– Du willst mir doch nicht ernstlich zumuten, ins Schuhgeschäft zu gehen, um so etwas zu kaufen?
– Du kannst ja sagen, daß du sie wegen deiner Hühneraugen brauchst, meine Liebe.
– Die habe ich mein Leben lang ertragen, ohne mich zu beklagen, meine Gute. Da werde ich doch jetzt nicht klein beigeben.
– Und wenn wir sagen, daß sie für eines der Mädchen sind?
– Schuhe für ein Dienstmädchen? Wo gibt es denn so etwas? Wir würden uns unmöglich machen!«

In diesem Dialog aus Rosario Castellanos' Erzählung *Vals ›Capricho‹* (worin zwei ältliche Schwestern die ihnen anvertraute halbindianische Nichte zu zähmen versuchen; d.Ü.) liegt der Schlüssel für ihr Prosawerk. *Balún Canán* (Die Neun Wächter), *Oficio de tinieblas* und viele der Erzählungen aus *Ciudad Real* und *Los convidados de agosto* gehen zu Fuß, sind Geschichten von Barfüßigen. Lateinamerika ist ein Kontinent von Barfüßigen. Die Indios gehen mit schwieligen Füßen. Kaum daß sie Sandalen der billigsten Art haben. Auch die Kinder laufen ohne Schuhe. In der Stadt auf dem Asphalt, auf dem Land über die rote Erde; und die Füße der Kleinen sehen aus wie die braunen Füßchen, die ihre winzige Spur in den Codices hinterlassen. Später untersuchen sie dann die Gelehr-

ten; einstweilen sind es nackte Füße, die versuchen, einen möglichst geringen Raum auf dem Boden einzunehmen, und die immer so weitermachen, bis sie alt und klein und schrumplig werden und die Zehennägel hart wie Stein.
Die Schuhe trennen die sozialen Klassen voneinander. Die Reichen haben welche, und die Armen nur, wenn sie keine mehr sind. Die Schuhe sind nicht nur eine Schranke, sondern ein Abgrund, und kein Brett liegt darüber, das als Brücke dienen könnte. Und niemand würde sie zu essen versuchen wie Charlie Chaplin, der die Schuhbänder zu Spaghetti macht, denn in Lateinamerika verdienen die Schuhe unsere ganze Achtung, sie sind Gegenstand der Ehrerbietung, wir schreiben den Schustern Briefe, wir verlangen, daß echtes Kalbsleder allen Schicksalsschlägen standhält; Schuhe zu tragen ist ein Privileg. Die Taxifahrer hängen Kinderschühchen an ihre Rückspiegel: das bringt Glück. Die Maurer geben einen mit in die Grundmauern. An den Altären der Jungfrau von Guadalupe und des heiligen Martin von Porres hängt ein kleiner Lederstiefel. Ein Paar Schuhe zu haben ist fast schon ein Wunder, das wir unablässig bestaunen. Und doch möchte ein jeder mit beschuhten Füßen über die Straße gehen. Deshalb auch kommen viele Mexikaner gar nicht durch bestimmte Straßen. Das sind Straßen, durch die man nur mit Schuhen geht.
Auch für Rosario gilt das: ihre Schuhe trennten sie von den übrigen Menschen. Und sie war sich auch ihrer gut beschuhten Füße bewußt. Sie sprach immer davon, und sie tragen einen guten Teil ihrer Literatur. Auch ihr Feminismus beginnt mit den Schuhsohlen, die ihr festen Stand auf dem Boden geben. Sie stellt fest, daß die Frauen zu Haus bleiben und ihre ›weiblichen Aufgaben‹ erledigen, weil ihre engen Schuhe sie am Gehen hindern. Was die Schuhherstellung für Frauen vorgesehen hat, ist ein wahrhaftes Zerstörungswerk. Während der Mann das Haus verläßt, um mit zügigen und behenden Schritten die Welt zu erobern, bleibt die Frau zurück und wartet, unbeweglich wegen ihrer allzu hohen Absätze, die ihr nur gestatten, wie Vögel, mit ganz kleinen Tippelschritten zu ge-

hen, die sie nirgends hinführen können. Die Parole »Füße so klein wie eine Nadelbüchse« paralysiert sie nur. Solche Frauenfüße zerrütten jeglichen Unternehmungsgeist. Die Orientalinnen hängen sich an den Mann, weil sie nicht allein laufen können; der in der Kindheit gebrochene Rist schwächt das schwache Geschlecht vollends. Um einer bestimmten Vorstellung von Weiblichkeit willen wird die Frau zu einem Nichts gemacht. In einem Artikel, den sie am 27. Juni 1971 aus Tel Aviv, wo sie Botschafterin Mexikos war, geschickt hat, erklärt Rosario in einer *Satisfacción no pedida* (Unerbetene Ehrenerklärung):

»Wenn es einen Faden gibt, der sich durch die Seiten von *Balún Canán*, von *Oficio de tinieblas*, von *Ciudad Real* und von *Los convidados de agosto* zieht, dann nicht in Gestalt des Hochlands von Chiapas, wo sich jeweils die Handlung abspielt, und auch nicht in Gestalt des Widerstands und der Rebellion einer Gruppe gegen ihre Unterdrücker oder gar der dieser Unterdrükker, die eingeschlossen sind in einem Käfig aus Vorurteilen, die aufzugeben sie nicht in der Lage sind, denn außerhalb dieses Käfigs hätte ihr Leben keinen Halt mehr, ließen sich ihre Handlungen nicht mehr rechtfertigen.

Nein, die Einheit dieser Bücher bildet die beständige Wiederkehr gewisser Figuren: das schutzlose Mädchen, die eingeschlossene Jugendliche, die ausgelieferte Ledige, die enttäuschte und betrogene Ehefrau. Haben sie keine andere Wahl? Innerhalb dieser feststehenden Grenzen schon: die Flucht, den Wahnsinn, den Tod. Der Unterschied zwischen dem einen und dem anderen Lebensweg ist nur graduell. Denn wenn wir es genau betrachten, sind beide Seiten der Alternative nicht wirklich Wege durch das Leben, sondern Formen des Tods.«

Gebürtig aus Comitán, Chiapas, einer Stadt an der Grenze nach Guatemala, mußte sich Rosario schon früh über die Ausbeutung der lautlos dahinschreitenden Chamula-Indios empören. Als Weiße mit fast durchsichtiger Haut und großen schwarzen Augen wird Rosario Castellanos immer ein Treibhausgewächs bleiben. In Comitán verbringt sie ihre ersten

Lebensjahre, inmitten von Häusern mit hochragenden roten Ziegeldächern, Kirchenglockengeläut und vor allem inmitten der Chamulas, die Rosario neugierig beobachtet. Im übrigen spielt sich das Leben drinnen ab. Rosario lernt die Eingeschlossenheit kennen, die Haus- und Häkelarbeiten, die Innenhöfe, den Regen, der gegen die Scheiben schlägt, das eintönige und traurige Beten, und die Außenwelt nimmt sie nur über Besucher wahr, die ab und an ins Haus kommen, Doña Pastora zum Beispiel, die Stoffe verkauft und Neuigkeiten aus Guatemala bringt, der Zeitungsjunge, die Indios aus Chatajal, die Mais, Bohnen, Dörrfleisch und Rohwachsklumpen heranschleppen. Einzig die alljährlichen Feste, vor allem das des heiligen Caralampio, unterbrechen die Eintönigkeit. Rosario steigt dann zum Glücksrad hinauf und spielt Lotterie. Danach wandelt sie dann wie eine Fremde durch das Haus, stört die Dienstboten bei ihrer Arbeit, setzt sich dorthin, wo sie gerade saubermachen wollen, legt sich auf das Bett, das gerade gemacht worden ist. Aus dieser Zeit bleiben Rosario als festeingeprägte Bilder verschiedene Vorgänge, die mit ihrer Mutter zusammenhängen.

»Meine Mutter ließ sich zusammen mit einer Freundin auf spiritistische Spielchen ein. Einmal geschah dabei etwas, woran ich mich noch sehr lebhaft erinnere, obwohl ich damals erst acht Jahre alt war, denn die Geschichte hat mich sehr geprägt. Mein sieben Jahre alter Bruder, meine Mutter und ich saßen im Eßzimmer, als diese Freundin schaudernd hereinkam, das weiße Haar aufgelöst und wirr durcheinander, wie eine Medusa, und zu meiner Mutter sagte, daß ihr soeben ein Geist erschienen sei, der ihr angekündigt habe, eines ihrer Kinder werde sterben. Da sprang meine Mutter entsetzt auf und rief: ›Aber doch hoffentlich nicht der Junge!?‹«

In Rosarios Kindheit liegt der Schlüssel zu ihrem Leben als Schriftstellerin; Rosario hatte einen jüngeren Bruder, Benjamín, der Minchito gerufen wurde und der mit Zärtlichkeiten und Liebkosungen von den Eltern überhäuft wurde, weil er der Junge war. Rosario wünschte ihm den Tod, und als er starb, fühlte sie sich schuldig. Benjamín Castellanos, den sie in ihrem Roman *Balún Canán* Mario genannt hat, blieb weiterhin das Lieblingskind ihrer Eltern, die sich in ihrem Schmerz zurückzogen und sie mit ihrer Chamula-Nana, der Amme, allein ließen. Als Benjamín-Mario starb, hörte Rosario ihren Vater sagen: »Jetzt haben wir niemanden mehr, für den wir kämpfen können.«

»Vielleicht hat jemand bei meiner Geburt
in meine Wiege
einen Myrtenzweig gelegt, der dann vertrocknete.
Vielleicht war das schon alles,
in diesem Leben, an Liebe.«

Ihre Mutter, Adriana Castellanos, begann Rosario derart zu beschützen, daß sie sich geradezu verfolgt fühlte. »Daß sie mir nicht auf die Straße geht, daß sie nicht im Salon spielt und womöglich noch etwas zerbricht, daß sie nicht auf den Fliesen sitzt oder im Korridor, denn bei dem Zugwind dort holt sie sich noch eine Grippe«: das Mädchen drohte an diesem ständigen »nicht, nicht, nicht« zu zerbrechen, das sich wie ein Gespenst zwischen den großen Blumenschalen im Innenhof aufrichtete. Als Chayito, Rosarios Kosename, eines Tages als eine chinesische Bäuerin gekleidet einen Jarabe tanzen wollte, ließ ihre Mutter Alkohol versprengen an der Stelle im Innenhof, wo sie den Volkstanz aufführen würde. Aber trotz solcher Fürsorglichkeit fühlte sich das Kind nicht geliebt; bei ihr zu Haus gab es weder Wärme noch Freude, und in ihrem gesamten Werk finden sich nur wenige Zeilen über ihre Eltern. Sie sprach nie von ihnen, wohl aber von ihrer frühzeitigen Verwaisung. In ihrem dramatischen Gedicht *Salomé* lehnt sie sich gegen ihre Mutter auf:

»Mutter, ich will leben, und deine Liebe
läßt mich nicht.
Deine Zärtlichkeit umhüllt mich
so fein und dicht wie Nebel.
Ich will die Sonne sehen.«

Und später heißt es dann:

»Deine Umarmungen ersticken mich;
Ich will atmen auf den Wiesen.«

An der Hand ihrer Nana Rufina machte sich das Mädchen Rosario auf, die Dinge der Welt zu entziffern und zu benennen, damit sie sich ihr fest einprägten. Außerdem hatte sie eine Spielgefährtin, ein Chamula-Mädchen, das Doña Adriana Castellanos als Chayitos Gesellschafterin und Begleiterin übergeben worden war. Alle reichen Mädchen hatten damals eine solche Begleiterin.

»Diese Einrichtung – erzählt Rosario selbst über das Indio-Mädchen – stand in voller Blüte und bestand darin, daß das Kind der Herrschaft neben seinem gar nicht so zahlreichen und ziemlich einfallslosen Spielzeug ein gleichaltriges Kind zu seiner Unterhaltung hatte. Dieses Kind war bisweilen eine unternehmungslustige Begleiterin mit Erfindergeist, die aktiv an den Spielen teilnahm, bisweilen aber war es auch nur ein bloßes Objekt, an dem das andere seine Launen ausließ: die unerschöpfliche Energie der Kindheit, die Langweile, die Wut, den bitteren Besitzneid.«

»Ich glaube nicht«, sagte Rosario, »daß ich außergewöhnlich kapriziös, willkürlich und grausam war. Aber ich hatte nur gelernt, die mir Gleichgestellten zu achten und natürlich die Erwachsenen. Und so trieb ich mit in der allgemeinen Strömung. Als mir eines Tages schlagartig bewußt wurde, daß es sich bei dem, was ich wie ein Ding benutzte, um einen Menschen handelte, faßte ich auf der Stelle einen Entschluß. Ich bat für alle Verletzungen und Beleidigungen um Entschuldigung. Und einen weiteren für den Rest meines Lebens: meine privilegierte Stellung nicht mehr auszunutzen, um jemand anderes zu demütigen.«

María Escadón, ihre Begleiterin, blieb weiterhin in Rosarios Diensten. Sie verließ sie auch nicht, als Rosario fast ein ganzes Jahr in einem Tuberkulose-Sanatorium verbringen mußte. Erst mit Rosarios Hochzeit fühlte sie sich von ihrer Aufgabe entlastet und sagte zu ihr: »Jetzt hast du einen Mann, der sich um dich kümmert.«

Diese beiden Frauen, Rufina, ihre Nana, und María Escandón, entwickelten in Rosario ein Gefühl der Abhängigkeit und Schuld. Es ist nicht leicht, als weiße Gutsbesitzerin inmitten einer Welt von Indios zu leben, als Herrin, die über Dienstpersonal gebietet. Und obwohl sie heiratete und einen Sohn bekam, spielten sich ihre Liebesgeschichten und Enttäuschungen, so erzählte sie Beatriz Espejo, in einer vollkommen imaginären Welt ab. Schon als Kind flüchtete sie sich in die Einsamkeit und machte die Erfahrung, daß Schreiben diese Empfindung verringerte.

»Meine weitreichendste Erfahrung hat ihre Wurzeln in der individuellen Einsamkeit; bald schon entdeckte ich, daß sich alle anderen Frauen, die ich kannte, in derselben Situation befanden: einsame Ledige, einsame Verheiratete, einsame Mütter. Einsam und ohne die Möglichkeit, Kontakt aufzunehmen. Einsam unter dem Joch einer Reihe von äußerst strengen Sitten, die Liebe und Hingabe als unverzeihliche Sünde verurteilten. Einsam in ihrem Müßiggang, denn das war der einzige Luxus, den sie sich mit ihrem Geld zu kaufen vermochten. Diese Lebensweise zu beschreiben und diese Figuren nachzuzeichnen ist zugleich ein Prozeß, der ein Moment meines eigenen Lebenswegs autobiographisch bewahrt. Durch die Arbeit entkam ich der Einsamkeit; dadurch konnte ich mich, wenn auch auf abstrakte Weise, solidarisch mit den übrigen fühlen, und das verletzte und verwirrte mich nicht, wie mich später die Liebe und das Zusammenleben verletzten.«

Nach dieser geradezu feudalen Kindheit und Jugend (ihr Vater war der Gutsbesitzer, derjenige, der für Wohlstand sorgte, der Herr, vor dem die Indios sich verneigten) kam Rosario in die Hauptstadt, um an der Universität zu studieren; sie beendete ihr Philosophiestudium 1950 in Spanien bei Dámaso Alonso. Als sie nach Mexiko zurückkam, beschloß sie, nach Chiapas heimzukehren, aber diesmal, um ebenden Indios zu helfen, die Diener der Familie Castellanos gewesen waren. Sie wurde

Mitglied des Instituto Nacional Indigenista (Nationales Eingeboreneninstitut) und zog auf einem Maultier durch die Dörfer und über die Gutshöfe und spielte in ihrem *Teatro Petul* Puppentheater: Figuren waren die Seife, das Wasser, der Impfstoff oder das DDT, die von einer Puppe mit einem lustigen Gesicht aus Pappkarton vorgeführt wurden, die Rosario selbst erfunden hatte und *Petul* nannte. Damals entstand die Idee zu *Canún Balán*, ihrem ersten Roman mit den Figuren Julia Acevedo, Catalina Díaz Puljá, Isabel und Idolina. Isabel ist ein wenig ihre Mutter, die dem Leben von ihrem Platz hinter der Fensterscheibe aus zusieht. Idolina ist die Erpresserin (ein Weg, den viele abhängige oder abseitsstehende Frauen beschreiten), Catalina ist die Indiofrau und Julia Acevedo die Geliebte, die andere Frau, die Anstoß erregt und die ihrerseits auch nur das gesellschaftliche Ansehen Isabels, der Ehefrau und Mutter, erstrebt.

Rosario starb auf höchst absurde Weise, als sie versuchte, in ihrem Haus in Israel eine Lampe anzuschließen. Sie erhielt dabei einen elektrischen Schlag und starb mutterseelenallein im Krankenwagen auf dem Weg ins Hospital. Niemand sah sie, niemand begleitete sie. Als sie starb, nahm sie ihre Erinnerungen mit, ihr Lachen und alles was sie war, ihre Art, Fluß zu sein, Luft zu sein, unbeschwert zu sein. In Israel erwies man ihr große Ehren. In Mexiko haben wir sie damit überschüttet. Wir haben sie zu einem öffentlichen Park verwandelt, in eine Schule, in Lektüre für alle. Wir haben sie der Erde zurückgegeben.

Im Grunde wußte Rosario immer, daß sie bald sterben würde. Sie wob den Faden des Tods in fast alle Handlungen ihres Lebens, in die alltäglichen und die literarischen. In ihr war etwas Ungreifbares, ein eiliges Gehen, ein Übergang, der vom Lachen zum Weinen ging, vom Korridor zum Schreibtisch, ein Kommen und Gehen in ihren Unterrichtsstunden an der Philosophischen Fakultät des Instituto Kairós, eine Unrast, eine Tag und Nacht stechende Sehnsucht. Oft kündigte sie an, sie werde bald sterben.

Auch heute haben in Mexiko die Barfußgänger noch immer keinen Zugang zu Schuhen. Aber die »Tennisschuhe« Rosarios haben die Füße vereinheitlicht. Dunlop, Nike, Panther's. Die Frauen treten jetzt ungezwungener auf. Jeans und Tennisschuhe. Rosario hat uns nicht mehr gesehen, wie wir kaninchenflink durch die Straßen Mexikos laufen. Ihr Weg auf Erden war kurz, dauerte von 1925-1974. Rosario selbst hat es geahnt; deshalb hat sie so fieberhaft geschrieben. Nach dem Werk von Sor Juana Inés de la Cruz ist ihres das umfassendste und großmütigste, und es bereichert am meisten, denn ihre Sorge um das Schicksal der Frauen war die Grundlage für den Feminismus in Mexiko. Rosario lesen heißt sich verändern. Ihr und ihren Büchern verdanken es viele von uns Frauen, daß wir unser Leben selbst in die Hand nehmen und weniger passiv sind. Rosarios Verzweiflung ist wirklich und geht uns alle an. Und wenn wir es noch nicht glauben wollen, laßt es uns von ihrem Gedicht »Meditation auf der Schwelle« aus *Poesía no eres tú* gesagt sein:

Nein, das ist keine Lösung,
sich vor einen Zug werfen wie die Anna bei Tolstoi
oder Arsen schlucken wie Madame Bovary
oder im Hochland von Avila den Besuch
des Engels mit dem Spieß erwarten
und sich dann das Haupt verhüllen
und zu handeln beginnen.

Oder die Gesetze der Geometrie erschließen,
beobachtend die Deckenbalken der Strafzelle,
wie Sor Juana es tat. Es ist keine Lösung
zu schreiben, während die Besucher
im Salon der Familie Austen sind,
oder sich in der Dachkammer einzuschließen
auf irgendeinem Landsitz in Neuengland
und zu träumen, mit der Bibel der Dickinsons,
im einsamen Bett der Ledigen.

Es muß eine andere Art geben, die nicht Sappho heißt
und nicht Messalina oder Maria Aegyptiaca
und nicht Magdalena oder Clementia Isaura

Eine andere Art, menschlich zu sein und frei.

Eine andere Art zu sein.

Elena Poniatowska
(Aus dem mexikanischen Spanisch
von *Gerhard Poppenberg*)

WORTERKLÄRUNG

Atole: sämiges Getränk aus Maismehl und Schokolade.
Gringo: Amerikaner aus den USA.
Ladino: Halbblut, manchmal auch ein Indio, der spanisch spricht, sich städtisch kleidet und westliche Gewohnheiten angenommen hat.
Marimba: eine Art Xylophon, aber sehr viel größer, oft von vier oder mehr Leuten gespielt.
Posol: Teig aus Maismehl, der frisch, aber auch gegoren verwendet werden kann. Er wird zu einer Kugel geknetet und in ein Bananenblatt eingeschlagen. Die Indios führen ihn auf längeren Reisen als Proviant mit sich. Der Teig wird unterwegs mit Wasser zu einem Getränk aufgelöst. Er ist manchmal mit Kakao oder Mandeln gewürzt.
Real: alte spanische Münze, nicht mehr im Umlauf.
San tat: höflicher, ehrerbietiger Gruß.
Tata: liebevolle Anrede von Eltern, Großeltern oder Stammes-Ältesten.
Tortilla: flacher Pfannkuchen, gewöhnlich aus Mais-, manchmal aus Weizenmehl. Grundnahrung der Indios und Mexikaner.
Tostón: früher ein halber Real, jetzt ein halber Peso oder fünfzig Centavos.
Tzec: Trauerrock aus grobem, blauem Gewebe, der in Chiapas getragen wird. Der Rock ist sehr weit, wird um die Taille geschlungen und vorn in schwere Falten gelegt.
Tzeltal: eine der zwölf Eingeborenensprachen in Chiapas und eine der drei verbreitetsten. Tzeltal wird im Hochland, in den Bergen um San Cristóbal gesprochen. Ein von der Maya-Sprache abgeleitetes Idiom, zu der es etwa in einem ähnlichen Verhältnis steht wie das Italienische zum Lateinischen.

Zu den zitierten Büchern

›Das Buch des Rates‹ (El libro del consejo) enthält Kosmogonie, Mythologie und historische Überlieferungen des alten Maya-Reiches. Die Geschichten wurden im vergangenen Jahrhundert von einem französischen Priester gesammelt und veröffentlicht.

›Chilam-Balam de Chumayel‹, ein heiliges Buch mit Prophetien und religiösen Überlieferungen, wurde nach der spanischen Conquista von Männern aufgezeichnet, die der Lehre und der Praktiken der Religion des neuen Maya-Reiches noch kundig waren.

›Die Annalen der Xahil‹ (Los Annales de los Xahil), geschrieben von guatemaltekischen Indios, die mit diesem Buch ihren Anspruch auf bestimmte Gebiete zu rechtfertigen suchten. Den Beweis bildet die Geschichte des Stammes der Xahil, seine Ansiedlung auf diesen Gebieten, sein Fortbestehen und seine Unterwerfung unter das spanische Joch.

Lateinamerikanische Literatur
in der edition suhrkamp und
in den suhrkamp taschenbüchern

»Imagination, Sensibilität, Liebenswürdigkeit, Sinnlichkeit, Melancholie, eine gewisse Religiosität und ein gwisser Stoizismus gegenüber dem Leben und dem Tode, ein tiefes Gefühl für das Jenseitige und ein nicht weniger ausgeprägter Sinn für das Hier und Jetzt ... Lateinamerika ist eine Kultur.« *Octavio Paz*

Ciro Alegría: Die hungrigen Hunde. Roman. Deutsch von Wolfgang A. Luchting. Mit einem Nachwort von Walter Boehlich. st 447

Isabel Allende: Eva Luna. Roman. Aus dem Spanischen von Lieselotte Kolanoske. st 1897

– Das Geisterhaus. Roman. Aus dem Spanischen von Anneliese Botond. st 1676 und st 1901

– Von Liebe und Schatten. Roman. Aus dem Spanischen von Dagmar Ploetz. st 1735

Reinaldo Arenas: Wahnwitzige Welt. Ein Abenteuerroman. Aus dem Spanischen von Monika López. st 1350

José María Arguedas: Die tiefen Flüsse. Roman. Aus dem Spanischen von Suzanne Heintz. st 588

Miguel Barnet: Alle träumten von Cuba. Die Lebensgeschichte eines galicischen Auswanderers. Roman. Aus dem Spanischen von Anneliese Botond. st 1577

Der Cimarrón. Die Lebensgeschichte eines entflohenen Negersklaven aus Cuba, von ihm selbst erzählt. Nach Tonbandaufnahmen herausgegeben von Miguel Barnet. Aus dem Spanischen von Hildegard Baumgart. Mit einem Nachwort von Heinz Rudolf Sonntag und Alfredo Chacón. st 346

– Das Lied der Rahel. Mit einem Nachwort von Miguel Barnet. Aus dem Spanischen von Wilhelm Plackmeyer. st 966

Adolfo Bioy Casares: Fluchtplan. Roman. Aus dem Spanischen von Joachim A. Frank. st 378

– Die fremde Dienerin. Phantastische Erzählungen. Aus dem Spanischen von Joachim A. Frank. PhB 113. st 962

– Liebesgeschichten. Aus dem Spanischen von René Strien. st 1701

– Morels Erfindung. Roman. Mit einem Nachwort von Jorge Luis Borges. Aus dem Spanischen von Karl August Horst. PhB 106. st 939

– Schlaf in der Sonne. Roman. Aus dem Spanischen von Joachim A. Frank. st 691

– Tagebuch des Schweinekriegs. Roman. Aus dem Spanischen von Karl August Horst. st 469

112/1/9.91

Lateinamerikanische Literatur in der edition suhrkamp und in den suhrkamp taschenbüchern

Adolfo Bioy Casares: Der Traum der Helden. Roman. Aus dem Spanischen von Joachim A. Frank. st 1185

Ignácio de Loyola Brandão: Kein Land wie dieses. Aufzeichnungen aus der Zukunft. Aus dem brasilianischen Portugiesisch von Ray-Güde Mertin. es 1236

– Null. Prähistorischer Roman. Aus dem Brasilianischen und mit einem Nachwort von Curt Meyer-Clason. st 777

Guillermo Cabrera Infante: Drei traurige Tiger. Roman. Aus dem kubanischen Spanisch von Wilfried Böhringer. st 1714

– Rauchzeichen. Aus dem Englischen von Joachim Kalka. st 1750

Alejo Carpentier: Explosion in der Kathedrale. Roman. Aus dem Spanischen von Hermann Stiehl. st 370

– Die Harfe und der Schatten. Roman. Aus dem Spanischen von Anneliese Botond. st 1024

– Stegreif und Kunstgriffe. Essays zur Literatur, Musik und Architektur in Lateinamerika. Aus dem Spanischen von Anneliese Botond. es 1033

– Die verlorenen Spuren. Roman. Aus dem Spanischen von Anneliese Botond. st 808

José Cândido de Carvalho: Der Oberst und der Werwolf. Roman. Aus dem Brasilianischen von Curt Meyer-Clason. st 1092

Gregorio Condori Mamani: »Sie wollen nur, daß man ihnen dient ...« Autobiographie. Aus dem Spanischen von Karin Schmidt. es 1230

Julio Cortázar: Alle lieben Glenda. Erzählungen. Aus dem Spanischen von Rudolf Wittkopf. st 1576

– Bestiarium. Erzählungen. Aus dem Spanischen von Rudolf Wittkopf. st 543

– Ende des Spiels. Erzählungen. Aus dem Spanischen von Wolfgang Promies. st 373

– Das Feuer aller Feuer. Erzählungen. Aus dem Spanischen von Fritz Rudolf Fries. st 298

– Die geheimen Waffen. Erzählungen. Aus dem Spanischen von Rudolf Wittkopf. st 672

– Die Gewinner. Roman. Aus dem Spanischen von Christa Wegen. st 1761

– Ein gewisser Lukas. Aus dem Spanischen von Rudolf Wittkopf. st 1937

– Letzte Runde. Aus dem Spanischen von Rudolf Wittkopf. es 1140

– Das Observatorium. Aus dem Spanischen von Rudolf Wittkopf. Mit Fotos von Julio Cortázar unter Mitarbeit von Antonio Gálvez. es 1527

112/2/9.91

Lateinamerikanische Literatur in der edition suhrkamp und in den suhrkamp taschenbüchern

Julio Cortázar: Oktaeder. Erzählungen. Aus dem Spanischen von Rudolf Wittkopf. st 1295

– Passatwinde. Erzählungen. Aus dem Spanischen von Rudolf Wittkopf. st 1370

– Rayuela. Himmel und Hölle. Roman. Aus dem argentinischen Spanisch von Fritz Rudolf Fries. st 1462

– Reise um den Tag in 80 Welten. Aus dem Spanischen von Rudolf Wittkopf. es 1045

Der Frauenheld: Geschichten der Liebe aus Lateinamerika. Herausgegeben und mit einem Nachwort versehen von Michi Strausfeld. st 1296

Carlos Fuentes: Nichts als das Leben. Roman. Deutsch von Christa Wegen. st 343

Fernando Gabeira: Die Guerilleros sind müde. Aus dem brasilianischen Portugiesisch übersetzt und herausgegeben von Henry Thorau und Marina Spinu. Nachwort von Hans Füchtner. st 737

Rómulo Gallegos: Canaima. Roman. Aus dem Spanischen übertragen von Doris Deinhard. st 1639

Elena Garro: Erinnerungen an die Zukunft. Roman. Aus dem mexikanischen Spanisch von Konrad Schrögendorfer. Mit einem Nachwort von Michi Strausfeld. st 1647

Oswaldo França Junior: Jorge, der Brasilianer. Roman. Aus dem brasilianischen Portugiesisch von Inés Koebel. es 1571

Lateinamerikaner über Europa. Herausgegeben von Curt Meyer-Clason. es 1428

José Lezama Lima: Die amerikanische Ausdruckswelt. Aus dem kubanischen Spanisch von Gerhard Poppenberg. es 1457

– Paradiso. Roman. Aus dem Spanischen von Curt Meyer-Clason unter Mitwirkung von Anneliese Botond. st 1005

Osman Lins: Die Königin der Kerker Griechenlands. Roman. Aus dem brasilianischen Portugiesisch von Marianne Jolowicz. st 1431

Clarice Lispector: Die Passion nach G. H. Roman. Aus dem brasilianischen Portugiesisch von Christiane Schrübbers und Sarita Brandt. st 1724

Angeles Mastretta: Mexikanischer Tango. Roman. Aus dem Spanischen von Monika López. st 1787 und st 1913

Pablo Neruda: Liebesbriefe an Albertina Rosa. Zusammengestellt, eingeleitet und mit Anmerkungen versehen von Sergio Fernández Larrain. Aus dem Spanischen von Curt Meyer-Clason. st 829

112/3/9.91

Lateinamerikanische Literatur
in der edition suhrkamp und
in den suhrkamp taschenbüchern

Juan Carlos Onetti: Das kurze Leben. Roman. Aus dem Spanischen von Curt Meyer-Clason. st 661
– Lassen wir den Wind sprechen. Roman. Aus dem Spanischen von Anneliese Botond. st 1763
– So traurig wie sie. Erzählungen. Aus dem Spanischen von Wilhelm Muster. st 1601
Octavio Paz: Essays I/II. 2 Bände. Aus dem Spanischen von Carl Heupel und Rudolf Wittkopf. st 1036
– Gedichte. Spanisch und deutsch. Übertragung von Fritz Vogelgsang. st 1832
– Der menschenfreundliche Menschenfresser. Geschichte und Politik 1971-1980. Aus dem Spanischen von Rudolf Wittkopf und Carl Heupel. es 1064
– Nackte Erscheinung. Das Werk von Marcel Duchamp. Aus dem Spanischen von Rudolf Wittkopf. st 1833
– Suche nach einer Mitte. Die großen Gedichte. Spanisch und deutsch. Übersetzung Fritz Vogelgsang. Nachwort Pere Gimferrer. es 1008
– Zwiesprache. Essays zu Kunst und Literatur. Aus dem Spanischen von Elke Wehr und Rudolf Wittkopf. es 1290
Elena Poniatowska: Lieber Diego. Aus dem mexikanischen Spanisch von Astrid Schmitt. st 1592
– Stark ist das Schweigen. Vier Reportagen aus Mexiko. Übersetzt von Anna Jonas und Gerhard Poppenberg. Mit Abbildungen. st 1438
Manuel Puig: Die Engel von Hollywood. Roman. Aus dem Spanischen von Anneliese Botond. st 1165
– Herzblut erwiderter Liebe. Roman. Aus dem brasilianischen Portugiesisch von Karin von Schweder-Schreiner. st 1469
– Der Kuß der Spinnenfrau. Roman. Aus dem Spanischen von Anneliese Botond. st 869
– Der schönste Tango der Welt. Ein Fortsetzungsroman. Deutsch von Adelheid Hanke-Schaefer. st 474
– Verraten von Rita Hayworth. Roman. st 344
Horacio Quiroga: Geschichten von Liebe, Irrsinn und Tod. Aus dem Spanischen von Wilfried Böhringer, Hans-Otto Dill, Astrid Schmitt und Erna Stoldt. PhB 248. st 1711
Graciliano Ramos: Karges Leben. Aus dem Brasilianischen von Willy Keller. st 667
José Revueltas: Die Schwester, die Feindin. Erzählungen. Aus dem Spanischen von Monika López. es 1155

112/4/9.91

Lateinamerikanische Literatur in der edition suhrkamp und in den suhrkamp taschenbüchern

Darcy Ribeiro: Maíra. Roman. Deutsch von Heidrun Adler. st 809
– Wildes Utopia. Sehnsucht nach der verlorenen Unschuld. Eine Fabel. Aus dem brasilianischen Portugiesisch von Maralde Meyer-Minnemann. es 1354
João Ubaldo Ribeiro: Brasilien, Brasilien. Roman. Aus dem brasilianischen Portugiesisch von Curt Meyer-Clason und Jacob Deutsch. st 1835
– Sargento Getúlio. Roman. Aus dem brasilianischen Portugiesisch übersetzt und mit einem Nachwort versehen von Curt Meyer-Clason. es 1183
Der rote Mond. Phantastische Erzählungen vom Rio de la Plata. Vorwort von Adolfo Bioy Casares. Herausgegeben von Michi Strausfeld. Deutsch von René Strien und anderen. PhB 213. st 1536
Alberto Ruy Sánchez: Octavio Paz. Leben und Werk. Eine Einführung. Aus dem Spanischen übersetzt von Thomas Brovot. st 1894
Osvaldo Soriano: Das Autogramm. Roman. Aus dem Spanischen von Volker Klotsch. st 1252
– Traurig, einsam und endgültig. Auf den Spuren von Laurel und Hardy in Hollywood. Roman. Aus dem Spanischen von Heidrun Adler. st 928
Antônio Torres: Diese Erde. Aus dem brasilianischen Portugiesisch übertragen und mit einem Nachwort versehen von Ray-Güde Mertin. es 1382
Dalton Trevisan: Ehekrieg. Erzählungen. Aus dem brasilianischen Portugiesisch von Georg Rudolf Lind. es 1041
Mario Vargas Llosa: Gegen Wind und Wetter. Literatur und Politik. Aus dem Spanischen von Elke Wehr. es 1513
– Gespräch in der Kathedrale. Roman. Deutsch von Wolfgang A. Luchting. st 1015
– Das grüne Haus. Roman. Deutsch von Wolfgang A. Luchting. st 342
– Der Hauptmann und sein Frauenbataillon. Roman. Aus dem Spanischen von Heidrun Adler. st 959
– Die jungen Hunde. Erzählung. Deutsch von Alexander Luchting. Mit einem Nachwort von José Miguel Oviedo. st 1841
– Der Krieg am Ende der Welt. Roman. Aus dem Spanischen von Anneliese Botond. st 1343
– La Chunga. Ein Stück. Aus dem Spanischen von Dagmar Ploetz. es 1555

112/5/9.91

Lateinamerikanische Literatur
in der edition suhrkamp und
in den suhrkamp taschenbüchern

Mario Vargas Llosa: Maytas Geschichte. Roman. Aus dem Spanischen von Elke Wehr. st 1605

– Die Stadt und die Hunde. Roman. Aus dem Spanischen von Wolfgang A. Luchting. st 622

– Tante Julia und der Kunstschreiber. Roman. Aus den Spanischen von Heidrun Adler. st 1520

– Wer hat Palomino Molero umgebracht? Roman. Aus dem Spanischen von Elke Wehr. st 1786

112/6/9.91